SARAH MORGAN

Vacaciones en los Hamptons

Editado por Harlequin Ibérica.
Una división de HarperCollins Ibérica, S.A.
Núñez de Balboa, 56
28001 Madrid

© 2017 Sarah Morgan
© 2019 Harlequin Ibérica, una división de HarperCollins Ibérica, S.A.
Vacaciones en los Hamptons, n.º 257 - 1.11.19
Título original: Holiday in the Hamptons
Publicada originalmente por HQN™ Books
Traducido por Ángeles Aragón López

Todos los derechos están reservados incluidos los de reproducción, total o parcial.
Esta edición ha sido publicada con autorización de Harlequin Books S.A.
Esta es una obra de ficción. Nombres, caracteres, lugares, y situaciones son producto de la imaginación del autor o son utilizados ficticiamente, y cualquier parecido con personas, vivas o muertas, establecimientos de negocios (comerciales), hechos o situaciones son pura coincidencia.
® Harlequin, TOP NOVEL y logotipo Harlequin son marcas registradas por Harlequin Enterprises Limited.
® y ™ son marcas registradas por Harlequin Enterprises Limited y sus filiales, utilizadas con licencia. Las marcas que lleven ® están registradas en la Oficina Española de Patentes y Marcas y en otros países.
Imagen de cubierta utilizada con permiso de Harlequin Enterprises Limited. Todos los derechos están reservados.

I.S.B.N.: 978-84-1328-313-5
Depósito legal: M-28409-2019

Para Flo, con amor y agradecimiento por toda su percepción sobre lo que es vivir como hermana gemela. Eres la mejor.

El corazón humano tiene tesoros ocultos,
En secreto guardados, en silencio sellados;
Pensamientos, esperanzas, sueños, placeres,
Cuyo encanto se rompería si fueran revelados.

Charlotte Brontë

PRÓLOGO

Aquel tenía que ser el peor decimoctavo cumpleaños de la historia.

Fliss corría por el descuidado jardín que envolvía tres lados de la casa de la playa. No sentía el picor afilado de las ortigas ni el latigazo de la larga hierba en las pantorrillas desnudas, porque ya sentía muchas otras cosas. Cosas más importantes. La vieja verja roñosa le raspó la cadera cuando salió por ella. La tristeza daba alas a sus pasos cuando tomó el sendero cubierto de hierba que cruzaba las dunas en dirección a la playa. Nadie la alcanzaría ya. Encontraría un lugar lejos de todos. Lejos de él. Y no volvería a casa hasta que él se marchara. La tarta de cumpleaños quedaría intacta, con las velas sin encender y los platos sin tocar. No habría canción ni brindis ni celebración. ¿Qué había que celebrar?

La furia lamía los bordes de su tristeza y, por debajo de la tristeza y la rabia, había dolor. Un dolor que se esforzaba mucho por no mostrar nunca. «Jamás dejes que un matón vea que tienes miedo. Nunca te coloques en una posición tan vulnerable». ¿No era eso lo que le había enseñado su hermano? Y hacía mucho que ella había descubierto que su padre era un matón.

Si tuviera que describirlo con una sola palabra sería «enojado». Y ella jamás lo había entendido. Se enfadaba de vez en cuando, y su hermano también, pero siempre había un motivo. Con su padre, en cambio, no había motivo para el enfado Era como si, al levantarse por las mañanas, se duchara con ira en lugar de con agua.

En su cabeza repetía una y otra vez dos palabras al ritmo de sus zancadas. «Te odio. Te odio. Te odio…».

Sus pies pisaban la arena, el viento movía su cabello. Respiró hondo. El aire sabía a mar y a sal. Cerró con fuerza los ojos para reprimir las lágrimas e intentó sustituir el sonido de la voz de su padre con el ruido familiar de las gaviotas y de las olas.

Tendría que haber sido un día perfecto de verano, pero su padre tenía la habilidad de chuparle la luz al día más soleado y ningún día estaba exento de eso. Ni siquiera el día en el que ella cumplía dieciocho años. Él siempre sabía cómo hacer que se sintiera mal.

Intentó correr más para dejar atrás sus sentimientos, con el aliento desgarrándole el pecho y el corazón golpeándole como puños en un saco de boxeo.

«Solo causas problemas. Eres una inútil, no sirves para nada, una estúpida…».

Si era tan inútil como él creía, seguramente debería meterse en el mar y no salir más, pero él se alegraría de librarse de ella, y Fliss no tenía la menor intención de hacer nada que pudiera alegrarle.

Últimamente se había esforzado por estar a la altura de la baja opinión que tenía de ella, no porque quisiera causar problemas, sino porque las normas de él no tenían ningún sentido y era imposible complacerlo.

Lo más cruel de todo era que él ni siquiera tendría que estar allí.

Los meses de verano eran su oasis de tiempo sin él. Tiempo que ella pasaba con sus hermanos, su madre y su abuela, mientras su padre se quedaba en la ciudad y se llevaba su ira al trabajo todos los días.

Fliss amaba esas semanas preciosas cuando la luz atravesaba la oscuridad y en la casa solo entraban sol y risas. Se acostaban tarde y por las mañanas se sentían más ligeros y felices. Algunos días se llevaban el desayuno a la playa y lo tomaban al lado del mar. Esa mañana, el día de su cumpleaños, habían elegido una cesta de melocotones maduros. Ella se estaba limpiando el jugo de la barbilla cuando oyó las ruedas del coche de su padre aplastando la grava de la casa de la playa.

Su hermana gemela había palidecido. Había soltado el melocotón que tenía entre los dedos y este había caído sobre la arena y dejado de resultar apetitoso. «Como mi vida», había pensado Fliss, ocultando su consternación.

Su madre había reaccionado con pánico, poniéndose los zapatos a toda velocidad e intentando al mismo tiempo domesticar el pelo rubio agitado por el viento con una mano que temblaba como una rama de árbol en una tormenta. En verano era una mujer diferente. Los que no conocieran a su familia podrían pensar que ese cambio se debía al ritmo relajado de la vida en la playa, pero Fliss sabía que se debía a que estaban lejos de su padre.

Y ahora él aparecía allí para entrometerse en su idílica playa.

Su hermano, tranquilo como siempre, había asumido el control de la situación. Había dicho que seguramente sería un repartidor. O un vecino.

Pero todos sabían que no era un repartidor ni un vecino. Su padre conducía igual que hacía todo lo demás, con rabia, pisando el acelerador y haciendo volar la grava en todas direcciones. La ira era su tarjeta de presentación.

Fliss sabía que era él, y el sabor dulce del melocotón se volvió amargo en su boca. Estaba acostumbrada a que su padre le arruinara la vida, pero ¿ahora le iba a arruinar también el verano?

El cielo azul sin nubes resultaba plomizo y ella sabía que arrastraría su malhumor como una pesada cadena hasta que se marchara su padre.

Estaba decidida a verlo lo menos posible, razón por la cual había optado por huir a la playa y no a su dormitorio.

Como las chanclas frenaban su avance, se las quitó. Cuando echó a correr de nuevo, sus pies no hacían ruido y sentía la arena fresca y suave en las suelas. En la distancia veía la espuma blanca de las olas chocando contra las rocas y oía el golpeteo y el ruido siseante que hacían al avanzar y al retroceder.

En algún lugar, lejos, oyó que gritaban su nombre y apretó el paso.

No quería ver a nadie. Todavía no. Se sentía sensible y vulnerable. Estaba acostumbrada a guardar sus sentimientos para sí, pero en aquel momento le parecía que no había sitio para todos. Llenaban el espacio alrededor de su corazón y le provocaban dolor de cabeza y escozor de ojos. No iba a llorar. Nunca lloraba. No le daría esa satisfacción a su padre. Si sentía los ojos acuosos, era a causa del viento.

—¡Fliss!

Volvió a oír su nombre y casi perdió el paso porque esa vez reconoció la voz. Seth Carlyle. El hijo mayor de Matthew y Catherine Carlyle. Una familia rica de varias generaciones. Una familia de triunfadores formada por personas inteligentes y decentes. Con clase. Una familia que no tenía nada que ocultar, donde nadie alzaba la voz y los hijos no temblaban de miedo. Estaba segura de que Catherine Carlyle no caminaba pegada a las paredes para no llamar la atención de su esposo y no podía imaginar de ningún modo a Matthew Carlyle alzando la voz. En aquella casa, los platos serían un recipiente para comer, no un arma arrojadiza. Y estaba segura de que Seth nunca avergonzaba ni enojaba a su padre. Era el hijo ideal.

También era amigo de su hermano. Si descubría que estaba disgustada, se lo diría a este y Daniel se colocaría una vez más entre su padre y ella. Su instinto protector lo había puesto en la línea de fuego más veces de las que Fliss quería contar. No le importaba que lo hiciera por su hermana gemela, porque, cuando Harriet se ponía nerviosa, tartamudeaba tanto que no podía hablar por sí misma, pero Fliss no quería que lo hiciera por ella. Podía librar sus propias batallas y en aquel momento le apetecía combatir hasta la muerte.

Siguió corriendo, sin hacer caso de la voz de Seth. Sabía que no la seguiría. Volvería con su grupo a seguir jugando al vóley playa, o quizá a hacer surfing o a nadar. Las cosas que había planeado hacer ella ese día, antes de que llegara su padre sin avisar a pasar el fin de semana y lo estropeara todo.

Corrió hasta que llegó a las rocas. Se subió a sus bordes afilados sin detenerse y sin hacer caso de un pinchazo fuerte en la palma de la mano y aterrizó en la arena suave del otro lado.

Había ido a aquella parte de los Hamptons desde pequeña y los días pasados allí con sus hermanos y con su abuela le habían proporcionado los únicos recuerdos felices de su infancia.

—¿Fliss? —era Seth de nuevo, y esa vez su voz sonaba más profunda, más baja, más próxima.

¡Maldición!

—¡Déjame en paz, Seth!

Él no lo hizo. Cruzó las rocas, ágil y atlético, tapando el sol con sus hombros. Solo llevaba pantalones cortos de surf. Su pecho era grande y fuerte, con gotas de agua brillando en él. Estaba en el equipo de natación de la universidad y los cuatro veranos que había trabajado como socorrista lo habían vuelto musculoso. En la isla todo el mundo sabía que Seth Carlyle había arriesgado una vez su vida para salvar a dos niños que no habían hecho caso de las advertencias y se habían adentrado en el mar con una colchoneta hinchable. Seth era así. Siempre hacía lo correcto.

En cambio ella siempre hacía lo que no debía.

Había pasado el verano oyendo a las otras chicas suspirar por Seth, y no era nada difícil entender lo que veían en él. Era listo, agradable y seguro de sí mismo sin resultar chulo. Y sexy. Increíblemente sexy, con aquel cuerpo fuerte y una piel que adquiría un tono dorado al primer contacto con el sol. Su cabello y sus ojos eran muy oscuros, herencia del lado paterno de la familia, de origen italiano. Tenía la misma edad que el hermano de ella, por lo que resultaba demasiado mayor para Fliss. A su padre le daría un infarto si salía con alguien cinco años mayor. «Las chicas de tu edad tienen que salir con chicos, no con hombres».

Viendo acercarse a Seth, sintió que se le tensaban los músculos. Al parecer, su libido no había recibido el mensaje de advertencia. O eso, o la atracción sexual no respetaba edades.

O quizá lo deseaba porque sabía que a su padre le daría un ataque.

Él se detuvo delante de ella.

—¿Qué te pasa?

¿Cómo sabía que le pasaba algo? Fliss había tenido años de práctica en ocultar sus sentimientos, pero Seth siempre parecía ver a través de las capas protectoras que ocultaban la verdad a todos los demás.

Harriet y ella solían decir en broma que él parecía una máquina de rayos X o un escáner, pero la realidad era que se trataba de un chico terriblemente intuitivo. O quizá sería más apto decir que él era intuitivo y ella tenía miedo.

Si hubiera querido que la gente supiera lo mal que se sentía la mayor parte del tiempo, se lo habría dicho.

—No me pasa nada —contestó.

No mencionó la pelea con su padre. Nunca hablaba de eso con nadie. No quería que la gente lo supiera. No quería compasión, no quería lástima y, sobre todo, no quería que la gente supiera lo mal que le hacían sentirse esas peleas con su padre, no solo porque había aprendido a ocultar sus sentimientos, sino también porque una parte de ella temía que decir en alto esas palabras sería darles credibilidad. No quería poner voz a la desagradable idea de que quizá su padre tuviera razón y ella fuera tan inútil como él creía.

Pero Seth no se conformaba tan fácilmente.

—¿Estás segura? Porque no pareces una mujer que esté celebrando su decimoctavo cumpleaños.

«Mujer».

La había llamado mujer.

Fliss se sintió mareada. Y tuvo la impresión de que se evaporaba la diferencia de edad y el aplomo y la fuerza reemplazaban a la duda y la inseguridad.

—Quería estar un rato a solas —dijo.

—¿En tu cumpleaños? Eso no me parece bien. Nadie debería estar solo en su cumpleaños, y mucho menos en el de los dieciocho.

Hacía años que se conocían, pero aquel verano habían intimado más que nunca. A diferencia de su padre, a Seth nunca parecían molestarle sus ocurrencias. Una noche en la que había decidido salir a nadar desnuda muy tarde, su hermana le había suplicado que no lo hiciera, pero Seth se había limitado a reírse. No la había acompañado, pero la había esperado en las rocas hasta verla regresar sana y salva. Porque Seth Carlyle siempre hacía lo correcto.

Aun así, no la había juzgado ni sermoneado, simplemente le había tendido una toalla y se había tumbado en la arena como si hubiera terminado su trabajo. Nunca la había tocado y ella había deseado un millón de veces que lo hiciera, aunque sabía que la cuidaba porque era amigo de Daniel y una persona responsable.

Se descubrió deseándolo una vez más. Lo cual, en su opinión, probaba que ella era cualquier cosa menos una persona responsable.

Para estar segura de no ceder a la tentación y abrazarlo, se abrazó a sí misma.

Él bajó la mirada.

—Te has cortado la mano. Deberías tener más cuidado con esas rocas. ¿Te duele?

—No —ella se puso la mano a la espalda. En parte quería que él se fuera y en parte quería que se quedara.

—Si no te duele, ¿por qué lloras? —preguntó él.

¿Estaba llorando? Fliss se pasó el dorso de la mano por la mejilla y descubrió que estaba húmeda.

—Me ha saltado arena a los ojos cuando corría —dijo.

Él creía que lloraba por las heridas que estaban a la vista. No sabía que había heridas que ella tenía escondidas.

—¿Por qué corrías? —preguntó Seth.

Le puso las manos en los brazos y tiró de ellos con gentileza. Le volvió las manos para examinarlas. Sus dedos eran grandes y fuertes y la mano de ella parecía pequeña en las de él. Delicada.

Fliss no quería ser delicada. Su madre era delicada. Verla lidiar con su tormentoso matrimonio era como ver a una margarita esforzarse por mantenerse erguida en un huracán. Fliss quería ser dura como un espino. El tipo de planta que la gente trataba con respeto y cuidado. Y estaba ferozmente decidida a ganarse bien la vida para no encontrarse jamás atrapada en la situación en la que se había visto su madre.

«Si dejo a tu padre, os perderé a vosotros. Él se aseguraría de que no me dieran la custodia y yo no tengo dinero ni influencia para combatir eso».

Seth bajó la cabeza y ella vio cómo le caían los mechones de pelo moreno sobre la frente. Ansiaba tocarlos, deslizar los dedos a través de ellos para sentir su suavidad en las manos. Y quería tocar también los músculos fuertes de sus hombros, aunque ya sabía que esos no serían suaves, sino duros y fuertes. Lo sabía porque el verano anterior alguien la había tirado al agua y Seth la había sacado. Y estar en sus brazos era algo que ninguna chica olvidaría fácilmente.

Nerviosa, subió la mirada al rostro de él. Su nariz tenía un ligero bulto, debido a una lesión de fútbol del verano anterior, y tenía también una cicatriz en la barbilla, de cuando se había dado de cabeza con una tabla de surf y habían tenido que darle catorce puntos.

A ella eso no le importaba. En su opinión, Seth Carlyle era la perfección personificada.

Había algo que lo diferenciaba de los demás. No era solo que fuera más mayor, era más bien su seguridad. Sabía lo que quería. Se concentraba en ello y conseguía que hacer lo que debía resultara sexy. Estudiaba Veterinaria y Fliss sabía que esa profesión se le daría bien y su padre estaría orgulloso.

El de ella no.

El padre de ella siempre se mostraría desdeñoso, exasperado y enfadado, pero nunca orgulloso.

Y Fliss no quería arrastrar a Seth en la caída.

Apartó la mano y cerró el puño para evitar tocarlo.

—Vete con los otros —dijo—. Estás desperdiciando un buen día de playa.

—No desperdicio nada. Estoy exactamente donde quiero estar —repuso él.

Su mirada se posaba exclusivamente en ella. Y entonces le dedicó aquella sonrisa fácil suya que hacía que Fliss se sintiera como si fuera la única mujer en el mundo. No sabía qué la afectaba más, si el modo en que él curvaba la boca o las minúsculas arruguillas que se formaban en las esquinas de sus ojos.

Sintió cosquillas en el estómago. Después de haberse sentido no querida, era un gran cambio sentir todo lo contrario.

¿Qué ocurriría si le echaba los brazos al cuello y lo besaba? ¿Seth se dejaría llevar y haría lo que no debía por primera vez en su vida? Quizá le quitaría la virginidad allí mismo en la arena. Entonces su padre tendría un motivo real para quejarse.

Esa idea le hizo fruncir el ceño. No quería que nada relacionado con su padre, aunque fuera un mero pensamiento, mancillara su relación con Seth.

—No deberías estar aquí conmigo —ella se echó hacia atrás, se apoyó en la roca y le lanzó una mirada de fiereza diseñada para espantarlo, pero no funcionó con él.

—He visto un coche fuera de tu casa. ¿Ha venido tu padre? No suele venir en verano, ¿verdad?

Fliss tuvo la misma sensación que si acabara de zambullirse desnuda en el Atlántico.

—Ha llegado esta mañana. Ha decidido darnos una sorpresa.

La mirada de Seth seguía fija en el rostro de ella.

—¿Para celebrar vuestro cumpleaños o para arruinarlo? «Él lo sabe».

Fliss se encogió de horror y vergüenza. ¿Por qué no podía tener una familia normal como los demás?

—No me he quedado a descubrirlo —repuso.

—Quizá quería daros su regalo en persona.

—Eso lo hace tu padre, no el mío —contestó ella, sin apenas ser consciente de lo que decía—. El mío no ha traído regalos.

—¿No? En ese caso, me alegro de haberte traído uno yo —Seth apoyó un brazo en la roca, detrás de ella, y metió la otra mano en el bolsillo del pantalón corto—. Espero que te guste.

Fliss apartó la vista de los bíceps de él para mirar la bolsita de terciopelo de color crema que tenía en la mano.

—¿Tú me has comprado un regalo?

—Una mujer no cumple dieciocho años todos los días.

Otra vez aquella palabra. *Mujer*. Y le había comprado un regalo. Había elegido algo para ella. No lo habría hecho si no le importara nada, ¿verdad?

A la averiada autoestima de ella le vino bien aquello. Fliss se sentía más mareada y aturdida que el día que se había llevado a escondidas una botella de vodka a la playa.

—¿Qué es? —preguntó.

—Ábrelo y míralo.

Ella tomó la bolsa. Conocía el logotipo impreso en color plata y sabía que lo que había dentro no era barato. Harriet y ella pasaban por aquella joyería exclusiva cuando tenían ocasión de ir a la ciudad, pero los precios les impedían entrar en la tienda. Por supuesto, para un Carlyle, el precio no era un problema.

Fliss sacó el contenido de la bolsita y por un momento olvidó respirar porque nunca había visto nada tan bonito. Era un colgante, una caracola de plata con una cadena de plata. Era el regalo más reluciente y hermoso que le habían hecho jamás.

Olvidó su resolución de mantener las distancias y lo abrazó. Él olía a sol, a sal marina y a hombre. A hombre sexy y apasionado. Y ella recordó demasiado tarde que solo llevaba un pantalón corto minúsculo y una camiseta de tirantes. Por la poca barrera que creaban, era como no llevar nada. Su piel rozaba la de él y le aferraba los hombros. Bajo la piel sedosa y bronceada de él, sentía el bulto de sus músculos fuertes y la presión peligrosamente deliciosa de su cuerpo.

Sabía que debía dejarlo ir. A su padre le daría un ataque si la viera. No le gustaba que fuera con chicos.

Pero Seth no era un chico, ¿verdad? Era un hombre. Un hombre que reconocía que ella era una mujer. La primera persona que la veía de ese modo, y ella decidió que ese podía ser el mejor regalo de cumpleaños de todos los tiempos.

Su padre le hacía sentir que no era nada, pero Seth... Seth le hacía sentir que lo era todo.

—Fliss... —dijo él con voz ronca. Bajó las manos a las caderas de ella y la sujetó inmóvil—. No deberíamos... Estás disgustada...

—Ya no —repuso ella.

Apretó su boca contra la de él para no darle tiempo a decir nada más. Sintió el frescor de sus labios y su sobresalto y pensó para sí que, si él se apartaba, se moriría de vergüenza allí mismo, sobre la arena.

Pero él no se apartó, sino que la atrajo hacia sí con decisión, atrapándola contra la longitud sólida de su cuerpo. Detrás de ella oía el ruido del mar, pero allí, en la intimidad de las dunas, solo existían Seth y la magia indescriptible de aquel primer beso.

Cuando él ladeó la cabeza y le devolvió el beso, ella pensó que su dieciocho cumpleaños había pasado de ser el peor día de su vida a convertirse en el mejor. Empezó a derretirse bajo la invasión erótica de la lengua de él y la caricia íntima de sus manos y dejó de pensar en su padre. Solo podía pensar en lo que la boca de Seth le hacía sentir. ¿Quién lo habría imaginado? ¿Quién iba a suponer que el aquel buen chico tenía un lado malo? ¿Dónde había aprendido a besar así?

Se dijo que ella se merecía un poco de romance en su dieciocho cumpleaños. Se merecía aquello.

Nada ni nadie la había hecho sentirse nunca así.

Y jamás hacer lo que no debía le había producido una sensación tan maravillosa.

CAPÍTULO 1

Diez años después...

—He decidido que deberíamos ampliar el negocio.

Fliss se quitó los zapatos, los dejó en medio del suelo y entró descalza en la cocina.

—¿Has visto nuestra agenda del próximo mes? No hay ni un hueco libre. El trabajo se ha duplicado y las reservas han aumentado mucho. Es hora de capitalizar nuestro éxito y pensar en crecer —«de avanzar y de crecer hacia arriba», pensó. Era una buena sensación.

Su hermana, que estaba ocupada alimentando a un cachorro al que había adoptado, se mostró menos entusiasta.

—Ya hemos cubierto todo el lado este de Manhattan —comentó.

—Lo sé, y no sugiero que ampliemos la parte del negocio que consiste en pasear perros —Fliss lo había pensado bien, había estudiado a la competencia y había hecho números. Su cabeza estaba llena de posibilidades—. Creo que deberíamos diversificarnos en un área que tenga mejores márgenes de beneficios. Ofrecer servicios adicionales.

—¿Como cuáles? —Harriet abrazó al cachorro—. Somos un negocio de pasear perros. Los Rangers Ladradores. ¿Estás pensando en que nos ofrezcamos a pasear gatos? ¿Que nos convirtamos en Los Rangers Maulladores?

—Ya alimentamos y cuidamos gatos si el dueño lo pide. Estoy pensando en canguros de mascotas. Cubrir noches y vacaciones —explicó Fliss.

Eso atrajo la atención de su hermana.

—¿Quieres que pase la noche en casa de un desconocido? Olvídalo.

—Obviamente, el desconocido no estaría allí. Si el dueño está en la casa, no necesita un canguro.

—Sigue sin gustarme —Harriet arrugó la nariz—. Me gusta mi casa. Y, si hago eso, ¿qué hago con los animales de acogida?

—Todavía no he pensado en eso —repuso Fliss, que sabía que no podía sugerirle a su hermana que redujera su compromiso de acoger animales. Era imposible que Harriet le diera la espalda a un animal en apuros.

Y ella no quería ver a su hermana triste.

Había crecido protegiendo a Harriet. Primero de su padre y después de todo y de todos los que amenazaran a su hermana gemela.

Proteger a Harriet era lo que le había dado la idea de montar aquel negocio y, si se iban a expandir, tenía que presentar su idea poco a poco.

Miró el teléfono para revisar las reservas nuevas.

—Solo digo que quiero hacer algo más con el negocio, no hay por qué preocuparse.

—No estoy preocupada exactamente. Pero no comprendo a qué viene esto. ¿Hemos tenido quejas de alguno de nuestros paseantes de perros o algo así?

—No. Nuestros paseantes son los mejores del mundo. Principalmente porque tú tienes un instinto infalible para detectar cuándo a alguien no le gustan de verdad los animales. Nuestro procedimiento de filtración es excelente, y nuestro porcentaje de abandono es de casi cero.

—Y entonces, ¿por qué este cambio repentino?

—No es repentino. Cuando tienes un negocio propio, es importante evolucionar. Hay mucha competencia en este trabajo —repuso Fliss. Había visto exactamente cuánta competencia había, pero no se lo dijo a Harriet. No tenía sentido preocuparla.

—Pero tú misma has dicho que muchas personas que se establecen como paseantes de perros no son de fiar. La gente no va a entregar a sus queridos animales a un paseante que no es de fiar. Nunca hemos perdido un cliente. Jamás. Los clientes confían en nosotras.

—Y también confiarán en nosotras para ir a sus casas, razón por la que creo que deberíamos ampliar el servicio que ofrecemos. Estoy considerando también dar clases sobre cómo inculcar obediencia. Se me ocurren algunos perros que podrían beneficiarse.

Harriet sonrió.

—¿Quién ha sido esta vez? ¿Perro o dueño?

—Perro. Se llama Ángel.

—¿El caniche? ¿El perro de ese editor de revista?

—Ese mismo —Fliss puso los ojos en blanco al recordarlo. No compartía la tolerancia de Harriet en lo referente a perros que se portaban mal—. Si hay un perro al que no le pega nada su nombre, es ese. Puede ser un ángel por fuera, pero por dentro es un demonio.

—Estoy de acuerdo, pero no entiendo por qué un perro que se porta mal te hace cuestionarte todo el negocio. Nuestro negocio va bien, Fliss. Lo has hecho muy bien.

—Lo *hemos* hecho muy bien —recalcó esta. Y vio que Harriet se ruborizaba.

—Principalmente tú.

—Eso son tonterías. ¿De verdad crees que habría llegado tan lejos sin ti?

—Tú eres la que consigue el negocio. Te ocupas de las finanzas y de las llamadas telefónicas difíciles.

—Y tú haces tan felices a los animales y a sus dueños, que nuestras recomendaciones de boca a boca se han disparado. Es nuestro negocio, somos un equipo. Lo hemos hecho bien, pero ahora quiero hacerlo mejor aún —repuso Fliss.

Su hermana suspiró.

—¿Por qué? ¿Qué es lo que quieres demostrar?

—No quiero demostrar nada. ¿Es malo querer crecer en los negocios?

—No, si eso es lo que de verdad quieres, pero a mí me gustaría tener tiempo para disfrutar de mi trabajo. No quiero ir siempre corriendo al siguiente objetivo. Y, si ampliamos el negocio, tendríamos que encontrar un local.

—Ya lo he pensado. Y creo que podemos buscar algo que tenga espacio para una oficina. Así no tendríamos el apartamento lleno a rebosar de papeles y yo podría encontrar mi cama. Y la cafetera —alzó la vista desde el teléfono hasta el montón de papeles que había en la encimera y que parecía crecer día a día—. Antes había una cafetera por aquí. Con un poco de suerte, quizá la encuentre antes de que muera de mono de cafeína.

—La moví yo. Tuve que ponerla fuera del alcance de Sunny. Muerde todo lo que encuentra —Harriet se levantó con el cachorro debajo del brazo. Empujó con el pie los zapatos de Fliss a un lado de la estancia y levantó los papeles—. Hay un mensaje en el contestador. No he llegado a tiempo. Un cliente nuevo.

—Le devolveré la llamada. Sé que no te gusta hablar con desconocidos por teléfono —Fliss sacó una barrita energética del armario y vio que su hermana fruncía el ceño—. No me mires así. Al menos estoy comiendo.

—Podrías comer algo más nutritivo.

—Esto es nutritivo —Fliss pulsó el botón de la cafetera—. Y volviendo a mi plan...

—No quiero pasar la noche en el apartamento de otra persona. Me gusta mi cama. Tendríamos que contratar a alguien y eso sería caro. ¿Podríamos permitírnoslo?

—Si hubieras prestado atención en la última reunión de la empresa, no harías esa pregunta.

—¿Te refieres a la reunión donde comimos pizza para llevar y yo tuve que darles el biberón a los gatitos?

—La misma.

—Entonces no creo que te prestara mucha atención. Hazme un resumen.

—Te resumiré lo más interesante. Y es que el negocio pinta bien —Fliss sirvió café en dos tazas con la cabeza zumbándole. Era un zumbido que parecía crecer con cada nuevo éxito—. Mejor que en nuestros sueños más salvajes —miró a su hermana—. Aunque tú no tienes sueños salvajes.

—¡Eh! Sí tengo sueños salvajes.

—¿En ellos estás desnuda y retorciéndote entre sábanas de seda con un hombre sexy y desnudo?

Harriet se sonrojó.

—No.

—Entonces te aseguro que tus sueños no son salvajes —Fliss tomó un trago de café y notó la cafeína brincando por sus venas.

—Mis sueños no son menos válidos que los tuyos solo porque el contenido sea distinto —Harriet dejó con brusquedad al cachorro en su cesta—. Los sueños tienen que ver con desear y necesitar.

—Ya lo he dicho yo, desnudos, sábanas de seda, hombre sexy.

—Hay otras formas de desear y necesitar. No me interesa una noche sola de sexo.

—¡Eh!, si él fuera lo bastante sexy, estaría dispuesta a prolongarlo varios días, hasta que ambos estuviéramos muriendo de hambre o de sed.

—¿Cómo es posible que seas mi hermana gemela? —preguntó Harriet.

—Yo me pregunto lo mismo a menudo —repuso Fliss.

Tan a menudo como daba gracias por ello. ¿Cómo sobrevivía la gente sin una hermana gemela? Si su infancia le había producido la sensación de estar atrapada en una habitación sin ventanas, Harriet había sido su oxígeno. Juntas habían descubierto que un problema sí parecía menor cuando se compartía, como si cada una pudiera acarrear la mitad y así hacer que pesara menos. Y, si en el fondo sabía que su hermana compartía más que ella, se consolaba pensando que ella protegía a Harriet. Algo que había hecho toda la vida.

—Porque soy gemela tuya es por lo que conozco tus sueños tan bien como los míos. Los tuyos son una casita blanca en la playa, con una valla, un doctor sexy que te adore y un montón de animales. Olvídalo. Si quieres ese tipo de relación, tendrás que buscarla en los libros. Y ahora volvamos a los negocios. Creo que Los Rangers Ladradores podemos ofrecernos legítimamente como canguros de mascotas e incluso posiblemente también cuidados de belleza para perros y entrenamiento en obediencia. Considéralo una prolongación de lo que hacemos. Podemos ofertar paquetes con...

—Un momento —Harriet frunció el ceño—. ¿Estás diciendo que el amor solo existe en los libros?

—El tipo de amor que tú quieres solo existe en los libros.

—Solo tienes que ver a nuestro hermano para saber que eso no es cierto.

—Daniel se enamoró de Molly. Solo hay una Molly. Y básicamente están juntos porque sus perros son muy buenos amigos —Fliss miró a su hermana y se encogió de hombros—. Está bien, parecen felices, pero ellos son la excepción, y probablemente sea porque Molly es una experta en relaciones. Eso le da una ventaja injusta que no tenemos las demás.

—Quizá, en vez de ampliar el negocio, deberías tomarte tiempo libre. Has trabajado mucho desde que montamos el negocio —comentó Harriet—. Cinco años ya y casi no te has parado a respirar.

—Seis años —Fliss sacó un yogur del frigorífico—. ¿Y para qué quiero tiempo libre? Me encanta estar ocupada. Estar ocupada es la droga que he elegido yo. Y me encanta nuestro negocio. Tenemos libertad. Opciones —cerró la puerta con el pie y vio que Harriet hacía una mueca.

—A mí también me encanta nuestro negocio —declaró esta—. Pero me gustan asimismo las partes de mi vida que no tienen nada que ver con él. Tú has hecho que tenga mucho éxito —vaciló—. No tienes que demostrar nada.

—No estoy demostrando nada —mintió Fliss. Y una voz en su cabeza gritó más alto que nunca: «Inútil, incompetente, nunca harás nada de provecho».

—¿Nunca quieres algo más de la vida? —preguntó Harriet.

—¿Más? —Fliss introdujo una cuchara en el yogur y decidió que había llegado el momento de cambiar de conversación, pues esa empezaba a resultar incómoda—. Soy joven, libre, soltera y vivo en Nueva York. ¿Qué más se puede pedir? Tengo el mundo a mis pies. La vida es perfecta. En serio, ¿crees que puede haber algo más perfecto?

Harriet la miró con seriedad.

—No lo has hecho, ¿verdad?

A Fliss le latió con fuerza el corazón. Su apetito desapareció.

Aquella era una de las desventajas de tener una hermana gemela. Podía ocultarle sus sentimientos a todo el mundo menos a ella.

Dejó el yogur en la mesa y decidió que tenía que esforzarse más. No quería que Harriet supiera que estaba aterrorizada, eso le provocaría ansiedad.

—Lo iba a hacer. En serio. Tenía el edificio a la vista y había memorizado lo que iba a decir…

—¿Pero…?

—Mis pies no querían avanzar en esa dirección. Estaban pegados al suelo. Luego se giraron y echaron a andar en dirección contraria. Intenté discutir con ellos. Dije: «Pies, ¿qué os creéis que hacéis?». Pero ¿me escucharon? No —¿y cuándo se había vuelto tan patética? Se encogió de hombros en un gesto que quería hacer pasar por indiferencia—. Por favor, no digas lo que sé que vas a decir.

—¿Qué iba a decir?

—Ibas a decir amablemente que hace ya tres semanas que Daniel se lo encontró y...

—Seth —dijo Harriet—. Al menos di su nombre. Eso sería un comienzo.

¿El comienzo de qué? Fliss no quería empezar algo que tanto se había esforzado por dejar atrás.

Y no podía culpar a su hermana por presionarla porque ella no había sido sincera y no le había dicho a Harriet cómo se sentía.

—Seth —dijo. Y el nombre casi se le atascó en la garganta—. Hace tres semanas que Daniel se encontró con Seth... en la consulta de veterinaria. El plan era que yo asumiría el control de la situación e iría a verlo para evitar un encuentro incómodo en la calle.

—¿Has cambiado de plan?

—Oficialmente, no. Es más bien que el plan no funciona. Resulta violento —contestó Fliss. Eso podía admitirlo, ¿no? Que algo resultara violento no era tan malo como que fuera terrorífico—. Y no creo que un encuentro en la calle pueda ser más incómodo que uno cara a cara en la clínica.

—Imagino que sí resulta algo violento, pero...

—¿Algo violento? Eso es como llamar brisa a un huracán. Esto no es algo violento, es muy violento, es... —Fliss buscó una palabra apropiada, pero no la encontró—. ¡Olvídalo! No hay ningún calificativo que describa bien esta situación —y si lo hubiera, ella no lo diría. No quería que Harriet supiera lo mal que se sentía.

—Por «esta situación» te refieres a tropezarte con tu ex.

—Siempre consigues convertir una situación altamente compleja y delicada en algo sencillo.

—Probablemente sea el mejor modo de mirarlo. No pensarlo demasiado —Harriet sacó al cachorro de la cesta para ponerlo en el suelo y se incorporó—. Han pasado diez años, Fliss. Sé que fue una época traumática.

—No es necesario dramatizar —repuso su hermana. ¿Por qué sentía la boca tan seca? Sacó un vaso del armario y se sirvió agua—. Estuvo bien.

—No estuvo bien, pero todo lo que ocurrió ya es cosa del pasado. Tú tienes una vida nueva y él también.

—Nunca pienso en eso —repuso Fliss. La mentira le salió con facilidad, aunque raramente pasaba un día en el que no pensara en ello. También pensaba en cómo habría sido la vida de Seth si no la hubiera conocido y, en ocasiones, cuando se permitía ese gusto, en cómo habría sido su vida con Seth Carlyle de haber sido otras las circunstancias.

Harriet la observaba con una mezcla de preocupación y exasperación.

—¿Estás segura? —preguntó—. Porque fue muy importante.

—Como tú mis has dicho, han pasado diez años.

—Y no has vuelto a tener ninguna relación seria en este tiempo.

—No he encontrado a nadie que me interesara —nadie que estuviera a la altura. Nadie que le hiciera sentir lo que le había hecho sentir Seth. Había días en los que se preguntaba si lo que había sentido había sido real o si su cerebro adolescente había magnificado esas sensaciones.

—Me molesta que no me cuentes lo que sientes —intervino Harriet—. Entiendo que se lo ocultes todo a papá e incluso a Daniel. Pero ¿a mí?

—Yo no oculto nada.

—Fliss...

—Está bien, puede que oculte algunas cosas, pero sobre eso no puedo hacer nada. Yo soy así.

—No, tú aprendiste a ser así. Y las dos sabemos por qué —Harriet, nerviosa, se agachó a quitarle al cachorro de la boca un zapato de Fliss.

Esta miró a su hermana. El impulso de confiarse a ella eclipsaba momentáneamente su ansia de secreto.

—A veces pienso en ello. En él —¿por qué había dicho eso? Si abría la puerta una rendija, era probable que sus sentimientos salieran en tromba y ahogaran a todo el mundo a su alrededor.

Harriet se enderezó despacio.

—¿En qué parte piensas más?

En el fatídico cumpleaños. En el beso en la playa. En la boca y en las manos de él. En la risa, el sol, el olor a mar. En la pasión y la promesa.

Lo recordaba todavía claramente. Casi tan claramente como todo lo demás que había sucedido después.

—Olvídalo. No pienso mucho en eso.

—¡Fliss!

—¡Está bien! Sí que pienso. En todo. Pero lidiaba bastante bien con eso hasta que Daniel me dijo que había visto a Seth aquí en Nueva York —se suponía que había que dejar el pasado atrás, pero ¿qué hacer cuando este te seguía?—. ¿Crees que sabía que yo vivía aquí?

Nueva York era una ciudad de ocho millones de habitantes. Ocho millones de personas ajetreadas, todas corriendo de acá para allá ocupadas con sus cosas. Era una ciudad de posibilidades, pero una de esas posibilidades era vivir en el anonimato, mimetizarse con la gente. Y Fliss lo había conseguido perfectamente, hasta el día en que Seth Carlyle había aceptado un puesto en la clínica veterinaria a la que ellas acudían regularmente.

—¿En Nueva York? No lo sé. Dudo que supiera que estaría tan cerca de ti. Después de todo, no habéis estado en contacto.

—No. Nunca —contestó Fliss. No habría podido soportar ponerse en contacto. Si lo hubiera hecho, no habría podido pasar página ni intentar no mirar atrás.

Él tampoco se había puesto en contacto, así que probablemente había adoptado el mismo enfoque.

Harriet volvió a colocar al cachorro en su cesta.

—Sé que parece difícil, pero tú te has hecho una nueva vida y él también.

—Lo sé, pero ojalá no hubiera decidido trasladar su vida a mi entorno. Me gustaría poder pasear por unas cuantas manzanas alrededor de donde vivo sin tener que asomarme por las esquinas como una fugitiva.

—¿Eso es lo que haces? —preguntó Harriet. Y Fliss se arrepintió de haberlo dicho en cuanto vio su sorpresa.

—Hablaba hipotéticamente —contestó.

—Si hubieras hecho lo que decidiste que ibas a hacer, entrar allí y decir: «Hola, me alegro de volver a verte», ya habrías arreglado eso y no tendrías que mirar por encima del hombro. Las cosas serán más fáciles cuando lo veas por fin.

—Lo he visto —murmuró Fliss—. Estaba de pie en la recepción la semana pasada, cuando hice mi primer intento de acercarme al edificio.

Lo primero que había visto había sido su pelo, y después el modo en que ladeaba la cabeza para escuchar algo que le decía la recepcionista. Siempre había sido un buen oyente. Hacía diez años que no lo tocaba ni estaba cerca de él, pero todo en él resultaba dolorosamente familiar.

Harriet la miraba con la boca abierta.

—¿Lo viste? ¿Por qué no me lo dijiste?

—No había nada que decir. Y no te preocupes, él no me vio.

—¿Cómo lo sabes?

—Porque me tiré al suelo como un militar de las fuerzas especiales en misión secreta y no me moví hasta que estuve segura de que se había ido. Tuve que impedir que un peatón llamara al número de Emergencias, lo cual fue irritante pero también reconfortante, porque los neoyorkinos suelen estar demasiado ocupados con lo suyo para prestar atención a un cuerpo en el suelo. ¿Por qué me miras así?

—Te tiraste al suelo, ¿y pretendes convencerme de que lo tienes superado?

—Lo tengo superado —Fliss apretó los dientes—. ¿Su hermana no tenía que pasear a ningún perro ni nada que hacer?—.

Tienes razón. Tengo que hacerlo. Tengo que verlo y acabar con esto de una vez —solo pensarlo hacía que se le acelerara el corazón. Era una respuesta de lucha o huida y su cuerpo parecía optar por la huida.

—¿Quieres que te acompañe?

—Lo que de verdad quiero es que te hagas pasar por mí para no tener que ser yo la que lo haga —contestó Fliss. Cuando vio la mirada preocupada de su hermana, se maldijo por hablar demasiado—. ¡Es broma!

—¿De verdad?

—Claro que sí. Si te dejara hacer eso, perdería todo el respeto que pueda tener por mí misma. Tengo que hacerlo personalmente.

—Recuerda lo que dijo Molly. Es mejor que controles tú el encuentro. Pide una cita para uno de los animales. Así tendrás un motivo para ir allí y otro tema de conversación que no seáis vosotros. Si la situación resulta incómoda, podéis dejarla a un nivel profesional.

—¿Tú crees?

—Memoriza una frase. «Hola, Seth, me alegro de verte. ¿Cómo te va?». No me puedo creer que tenga que decirte yo esto. Tú eres la que sabe tratar con la gente y yo la que se pone nerviosa y a la que no le salen las palabras.

—Tienes razón. Debería ser fácil. ¿Y por qué no lo es?

—Probablemente porque dejaste muchas cosas sin resolver.

—Estamos divorciados. ¿Puede haber más resolución que esa?

—Tú estabas enamorada de él.

—¿Qué? No digas locuras. Era un capricho de adolescente, nada más. Sexo en la playa que se volvió más apasionado y salvaje de lo que habíamos planeado —Fliss guardó silencio al ver la mirada firme de Harriet.

—Ya estás otra vez ocultándome tus sentimientos —protestó esta.

—Créeme, tú no quieres que te cuente mis sentimientos

—contestó Fliss. Se puso rígida cuando su hermana se acercó a abrazarla—. ¿A qué viene eso? —sintió que Harriet la apretaba con más fuerza.

—Odio verte sufrir —dijo esta.

Y, por eso precisamente, Fliss le ocultaba toda la extensión de su dolor.

—Por supuesto que sí. Tú eres la gemela buena y yo soy la mala.

—También odio que te llames eso. Ya me gustaría a mí tener tus cualidades.

—Tú no tienes sitio para más cualidades. Ya estás llena de ellas.

—No me gusta que me llames «buena». No lo soy y uno de estos días haré algo muy malo para demostrarlo.

—No podrías ser mala aunque te empeñaras, pero, si decides intentarlo, espero que me llames. Me gustaría verlo. Me vas a estrangular, Harriet. No puedo soportar tanto cariño hasta que no tome por lo menos dos tazas de café —repuso Fliss.

Quería separarse porque no se fiaba de no decir más de lo que quería decir. El cariño de su hermana era como una llave que abría una parte de sí misma que prefería tener bien cerrada.

—Tú no eres mala —dijo Harriet.

—Prueba a decirles eso a Seth y al resto de la familia Carlyle —o a su padre—. Él tenía un futuro brillante hasta que llegué yo —Fliss se sirvió otro vaso de agua.

—Es veterinario, no creo que su futuro tenga nada de malo. ¿Y por qué asumes tú toda la responsabilidad de lo que pasó? Él también tuvo algo que decir.

¿De verdad? Al recordar los detalles, Fliss notó que palidecía. Había cosas que no le había contado ni a su hermana gemela. Cosas que no había contado a nadie.

—Tal vez —contestó—. Pero ya es suficiente charla por hoy.

Estaba alterada, como una bola de nieve que hubieran agitado, dejando que sus sentimientos, antes bien asentados, bailaran localmente en el interior de la bola. ¿Cómo podía tener todavía tantos sentimientos después de tanto tiempo? ¿No iban a desaparecer nunca? Era irritante e injusto.

—Si Seth va a vivir aquí, quizá yo debería irme de Nueva York —dijo—. Eso sería una solución.

—Eso no es solución, eso es huida. Tu negocio está aquí. Tu vida está aquí. Te encanta Nueva York. ¿Por qué te vas a ir?

—Porque, ahora que él está aquí, ya no estoy tan segura de que me encante.

—¿Y adónde irías?

—Tengo entendido que Hawái es bonito.

—Tú no te irás a Hawái. Tú vas a canalizar tu guerrera interior e ir a verlo. Le vas a decir: «Hola, Seth, ¿cómo está la familia?». Y después vas a dejar que hable él. Y, cuando termine, te das cuenta de la hora que es y te marchas. Eso es todo. ¿Y cómo sabes que no se alegrará de verte?

—Porque nuestra relación no terminó muy bien precisamente.

—Pero eso fue hace mucho. Él habrá pasado página, como has hecho tú. Probablemente esté casado.

A Fliss se le cayó el vaso de las manos, pero por suerte no se rompió.

—¿Está casado? —preguntó.

¿Y por qué le importaba si estaba casado o no lo estaba? ¿Qué importancia tenía eso? ¿Qué narices le pasaba?

—No sé si está casado. Solo he mencionado que puede ser una posibilidad, pero no tendría que haberlo hecho —Harriet, siempre pragmática, retiró el vaso y empezó a secar el agua con la fregona.

—¿Lo ves? No puedo hablar con él porque no controlo mis emociones —comentó Fliss—. Pero tú sí. Definitivamente, deberías hacerte pasar por mí. Así podríais tener esta conversación y acabar con esto y para ti no sería violento.

Harriet se enderezó.

—No me he hecho pasar por ti desde los doce años.
—Catorce. Olvidas la vez que me hice pasar yo por ti en Biología.
—Porque había un impresentable que no dejaba de atormentarme por mi tartamudeo. Johnny Hill. Tú le diste un puñetazo. ¿Cómo he podido olvidarlo?
—No sé. Fue un gran día.
—¿Estás de broma? Te dieron ocho puntos en la cabeza. Todavía tienes la cicatriz.
—Pero no volvió a molestarte, ¿verdad? Ni él ni ningún otro —Fliss sonrió y se pasó los dedos por la cicatriz escondida debajo del pelo—. Aquello te dio fama de chica dura. Así que me debes una. Vete a ver a Seth. Hazte pasar por mí. Es fácil. Solo tienes que hacer y decir todo lo que nunca harías ni dirías y resultarás convincente.

Harriet sonrió.
—Tú no eres tan mala chica, Felicity Knight.
—Antes lo era. Y Seth pagó el precio.
—Basta ya —dijo Harriet con firmeza—. Deja de decir eso. Deja de pensarlo.
—¿Por qué? Es la verdad —repuso Fliss. Pero ella también había pagado, y tenía la impresión de que esos pagos no terminaban nunca—. Si pudiera encontrar un modo de evitar verlo, lo haría. No tengo ni idea de qué decirle a un hombre al que le arruiné la vida.

A cuatro manzanas de distancia de allí, Seth Carlyle estaba ocupado con un cocker spaniel malhumorado.
—¿Cuánto tiempo lleva así? —preguntó.
—¿Así cómo? ¿Enfadado?
—Me refiero a cuánto tiempo hace que cojea.
—¡Ah! —la dueña frunció el ceño—. Una semana.
Seth examinó al animal con atención. El perro gruñó y él aflojó la presión de los dedos.

—Lo siento. No quería hacerte daño. Pero tengo que echarte un buen vistazo y ver qué es lo que pasa aquí —hablaba y tocaba al perro con gentileza y empezó a sentir que el animal se relajaba bajo sus manos.

—Usted le gusta —la mujer lo miró son sorpresa y un respeto nuevo—. El doctor Steve dice que usted le está ayudando. Me dijo que es usted un veterinario ilustre que ha trabajado en un hospital de animales en California.

—Lo de ilustre no sé, pero la segunda parte es verdad.

—¿Y por qué se ha ido de California? ¿Se ha cansado del sol y los cielos azules?

—Algo así —Seth sonrió y volvió su atención al perro—. Voy a hacer unos análisis para ver si así encontramos la respuesta que buscamos.

—¿Cree que es algo serio?

—Sospecho una lesión en tejidos blandos, pero quiero descartar algunas otras cosas —Seth dio instrucciones al ayudante veterinario, hizo análisis y observó la radiografía—. Debería limitarle el ejercicio.

—¿Y cómo quiere que haga eso?

—Procure tenerlo en un espacio pequeño.

—¿Y no puede pasear por Central Park?

—De momento no. Y que pase tiempo en su caja.

Cuando hubo terminado de tomar notas, se acercó a la recepción.

—¿Meredith?

—Hola, doctor Carlyle —la recepcionista se sonrojó y soltó la revista que leía detrás del escritorio—. ¿Puedo hacer algo por usted? ¿Café? ¿Un bollo? ¿Algo? Lo que sea, solo tiene que pedirlo. Le agradecemos mucho que haya venido a ayudarnos —dijo.

La expresión de sus ojos dejaba claro que aquel «lo que sea» no era una exageración, pero Seth ignoró aquella muda invitación y la expresión esperanzada de sus ojos.

—No necesito nada, gracias. ¿Ha llamado alguien mientras estaba en la clínica?

—Sí —la joven consultó la libreta que tenía delante—. Ha llamado la señora Cook para decir que la herida de Buster está mejor. Uno de los técnicos ha hablado con ella. Y Geoff Hammond ha llamado también por su chucho. Se lo he pasado a Steve.

—¿Eso es todo? —Seth sintió una punzada de decepción y Meredith volvió a comprobarlo, ansiosa por complacer.

—Sí, es todo —alzó la vista—. ¿Por qué? ¿Esperaba a alguien en particular?

«A mi exesposa».

—No —contestó Seth, que no pensaba decir la razón por la que preguntaba.

Estaba esperando que ella acudiera a él. Pensándolo bien, se dio cuenta de que trataba a Fliss más o menos como trataría a un animal herido y asustado. Con paciencia. Sin movimientos bruscos.

Ni siquiera podía fingir que ella quizá no supiera que estaba allí. Se había encontrado con Daniel, su hermano, en su segunda noche en Manhattan. El encuentro había sido incómodo y había dejado claro que la hostilidad de Daniel Knight hacia él no había disminuido con el tiempo. Pero sin duda le habría contado a Fliss que estaba en Manhattan. Los hermanos Knight estaban tan unidos como si los hubieran cosido juntos. Probablemente, en parte sería por su tormentosa vida familiar. Habían forjado un vínculo desde niños. A Seth no le extrañaba que Daniel fuera muy protector con Fliss. Alguien tenía que serlo y, desde luego, ese alguien no iba a ser su padre.

La había conocido cuando era una niña larguirucha de catorce años. Ella formaba parte del grupo de la playa durante los largos y maravillosos veranos en los Hamptons. A primera vista, era indistinguible de su hermana gemela, pero cualquiera que pasara unos minutos en compañía de ambas, sabría enseguida con cuál de las dos estaba hablando. Harriet era reservada y pensativa. Fliss era salvaje e impulsiva y atacaba la vida como si llevara a un ejército a la batalla. Era la primera en meterse en el agua y la última en salir. Nadaba o surfeaba hasta que los últimos rayos de sol se retiraban del mar. Era atrevida, valiente, leal y muy protectora con su hermana. También era temeraria, pero él había captado desesperación en sus actos, casi como si quisiera que alguien la desafiara. Seth a veces pensaba que le ponía demasiado empeño a la vida, que estaba decidida a demostrar algo.

Aquel primer verano no había sabido nada de su vida familiar. Su abuela había tenido la casa de la bahía durante décadas y era muy conocida en la zona. Su hija y sus nietos iban de visita todos los veranos, pero a diferencia de su madre, que participaba activamente en la comunidad tanto allí en la playa como en su residencia, en el norte del estado de Nueva York, la madre de Fliss era prácticamente invisible.

Y luego, un día, habían empezado los rumores. Habían recorrido las calles estrechas y entrado en las tiendas. Una pareja que pasaba cerca había oído voces que hablaban muy alto y después el sonido de un automóvil conduciendo demasiado rápido por las calles estrechas de la isla en dirección a la autopista. Los rumores se esparcían de una persona a otra, en susurros y preguntas, hasta que por fin llegaron a Seth. «Problemas en el matrimonio. Problemas familiares».

Seth había visto muy poco al padre. Casi todas sus impresiones de él procedían de las reacciones que provocaba en Fliss y en Harriet.

—¿Doctor Carlyle? —la voz de Meredith lo devolvió al presente y le recordó que su razón para estar allí era seguir adelante, no ir hacia atrás.

Desde que llegara a Nueva York había visto a Fliss dos veces. La primera en Central Park, en su primer día en Manhattan. Ella paseaba a dos perros, un dálmata lleno de vitalidad y un pastor alemán travieso que parecía decidido a desafiarla. Ella estaba demasiado lejos para salirle al encuentro, así que se había limitado a observar cómo se alejaba y tomar nota de los cambios.

Su cabello seguía siendo del mismo tono rubio mantequilla de antes y lo llevaba recogido como con descuido en la parte superior de la cabeza. Atlética y esbelta, caminaba con decisión y con un toque de impaciencia. Esa actitud lo había convencido de que se trataba de ella y no de Harriet.

Se había convertido en una mujer segura de sí, pero eso no le sorprendía. Siempre había sido una luchadora.

Estaba desesperado por verle la cara, por mirarla a los ojos y ver en ellos la chispa que indicara que lo reconocía, pero ella estaba lejos y no volvió la cabeza.

La segunda vez que la había visto había sido fuera de la clínica. Paseaba indecisa y eso lo convenció de que se trataba de ella y no de su hermana. Adivinó que estaría intentando reunir valor para hablar con él, y por un momento pensó que quizá podrían tener por fin la conversación que deberían haber tenido una década atrás. También había visto el momento exacto en el que ella había perdido el valor y se había marchado.

Seth había sentido exasperación y frustración, seguidas de la determinación de que acabarían hablando costase lo que costase.

La última vez que habían estado juntos la atmósfera estaba llena de emociones. Estas habían impregnado el aire como el humo espeso de un fuego, ahogando todo lo demás. Quizá si ella hubiera sido distinta, más dispuesta a hablar, habrían podido arreglar aquello, pero Fliss, como siempre, se había negado a revelar lo que sentía y, aunque él tenía sentimientos de sobra por los dos, no había sabido cómo llegar hasta ella. La breve intimidad que los había unido se había evaporado.

Se negaba a creer que esa conexión hubiera sido puramente física, pero había sido el aspecto físico el que había acaparado toda su atención.

Si pudiera volver atrás en el tiempo, actuaría de otro modo, pero el pasado ya no existía y solo quedaba el presente.

No habían tenido ningún contacto en diez años, así que su encuentro sería incómodo para ambos, pero era un encuentro que tendría que haberse dado mucho antes y, si ella no iba a él, solo quedaba una opción.

Tendría que ir él a ella.

Había intentado olvidarla. Había intentado superar el pasado. No lo había conseguido y había llegado a la conclusión de que el único modo de avanzar era abordar el problema de frente.

Quería la conversación que tendrían que haber tenido una década atrás. Quería respuestas a las preguntas que yacían latentes en su cabeza. Sobre todo, quería poder cerrar aquella etapa.

Quizá así pudiera pasar página.

CAPÍTULO 2

El teléfono de Harriet sonó justo después de las 5:30 de la mañana y Fliss estaba ya saliendo por la puerta. La había despertado temprano una paseadora de perros que había contraído una gastroenteritis después de una noche fuera y no podía salir de la cama y mucho menos sacar a pasear a un perro lleno de energía. Pensar en el bulldog Barney esperando con paciencia en el apartamento de su dueño en Tribeca a una persona que no iba a llegar hizo que Fliss saltara de la cama una hora antes de lo que se levantaría normalmente.

Al menos era para pasear a un perro.

Le gustaba la sencillez de lidiar con animales. Los animales nunca intentaban obligarla a hablar de cosas de las que no quería hablar.

—¿Harriet? Te llaman por teléfono —gritó a su hermana. Y a continuación lanzó una maldición al oír el ruido de la ducha.

Sabía que era imposible que su hermana oyera el teléfono con el ruido del agua, así que miró el aparato, dividida entre la necesidad de salir a batallar en el metro y la atracción casi irresistible de un posible cliente nuevo.

Volverían a llamar.

Pero tal vez Harriet no contestara porque odiaba hablar por teléfono con desconocidos. Y entonces perderían un cliente.

¡Maldición! Fliss cerró la puerta, miró la pantallita y contestó la llamada frunciendo el ceño.

—¿Abuela?

—¿Harriet? ¡Oh, cómo me alegro de encontrarte, querida!

—Soy... —Fliss iba a decir que no era su hermana, pero su abuela seguía hablando.

—No quiero preocuparte, pero he tenido una caída.

—¿Una caída? ¿Cómo? ¿Dónde? ¿Es grave?

—He tropezado en el jardín. Muy tonto por mi parte. Quería hacer algo con la maleza. Y la puerta de la verja está tan roñosa que casi no abre. ¿Recuerdas que siempre ha hecho ruido?

—Sí —Fliss miró por la ventana del apartamento. Cuando se escapaba por la noche para encontrarse con Seth, echaba aceite en la verja para intentar que no rechinara—. ¿Qué te has hecho? ¿Dónde estás ahora?

—Estoy en el hospital. ¿Te puedes creer que estoy en la misma habitación donde estuve cuando me quitaron la vesícula hace diez años?

—¿Qué? —Fliss se riñó interiormente por estar pensando en Seth—. Abuela, eso es horrible.

—Es perfecta. La habitación tiene una vista muy hermosa del jardín. Estoy muy contenta de estar aquí y me cuidan muy bien.

—Me refiero a que es horrible que estés en el hospital, no a que sea horrible que tengas una buena habitación.

—Estar aquí no es tan horrible. Lo malo será cuando me envíen a casa. Y no lo harán hasta que les asegure que tengo a alguien allí que me cuide. Creo que exageran mucho, pero tengo algunos moratones y al parecer estuve un rato inconsciente —hubo una pausa—. Me preguntaba... No me gusta pedirte esto, pues sé que las dos estáis muy ocupadas con vuestro negocio, pero ¿hay alguna posibilidad de que te vengas unas semanas? Solo hasta que pueda caminar sola. Estoy demasiado lejos de la ciudad para poder arreglarme fácilmente y, si no puedo conducir, no sé cómo me las arreglaré. ¿Fliss podría prescindir de ti un tiempo? Tendrías que salir de Nueva York, pero siempre te han gustado los veranos aquí.

«Tendrías que salir de Nueva York».

Era la mejor frase que Fliss había oído en una temporada. Apretó el teléfono con fuerza.

—¿Salir de Nueva York? —los pensamientos se agolpaban en su cabeza—. ¿Quieres que pase el verano contigo?

—Solo unas semanas. Necesitaré ayuda con la compra y la cocina, y algunas cosas sencillas en la casa. Solo hasta que pueda andar sola. Y también está Charlie, claro. No puedo sacarlo de paseo y necesita hacer ejercicio.

Fliss hizo una mueca. Charlie era el beagle de su abuela. Un perro testarudo y maniático. También aullaba mucho, lo que implicaba que Fliss tenía que tomar analgésicos para el dolor de cabeza siempre que iba de visita.

Recordó que se estaba haciendo pasar por Harriet y reprimió lo que iba a decir.

—¿Cómo está el querido Charlie? —casi se atragantó con aquellas palabras. ¿Cómo lo hacía su hermana? ¿Cómo era siempre tan amable y generosa?

—Demasiado enérgico para que yo pueda con él en una temporada, y tú te llevas muy bien con él. No debería tener otro perro a mi edad, pero ¡me da tanta alegría! Desgraciadamente, no puedo cuidar de él si tengo que estar descansando.

—Pues claro que no puedes —Fliss miró a Harriet, que salía del cuarto de baño envuelta en una toalla—. Iré yo.

—¿Vendrás? ¡Oh! ¡Qué buena chica eres! Siempre lo has sido.

«No», pensó Fliss. No lo era. Nunca había sido una buena chica. Ese era el problema. Incluso entonces, iba a hacer lo correcto por las razones equivocadas. Pero lo iba a hacer y eso era lo que contaba, ¿no? ¿Importaba acaso que tuviera razones propias para querer huir de la ciudad?

—¿Cuándo te enviarán a casa, abuela? —preguntó.

—Pasado mañana, si tú puedes recogerme en el hospital. Tendrás que alquilar un coche...

—No te preocupes, me encargaré de eso —repuso Fliss.

Se sentía muy aliviada. La nube que había enturbiado su buen humor en las últimas semanas se despejó del todo. Aquella era la solución perfecta a su problema. No tenía que irse a Hawái. Ni siquiera tenía que salir del estado de Nueva York.

—Cuídate, abuela. Le daré un beso de tu parte a Fliss —dijo.

Cortó la llamada y Harriet enarcó las cejas.

—¿Por qué te das un beso a ti misma?

—Porque ella cree que soy tú.

—¿Y no se te ha ocurrido sacarla de su error?

—Iba a hacerlo, pero entonces se me ha ocurrido un plan genial.

—Ahora me he puesto nerviosa.

—¿Recuerdas que dije que podía irme a Hawái? Pues resulta que no es necesario. Voy a pasar el verano en los Hamptons.

—¿El verano en los Hamptons?

Fliss sonrió.

—Sí. Ya conoces el sitio. Playas, pueblos, arena y olas, helado chorreándote por los dedos, tráfico y turistas.

—Conozco muy bien los Hamptons. También sé que tú sueles evitar ese sitio.

—Lo evito porque me da miedo encontrarme con Seth, pero él está en Manhattan. Si voy a los Hamptons, puedo pasear en vez de esconderme. Y la abuela me necesita.

—Pensaba que me necesitaba a mí.

—Somos intercambiables.

—¿Por qué te necesita? ¿Ha ocurrido algo?

—Se ha caído. Está en el hospital, pero le darán el alta en cuanto haya alguien que se encargue de ella.

—¡Oh, no! ¡Pobre abuela! —Harriet se mostraba horrorizada—. ¿Por qué no le has dicho que eras tú?

—Porque habría pedido hablar contigo. Te buscaba a ti, no a mí. Probablemente no crea que yo pueda ser una buena enfermera —Fliss pensó un momento cómo sería ser la hermana a la que todos querían tener cerca—. Y seguramente tenga razón.

Harriet suspiró.

—Fliss…

—¿Qué? Las dos sabemos que no soy una gran cuidadora, pero juro que, si accedes a dejarme ir y quedarte aquí, la cuidaré muy bien. Haré lo que sea. La bañaré, seré comprensiva, sacaré a pasear a Charlie…

—A ti no te gusta Charlie.

—No me gusta su sordera selectiva, eso es todo. Odio que se pare a oler absolutamente todo lo que encuentra en su camino. La última vez que lo saqué casi me arrancó el brazo.

Es un beagle. Los beagles son perros de caza.

—Pues no debería cazar cuando salgo con él.

—Es el perro perfecto para la abuela. Ella ya no puede andar deprisa y así Charlie tiene más tiempo para olfatear. Los beagles me parecen fantásticos. Básicamente son un olfato con patas.

—Para ti todos los perros son fantásticos. Y Charlie no es tan fantástico cuando está ladrando. Pero me ocuparé de él. Me ocuparé de todo. Hasta lo abrazaré si es lo que tengo que hacer. Y te contaré todo lo que pase y haré todo lo que me pidas. Hasta preparar tus galletas de chocolate favoritas.

—¡No! —Harriet parecía asustada—. No hagas eso. Prenderás fuego a la casa.

—Está bien. Nada de galletas —Fliss se dejó caer en un sillón. El alivio de contar con un respiro hizo que se diera cuenta de lo estresada que había estado—. ¡Por favor, Harriet! Tengo que salir de Manhattan. No puedo relajarme, no puedo dormir y, cuando no duermo, estoy de un humor de perros.

—Ya me he dado cuenta. Muy bien. Vete —Harriet se frotó el pelo con una toalla—. Pero tendrás que decirle la verdad a la abuela. No puedes hacerte pasar por mí. Eso es pasarse de la raya.

Fliss no contestó.

Se había pasado tantas veces de la raya, que ya no sabía en qué lado de la raya estaba.

—No puedo decírselo antes de ir. Me arriesgaría a que me dijera que no me quiere a mí —comentó. Sintió dolor en la boca del estómago. La verdad era que todos querían a Harriet. Su hermana era amable y generosa. Era acogedora y tranquila. Jamás le había mentido a un hombre ni había tenido sexo salvaje en una playa—. Se lo diré en cuanto llegue a recogerla del hospital.

—¿Estás segura de que esto te servirá de algo? Antes o después, tendrás que volver y hablar con Seth. Solo estás aplazando lo inevitable.

—Aplazar lo inevitable me parece una idea maravillosa en este momento. Nunca hagas hoy lo que puedas dejar para la semana que viene.

Harriet la miró.

—¿Y qué tengo que decir si me encuentro con Seth? —preguntó.

—¿Seguro que no puedes hacerte pasar por mí?

—Seguro.

—Porque eres muy honesta.

—Sí, pero también porque soy una actriz horrible. ¿Y si me besa creyendo que eres tú?

«Serías la mujer más afortunada del mundo», pensó Fliss.

El estómago le dio un vuelco.

—Eso no ocurriría. No te encontrarás con él, pero, si te encuentras, pues sonríe y salúdalo —dijo. Se encogió de hombros—. Si supiera qué decir, lo diría yo. Pero no creo que lo veas.

—Tú te marchas porque tienes miedo de verlo —señaló Harriet—. Y yo voy mucho a la clínica veterinaria.

—Pues quizá sí que os encontréis. Pero todo irá bien. ¿Defenderás el fuerte mientras estoy en los Hamptons? Te prometo que me ocuparé de todo el papeleo, llevaré las cuentas y haré todas las llamadas que te den náuseas.

—Está bien —Harriet se dirigió al dormitorio, pero se detuvo en la puerta—. No quemes la casa.

—No cocinaré, lo prometo —contestó Fliss.

Estaba dispuesta a prometer lo que hiciera falta. Cualquier cosa. No podía seguir allí con Seth a pocas manzanas de distancia, sabiendo que podía encontrarse con él en cualquier momento.

Tenía que marcharse.

La voz de Vanessa traslucía irritación cuando dijo:

—Mamá quiere saber si vendrás a Vermont para el Cuatro de Julio.

Seth conocía lo bastante a su hermana para saber que era mejor no hacer caso de su malhumor. Era una organizadora y nadie hacía nunca las cosas a su entera satisfacción. Si hubiera sido un animal, habría sido un perro pastor, que congregaba a las ovejas donde quería.

—No puedo ir, tengo que trabajar —contestó.

—¿El fin de semana de la fiesta?

—Puede que te sorprenda, Vanessa, pero los animales no tienen en cuenta el calendario a la hora de ponerse enfermos.

—No eres el único veterinario que hay en el estado de Nueva York. ¿No puedes cambiárselo a alguien? Tenemos que planearlo. Hemos alquilado dos cabañas en el complejo turístico Snow Crystal, al lado del lago. Será un lugar idílico. Y le sentará muy bien a mamá. Es algo nuevo, que no hemos hecho nunca. Es la tierra del sirope de arce, la salsa de manzana y el senderismo. Ese sitio tiene el mejor restaurante en kilómetros a la redonda. He leído mucho sobre la chef, una mujer francesa. Ya sabes cómo adora mamá todo lo francés. Y lo mejor de todo es que allí no habrá nada que le recuerde a papá.

A Seth se le encogió el estómago. La muerte repentina de su padre era tan reciente, que continuamente había cosas que se lo recordaban. No sabía si esos recuerdos eran valiosos o dolorosos, pero sí sabía que desplazarse a Vermont no haría que fuera más fácil sobrellevar su pérdida.

—Planea sin mí.

—Estoy planeando contigo, por eso te llamo —Vanessa hizo una pausa—. He pensado que puedes invitar a Naomi.

Eso irritó a Seth.

—¿Y por qué voy a hacer eso?

—Porque sigue enamorada de ti. Salisteis casi un año, Seth.

—Y rompimos hace diez meses.

—Papá murió y fue una época muy dura. Ninguno de nosotros sabíamos muy bien lo que hacíamos.

Seth sabía que era más que eso. Mucho más.

—¡Déjalo, Vanessa!

—No lo dejaré.

«Familias», pensó él.

—¿Por qué sacas ese tema ahora? —quiso saber.

—Porque no entiendo qué te pasa. ¿Conoces a la mujer ideal y luego rompes con ella?

—Esto no es asunto tuyo, Vanessa. Tú no tienes que entenderlo. Mis relaciones y mi vida son cosa mía.

—¿Qué relaciones? Esa es la cuestión, Seth, que no tienes relaciones. Tenías una relación de ensueño, perfecta, y la rompiste. Y no es solo que no te entienda. Adoro a Naomi. Y mamá también.

—Sí, bueno, pues puede que esto te sorprenda, pero no basta con que mi familia adore a la mujer con la que salgo. También tengo que adorarla yo.

—¿Cómo puedes no quererla? Naomi es la persona más dulce del planeta. ¿Qué tiene de malo?

—No tiene nada de malo. Y tienes razón. Es muy dulce.

—Por fin estamos de acuerdo en algo. Ahora supongo que lo que debería preguntar es qué es lo que te pasa a ti.

El problema radicaba en que él no era goloso. Le gustaba algo más fuerte. Con más garra. La dulzura empalagosa no le atraía mucho, pero no tenía intención de compartir ese detalle con su hermana. A Bryony, la menor de sus hermanas, jamás se le ocurriría meterse en su vida.

—Tienes que dejar ese tema, Vanessa.

—No puedo. Tú eres mi hermano y Naomi es mi amiga —contestó su hermana.

Y para ella, aquello era suficiente. Quería que todo fuera como ella quería.

«Seth no quiere jugar a lo que yo digo», había sido su queja constante de niña. Él sonrió al recordarlo. No le había seguido el juego entonces y, desde luego, tampoco se lo iba a seguir ahora.

—He pensado que quizá si pasarais algo de tiempo juntos en Vermont, podríais...

—Se acabó, Vanessa. Y, si le insinúas algo a ella, si le dices que si pasamos juntos el Cuatro de Julio, podría haber una reconciliación, serás tú la que le haga daño. No debes hacer eso.

—¿Tan malo es querer verte casado y asentado algún día?

—Ya he estado casado.

Hubo una pausa tensa.

—Eso no cuenta. No fue real.

Para él sí había contado. Había contado cada minuto. Y lo sentía todavía tan real como entonces.

—¿Has terminado? —preguntó.

—Ahora te has enfadado, pero fue en Las Vegas, Seth, ¡en Las Vegas! ¿Quién se casa en Las Vegas? Asumo que lo hiciste porque tenías la extraña idea de que así la apartabas de su padre. Por protegerla. Te has pasado la vida rescatando cosas, pero ella no necesitaba protección. Eres un caballero y ella se aprovechó de ti.

Seth decidió que era bueno que su hermana no pudiera verlo sonreír.

—A lo mejor no soy tan caballero. Puede que no me conozcas tan bien como crees.

—Sé que no te habrías casado si ella no te hubiera obligado.

—¿Crees que me llevó esposado hasta la puerta de la Capilla Elvis?

—Y, si fue una boda de verdad, ¿por qué no nos invitaste?

—Porque es imposible invitaros sin tener que oír vuestras opiniones.

—Le hiciste daño a mamá.

Seth se puso tenso porque sabía que era cierto. Y su hermana tenía muy claro por dónde atacar.

—Tengo que dejarte, Vanessa. Tengo pacientes a los que atender —«y una exesposa a la que buscar».

—Puede que me esté pasando de la raya...

—Siempre lo haces.

—... pero eso ocurre siempre que hablamos de ella. La has visto, ¿verdad? Por eso buscaste ese empleo en Nueva York.

Seth no necesitaba preguntarle a quién se refería. Consideró un momento no contestar, pero decidió que eso solo prolongaría la conversación.

—No la he visto todavía.

—¿Todavía? Eso significa que piensas hacerlo. ¿En qué estás pensando? O quizá es que no piensas y la testosterona te afecta al cerebro —Vanessa suspiró—. Lo siento, pero quiero que seas feliz. Quizá deberías verla. Quizá, si volvieras a estar cara a cara con ella, pudieras sacártela de dentro —hablaba como si Fliss fuera una sobredosis, algo que podía superarse con el antídoto apropiado.

—No tengo nada que sacarme, pero gracias por darme permiso para verla.

—Odio el sarcasmo.

—Y yo que necesites controlar las vidas de los demás.

—Me vuelves loca, ¿lo sabes?

—El deber de un hermano es volver loca a su hermana.

—No hasta este punto —Vanessa suspiró—. Pensándolo mejor, lo retiro. No creo que debas verla. No tomas buenas decisiones cuando la tienes cerca. Ella te arrancó el corazón, Seth, y luego lo usó como balón de fútbol.

—«Ella» tiene nombre.

—Felicity. Fliss —Vanessa casi se atragantó—. Y tú hablas en voz baja, lo que indica que estás furioso conmigo. Pero ella te confunde y siempre lo ha hecho. Es una tigresa.

—¿Tigresa? Solo a su hermana se le podía ocurrir una palabra así. Seth pensó en Fliss, recordó el brillo malicioso de sus ojos felinos y la curva burlona de su boca. Tal vez la palabra «tigresa» le viniera bien a ella. Y tal vez él tuviera adicción a las tigresas.

Quizá corriera tanto peligro como pensaba su hermana.

—¿Has terminado? —preguntó.

—¡No me cortes! No quiero que vuelvas a sufrir, eso es todo. Tú me importas.

—No tienes que preocuparte por mí. Sé lo que hago.

—¿Estás seguro? —la voz de Vanessa sonaba espesa—. Tú fuiste el que nos sostuvo cuando murió papá. Fuiste nuestro apoyo. Nuestra roca. Tienes hombros anchos, Seth, pero ¿en quién te apoyas tú? Si no quieres volver con Naomi, deberías buscar a otra. No quiero que estés solo el resto de tu vida.

—No estamos poblando el arca de Noé, Vanessa. No tenemos que ir todos de dos en dos.

—No volveré a sacar el tema. Tienes razón, eres lo bastante mayor para tomar tus propias decisiones. Hablemos mejor de la casa. Mamá quiere venderla.

A Seth le dio un vuelco el corazón.

—Es muy pronto para tomar esa decisión.

—Sé que tú no quieres venderla, pero ella no puede soportar la idea de volver allí.

—Quizá lo vea distinto más adelante.

—Y quizá no. ¿Por qué te importa a ti, Seth? Te estás haciendo una casa cerca del agua. Cuando la hayas terminado, no necesitarás Ocean View.

Seth pensó en la casa grande que había formado parte de su vida desde que podía recordar. Tal vez Vanessa tuviera razón. Quizá quería conservarla por él, no por su madre.

—Hablaré con un agente inmobiliario en cuanto tenga ocasión. Pediré una valoración —dijo.

—Bien. ¿Te encargas tú de eso?

—Sí —repuso él.

Casi podía ver mentalmente a su hermana tachando aquella tarea de la lista. Vanessa sobrevivía a base de listas. Si algo no estaba en su lista, no se hacía. Era fácil imaginarla, lápiz en mano, preparada para tachar «Buscarle esposa a Seth». Había heredado esas tendencias organizativas de su madre, una anfitriona amable y generosa. Todos los que llegaban a la casa de los Carlyle se sentían bienvenidos. El verano en los Hamptons había sido una ronda interminable de visitas de amigos y familiares. Nadie comía dos veces lo mismo. Su madre tenía un archivo con lo que le gustaba y disgustaba a cada uno, con los matrimonios, divorcios y aventuras. Lo apuntaba todo para evitarse situaciones violentas. Y tenía un equipo de gente para ayudarla.

Vanessa era igual, salvo que ella tenía más de sargento que de anfitriona simpática.

—¿Y pensarás lo del Cuatro de Julio? —preguntó.

—No hay nada que pensar. Sé que estaré trabajando.

—En ese caso, iré a verte pronto. Comeremos juntos. Y Seth...

—¿Sí?

—La veas o no la veas, por lo que más quieras, no dejes que vuelva a hacerte daño.

CAPÍTULO 3

Alquiló un descapotable, porque, si se tenía que conducir hasta la playa un día cálido de verano, mejor disfrutar del viaje. Solo el precio del seguro era ya para hacer llorar. Por suerte ella nunca había sido muy llorona. Su negocio iba bien. Era joven, libre y soltera. Disfrutaría todo lo que pudiera de aquello. Dejaría sus problemas, o más bien «su problema» atrás en Manhattan.

Satisfecha consigo misma, salió de la ciudad por la autopista de Long Island y tomó después la Ruta 27. Como siempre, estaba atascada. Avanzaba un poco y se paraba, avanzaba un poco y se paraba. Fliss, impaciente, tamborileaba con los dedos en el volante y miraba impaciente al frente. Demasiada gente que no iba a ninguna parte. El tráfico era casi tan malo como en Manhattan, pero ella tenía el buen criterio de no conducir en Manhattan.

«Calma», pensó. «Respira».

Harriet siempre le decía que debía probar a hacer meditación o *mindfulness*, pero Fliss no sabía qué hacer con toda la energía que llevaba dentro. No era una persona suave ni tranquila. Su hermana practicaba yoga y pilates, pero ella prefería *kickboxing* y kárate. No había nada más satisfactorio que dar un puñetazo o una patada fuerte y bien colocada. El descanso y la calma no eran para ella, pero, eh, podía fingir. Cambió de música, pasando de rock and roll, que encajaba perfectamente con el ritmo de Nueva York, a algo más suave y relajado.

En lugar de pensar en Seth, intentó centrarse en sus planes para el negocio. Harriet era partidaria de que siguieran como estaban y ella quería ampliar. Tendría que convencer a su hermana de que eso era lo que tenían que hacer, aunque cada una amaba el negocio por motivos diferentes. Harriet lo amaba porque le permitía trabajar con animales, lo cual la mantenía muy dentro de su zona de confort. Fliss lo amaba porque disfrutaba de la adrenalina de crear algo y verlo crecer. Cada cliente nuevo era un ladrillo más en la pared de la seguridad económica que iba construyendo a su alrededor.

Nadie podría controlarla nunca ni dictarle lo que tenía que hacer.

Se ganaba la vida y tomaba las decisiones que quería.

Ya nadie podría llamarla «inútil».

Intentó pensar en el negocio y en cualquier cosa que no fuera Seth. Pero el hecho de intentarlo no evitaba que pensara continuamente en él. Quizá fuera porque volvía a la playa. Al lugar donde había pasado los días más felices de su infancia. Al lugar donde la tierra se encontraba con el agua.

Al lugar donde se habían conocido.

En la desembocadura del río Peconic, en el lado oriental de Long Island, la tierra se bifurcaba en dos en un lugar que los nativos americanos llamaban Paumanok. Fliss siguió por el lado sur, que llevaba a la parte más codiciada de la isla. Esperó a tener una recta libre y pisó el acelerador a fondo. Iba muy deprisa pero ¿por qué no? Por fin tenía la carretera para ella sola y, después de haber pasado un atasco, quería correr.

Cuando la carretera se estrechó ligeramente, frenó y giró a la derecha, donde fue pasando casas que bajaban hasta el borde del agua. Allí era donde la élite pasaba los veranos. Personas que habían triunfado y otras que querían fingir que habían triunfado alquilando una casa en la playa unas cuantas semanas cada verano.

Divisó un mercadillo de alimentos lleno de productos. Paró el coche en un impulso y tomó su bolso. No sabía qué comida tendría su abuela en la casa. Si compraba algo, no moriría de hambre y hasta ella era capaz de hacer una ensalada.

Llevaba pantalones cortos y camiseta, pero, después de horas conduciendo bajo un sol de justicia, estaba deseando desnudarse y sumergirse en el mar. ¿Desnuda? Sonrió, recordando la promesa hecha a su hermana. En esa visita se iba a esforzar por dejarse la ropa puesta. Lo cual no sería fácil, porque hacía un calor que freía el cerebro y volvía irritable a la gente.

Se puso una gorra de béisbol y se bajó la visera. Aunque no creía probable que se encontrara con conocidos, no estaba de humor para conversaciones amables. Esperó con la cabeza baja y tamborileando con el pie en el suelo hasta que la familia que había delante de ella terminó de elegir la fruta que quería comer, reprimiendo las ganas de gritarles que se decidieran de una vez, y luego le tocó el turno a ella. Había melocotones, fresas, lechugas recién arrancadas y muchos tomates. Compró un poco de cada cosa, hizo una foto y se la envió a su hermana.

La prueba de que no robo en los huertos de la gente, escribió.

Al lado de los productos de granja, había un remolque de comida donde servían café *macchiato* y Fliss tomó uno pensando que aquel no era tan mal exilio después de todo. La disponibilidad de café bueno no iba en proporción con el número de habitantes de aquel trozo de tierra comparativamente pequeño.

Había olvidado la sensación de estar de pie con el sol calentándole la piel y el olor del mar en el aire. Eso la devolvía a su infancia, a los deliciosos primeros momentos en los que llegaban a la playa con largas semanas por delante.

Cargaban el coche por la mañana temprano para hacer el viaje antes de que empezara a apretar el calor. Recordaba todavía la tensión dolorosa de aquellas partidas mañaneras. La expresión tormentosa de su padre y las palabras apaciguadoras de su madre. Era como untar miel en una tostada quemada.

Por mucho que uno intentara endulzarla, la tostada seguía estando quemada.

Habían aprendido a calibrar el humor de su padre. Cuando su hermano llegaba a la mesa del desayuno y murmuraba: «hoy hay tormenta» o «nubes oscuras y algo amenazadoras», todos sabían que no hablaba del tiempo.

El día que se marchaban a pasar el verano, todos rezaban para que el tiempo estuviera a su favor.

Harriet se deslizaba en la parte de atrás del coche e intentaba hacerse invisible y Fliss ayudaba a su hermano a cargar, empujando las bolsas un poco al azar en su prisa por salir corriendo. «Termina y vámonos».

Hasta el mismo momento de la partida, existía siempre la posibilidad de que no se fueran. De que su padre encontrara el modo de detenerlos.

Fliss recordaba el nudo de miedo en la garganta. Si se negaba a dejarlos marchar, el verano quedaría arruinado. Y recordaba la deliciosa sensación de libertad cuando partían por fin y se daban cuenta de que lo habían conseguido. Era como salir de un bosque oscuro y opresivo a un lugar de sol brillante. La libertad se extendía ante ellos como una ancha carretera abierta.

Miraba aliviada cómo su madre aflojaba la presión de los dedos en el volante y cómo volvía por fin la sangre a sus nudillos.

Su hermano, que reclamaba el asiento de delante para él por ser el mayor, ponía una mano encima de la de su madre.

—Todo bien, mamá.

Todos sabían que no estaba bien, pero estaban dispuestos a creer que sí, a fingir, y cuantos más kilómetros se alejaban de la casa, más cambiaba su madre.

Cambiaban todos, incluida Fliss. Dejaba su vida y su malhumor de Manhattan igual que cambia una serpiente de piel.

Miró a su alrededor, sorprendida de que estar allí le siguiera produciendo la misma sensación y preguntándose por qué había necesitado que hubiera una crisis en su vida para volver.

Aparte de algunas visitas breves a su abuela, no había pasado tiempo allí desde la adolescencia.

Cuando terminó el café, siguió su camino. Esa parte de la isla tenía las casas más codiciadas de todos los Hamptons. Pasó mansiones rodeadas de cedros, con caminos de entrada circulares, setos altos y grandes ventanales, que el viento y el clima había vuelto de un color gris brillante. Algunas estaban habitadas todo el año y otras se alquilaban solo en verano por personas que atascaban las carreteras y las tiendas y volvían locos a los habitantes de la zona. La mayoría eran muy ricos.

La casa de su abuela no tenía tantos metros cuadrados ni tanta seguridad sofisticada como las de algunos de sus vecinos más próximos, pero lo que le faltaba de grandiosidad lo compensaba con encanto. A diferencia de algunas de las mansiones más nuevas que la rodeaban, Sea Breeze llevaba décadas en pie. Tenía un tejado de tejas y ventanales grandes que daban al mar, pero su mayor ventaja era su proximidad al océano. Los promotores, ansiosos por explotar el terreno más codiciado de la zona, le habían ofrecido a su abuela grandes sumas de dinero por la propiedad, pero ella siempre se había negado a vender.

La gente de la zona sabía que el abuelo de Fliss le había comprado esa casa a su esposa el día de su matrimonio. Su abuela le había dicho en una ocasión que venderla sería como regalar su alianza de boda o romper un juramento.

El matrimonio, decía, era para siempre.

Fliss sintió dolor en las manos y se dio cuenta de que apretaba el volante con tanta fuerza que casi interrumpía el suministro de sangre.

Su matrimonio no había sido para siempre.

Seth y ella no habían llegado a los tres meses. Y había sido culpa suya, por supuesto. Se sabía culpable de eso y no era cómodo llevar esa carga.

Se desconcentró un segundo y en ese momento un perro salió disparado a la carretera. Apareció sin previo aviso, apenas una mancha de color marrón dorado.

Fliss pisó el freno con fuerza, levantando polvo. El corazón le latía con fuerza.

—¡Maldita sea! —exclamó.

Se quedó sentada, combatiendo el shock, con el corazón a punto de salírsele del pecho. Cuando abrió la puerta, le temblaban las manos. ¿Le había dado? No. No había sentido un golpe ni nada de eso, pero el perro yacía en la carretera con los ojos cerrados. Seguro que le había dado.

—¡Dios santo, no! —Fliss corrió a su lado y se dejó caer de rodillas. Además de sus otros crímenes, ahora era asesina de criaturas inocentes—. Lo siento. No te he visto. Por favor, dime que estás bien, por favor dime que estás bien —murmuró.

Entonces oyó una voz a sus espaldas.

—Está bien. Es uno de sus trucos.

La voz hizo que Fliss se quedara sin respiración. Quería que hubiera un error, pero el reconocimiento era visceral y se preguntó sin darse cuenta cómo era posible que una voz fuera tan individual como una huella dactilar. Aquella voz solo podía pertenecer a una persona. Ella había oído esa voz hablando con tono mesurado, burlón, autoritario o divertido. La había oído endurecida por la rabia y suavizada por el amor. La había oído en sueños en los diez últimos años y sabía que no había error posible, aunque no tenía sentido que estuviera allí.

Seth se encontraba en Manhattan. Esa era la razón por la que ella estaba allí. De no ser por él, no habría estado en esa carretera a esa hora y, si no hubiera estado pensando en él, quizá se habría concentrado y habría visto al perro antes de que saliera sin previo aviso de detrás de unas dunas de arena.

—¿Se encuentra bien? —la voz de él sonaba profunda y tranquila, como si estuviera acostumbrado a calmar la ansiedad de las personas—. Parece alterada. Le prometo que la perra está bien. Antes trabajaba en películas y la entrenaron para hacerse la muerta.

Fliss cerró los ojos y se preguntó si ella podría hacer lo mismo.

Se tumbaría en la carretera conteniendo el aliento a esperar a que él pasara de largo y siguiera su camino.

Se sentía aliviada por el tema del perro, pero no estaba preparada para hablar con Seth. Todavía no. Y menos así. ¿Cómo había ocurrido aquello? Después de tanta planificación, ¿cómo era posible que se encontrara en esa situación?

No había justicia. O quizá la justicia fuera aquello. Quizá aquel fuera su castigo. Tener que sufrir por los pecados del pasado.

La perra abrió los ojos y se levantó de un salto, moviendo la cola. Fliss no tuvo más remedio que incorporarse a su vez. Lo hizo despacio, de mala gana, sacudiéndose el polvo de las rodillas, aplazando el momento de quedar cara a cara con él.

—Quizá debería sentarse —dijo él.

«Quizá debería salir corriendo», pensó ella.

Se volvió, sus miradas se encontraron y enseguida sintió que retrocedía en el tiempo. Tenía dieciocho años, estaba tumbada en la playa, desnuda, caliente y contenta, abrazada a él, con las caras de ambos tan próximas que casi se tocaban. Siempre le había gustado estar físicamente cerca de él, como si la proximidad disminuyera las probabilidades de perderlo. «Tócame, Seth, abrázame».

Él la había tocado y abrazado y ella lo había perdido de todos modos.

Y Seth estaba obviamente sorprendido de haberla vuelto a encontrar.

Su cara mostró sorpresa, seguida de confusión. Extendió el brazo y le echó el sombrero hacia atrás para verle mejor la cara.

—¿Fliss?

Ella también estaba confusa. Había asumido que el tiempo habría diluido el efecto que aquel hombre le producía y habría neutralizado sus sentimientos. Pero parecía que lo hubiera concentrado todo. Hacía casi diez años que no le veía la cara y, sin embargo, todo era dolorosamente familiar. Las arrugas en las esquinas de los ojos, los pocos mechones de pelo que insistían en colgarle sobre la frente, las pestañas espesas que enmarcaban sus ojos, tan negras como el corazón de un pirata. Una oleada de excitación sexual la bañó con una fuerza sorprendente. El tirón magnético era tan potente, que casi se inclinó hacia delante. Si hubiera estado en el coche, se habría desplegado el air bag.

Estaba caliente y sudorosa, y por eso no le gustaba que él se las arreglara para parecer tan tranquilo. Llevaba una camisa blanca y pantalón caqui. Siempre había sido increíblemente atractivo y los años transcurridos se habían llevado lo último que le quedaba de chico y habían moldeado al hombre. Tenía el mismo físico atlético, pero sus hombros eran más anchos, su cuerpo más fuerte y poderoso.

En otro tiempo, ella había creído que quizá los finales felices no se daban solo en los libros y en las películas. Sus sentimientos por él la habían llenado de tal modo que no había sitio para nada más, de tal modo, que no había sabido cómo contenerlos. Por suerte, todos los años de entrenamiento con su padre le habían enseñado a esconderlos, lo cual no estaba mal, porque Seth estaba fantástico y ella parecía...

No quería saber lo que parecía.

Definitivamente, aquello era cosa del karma. El castigo por sus pecados pasados, que eran demasiados para contarlos.

Estaba atrapada por aquella mirada y, al mismo tiempo, sentía el cerebro y la lengua paralizados. Así que hizo lo que hacía siempre que se encontraba en un brete. Actuar por impulso.

—No soy Fliss —dijo—. Soy Harriet.

CAPÍTULO 4

Harriet.

Cuando ella dijo eso, Seth estaba a punto de besarla. Allí mismo, en plena calle, sin importarle quién pudiera pasar. Saber eso lo alteraba. Fliss siempre había sacado un lado de él al que casi nunca tenía acceso por sí solo, y parecía que eso no había cambiado.

Excepto que aquella era Harriet, no Fliss. Y besarla habría provocado algo más que vergüenza a ambos. Su objetivo tenía que ser apagar viejas llamas, no reiniciar fuegos.

Vanessa tenía razón. Estaba en apuros.

Retrocedió, y casi tropezó con Lulu. La perra protestó y se apartó con una mirada de reproche. Su día no iba muy bien, y el de Seth tampoco.

—No esperaba verte aquí —dijo.

En otro tiempo, las hermanas Knight habían pasado los veranos con su abuela, pero aquella etapa había pasado hacía mucho. Casi todos los del grupo de chicos que habían salido juntos durante aquellos largos y cálidos veranos habían seguido caminos separados. El único amigo de entonces al que veía todavía era Chase Adams, que dirigía la empresa de construcción de su padre en Manhattan y, desde su matrimonio, había empezado a pasar más tiempo en su casa de la playa.

—Yo tampoco esperaba verte a ti —ella se bajó el sombrero hasta ocultar prácticamente la parte superior del rostro—. Me dijeron que estabas en Manhattan. Daniel dijo que te había visto…

Ella hablaba con naturalidad, pero había algo en su tono que él no conseguía identificar del todo. ¿Nervios? ¿Desde cuándo él ponía nervioso a Harriet?

—Era algo temporal. Un favor para un amigo mío.

—¿Steven?

—Sí. Fuimos juntos a la universidad. Estaba escaso de personal y me pidió ayuda.

—¿Y ya has terminado? ¿Se acabó Manhattan?

—Por el momento —repuso él.

Se preguntó por qué le hacía tantas preguntas sobre su paradero. Quizá Fliss estuviera pensando en ir a ver a su abuela y su hermana quería advertirla. No hacía falta ser un genio para saber que su exesposa lo evitaba.

—¿Y vas a pasar aquí todo el verano? ¿Estás con tu familia?

—Estoy solo —respondió él.

¿Cuánto sabría ella? No habían tenido contacto en diez años, pero había muchos modos de encontrar información. ¿Hablaba Fliss de él alguna vez? Tenía un millón de preguntas, pero se contuvo. ¿Qué sentido tenía hacerlas? No necesitaba respuestas de Harriet sino de Fliss.

—¿Y tú? ¿Qué haces aquí? —era desconcertante mirarla, porque fácilmente podría haber sido Fliss. Por fuera, las gemelas eran idénticas. Los mismos ojos azules y el mismo cabello rubio mantequilla.

Por dentro eran tan distintas como el día y la noche.

—La abuela se ha caído. Está en el hospital.

—No lo sabía —contestó él. Y le sorprendía, porque dondequiera que iba por allí siempre había alguien deseoso de contarle todo lo que ocurría—. ¿Es grave? ¿Cuándo ha sido?

—Hace un par de días. No sé si es grave, pero no la dejan irse a casa a menos que haya alguien con ella. Creo que perdió el conocimiento y dice que está magullada. Iré al hospital en cuanto deje mis cosas.

—¿Hay algo que pueda hacer yo?

—No, pero gracias. La traeré mañana —ella señaló vagamente el automóvil, un descapotable rojo que relucía al sol.

Seth lo miró y pensó que ese coche no encajaba con Harriet. Por otra parte, hacía diez años que no la veía y habían cambiado muchas cosas, entre otras que ya no parecía sentirse tímida con él. No había ni rastro del tartamudeo que la atormentaba de adolescente. Fliss le había contado lo difícil que era aquello para su hermana, pues, en el momento en el que su padre empezaba a gritar, ella era incapaz de pronunciar una sola palabra.

Él se alegraba de que aquello hubiera cambiado.

No la interrogó sobre Fliss, en parte porque no quería ser el responsable de que volviera a tartamudear.

—¿Cómo se ha caído? —preguntó.

—Trabajando en el jardín.

—Y tú has venido para cuidarla. Tiene suerte, no tendrá que preocuparse de no comer bien —él sonrió—. Recuerdo todavía las galletas de chocolate que hacías. Si alguna vez te sobra alguna, estoy en la casa de al lado.

—¿Galletas? —ella lo miró alarmada y Seth se preguntó qué habría dicho para provocar esa reacción.

—¿Ya no cocinas?

—Sí, claro que sí. Pero comida sana —musitó ella—. Cosas... nutritivas. ¿Tus padres están aquí este verano?

La pregunta le sorprendió.

Ella no lo sabía.

Lo invadió la tristeza, que iba y venía como la marea sobre la arena.

Los años se abrieron como una brecha. ¡Tantos cambios! ¡Tantos acontecimientos vitales que Fliss y él tendrían que haber compartido y capeado juntos! Y, en vez de eso, lo habían hecho separados.

—Mi padre murió hace diez meses. Un infarto. Sin previo aviso. Fue muy repentino.

—¡Oh, Seth! —la reacción de ella fue tan espontánea como sincera. Tendió la mano y le tocó el brazo unos segundos antes de retirarla—. Lo siento mucho.

—Sí, ha sido duro. Vamos a vender Ocean View —musitó él.

Seguía dándole vueltas en la cabeza a eso, intentando separar sus deseos de los de su madre. Intentando descubrir qué habría querido su padre que hiciera. Y en cierto modo, eso era fácil. Su padre habría querido que hiciera lo que más feliz hiciera a su madre.

Lo que implicaba que tenía que vender la casa.

—¿Por eso estás aquí? ¿Porque tienes que vender la casa?

—No, estoy aquí porque este es mi hogar —repuso él. Al parecer, había algo más que ella no sabía—. Vivo aquí.

—Pero has dicho…

—Compré una casa cerca de Sag Harbor. Está cerca de la playa y del parque natural. Necesitaba reformas, pero está casi terminada.

—¿Quieres decir que vives aquí de modo permanente?

A Seth le pareció que ella lo preguntaba con pánico. ¿O sería su imaginación? Tenía que ser eso.

—Sí. Dirijo la clínica CoastalVets, en las afueras del pueblo.

—¡Ah! Eso es genial —comentó ella, aunque su tono indicaba que era cualquier cosa menos eso.

Seth la observó con atención, buscando respuestas.

—¿Y cómo te va a ti? —preguntó.

—Bien. Fliss y yo tenemos un negocio de pasear perros en Manhattan. Los Rangers Ladradores. Nos va bien. Demasiado bien. Fliss quiere ampliarlo, ya sabes cómo es ella.

Seth no lo sabía. Ya no. Pero quería saberlo. ¿Había cambiado? ¿Seguía siendo impulsiva? ¿Se quitaba todavía los zapatos a la primera oportunidad? ¿Seguía ocultando sus sentimientos?

Quería hacer un millón de preguntas, pero se contuvo.

Le alegraba, aunque no le sorprendía, que Fliss hubiera montado y dirigiera un negocio que tenía éxito.

—Pero, si se ha caído tu abuela, estarás aquí un tiempo. ¿Cómo se las arreglará Fliss sin ti?

—Tenemos un ejército de paseadores de perros, seguro que no tendrá problemas.

—O sea que vamos a ser vecinos. Pues quiero ayudar en lo que pueda —declaró Seth.

Vio de nuevo pánico en la mirada de ella.

—Eso no es necesario. Seguro que estaremos bien. No quiero molestarte.

—No es molestia. En mi familia todo el mundo aprecia a tu abuela. Yo también. Trae a Charlie a la clínica a revisiones, igual que todas sus amigas. Y tiene muchas. Ha sido parte de esta comunidad desde que podemos recordar. Mi madre no me perdonaría que no os echara una mano —Seth miró un momento a la joven y decidió probar una teoría suya—. ¿Cómo está Fliss? —preguntó.

—Muy bien. Muy feliz. Está muy bien. Ha construido un negocio partiendo de cero y ahora está tan ocupada que casi no tiene tiempo de respirar. Es un momento emocionante. Va todo bien.

Aquello no le decía a Seth lo que quería saber, pero era porque no hacía las preguntas apropiadas. ¿Salía con alguien? ¿Estaba casada? ¿Por qué había ido hasta la puerta de la clínica veterinaria y después había dado media vuelta? ¿Por qué lo esquivaba?

Esas eran las preguntas que quería hacer.

Pero había aclarado una cosa.

Algo importante.

—Tengo que irme —dijo—. La clínica abre en una hora y siempre hay mucha gente en esta época del año —silbó a Lulu—. Nos veremos por aquí, Harriet.

—Será un placer —contestó ella, aunque su tono indicaba que no le gustaría nada.

Seth subió a la perra a su camioneta y condujo hasta su casa. No estaba muy lejos de la clínica, siguiendo una carretera que era poco más que un carril.

Había encontrado la casa dos años atrás y se había enamorado de su ubicación. La propiedad en sí le había gustado menos y había necesitado dos años para transformarla en el hogar que quería.

Con la ayuda de Chase, que había montado un equipo para ayudar tanto en el diseño como en la construcción, había derruido el edificio de una sola planta y lo había reemplazado por una estructura de dos pisos con un comedor y sala de estar de dos alturas y una pared de cristal que daba a la piscina.

La casa estaba detrás de las dunas que formaban parte de un santuario de aves y, por las tardes, él se sentaba a menudo en el porche, con una cerveza en la mano, a contemplar la oscilación de las algas marinas y escuchar el grito quejumbroso de las gaviotas.

El límite del pueblo estaba a poca distancia en coche, pero allí se olía solo el susurro del viento y el choque rítmico del océano. La gente había oído aquellos mismos sonidos durante siglos, y había cierta sencillez en ellos, una mezcla soporífera de naturaleza que tranquilizaba el alma.

Su casa no producía la sensación palaciega de la casa de su infancia y, en su opinión, era mejor así.

Allí no había fantasmas ni recuerdos.

Dejó salir a Lulu de la camioneta y permaneció un momento admirando las líneas de su nuevo hogar.

—Te has hecho un edificio interesante —dijo una voz a sus espaldas.

Seth se giró con una sonrisa.

—¡Chase! No he visto tu coche.

—Venía justo detrás de ti, pero es obvio que ibas pensando en otra cosa.

En otra cosa no, en una persona.

—No esperaba verte esta semana. Creía que estabas en Manhattan, cerrando negocios —comentó Seth. Miró el pantalón corto de surf de su amigo—. No pareces el director ejecutivo de una empresa importante.

—¿Qué quieres que diga? He descubierto las alegrías del fin de semana.

—Es miércoles.

Chase sonrió.

—El fin de semana ha empezado temprano.

—Y eso lo dice un hombre que no sabía lo que era el fin de semana. ¿Quién eres tú y qué has hecho con mi amigo? Pensándolo mejor, no contestes. Me gusta más esta nueva versión tuya. Supongo que esto es obra del matrimonio —Seth cerró la puerta del coche—. ¿Cómo está Matilda?

—Incómoda. Le molesta el calor. La niña nacerá en cuatro semanas —Chase se pasó los dedos por el pelo con gesto nervioso—. Voy a ser padre. Director ejecutivo de una familia. El trabajo más difícil hasta la fecha.

—Es curioso, porque yo habría dicho que la directora ejecutiva es Matilda. Tú eres un empleado.

—Puede que tengas razón en eso —Chase entrecerró los ojos y observó la casa—. Ya no queda nada.

—No.

—¿Vas a admitir que yo tenía razón en lo del porche? —preguntó Chase.

Habían discutido los detalles por correo electrónico y en persona.

—Tenías razón —contestó Seth—. Y te debo una.

—Gracias. Y puedes pagarme haciendo de canguro.

Seth sintió una punzada de dolor debajo de las costillas.

—Me temo que no soy experto en eso. Pero, si Hero necesita un veterinario, cuenta conmigo.

—Seguro que lo necesita. Ese perro no tiene ni idea de lo que es la seguridad personal y te garantizo que no tiene nada de héroe. No dejo de decirle a Matilda que le cambiemos el nombre. Le he sugerido que lo llamemos Liability, pero se niega. Es demasiado grande y fuerte para que lo saque ella en este momento —Chase frunció el ceño—. ¿Conoces por casualidad a alguna compañía de por aquí que se dedique a pasear perros y sea de fiar?

Seth negó con la cabeza y luego pensó un momento.

—¿Has oído hablar Los Rangers Ladradores?

—Sí, pero están en Manhattan. Lo llevan las hermanas Knight, pero supongo que eso ya lo sabes. Hemos utilizado sus servicios en la ciudad, aunque no me atrevía a decírtelo por si era un tema sensible —Chase lo miró con cautela—. El apellido Knight no sale mucho en la conversación. ¿Es un tema que debamos evitar?

—No, y da la casualidad de que acabo de estar con Harriet —Seth hizo una pausa mientras pensaba lo que iba a decir—. Su abuela se ha caído y va a estar aquí un tiempo. Veré si puede ayudarte.

—Matilda se lleva bien con Harriet, pero yo no he visto a ninguna de las dos en años. Desde que...

—Desde que fuiste padrino en mi boda. Puedes hablar claramente. Como tú has dicho, eso fue hace diez años —tiempo de sobra para adaptarse y dejar aquello atrás.

La gente lo descartaba continuamente. «Eran muy jóvenes». «Fueron muy deprisa». Seth había soportado muchos gestos de asentimiento de personas que creían que se podía juzgar una relación desde fuera, como si fuera posible medir una casa asomándose por una ventana.

—No sabía que seguíais en contacto.

—No seguimos.

—¿Es la primera vez que ves a Harriet desde que rompisteis? Habrá sido un poco raro, ¿no?

—Sí —«raro» no era la palabra que habría elegido Seth, pero podía aceptarla.

—Quizá haya sido más fácil que se tratara de Harriet.

—Quizá —Seth no elaboró más—. En cualquier caso, tendrá que sacar al perro de su abuela y le preguntaré si quiere sacar también al tuyo.

—Gracias. Te lo agradezco. Chase cambió de tema—. ¿Cuándo te mudas aquí? Y lo más importante, ¿cuándo es la fiesta de inauguración? ¿Estarás aquí el Cuatro de Julio o te marchas?

—Estaré aquí. Estoy de guardia todo el fin de semana.

—Eso es duro.

—¿La verdad? Para mí no —Seth rescató a Lulu, que se las había arreglado para meter la cabeza en un seto—. El resto de la familia lo pasará en Vermont.

—Buscan un cambio —Chase asintió, comprensivo—. ¿Cómo está tu madre?

—Teniendo en cuenta la situación, no está mal. Pero quiere vender Ocean View.

—¿Y qué piensas tú de eso?

Seth miró su nueva casa, las líneas limpias, el porche, la vista de las dunas. No la cambiaría por nada. Entonces, ¿por qué no estaba más motivado para vender la casa de sus padres?

—Creo que es lo que hay que hacer, pero no sé si es el mejor momento.

—El momento es perfecto. Es verano la casa lucirá su mejor aspecto. Fíate de mí. De bebés no entiendo nada, pero de casas sí.

—No me refería al mejor momento para el mercado, sino al mejor momento para mi madre. Me preocupa que sea demasiado pronto y después se arrepienta.

Chase le puso una mano en el hombro y apretó.

—Repito la pregunta. ¿Qué piensas tú?

Como siempre, Chase era observador. E intuitivo. Esa era una de las razones por las que habían sido amigos tanto tiempo.

—Tengo sentimientos encontrados.

—Ya imagino —Chase suspiró—. Por si te sirve de algo, no creo que aferrarse a cosas haga disminuir el dolor necesariamente. Quizá hasta lo agrave.

—A nivel cerebral, ya lo sé. A nivel emocional, me cuesta aceptarlo. Hemos pasado ahí todos los veranos desde el día que nací. Tengo la sensación de que no solo vendo una casa, vendo recuerdos. Y a mamá siempre le encantó esa casa —se detuvo porque sonó el teléfono de su amigo—. Contesta —dijo—. Puede ser Matilda.

—Es Matilda. ¡Maldición! —Chase se puso tan nervioso, que casi soltó el teléfono—. ¿Qué pasa, cariño? ¿Estás de parto? ¿Qué quieres que haga? ¿A quién llamo?

Seth observó divertido la agitación de su amigo. Esperó a que finalizara la llamada y enarcó las cejas.

—¿Y bien? ¿Tenemos que avisar a la matrona? —preguntó.

—No. Quiere que compre melocotones en el mercadillo de productos de granja. ¡Melocotones! Mírame. Soy un manojo de nervios. ¿Qué narices me pasa? —Chase guardó el teléfono y movió la cabeza—. Dirijo una empresa grande...

—... lo cual no tiene nada que ver con un parto.

—Cierto. Esto no se me da bien. Prefiero que mis problemas sean de números. Si no puedo analizarlo ni anotarlo en una hoja de cálculo, estoy perdido.

—Los dos sabemos que eso no es cierto. No hay un solo trabajo en tu empresa que tú no puedas hacer.

—Tal vez, pero saber calafatear una ventana no me va a ayudar en nada si se adelanta el bebé. Si eso pasa, te llamaré a ti.

—Soy veterinario —repuso Seth—. He ayudado a venir al mundo a cachorros, gatitos, potros e incluso un camello...

—¿Un camello?

—No preguntes. Nunca he asistido a un parto humano. Pero no te preocupes, tu hijo no se adelantará. Los primogénitos nunca se adelantan.

—Más vale que aciertes o te demandaré. Y luego llevaré a la niña a nuestras noches de póquer.

Seth señaló la casa.

—¿Necesitas algo para calmar los nervios? Todavía no he llenado el frigorífico, pero puede que encuentre una cerveza.

—Eso es tentador, pero mi esposa embarazada quieres melocotones, así que más vale que vaya a comprarlos —Chase sonrió y echó a andar hacia su coche—. Un día te ocurrirá a ti y entonces no sonreirás así. Entretanto, si puedes pedirle a Harriet que saque a pasear a Hero, te estaré eternamente agradecido.

Seth mantuvo la sonrisa fija y se agachó a rascarle la tripa a Lulu mientras Chase daba la vuelta al coche y salía hacia la carretera.

Lulu gimió y le lamió la mano. Entendía que algo no iba bien.

Por suerte para Seth, Chase no se había dado cuenta.

Y por suerte también, su amigo necesitaba ayuda con un perro.

Se dijo que solo se había ofrecido a preguntarle a Harriet si quería sacar al perro porque quería ayudar a su amigo, no porque quisiera buscar otra oportunidad para hablar con ella.

CAPÍTULO 5

Sea Breeze.
Fliss aparcó y miró la casa. No había cambiado. La misma pizarra desgastada por el tiempo, el mismo camino de grava en el que tantas veces se había despellejado las rodillas. Enebros y cipreses se alineaban a lo largo del camino y rosales japoneses mostraban delicadas flores rosadas.

En aquel momento tenía la sensación de que ella tampoco había cambiado mucho.

¿Qué había sido de su seguridad en sí misma? ¿De la garra y el empuje que la habían propulsado hasta allí?

No podía dejar de temblar. Y no por la perra, sino por Seth.

Se había repetido hasta la saciedad que lo había exagerado todo en su cabeza, pero verlo en persona había sido aún peor de lo que imaginaba. No esperaba la potente sacudida de pura química ni el aleteo frenético en el estómago. Parecía que el tiempo podía curar muchas cosas, pero no la extraña e indescriptible atracción que sentía por Seth Carlyle. Habría sido fácil achacarlo todo a atracción sexual. Fácil e incorrecto.

Nada de lo cual explicaba por qué había cometido la estupidez de hacerse pasar por Harriet.

Frustrada consigo misma, tomó la maleta pequeña que había llevado, sacó la llave de debajo de la maceta de siempre y entró en la casa.

La calma la cubrió como una manta reconfortante. Aparte de las raras ocasiones en las que su padre se había reunido con ellos inesperadamente, aquel era el lugar donde había sido más feliz.

Permaneció un momento inmóvil, asimilando su familiaridad. El cuadro grande con el paisaje marino que colgaba en la pared lo había pintado su abuelo. La cesta del suelo, llena de botas y chanclas, siempre había estado allí. Había toallas, cuidadosamente dobladas, listas para limpiar la arena y el barro de los perros, porque allí, en la playa, siempre había habido perros.

Había sido una casa ruidosa, caótica, una casa de voces y risas.

Allí nadie iba de puntillas. Nadie tenía que cuidar mucho lo que decía.

Veranos en los Hamptons.

Echó a andar y las tablas crujieron bajo su paso. ¿Cuántas veces la había reñido su abuela por correr dentro de la casa con los pies llenos de arena?

Pisó con más fuerza y sintió que la madera cedía un poco bajo la presión. Justo allí era donde Harriet y ella habían escondido su «tesoro». Fliss sabía que había una tabla suelta porque había aprendido a sortearla con cuidado cuando salía de la casa a escondidas para ver a Seth. Harriet había regresado un día de una de sus muchas excursiones a la playa con los bolsillos llenos de caracolas y piedras alisadas por el océano. Quería llevárselas a la ciudad de recuerdo, pero las dos sabían que su padre las tiraría, así que Fliss había buscado una caja y las había escondido debajo de las tablas.

Seguramente todavía estarían allí.

Miró el suelo, absorta en los recuerdos de tiempos felices. Porque, pesar de todo, había habido tiempos felices. Y quizá esos momentos habían sido aún más felices y más preciosos porque habían estado rodeados de momentos difíciles. Los buenos momentos brillaban más debido a la oscuridad circundante.

Mientras caminaba por la casa, los años iban desapareciendo. Recordaba las hogueras que habían hecho, las horas pasadas salpicando en las olas y escarbando en la arena. En aquel lugar había visto florecer a su hermana. Allí la conversación reemplazaba a los silencios torturados que marcaban los días de Harriet en Nueva York. Empezaba como tanteando. Con un goteo de palabras. Y después el goteo daba paso a un arroyo continuado y este se convertía en un torrente, como un aluvión que atravesara una obstrucción no deseada. El tartamudeo de Harriet reaparecía solo en las raras ocasiones en que los visitaba su padre.

Todo aquello era ya cosa del pasado.

En esos días no había visitas inesperadas. Él estaba fuera de sus vidas.

Fliss apartó aquel pensamiento, empujó la puerta y entró en la cocina.

Había muchas señales de que su ocupante se había marchado con prisa.

En los fogones había una sartén sin fregar y también había un cartón de leche en la encimera.

Fliss tiró la leche y fregó la sartén.

Podía hacer las tareas del hogar si era preciso. Y quizá incluso pidiera a su abuela alguna clase de cocina durante su estancia allí. Eso le sorprendería a Harriet.

Recorrió el resto de la casa, mirándolo todo. La puerta de atrás estaba cerrada con llave, lo que probablemente indicaba que la persona que había ayudado a su abuela en el jardín se había tomado la molestia de dejar la casa segura. Subió al piso de arriba y miró en la habitación de su abuela. La ventana estaba cerrada y la cama hecha.

Pasó de largo por la habitación que había ocupado su hermano cuando iban allí y subió las escaleras hasta la estancia del ático que ella había compartido con su hermana. Se saltó instintivamente el cuarto escalón, con su crujido delator y a continuación se dio cuenta de lo que había hecho y sonrió.

Conocía un centenar de modos de salir de aquella casa sin que nadie se diera cuenta. Sabía qué escalones la traicionarían, qué ventana se atascaría y qué puerta crujiría.

Abrió la puerta del dormitorio, recordando cómo solía echar aceite en sus goznes.

Su madre dormía como un tronco, pero ¿habría sabido su abuela que se escapaba?

Harriet tenía que saberlo, pero nunca había dicho nada. Siempre se hacía la dormida para no tener que mentir si le preguntaban.

Fliss miró la habitación.

Habían cambiado pocas cosas. Había dos camas colocadas bajo el techo inclinado, de modo que, por la mañana al levantarse, había que agachar la cabeza. Se acercó a la ventana y miró el jardín, el manzano con sus ramas curvas y su tronco grueso. Las raíces resultaban visibles en la superficie, como si el árbol quisiera retirarse del suelo que había ocupado durante tanto tiempo.

Y allí, debajo del manzano, estaba la puerta de la verja.

Fliss también le había puesto aceite para que fuera su aliada y no su enemiga.

Desde aquella altura podía ver que el camino hasta la playa estaba cubierto de maleza. No le sorprendió. Nadie usaba aquel sendero excepto los habitantes de Sea Breeze y dudaba de que su abuela tuviera el hábito de seguir el camino de arena que llevaba a la playa a través de las dunas.

Por un momento sintió la tentación de quitarse los zapatos y correr por el camino como hacía de niña, anticipando el momento en el que llegaba a la cima de las dunas y veía las olas del Océano Atlántico.

Cuando se contuvo, tenía ya los pies a medias fuera de los zapatos.

Tenía que dejar de ceder a los impulsos y comportarse de un modo responsable.

Volvió a meter los pies en los zapatos, se puso de puntillas y apoyó la frente en el cristal fresco para intentar ver las dunas más allá de la maleza que oscurecía el camino. Conocía cada tramo y cada curva de ese camino.

La gente decía que los recuerdos se perdían con el tiempo, pero los suyos no se habían debilitado en absoluto.

Recordaba todavía aquella noche de verano con todo detalle, cada sonido, cada color y cada caricia.

Se apartó de la ventana. ¿Qué sentido tenía torturarse? Aquello era cosa del pasado. Tenía que seguir adelante. Y eso sería lo que estaría haciendo en ese momento si le hubiera dicho a Seth la verdad. Solo tenía que decir unas cuantas palabras, pero, en lugar de eso, se había hecho pasar por Harriet.

¿Por qué lo había hecho? De todas las cosas estúpidas e impulsivas...

Y le habría gustado haber sabido lo del padre de él. Así no habría hecho aquellas preguntas sin tacto sobre su familia. Seguramente eso le habría dolido a Seth, y ella ya le había hecho bastante daño en el pasado.

Y al hacerse pasar por Harriet, no había podido dar otra cosa que un pésame convencional. Su hermana no sabía lo unido que estaba Seth con su padre ni cuánto lo admiraba. Fliss sí lo sabía. Por un segundo, antes de que él se apresurara a esconderlo, había visto el dolor en sus ojos y había sufrido por él. Había querido abrazarlo y ofrecerle el consuelo. Quería decirle que lo entendía.

Y, en vez de eso, había pronunciado unas pocas palabras sin sentido. Y, al hacerse pasar por Harriet, lo único que había conseguido era aplazar el momento en el que al fin se vieran cara a cara siendo ella misma.

¿Qué iba a hacer?

La cuestión no era si volverían a encontrarse, sino cuándo.

Lo cual le dejaba solo dos opciones. O seguía haciéndose pasar por Harriet o lo confesaba todo y le decía que era Fliss.

Ambas serían incómodas y embarazosas. Él querría saber por qué se había hecho pasar por su hermana y vería más motivos ocultos de los que había.

No, tendría que seguir fingiendo hasta que encontrara el modo de salir de la mentira que había tejido ella sola. Lo cual suscitaba la pregunta de qué iba a hacer con su abuela.

Le había prometido a Harriet que le diría que era Fliss.

Y lo haría. Solo le quedaba confiar en que su abuela y Seth no se encontraran hasta que ella hubiera deshecho el lío que había formado.

¿Por qué tenía que complicar tanto todo lo que tocaba?

Frustrada consigo misma, abrió las ventanas para dejar entrar el olor a mar.

Luego volvió a la cocina y descargó la comida que había comprado por el camino.

Puso la fruta en un frutero y lo colocó en el centro de la mesa. La larga mesa de cedro tenía más arañazos de los que recordaba, pero, aparte de eso, estaba igual que siempre. Algunos de sus recuerdos más antiguos eran de allí, y se alegraba de que no hubiera cambiado nada importante, como si encontrar las cosas igual garantizara un cierto nivel de felicidad.

¿Cuántas veces habían comido allí los tres hermanos, retorciéndose de impaciencia en las cillas, esperando el momento de regresar a la playa? Porque sus veranos siempre habían sido playa. Playa y libertad.

La playa y Seth.

Y ahí estaba el problema, claro. Seth formaba parte de casi todos los recuerdos que tenía ella de aquel lugar. Lo que implicaba que tenía que conseguir ocupar su cabeza con otra cosa.

Regresó al vestíbulo y tomó la maleta. Desharía el equipaje y luego iría directamente al hospital.

Le diría la verdad a su abuela y se esforzaría por buscar el modo de deshacer la mentira que le había dicho a Seth.

Seth terminó de examinar al perro.

—Chester está bien, Angela.

—Me alegro. Lo necesito en plena forma para el Cuatro de Julio.
—¿Vas a hacer algo especial el fin de semana de la fiesta?
Angela levantó a Chester de la camilla donde acababan de reconocerlo.
—No. Nos quedamos en casa. Por eso necesito que esté bien. Odia los ruidos altos. El año pasado se asustó tanto que estuve a punto de llamar aquí para pedirte un tranquilizante.
—Eso es siempre una posibilidad, pero hay otros métodos que prefiero probar antes.
—¿Como cuáles?
—En 2002 hubo un estudio sobre comportamiento y psicología animal que demostró que la música clásica tiene un efecto tranquilizador en los perros de los albergues —Seth se lavó las manos—. Y unos años después, otro estudio de un neurólogo veterinario demostró que los ritmos más lentos de un solo instrumento tranquilizaban más que otra música más ruidosa.
—¿Quieres decir que debería ponerle a Beethoven en vez de a Beyoncé?
Seth sacó una toalla de papel del dispensador y se secó las manos.
—Eso es cosa tuya. Hay otras cosas que puedes hacer, por supuesto. Cerrar puertas y ventanas y correr las cortinas para bloquear el ruido todo lo posible —comentó. En esa época del año daba innumerables consejos para mantener a los animales domésticos lejos de los fuegos artificiales y revisar el jardín por si había caído algo.
—Lo estoy temiendo. Chester odia los fuegos artificiales y a nuestros vecinos les encantan —Angela acarició la cabeza del animal—. En cuanto empiezan, intenta escapar.
—Llévalo a dar un largo paseo durante el día —sugirió Seth—. Así estará cansado y le costará menos relajarse. Y en cuanto al ruido, ¿has probado a subir la televisión?
—No, pero es una buena idea.

—Y procura que el jardín esté seguro. Este es el momento del año que más trabajo tienen los albergues de animales. Tienen que lidiar con un montón de mascotas aterrorizadas que se han escapado.

—Chester lleva un microchip. Se lo pusimos porque me lo sugirió un amigo el año pasado. Solo para prevenir. No soportaría imaginarlo corriendo por ahí, asustado y perdido. Pienso cerrar todas las puertas y poner la tele al máximo —Angela le puso la correa al perro—. O sea que has regresado de la gran ciudad. Algunos decían que te quedarías allí.

Seth sabía que había una pregunta implícita en aquella frase, y también que su respuesta se esparciría por los pueblos de la zona antes de mediodía.

—Mi hogar está aquí. En ningún momento pensé en quedarme allí.

—Me alegra saberlo —la mujer relajó los hombros—. No serías el primero que se vería tentado por las luces brillantes de Manhattan. En mi grupo de tejer hacían apuestas a que no volverías.

—Manhattan es muy divertido para ir de visita, pero a mí no me tentó.

Al menos, no la gran ciudad.

En su cabeza apareció una imagen de Fliss. Reía con el tirante del minúsculo bikini caído sobre el hombro y corría por la playa lanzando arena con los pies.

Pulsó una tecla del ordenador para escribir el informe del reconocimiento de Chester.

Nancy, su ayudante, le tendió un folleto informativo y acompañó a Angela a la puerta.

Volvió un momento después.

—He oído parte de la conversación —dijo—. ¿De verdad no sentiste tentaciones ni por un momento? Tengo que admitir que, si pudiera elegir entre Nueva York y esto, me iría a Manhattan —adoptó una pose de cantante y se lanzó a cantar, agarrando una jeringa de una caja para usarla como micrófono.

Seth puso los ojos en blanco.

—¿No basta con que tenga que sufrir los interrogatorios de los pacientes, que ahora me los hacen también los empleados?

Nancy dejó de cantar y dejó la jeringa en su sitio.

—Es que cuando te vayas tú, me iré yo también, así que tienes que avisarme con tiempo.

—La semana que viene me mudaré a mi nueva casa y no pienso ir a ningún sitio por el momento —Seth cerró el documento—. ¿El perro de Angela es el último paciente de esta mañana?

—El gato Smoke ha vuelto, pero estabas liado y lo ha visto Tanya. Ha dicho que te diga que te vayas a comer, que está todo controlado.

Tanya, la otra veterinaria y socia de Seth, era una maravilla de mujer.

—De acuerdo. Si me necesitáis, llamadme al móvil.

—¿Una cita interesante?

—No exactamente —repuso él.

Pero estaba trabajando en ello.

CAPÍTULO 6

—¿Te puedes creer que se ha presentado en el hospital? —Fliss, de pie en el jardín de su abuela, hablaba por teléfono con su hermana—. Me vengo aquí para evitarlo y lo veo más aquí que en Manhattan.

—A mí me parece muy atento por su parte.

—¡Nada de eso! Ha sido un desastre más en este día catastrófico —Fliss se frotó la frente—. Está bien, sí, ha sido amable por su parte, pero también muy inconveniente.

—¿Por qué?

—Ya le había dicho que yo era tú y luego se acerca la abuela a nosotros en su silla de ruedas y...

—¡No! ¿Has hecho creer a la abuela que eres yo? Fliss, me lo prometiste.

—Y lo decía en serio. Pero después apareció Seth en el momento menos oportuno y me sentí atrapada. A eso me refería. Es muy incómodo —se desconectó el teléfono y Fliss caminó hasta la parte de arriba de una de las dunas para ver si había más cobertura. Sus pies se hundían en la arena suave y la hierba alta le hacía cosquillas en los tobillos. Se preguntó qué tenía aquel lugar que la volvía tan impulsiva.

—Si le hubieras dicho la verdad cuando os encontrasteis, no te habrías visto atrapada.

—Lo sé. Y no era mi intención mentirle, pero mi boca se

adelantó y dijo que yo era tú antes de que pudiera evitarlo y ahora todo esto se ha descontrolado. ¿Estás enfadada conmigo?

—No, pero no se me dan bien los engaños. Me gustaría que no hubieras complicado tanto esto.

—A mí también.

—¿Estás segura de que Seth no te ha reconocido?

—Segurísima. No me ha visto en diez años. Supongo que eso ha jugado en mi favor —contestó Fliss.

Y aunque eso la aliviaba en parte, también le dolía, lo cual no tenía ningún sentido. Ella lo había reconocido antes de volver la cabeza para mirarlo. ¿Cómo podía él no conocerla?

—Después de haberle dicho que era tú, no tenía más remedio que seguir fingiendo. Solo serán un par de semanas. ¿Qué puede salir mal?

—Un millón de cosas. Fliss, si sigues haciéndote pasar por mí, esto va a crecer como una bola de nieve.

—¿Me tomas el pelo? Aquí hace muchísimo calor. No hay bolas de nieve a la vista —contestó Fliss. Pero su intento de broma no tuvo mucho éxito—. O puedes venir de visita dentro de una semana, intercambiamos identidades y así la abuela no lo sabrá nunca.

—Sí lo sabrá. Para empezar, no vestimos igual.

—Ahora visto como vestirías tú si estuvieras en la playa —Fliss miró sus chanclas—. Llevo pantalón corto y top de tirantes.

—Yo llevaría un vestido.

—No pienso ponerme un vestido. Y te he visto con pantalón corto.

—¿Te dejas los zapatos puestos?

—Casi todo el tiempo.

Harriet suspiró.

—Puede que hayas engañado a Seth, pero ¿crees que la abuela no sabe distinguirnos?

—Te esperaba a ti. La gente tiende a ver la persona a la que espera ver.

—Tienes que decírselo.

Fliss alzó los ojos al cielo. Otro problema más que resolver. Normalmente la vida lanzaba contratiempos, pero en su caso parecía que se las arreglaba ella sola para creárselos.

—Lo haré —dijo—. Pronto.

—¿Cómo se encuentra? Estoy preocupada.

—Pues aparte de que casi me muero del shock cuando la he visto porque lo de «algunas magulladuras» ha resultado ser un moratón gigante que le cubre casi todo el cuerpo, parece bastante entera.

—¿Y están seguros de que no tiene nada roto?

—Eso han dicho. Estamos usando hielo en las partes malas.

—¿Cuáles son las partes malas?

—Más o menos todas. Lo difícil es encontrar algún trozo de su cuerpo que no esté magullado. Hablando de lo cual, tengo que ir a ayudarla. Lo estamos haciendo cada pocas horas para reducir los moratones y la inflamación.

—¿Entonces no volverás pronto a casa? —preguntó Harriet.

—No —repuso Fliss. Estaba atrapada allí con Seth, lo cual no podía ser más irónico—. ¡Pobre abuela!

—Sí. Dile la verdad. Ella comprenderá que te sientas incómoda con Seth.

¿Lo comprendería? ¿Cómo podía entender su abuela algo que no entendía ella? Después de diez años, no tendría que ser una situación incómoda. ¿O sí?

Pensando en eso, finalizó la llamada y volvió a la casa. Sacó paquetes de hielo del congelador y una jarra de té frío del frigorífico y fue a reunirse con su abuela en la sala de estar.

El sol entraba a raudales por los grandes ventanales, iluminando los cómodos sofás situados uno frente al otro en la sala. El tapizado azul claro estaba desgastado en algunos lugares, pero eran blandos y cómodos, hechos para acurrucarse en ellos. Su abuela creía en la importancia de la lectura y Fliss había pasado muchas horas allí acurrucada con un libro. Fingía que habría preferido estar fuera en la playa, pero disfrutaba en secreto de aquellos momentos familiares tranquilos que no tenía en su casa. A Harriet le gustaban Jane Austen o Georgette Heyer, pero Fliss siempre había buscado historias más aventureras, como *Moby Dick* o *El último mohicano*.

—¿Abuela? —se detuvo en el umbral y su abuela volvió la cabeza con una sonrisa.

Fliss sintió una punzada de dolor.

—El golpe de la cara tiene mal aspecto. ¿Está peor?

—Solo está cambiando de color —la mujer tendió la mano en dirección al té—. No hagas aspavientos.

—Yo no hago aspavientos —repuso la joven. Hasta que recordó que Harriet sí los haría—. ¡Pobrecita! Deja que te ayude con el hielo.

Había colocado un paño fino entre el paquete de hielo y la piel de su abuela, como le había enseñado el doctor.

—Nunca he visto un moratón así.

—Desaparecerá.

—Quizá deberías dejar de trabajar en el jardín a partir de ahora.

—Tonterías. Hace un momento he mirado por la ventana. Me preocupa lo que será de mis plantas mientras estoy atrapada aquí inmóvil.

—Si me dices qué plantas, yo haré lo que haya que hacer —Fliss echó té en un vaso.

—Eres una buena chica.

La joven se sentía una estafadora. No era una buena chica. Era una mentirosa.

Tuvo el impulso súbito de contárselo todo a su abuela, pero no podía soportar ver la decepción en su cara y no quería tener que empezar a esquivar las inevitables preguntas que le haría sobre Seth.

—Todo lo que necesites —murmuró.

Entró en la cocina a preparar una ensalada para la cena.

Mientras no tuviera que ponerse a cocinar de verdad, podía mantener el engaño unos días. Ni siquiera ella podía quemar una ensalada.

Estaba cortando tomates, concentrada en intentar que cada trozo fuera tan uniforme como los habría cortado Harriet, cuando llamaron a la puerta.

El corazón le dio un vuelco. No había contado con que hubiera visitas. El engaño se extendía delante de sus ojos como una gota de tinta derramada en el agua.

Echó los tomates con la lechuga en un bol grande y confió en que la persona que llamaba se fuera.

—¿Harriet? —gritó su abuela desde la sala de estar.

La joven sucumbió a lo inevitable.

—Voy a abrir.

Con suerte, sería una de las vecinas con un guiso de algo. Al menos entonces solo tendrían que recalentarlo. A Fliss se le daba muy bien recalentar. Y podía aceptar guisos de las vecinas sin preocuparse de que sospecharan su identidad.

Abrió la puerta después de cambiar su sonrisa de «¿por qué me molestas?» por lo que esperaba fuera una imitación razonable de la amplia sonrisa de bienvenida de Harriet.

La sonrisa murió en el acto.

Era Seth, acompañado por otro hombre al que ella solo había visto una vez en su vida. En su boda.

Chase Adams.

¡Mierda! Estaba perdida.

No ayudaba que Seth apoyara el brazo en la jamba, un brazo musculoso y sexy.

—Hola, Harriet, queríamos decirte que, si necesitas ayuda, solo tienes que pedirla. Creo que conoces a Chase. Tiene un equipo entero de gente que puede arreglar todo lo que haya que arreglar en la casa.

—No nos conocemos en persona, pero mi esposa, Matilda, me habla mucho de ti —Chase le estrechó la mano—. Me alegro de conocerte por fin, Harriet, y siento lo de tu abuela, pero su desgracia es mi suerte porque te ha traído aquí y necesito un favor.

¿Un favor?

En aquel momento, Fliss no estaba de humor para favores. Tenía la impresión de que le costaba trabajo respirar.

—Yo también me alegro de conocerte —dijo. Más mentiras, amontándose unas encima de otras. Pensó cuánto tiempo tardarían en caer todas por el peso del montón. Con un poco de suerte, la dejarían inconsciente al caer—. ¿Qué quieres de mí?

—Sabes que a Matilda le faltan cuatro semanas para dar a luz y también sabes que no es fácil manejar a Hero. Como vas a sacar a pasear al perro de tu abuela, me preguntaba si no te importaría sacar también a Hero mientras estés aquí. Y de paso puedes ir a ver a Matilda. Sé que le encantará verte. No ha tenido ocasión de conocer a mucha gente aquí, así que le gustará ver a una amiga. Y tú ya has paseado a Hero en Manhattan y conoces sus manías.

Fliss lo miró fijamente.

No sabía nada de eso.

Solo sabía que estaba perdida.

—Claro —gruñó—. No se me ocurre nada que me apetezca más.

Excepto quizá meter la cabeza en un cubo de agua congelada e inhalar.

Seth caminó hacia el coche.

—Gracias por tu ayuda —dijo.

—De nada —Chase se detuvo al lado del automóvil—. Matilda habla mucho de Harriet. Las dos se han hecho muy amigas.

—¿Y hay algún problema con eso?

—Ninguno. Es solo que… —Chase se volvió a mirar la casa con el ceño fruncido—. Harriet no parecía muy entusiasmada con la posibilidad de ver a Matilda.

Seth abrió su coche.

—Porque esa no es Harriet. Es Fliss.
—¿Cómo dices?
—Que tú has hablado con Fliss.
—¿Y por qué ha dicho que era Harriet?
—Porque eso es lo que quiere que crea yo.
—Pero... Espera un momento. ¿Estás diciendo que se hace pasar por su hermana gemela? —Chase lo miró divertido—. ¿Por qué? ¿Qué motivo puede tener para hacer eso?
—Yo. El motivo soy yo. Me está esquivando.
—¿Esquivando? —Chase movió la cabeza—. Pero tú estás aquí de todos modos.
—Permíteme que te lo diga de otro modo. Está evitando tener una conversación conmigo siendo ella misma.
—He descifrado devoluciones de Hacienda menos complicadas que esto. Estuvisteis casados. ¿Por qué cree que puede engañarte?
—No nos hemos visto en diez años. Probablemente pensó que no notaría la diferencia. Que no me daría cuenta.
Pero sí lo había hecho. La conocía. Conocía cada detalle de ella.
—¿Cuánto tiempo tardaste en dártela?
—Un minuto y medio. Hablé de galletas de chocolate y entró en pánico —había sido solo un instante, pero Seth lo había visto. Y había bastado eso para convencerlo de que estaba hablando con Fliss.
—¿Tiene fobia a las galletas de chocolate?
—No, pero es una cocinera espantosa. Tuvieron que llamar a los bomberos en uno de sus intentos.
Chase sonrió.
—¿Su abuela lo sabrá?
—Imagino que sí. Es una mujer muy lista.
—¿Y le vas a decir a Fliss que lo sabes?
—No. Le voy a permitir que siga siendo Harriet hasta que decida decirme la verdad.
—¿Por qué?

Lulu rodó de espaldas, esperanzada, y Seth se acuclilló a su lado para rascarle la tripa.

—Primero, porque si mantenemos el engaño, entonces no tiene motivos para evitarme.

—Todo esto no tiene ningún sentido. Si te está evitando, ¿por qué ha venido aquí?

—Sabía que estaba en Manhattan y no sabía que era algo temporal. Vino aquí para reducir las probabilidades de encontrarse conmigo —comentó Seth.

No estaba muy seguro de que eso le gustara. ¿Era algo bueno o algo malo? Era bueno que su presencia la alterara hasta el punto de que llegara a tales extremos. No era tan bueno que temiera tanto encontrarse con él que estuviera dispuesta a ocultar su identidad.

Chase abrió su coche.

—Produces un efecto curioso en las mujeres, Carlyle. Ahora me dirás que empujó a su abuela por las escaleras para tener una razón para venir aquí.

Seth se echó a reír.

—No, pero sospecho que se aferró a esa excusa como un náufrago a un salvavidas.

—Y, si la abuela es el salvavidas, ¿qué eres tú? ¿El cocodrilo malo que espera en el agua para comérsela viva? —Chase se detuvo al lado de su puerta—. Y dime qué es lo segundo.

—¿Lo segundo?

—Has dicho que lo primero por lo que mantienes el engaño es para que no tenga motivos para evitarte. Eso significa que hay una segunda razón.

—La segunda es que, mientras sea Harriet, espero poder abordar algunos temas que ella no querría hablar como Fliss.

—¿La vas a besar? —Chase lo miró con curiosidad—. Podría ser la primera mujer en la historia que rompa con un hombre porque tenga celos de sí misma.

—No la voy a besar. Y no vamos a romper porque no estamos juntos.

—¿Cuánto tiempo va a continuar esto?
—Hasta que ella me diga quién es —Seth se incorporó—. Hazme un favor, sigue el juego.
—No se me dan bien los subterfugios. Casi me gustaría que no me lo hubieras dicho.
—Tú te vuelves a Manhattan. No la verás mucho de todos modos.
—¿Y qué hago con Matilda? ¿Le digo la verdad?
—Creo que eso deberías dejárselo a Fliss.
—No quiero que Matilda lo pase mal —comentó Chase.
En su voz había un tono acerado que solo aparecía cuando pensaba que intentaban aprovecharse de su esposa.
—Fliss no le hará daño. Sospecho que en este momento estará hablando por teléfono con Harriet y buscando el modo de cómo deshacer todo esto.
—No puedo creer que se le ocurriera un plan tan complicado.
—No creo que tuviera un plan. No creo que viniera aquí intentando suplantar a Harriet. Creo que vino como Fliss, pero que, cuando nos encontramos en la carretera, tuvo pánico y dijo lo primero que le pasó por la cabeza.
—¿Y eso no te resulta extraño?
—No, es típico de Fliss. Es impulsiva por naturaleza.
Chase lo miró un momento. Su tono frío acerado dio paso a otro divertido y comprensivo.
—Supongo que eso puede añadir interés a la cosa.
—Desde luego que sí —contestó Seth.
Su amigo le dio una palmada en el hombro y entró en su coche.
—Tienes una vida amorosa muy complicada, amigo mío.
Seth miró hacia la casa.
—Todavía no, pero estoy trabajando en ello.

CAPÍTULO 7

—Mátame. Me quiero morir —declaró Fliss. Estaba tumbada en la cama con los ojos cerrados y tenía la sensación de estar enredándose en una red de telarañas de la que no podía liberarse—. Tienes que venir a cambiarte conmigo.
—¿Para que yo arregle tus líos? Me parece que no.
—Eres mi hermana.
—Lo hago por tu bien. Tienes que hablar con él —dijo Harriet con firmeza—. Este es el momento perfecto para eso.
A Fliss no le parecía perfecto en absoluto.
—Cuando Johnny Hill se burló de ti por tartamudear, ¿te dije que le pegaras tú misma?
—Eso es diferente. Yo no quería pegarle.
—Yo quería por las dos.
—Tenemos un enfoque distinto a la hora de resolver problemas.
Fliss suspiró.
—Esto en parte es culpa tuya. ¿Desde cuándo eres tan amiga de Matilda Adams?
—Desde que empecé a sacar a Hero. Ella es escritora y está mucho en casa. A veces tomamos café juntas. La adoro.
—¿Y no se te ocurrió mencionarlo?
—Estoy segura de que lo he mencionado.
—Me parece que no. Yo recordaría una oportunidad de

negocio como esa. ¿Sabes lo rico que es Chase? Ese tío es casi dueño de Manhattan.

—Sí, pero solo tienen un perro, no veo la oportunidad de negocio.

—Yo tampoco, pero tiene que haberla.

—Seth tampoco es ningún pobretón.

—Él no es una oportunidad de negocio —repuso Fliss—. Es una mala decisión del pasado —una de muchas—. Chase me ha parecido un hombre con los pies en la tierra.

—Matilda también. Y están muy enamorados.

Fliss captó un tono de envidia en la voz de su hermana. Eso era lo que ocurría cuando alguien no había estado nunca enamorado. Era muy fácil convertir la idea del amor en algo maravilloso, mientras que la realidad era, más a menudo que no, dolorosa.

—Espero que dure —dijo.

—No seas cínica —contestó su hermana—. ¿Estás segura de que Seth no sabe quién eres?

—No tiene ni idea. ¿De qué habláis Matilda y tú? Cuéntame.

—No puedes hacerte pasar por mí con ella. Me cae muy bien. Esto tiene que acabarse ahora mismo —en la voz de Harriet había una dureza que Fliss no creía haberle oído nunca.

—Si le digo la verdad, se lo dirá a Chase y este se lo dirá a Seth —protestó.

—Esto es como una carrera en la media. Empieza por algo pequeño y luego se extiende.

—Por eso nunca llevo medias —Fliss se tumbó boca abajo y se apartó el pelo de la cara—. ¿De qué raza es Hero?

—Es un dóberman.

Fliss se animó.

—Por fin una buena noticia.

—No te entenderé nunca. La mayoría de la gente teme un poco a esos perros.

—Son unos incomprendidos. Yo simpatizo con todos los

incomprendidos. ¿Y qué es lo que te preocupa? ¿Crees que me atacará?

—No, no creo que nadie le haya dicho a Hero que es un dóberman. Tiene una especie de crisis de identidad de raza. Es más probable que te mate a lametones.

—Bien.

Fliss se recordó que aquello era trabajo y que ella jamás rechazaba nada relacionado con el negocio, así que, tras cerciorarse de que su abuela estaba cómoda, decidió salir a conocer a Matilda y a su perro.

La residencia de los Adams estaba en una península de quince hectáreas, con vistas espléndidas al mar.

Fliss casi se perdió de camino allí. Encontrar la propiedad no fue difícil, porque era imposible no ver la verja de hierro forjado. Lo difícil fue localizar la casa situada al final del amplio camino de grava. Antes pasó prados bordeados de setos y divisó una cancha de tenis por el rabillo del ojo.

—Este camino es lo bastante largo para que aterrice un jumbo —murmuró cuando la casa apareció por fin a la vista. Le bastó una mirada para decidir que «mansión de la playa» era una descripción mucho más apropiada que «casa de la playa».

Aparcó el descapotable pensando que había al menos algo relacionado con ella que parecía a tono con lo que la rodeaba. Aunque no se le escapó la ironía de que el coche fuera alquilado.

Sabiendo lo rico que era Chase Adams, se había hecho una idea mental de Matilda como una mujer esbelta y elegante. Probablemente alta y con proporciones de modelo. Una de esas diosas rubias que merodeaban por las playas de los Hamptons cuando ella era una cría. Femenina, con uñas y pelo perfectos.

Como tenía esa imagen en la cabeza, se llevó una sorpresa cuando Matilda abrió la puerta.

Era alta, sí, pero…

Fliss parpadeó.

—¡Caray! ¿Tienes sangre en la camisa? ¿Ha muerto alguien? Librarse de un cuerpo no suele ser uno de mis servicios, pero, si el mundo está mejor sin la persona que fuera, puedo hacer una excepción.

—Es zumo de arándanos rojos. Hero ha chocado conmigo y me he tirado un vaso entero encima. Ya sabes cómo soy. La coordinación no es mi fuerte. Ponme al lado de un perro indisciplinado y no tenemos ninguna posibilidad. Estaba pasando la fregona cuando has llegado —Matilda tiró de la tela mojada de la camisa—. Menos mal que eres tú y no una persona a la que quiera impresionar. Me alegro mucho de verte, Harriet. Cuando me dijo Chase que estabas aquí, no podía creerlo.

—Y no lo creas. No soy Harriet, soy Fliss.

Ya estaba. Ya lo había dicho. Acababa de desenredar el primer hilo.

Matilda la miró fijamente.

—Pero Chase dijo…

—Es una larga historia. Ahora que lo pienso, en mi vida todo es una larga historia. Parece que no consigo hacerme con la versión corta y sencilla. Nada de novelitas, yo soy *Guerra y paz* combinado con *Juego de tronos*, sin los dragones ni los muertos.

Matilda sonrió.

—En ese caso, entra. Quiero oírlo todo.

Fliss miró la mancha roja de la camisa.

—¿Seguro que no quieres matarme?

—Definitivamente, no —Matilda abrió la puerta del todo con demasiado entusiasmo y casi se dio en la cara con ella—. Me encantan las historias. Me gano la vida escribiendo historias. Perdona que te mire tanto, pero es que podrías ser Harriet sin problemas.

—Sí, eso me lo dicen mucho. Bienvenida al reino de las hermanas gemelas —Fliss entró en el espacioso vestíbulo y miró a su alrededor con incredulidad—. ¡Guau! Perdona, ¿me he pasado? Seguramente debería fingir que veo casas así todos los días. De hecho, creía que había visto muchas casas grandes. Por aquí abundan bastante. Pero esta es…

Matilda sonrió un poco avergonzada.

—Es un poco abrumadora, ¿verdad?

—¿Un poco? Mucho —Fliss miró la cúpula del techo—. La última vez que vi una cúpula así fue en Florencia, en Italia.

—La primera vez que Chase me trajo aquí, me perdí. Buscaba el cuarto de baño y acabé en la residencia de invitados. No preguntes.

Fliss apartó la vista de la cúpula.

—¿Tenéis una residencia de invitados? Supongo que porque hay poco espacio en la casa.

Matilda sonrió.

—Con tres dormitorios y tres baños. Chase la usa para guardar su equipo de navegar. Está llena de ropa de marinero y alguna vela que está siendo reparada.

—¿Qué? ¿No tenéis empleados internos?

—Tenemos una asistenta que viene del pueblo, pero no se queda a dormir. A Chase le gusta la intimidad.

—Sí, debe de ser difícil tener sexo espontáneo si hay gente por todos los rincones —dijo Fliss.

Había hablado sin pensar y se disponía a disculparse cuando oyó un ladrido fuerte y un dóberman grande y negro salió saltando de la cocina.

—Y aquí está la otra razón de que no tengamos empleados. No pueden lidiar con mi perro —Matilda levantó una mano—. Quieto. Quieto ahí.

El perro no hizo caso, sino que se lanzó contra ella, le hizo un placaje alrededor de las rodillas y estuvo a punto de tirarla al suelo.

—¡Caray! Es un animal muy entusiasta —Fliss tomó a Matilda del brazo y la ayudó a recuperar el equilibrio. Después agarró al perro del collar—. Hola. Tú debes de ser mi cliente. ¿Nadie te ha dicho que no es de buena educación derribar a una mujer embarazada?

Hero movió la cola con tanta fuerza que casi le arrancó un ojo.

Matilda lo sujetó e intentó convencerlo de que se sentara.

—Te pido disculpas por su comportamiento. Es culpa mía. No me gusta reñirle por si lo traumatizo.

—Creo que haría falta mucho para traumatizarlo —Fliss, como su hermana, conocía a los animales. Y conocía a los perros. Aquel era un animal inteligente y travieso de ojos brillantes. Su tipo favorito de perro—. Es maravilloso ver a un dóberman con un rabo largo.

—Encontré a un criador que no se los corta al nacer. Quería que tuviera su rabo. El rabo es el modo en que se expresa el perro y poder expresarnos es algo muy importante, ¿no te parece?

—Sí. Y Hero es un encanto.

Fliss reconocía a un espíritu afín cuando lo veía. Sabía muy bien lo que era tener siempre el impulso de hacer lo que no debía. Y sabía lo que era que todos pensaran lo peor de ella.

—Chase quería que tuviera seguridad cuando está trabajando, pero a mí no se me ocurría nada peor que tener a un extraño en casa cuando trabajo, así que buscamos un punto medio.

Fliss tendió la mano al perro y le dejó olfatearla.

—Y tú eres el punto medio, ¿verdad? —sonrió cuando él le puso el morro en la palma y deslizó la mano para frotarle el cuello—. Sí, eso te gusta, claro que sí. Eres un blandengue, ¿lo sabes? Un bebé grandullón y cariñoso.

—Mucha gente le tiene terror, pero Chase piensa que, si entrara alguien en la casa, Hero se dedicaría a lamerlo.

—Tal vez, pero lo que importa es que un perro así es un elemento disuasorio. Su raza tiene la fama que tiene y a menudo basta con esa fama para que alguien se lo piense dos veces —Fliss acarició la cabeza del animal—. Es instintivo en él proteger lo que quiere. Hay una razón para que sean buenos perros guardianes y los usen a menudo como perros de búsqueda y rescate.

—Sabes mucho de perros.

—Es mi trabajo. El conocimiento es poder y, cuando saco a pasear a un perro extraño, me gusta ser la que tiene el poder.

—Tú le caes bien. Sabes entenderlo —Matilda parecía aliviada—. ¿Eso significa que querrás sacarlo hasta que dé a luz?

—Será un placer.

—Quiero que sea un acuerdo de negocios. Sé lo mucho que estáis trabajando para sacar a flote la empresa y no me sentiría cómoda si no te pagara.

—Te lo agradezco. ¿Tiene algún mal hábito que deba saber? ¿Muerde a niños pequeños o gruñe a las ancianas?

—Si peca de algo, es de ser demasiado sociable. Saluda a todo el mundo como si fuera un amigo al que lleva tiempo sin ver. Por eso el zumo de arándanos ha acabado en mi camisa en lugar de en mi estómago.

Fliss acarició al perro.

—El entusiasmo no es un mal hábito, aunque el modo en que lo expresa se puede modificar un poco. Los dóbermans son muy listos. Necesitan un buen entrenamiento y mucho ejercicio.

—Pensaba llevarlo a clases en Manhattan, pero luego ya empezó a resultarme incómodo moverme mucho. Chase dijo que también sacas al perro de tu abuela. ¿Los vas a pasear a los dos juntos?

—Tal vez. Depende de cómo se lleven. A veces se benefician de tener compañía, a veces están mejor solos. Harriet y yo personalizamos el servicio que ofrecemos y hacemos lo que nos parece mejor para el animal —adivinaba que Hero podía ser de los que preferían ser el centro de atención—. Tienes un perro estupendo.

—Gracias —Matilda le rascó la cabeza—. A Chase le preocupa que tropiece con él porque soy muy torpe. Lo que me recuerda que tengo que hacer algo con esta camisa. Parezco una víctima de asesinato andante —soltó el brazo de Fliss—. Vamos a pasar por la cocina. Tengo una montaña de galletas de chocolate que hay que comer.

—¿Galletas? ¿Las haces tú? —Fliss se sentía bastante deficiente de pronto. ¿Era la única persona en el mundo que no encontraba relajante la repostería?—. Harriet también es repostera. Empiezo a entender por qué os lleváis tan bien.

Matilda se echó a reír.

—No me parezco nada a Harriet y odio cocinar. Mis aptitudes creativas se limitan a la escritura. Siempre que cocino, inevitablemente me acabo distrayendo con la escena que estoy escribiendo y me olvido de lo que hay en el horno. Probablemente por eso lo quemo todo. Este verano he hecho saltar dos veces la alarma de humo. Tenemos conexión directa con los bomberos y Chase les hace un donativo muy generoso todos los años para paliar la frustración que pueda producirles que yo viva en su territorio.

—¿En serio? ¿Has tenido a un montón de bomberos sexis corriendo por tu casa? Si yo supiera que había alguna posibilidad de eso, quemaría la tostada todos los días. Espera, ahora que lo pienso, ya lo hago —Fliss siguió a Matilda por la casa, mientras pensaba si sería una grosería soltar exclamaciones de admiración. Pensó en el hombre que había ido con Seth a casa de su abuela. Vestía ropa informal y se mostraba relajado. Jamás habría adivinado que era un supermillonario—. Pero, si no cocinas, ¿cómo tienes tantas galletas de chocolate?

—Le dije a Chase un día que tenía antojo de ellas y desde entonces las compra siempre cuando vuelve a casa. Es tan considerado que no tengo valor para decirle que no puedo comer tantas —contestó Matilda.

Fliss le miró la tripa.

—¿Seguro que eso es un bebé y no galletas?

Matilda se echó a reír y abrió una puerta.

La cocina era grande y ventilada, situada en la parte de atrás de la casa y con vistas al jardín y a la playa.

Fliss metió las manos en los bolsillos de su pantalón corto y miró por la ventana.

—Esto es increíble. ¿Cómo podría alguien cocinar aquí y no quemarlo todo?

—Es aún mejor desde el segundo piso. Ahí es donde está la sala de estar. Siempre me preocupa que Hero se caiga por la terraza y por eso, cuando estamos solos, pasamos mucho tiempo aquí abajo. Y tenemos acceso rápido a la playa.

Fliss notó que era una playa privada. Y Matilda Adams tal vez no tuviera mucha seguridad visible en términos de hombres musculosos con gafas oscuras y auriculares discretos, pero evidentemente tenía protección. La casa estaba en un terreno privado y rodeada por mar.

Y también estaba el perro, por supuesto.

Fliss no tenía ninguna duda de que, si alguien amenazaba a aquella familia, Hero estaría a la altura de su nombre.

—¿Tu playa está conectada con la playa principal?

—En una zona pequeña cuando está la marea baja. Hero se ha escapado a veces. Lo cual no está bien, porque, como sabes, en la playa pública hay reglas estrictas. Hasta las diez de la mañana pueden correr sueltos siempre y cuando obedezcan a las voces. Hero tiene problemas con eso.

—Trabajaremos en ello.

—No se le da bien la autoridad.

—No te preocupes, a mí tampoco —Fliss miró a su alrededor y vio un ordenador portátil encima de una mesa al lado de la ventana. El resto de la superficie estaba cubierta de papeles—. Hay mucho papel. ¿Se te ha estropeado la impresora?

—Es mi próximo libro. Lo he imprimido para la última lectura y se me ha caído cuando Hero me ha usado como tiro al blanco. He estado ordenando las páginas.

Fliss se acercó a recoger una hoja que había caído debajo de una silla.

—La página doscientos sesenta y cinco —dijo.

—¡Genial! Esa la estaba buscando —Matilda la tomó y la añadió a un montón que había en la encimera—. Tendría que haber imprimido capítulo a capítulo.

—O sea que te ganas la vida escribiendo historias. ¿Qué clase de historias? ¿Algo que pueda haber leído yo?

—No lo sé. Escribo ficción romántica, poblada con protagonistas fuertes y capaces que no se parecen nada a mí. Mujeres que no abrirían la puerta con manchas de zumo de arándanos rojos —tomó un trapo y se frotó la camisa.

—¿Y tus protagonistas masculinos se parecen a Chase?

Matilda se sonrojó.

—En cierto modo, sí. Todos son versiones de Chase, pero no le digas que he dicho eso. Es muy tímido. No le gustaría saber que pongo partes de él en un libro. ¿Té o café?

—Café, por favor. Solo y cargado —Fliss, que intentaba no pensar cómo sería estar locamente enamorada de un hombre que le correspondiera, recogió otra hoja de papel del suelo—. Página trescientos treinta y cuatro. Parece importante. Escena de sexo. ¡Caray! Esto es bastante fuerte. ¿Lo has escrito tú?

—Sí, y no deberías leerlo fuera de contexto —Matilda se la quitó de la mano, rompiendo el papel en el proceso—. El sexo que yo describo siempre forma parte del desarrollo del personaje. Ocurre por una razón y siempre cambia la relación —añadió la nueva página a las demás.

—¿Y esa razón no puede ser simplemente que el personaje esté un poco desesperado?

—Podría ser —Matilda preparó café con una cafetera que parecía muy sofisticada—. Pero el motivo de que estén desesperados probablemente tenga que ver con razones algo más profundas que esa.

—No comprendo.

Matilda se apoyó en la encimera mientras esperaba que terminara la cafetera.

—Si como escritora tengo un personajes que lleva un tiempo sin tener sexo, me preguntaría por qué. Siempre hay una razón.

—¿Qué clase de razón? —preguntó Fliss, que se sentía fascinada.

—Tal vez le hicieron daño en el pasado, en cuyo caso, cuando por fin se acueste con alguien, será algo importante y tendrá que lidiar con esos problemas.

—¿Qué problemas?

—Eso tendré que ir viéndolo cuando escribo. Me pregunto a mí misma qué hay en el pasado de los personajes. ¿Qué quieren? ¿Por qué lo quieren?

—No sabía que fuera tan complicado. ¿Y piensas eso de todos tus personajes?

—Sí. Eso es lo que hace que sean reales para mí. Saber cómo actuarían en cualquier situación.

—Ni siquiera yo sé cómo actuaría en una situación dada, así que me llevas ventaja. ¿Y qué pasa si los personajes no saben lo que quieren?

—Que tienen que descubrirlo a lo largo del libro. Y a veces lo que quieren cambia, por supuesto. Eso es lo divertido de escribir, averiguar lo que van a hacer. Añadir algunas sorpresas. Y todos los libros, todos los personajes, son diferentes porque no hay dos personas que hagan lo mismo aunque se enfrenten a la misma situación.

—Quieres decir que hay personas que siempre hacen lo correcto y otras que siempre se equivocan —comentó Fliss.

Ella sabía mucho de eso. Era de las segundas.

—No, eso no es lo que quiero decir —Matilda le puso una taza de café delante—. ¿Quién decide lo que es incorrecto? ¿Incorrecto según qué criterio? Lo que está mal en nuestra cultura quizá se considere normal en otra parte. Y las personas no son «malas» o «buenas». Solo son personas. Y las personas «buenas» son capaces de hacer cosas malas y de tomar decisiones malas. Eso es lo que hace que la gente sea tan fascinante. Por ejemplo, si me preguntas si yo robaría, te diré que no, pero, si mi bebé tuviera hambre y robar fuera el único modo de mantenerlo con vida, ¿no robaría? Tal vez. ¿Quién sabe? Ninguno de nosotros sabemos cómo actuaríamos si las circunstancias nos llevaran al límite. No siempre sabemos lo que somos capaces de hacer, o de ser.

«Eres una inútil, no sirves para nada».

Fliss tomó un sorbo de café.

—Está delicioso, aunque la máquina tiene pinta de que necesites dos doctorados para aprender a manejarla.

—Esa cafetera es un regalo típico de Chase —explicó Matilda, que se estaba preparando una infusión—. Una vez tomamos café en una cafetería y me gustó, así que me compró la misma cafetera. Hizo que la trajeran desde Italia. Todas las instrucciones estaban en italiano y yo no hablo italiano. Adorable, pero tardé tres días completos en aprender cómo funcionaba. Y la ironía es que, desde que me quedé embarazada, no soporto el sabor del café.

Fliss se echó a reír, pero sintió una punzada de envidia.

—Tienes suerte —dijo.

—¿Por la calidad de mi café o porque tengo un buen hombre?

—Las dos cosas. Y volviendo al tema del sexo —musitó Fliss como sin darle importancia—, ¿qué otras razones das a los personajes para no tener sexo en una temporada?

—La más sencilla es que simplemente no han conocido a nadie que les guste lo suficiente, pero eso no suele ser una lectura interesante, así que por lo general mis personajes tienen impedimentos más serios. Quizá problemas para intimar. O quizá estén enamorados de alguien del pasado y ninguna otra persona está a la altura.

A Fliss se le aceleró el corazón.

—Pero eso sería una locura, ¿verdad? Si una historia se acaba, se acaba.

Matilda se sentó en la silla más próxima.

—¿Seguimos hablando de mis libros o hemos pasado a hablar de Seth? —preguntó.

Fliss se puso enseguida a la defensiva y la miró combatiendo el impulso de salir corriendo.

—¿Qué sabes de Seth?

—Sé que estuvisteis casados. Chase y él son amigos desde

hace mucho. Chase le ha ayudado a reformar su casa. Pero supongo que eso ya lo sabes.

Fliss negó con la cabeza.

—No, no lo sabía —dijo.

Pero tenía sentido. Chase era el único amigo al que Seth había llevado a su boda. Le resultaba raro pensar que había muchas cosas de la vida de Seth de las que ella no sabía nada. En cierto modo, era un desconocido. Un desconocido familiar. Y de pronto sintió un deseo feroz de saber más.

—¿Y tú lo ves a menudo? —preguntó

En realidad, no era asunto suyo y no sabía por qué preguntaba eso. Seth Carlyle podía cenar con todos los habitantes de los Hamptons si quería. ¿Por qué le preocupaba eso? ¿Por qué demonios le importaba?

—Ha venido a cenar unas cuantas veces. Una vez trajo a Na...

Matilda se detuvo antes de terminar la frase y Fliss se encogió de hombros, confiando en que el vuelco horrible que le había dado el estómago no se reflejara en su cara.

—Si «Na» es una mujer, no te preocupes por mí. Seth y yo no nos hemos visto en diez años. Definitivamente, lo nuestro es historia.

—Se llamaba Naomi, pero ya no están juntos.

—Está bien —repuso Fliss.

Ese dato no debería interesarle. No había motivos para ello. Y, desde luego, no debería alegrarle. Era inevitable que un hombre como Seth no estuviera solo mucho tiempo. Reprimió el impulso de hacer un millar de preguntas sobre Naomi.

—Me sentí muy aliviada cuando rompieron.

—¿Porque no estaban hechos el uno para el otro? —preguntó Fliss.

—Bueno, sí, por eso también. Y porque me hacía sentirme fatal conmigo misma. ¿Sabes que hay mujeres que salen de la cama impolutas? Pelo perfecto, piel perfecta, ni un gramo de grasa extra en ninguna parte. No tienen accidentes con copas de champán ni con cartones de zumo de arándanos. Naomi era así. Era muy amable, pero siempre conseguía que me sorprendiera que la evolución no hubiera borrado del mapa a alguien como yo.

Fliss se echó a reír.

—¿Y rompió ella? —preguntó, como el que no quiere la cosa.

—No. Fue Seth —Matilda la observó con atención—. Seth siempre termina las relaciones.

«¿De verdad?», pensó Fliss.

La suya no la había terminado él. Había sido ella.

Sintió una punzada de culpabilidad. ¿Ella era la razón de que después fuera él el que acabara las relaciones? ¿Su breve y doloroso matrimonio le había hecho odiar el compromiso para siempre?

Tener miedo al compromiso no parecía propio de él. Pero diez años era mucho tiempo, ¿no? Probablemente habría cambiado.

Ella lo había hecho.

—¿Y por qué Naomi no hacía buena pareja con él? —preguntó.

¿Por qué narices hacía esa pegunta? Matilda pensaría que le importaba algo, y no era cierto. No le importaba. No le interesaba nada con quién salía Seth.

—Era empalagosamente dulce. Y un poco manipuladora, aunque me llevó tiempo notar eso. Conseguía lo que quería a base de encanto. Intentó manipular a Seth, pero él no se dejó. Para ser sincera, sentí un poco de pena por ella. Creo que lo adoraba sinceramente y resultaba incómodo verlo. Cuanto más se pegaba a él, más se apartaba Seth —Matilda tomó un sorbo de su infusión—. ¿Hemos llegado ya a la parte en la que me cuentas por qué Chase cree que eres Harriet? ¿Se lo dijiste tú?

—Creo que fue Seth —Fliss miró su café—. Me he metido en un lío.

—Me parece que te vendría bien una galleta de chocolate —Matilda empujó la caja hacia ella—. Y una amiga.

Fliss metió la mano en la caja y sacó una galleta. La mordió con aire ausente y frunció el ceño.

—Está deliciosa.

—Lo sé. Si solo pudiera comer un alimento, serían estas galletas. Son de Cookies and Cream.

Fliss masticó despacio, saboreando la explosión de azúcar y consuelo.

—Ni idea de lo que es eso, pero quiero un mapa ahora mismo.

—Está en la Calle Principal, al lado de la boutique que vende esa maravilla ropa de playa que ya no me cabe.

—Harriet adora ese sitio. Y tú no estás gorda aparte de la tripa.

—¿Lo dices en serio? La tripa afecta a mi equilibrio. La mayor parte del tiempo parezco un cruce entre un camello borracho y una jirafa que se ha tragado una sandía.

—No pareces ninguna de esas dos cosas —Fliss decidió que la fuerza de voluntad estaba sobrevalorada y tomó otra galleta—. Y, por si quieres saberlo, no como esto por algo emocional, lo hago porque están demasiado buenas para privarme de ellas.

—Te creo. Ahora dime por qué cree Seth que eres Harriet —Matilda dejó su taza en la mesa—. Estuvisteis casados. ¿No os distingue?

—Aparentemente, no —y sí, eso resultaba irritante para Fliss. Si la vida real fuera como el cine, la habría mirado a los ojos y se habría dado cuenta al instante—. Ese es el inconveniente de tener un clon.

—Pero debe de haber un millón de ventajas. He pensado a menudo en escribir una historia sobre gemelas, pero asumía que en la vida real seguramente la gente sí las diferenciaba —Matilda observó a Fliss—. Pero vosotras sois idénticas.

—Solo por fuera.

—Es asombroso. Pero tienes razón. Fuera del físico, me da la impresión de que no os parecéis mucho.

—Y en el aspecto también somos distintas. Harriet sonríe, yo frunzo el ceño —Fliss extendió el brazo y cerró la caja de galletas—. Creo que deberías guardar esto en un armario con cerradura. Y no me dejes ver cuál es porque he abierto más de unos cuantos en mis buenos tiempos.

—¿O sea que haces esto a menudo?

—¿Comer galletas? De vez en cuando, sobre todo si alguien deja una caja llena en la encimera —Fliss tomó un mordisco—. Pensándolo bien, es raro.

—Me refería a hacerte pasar por tu hermana.

—La última vez fue cuando éramos crías. Un chico se metía con ella —Fliss todavía se enfurecía al recordarlo—. Necesitaba que le dieran una lección sobre cómo tratar a la gente.

A Matilda le brillaron los ojos.

—Y estoy segura de que tú lo educaste bien.

—Creo que mi solución tuvo algunos elementos buenos, sí —Fliss movió la galleta en el aire, lo que hizo que saltaran migas—. Lo habría hecho de todos modos, pero decidí que tendría más impacto si creían que era ella.

—¿Y ella se hacía pasar por ti?

—No. Ella no quería. Harriet es directa y sincera. Yo soy la manipuladora que disfruta engañando.

Matilda enarcó las cejas.

—¿Cuál fue el engaño?

—Preparé una distracción para que ella no supiera lo que pensaba hacer. No lo supo hasta que me encontró intentando lavarme sangre del pelo en el baño de chicas —Fliss dejó la galleta y se levantó el pelo para mostrar la prueba—. Herida de guerra.

Matilda tomó un papel y anotó algo.

—Lo siento, pero esto tiene que salir en un libro. Y, si hacía tanto tiempo que no lo hacías, ¿por qué ahora? —quiso saber.

Fliss se había hecho la misma pregunta.

Impulso. Falta de criterio. Ninguna de las respuestas posibles le sonaba convincente ni siquiera a ella.

—Vine aquí para esquivar a Seth. Y hasta me cuesta reconocerlo en voz alta —apuró su café—. ¿Qué clase de persona es demasiado cobarde para saludar a un hombre al que no ha visto en diez años?

—Una que todavía tiene sentimientos complicados. Pero no comprendo por qué viniste aquí si querías esquivarlo. Seth vive aquí.

—Cuando tomé mi decisión, carecía de esa información crucial. Lo vi en Manhattan. Trabajaba en una clínica veterinaria a la que vamos muy a menudo. Asumí que se había mudado allí.

—Y decidiste salir de la ciudad —dijo Matilda—. Y te encontraste con él.

—Prácticamente en cuanto llegué —Fliss terminó la galleta—. Lo que prueba lo malo que es mi karma.

—O lo bueno que puede ser el destino —repuso Matilda.

Harriet habría hecho el mismo comentario.

—Entiendo que seas tan buena amiga de mi hermana. Las dos sois unas románticas. Aunque odio explotar esa nube de color rosa a través de la que ves el mundo, te puedo decir que nuestro encuentro no tuvo nada de romántico. Primero pensé que había atropellado a su perra.

—Oh, esa es Lulu. Le gusta hacerse la muerta.

—Eso lo sé ahora, pero en su momento creía que la había matado. Y eso casi me mata a mí. Hay muchos humanos a los que atropellaría encantada, pero nunca he conocido a un perro que merezca ese destino. Y yo estaba allí temblando cuando salió Seth de entre los arbustos. Y en lugar de actuar como una adulta y decir: «Hola, Seth, ¿cómo te va la vida?», me hice pasar por Harriet.

Lejos de escandalizarse, Matilda parecía encantada.

—¡Oh! Ese sería un encuentro rosa perfecto.

—¿Cómo dices?

—¿No ves comedias románticas?

—Mi película favorita es *El resplandor*, seguida de cerca por *Psicosis*.

Matilda se estremeció.

—Tienes razón. Eres muy distinta de Harriet. Pero, si pensabas que habías atropellado a la perra, seguro que estabas alterada y vulnerable.

—Esa explicación me convence.

—O quizá lo viste y cediste al pánico porque no estabas preparada.

—Esa me cuesta más aceptarla.

—¿Por qué? Si no lo has visto en tanto tiempo, es una reacción comprensible.

—Tengo un largo historial de actuar por impulso —repuso Fliss.

De no ser por esa irritante tendencia, quizá no hubiera llegado a intimar con Seth en primer lugar.

—Estoy trabajando en eso, pero todavía no lo domino. Y no hago muchos progresos.

—Eres muy dura contigo misma —Matilda le lanzó una mirada—. Mi último protagonista estaba basado en Seth.

—¿En serio?

—¿Por qué no? Es atractivo. Y sexy. Y además es veterinario. Eso lo eleva inmediatamente a la categoría de héroe para muchas de mis lectoras.

Fliss la miró fijamente.

—¿Eso es todo lo que hace falta? ¿Te puedes convertir en un héroe solo por elegir la profesión adecuada?

—Es una profesión de cuidador. Un protagonista que tiene una profesión así empieza ya con puntos de ventaja.

—¿Porque sabes que puede desparasitar a tu gato si surge esa necesidad?

Matilda se echó a reír.

—Has cambiado de tema. Estaba diciendo que entiendo perfectamente por qué te hiciste pasar por Harriet. Todos hacemos cosas impulsivas cuando nos sentimos amenazados.

—Él no me amenazaba.

—No, pero tus sentimientos sí.

Fliss decidió que Matilda era demasiado intuitiva para su gusto.

—Fuera cual fuera la razón, soy básicamente una cobarde que evita situaciones potencialmente incómodas —pensó en Harriet de niña, escondida debajo de la mesa. Las dos buscaban refugio de distintos modos.

—No creo que sea cobardía. Es porque todavía sientes algo por él —repuso Matilda.

—Siento decepcionarte, señorita novelista romántica, pero hasta ese encuentro en la carretera, no había visto a Seth en una década. Los sentimientos son como las plantas. Hay que cuidarlos. Y por cierto, yo no soy así. No soy cuidadora. Mato las plantas. No intencionadamente, ya sabes, simplemente ocurre. Las cosas que viven a mi alrededor tienen que poder cuidarse solas —Fliss miró a Hero—. Excepto los perros. Con los perros sí puedo lidiar.

—¿Y eso por qué?

—Los perros solo esperan que seas quien eres. Nunca quieren algo más de ti. Es amor incondicional.

—Pero tú sentiste algo cuando viste a Seth.

—¿Por qué dices eso?

—Porque de no ser así —contestó Matilda despacio— no habrías fingido ser tu hermana gemela. Creo que tú no saliste huyendo porque no querías verlo, sino porque querías.

CAPÍTULO 8

Seth paseaba con Lulu por la playa y llevaba a la perra atada con una cadena porque ya había pasado la hora en la que se permitía a los perros correr sueltos.

Un dóberman corría hacia ellos desde la dirección contraria.

Hero.

Seth miró más allá de él, esperando ver a Matilda, pero a quien vio fue a Fliss.

«Harriet», se recordó. Hasta que ella decidiera poner fin a aquella farsa, tenía que acordarse de llamarla Harriet.

Le irritaba que no confiara en él lo bastante para contarle la verdad, pero ese había sido siempre el problema. Fliss guardaba sus sentimientos bien protegidos. Él entendía por qué, pero eso no hacía que fuera más fácil lidiar con ello.

Entre tanto, quería aprovechar el subterfugio de ella en beneficio propio.

Hero y Lulu se saludaron con entusiasmo, en medio de un remolino de piel, ladridos y movimientos de colas. Momentos después llegaba Fliss sin aliento.

Llevaba pantalones cortos de correr y el cabello recogido en una coleta.

—Lo siento —dijo. Parecía enojada porque el perro la había llevado hasta él—. Se ha soltado de la correa. Lo he llamado y no me ha hecho caso. Entiendo por qué Matilda tiene que luchar tanto con él.

—No te preocupes. Estos dos se conocen.

—Tal vez, pero un dóberman debería estar mejor entrenado que este —ella enganchó la correa en el collar de Hero, que la miró con reproche—. Sí, eso es. No esperaba que nuestra primera cita fuera así. Yo estoy al mando aquí, ¿recuerdas? Soy la jefa.

Mucha gente se pondría nerviosa con un dóberman del tamaño de Hero, pero Fliss parecía estar totalmente a sus anchas. A Seth no le sorprendía eso. Solo la había visto asustada de una cosa: de su padre.

Y había sentido náuseas.

Se preguntó si ella lo vería todavía y si aquel hombre tendría todavía tanto poder sobre ella.

—Es muy amable por tu parte sacarlo a pasear. Sé que Chase te lo agradece.

—Comprendo por qué me lo pidió. Este perro es demasiado fuerte para Matilda. Siéntate —dijo con fiereza. Hero la miró, sopesando las probabilidades que tenía de poder ignorarla. Decidió que no eran buenas y se sentó.

Fliss asintió.

—Eso está mejor. Te voy a enseñar a escuchar porque, cuando llegue ese bebé, vas a tener que controlarte mejor. Es una gran responsabilidad ser un perro de familia. ¿Me estás escuchando?

Lulu, que era muy buena captando atmósferas, gimió y se escondió detrás de las patas de Seth.

Hero miraba a Fliss con ojos enternecedores.

Seth también la miraba. Sabía que en aquel momento ella había olvidado que fingía ser Harriet. Delante de él estaba Fliss. La chica que había conocido y que recordaba.

Su aventura había sido loca, salvaje y sexy. Tan sexy que él se preguntaba a menudo si eso habría sido parte del problema. Si hubieran pasado menos tiempo haciendo el amor y más tiempo hablando, ¿habrían podido capear aquellos traumáticos primeros meses?

Probablemente no, porque para eso habría hecho falta que ella se abriera. Y ella nunca se abría. Se había construido defensas para dejar fuera a su padre, y en el proceso había dejado fuera también a todos los demás.

Él había crecido en una familia amorosa, con padres que apoyaban y alentaban pero no interferían. Lo habían educado para que entendiera la importancia del trabajo duro. De la lealtad. Del amor.

Todo lo que quería lo tenía al alcance de los dedos.

Y luego había conocido a Fliss.

—¿Cómo está tu abuela?

—Magullada. Y un poco asustada, creo. Ha sido un golpe a su independencia y odio verla así. Estoy intentando reconstruir su confianza en sí misma —Fliss bajó la mano a la cabeza del perro—. Está pensando en hacer cambios en la casa.

—¿Qué clase de cambios?

—La cama en la planta baja y esas cosas. Se pregunta si cortar el manzano —contestó ella.

No iba maquillada, pero la brisa y el sol habían teñido de rosa sus mejillas. Era sutilmente femenina, de barbilla estrecha y pómulos bien definidos. A él siempre le había gustado su físico, pero le gustaba sobre todo que fuera fuerte, inteligente y sin pelos en la lengua. Estando tan cerca de ella, no le cabía ninguna duda de que se trataba de Fliss. Hacía mucho que había dejado de preguntarse cómo podía sentir tanta química con una de las gemelas y con la otra no.

—Tropezó en el jardín, así que supongo que es normal —dijo Seth—. En cuanto a la casa, si queréis reformar algo, quizá Chase os pueda ayudar.

—Sí, he oído que te está haciendo una casa —Fliss se puso una mano a modo de visera en los ojos y miró el mar.

¿Creía que le sería más difícil reconocerla si no lo miraba?

—Yo solía venir a esta playa con Fliss —dijo Seth, y vio

que se tensaban los hombros de ella—. Era uno de sus lugares favoritos.

Al fin ella se volvió, pero solo para acariciar a Hero.

—Hay algunas playas estupendas en la zona —dijo—. ¿Tú tienes vistas al mar?

—Sí. Deberías venir a verlas algún día. Podemos tomar una cerveza y ver el atardecer —propuso él.

Lo habían hecho muchas veces, los dos solos sentados en la arena, abrazados. Ella se escapaba de casa de su abuela y él la esperaba al otro lado de la verja roñosa.

¿Pensaba ella en eso alguna vez?

¿Estaba pensando en eso en aquel momento?

—Puede que lo haga —ella sonrió, aunque sus ojos prometían que no iría nunca—. ¿O sea que ya no vives en la casa de tus padres?

—De momento sí, pero es temporal —y una parte de él deseaba no haber optado por quedarse allí. La casa parecía llena de tristeza. Quizá fuera el silencio, después de años de ruidosas reuniones familiares, pero en aquellos días la casa estaba desierta, un vacío con eco—. Chase calcula que podré mudarme la semana que viene. ¿Cuánto tiempo piensas quedarte tú?

—No sé. Hasta que mi abuela ya no me necesite.

—¿Fliss puede arreglarse sin ti? —Seth seguía presionando cada vez un poco más, deseando que confiara en él aunque sabía que no lo haría. Protegerse era algo innato en ella, un instinto tan profundamente arraigado que se protegía incluso cuando no era necesario. No conocía otra cosa.

Seth buscaba alguna señal que denotara que se sentía incómoda con la mentira, pero la expresión de ella no cambió.

—Fliss se las arreglará —dijo—. Siempre lo hace.

¿Cuánto tiempo pensaba mantener el engaño?

Seth reprimió el impulso de confrontarla con la verdad.

—Iba a tomar un café y algo de comer antes de ir a la clínica. ¿Quieres acompañarme? —preguntó.

Vio que ella vacilaba buscando una excusa y se preguntó si su vacilación se debería a que no quería pasar tiempo con él o más bien a que tenía miedo de traicionarse. Se sentía frustrado. Por fin se hallaba cara a cara con ella, a solas, y todavía no podía tener la conversación que deberían haber tenido mucho tiempo atrás.

Ella apartó la vista.

—Tengo a Hero.

—Sería bueno para su entrenamiento estar sentado pacientemente y Lulu puede enseñarle algunas cosas.

—¿Como a hacerse el muerto y asustar a la gente?

—Eso también —dijo él.

Vio que buscaba una excusa, pero acabó por ceder.

—Claro, ¿por qué no?

Caminaron por la playa y él pensó en la cantidad de veces que habían hecho exactamente eso, caminar hombro con hombro. Esa vez ella se esforzaba por mantener las distancias. Antes de su relación con Fliss, él, con la superficialidad de la juventud, había creído que la intimidad era algo físico. Cuerpos desnudos y descubrimiento carnal. Con Fliss había descubierto que la intimidad, la verdadera identidad, era emocional. Compartir pensamientos, creencias y secretos era lo que hacía que una relación alcanzara una profundidad que solo con sexo no se podía.

Había creído que iba en camino de tener eso con ella, pero siempre había habido una parte de ella a la que no había podido llegar. Antes de conseguirlo, se había frustrado todo. Y como en el caso de un jarrón que se rompe sobre un suelo de cemento, había parecido que había demasiados pedazos para poder volver a unirlos.

Encontraron una mesa en el café de la playa y, en cuanto se sentaron, él comprendió su error. Allí, en un lugar tan público, no había ninguna posibilidad de intimidad. Aunque tampoco había muchas más en aquella comunidad.

—Hola, doctor Carlyle —Megan Whitlow fue la primera

en abordarlo, apartándose el pelo gris de las sienes—. Rufus está un poco mejor, pero no sé si debería examinarlo otra vez, solo por precaución.

—Llame a Daisy —contestó Seth—. Y pídale una cita.

Megan se inclinó hacia delante y bajó la voz.

—Todos nos alegramos mucho de que haya vuelto, doctor Carlyle. Es usted un gran activo en esta comunidad.

—Es usted muy amable, Megan.

A Seth le era imposible pasar desapercibido allí. Y también hacer las preguntas que quería hacer. Atendió con paciencia a cuatro personas distintas que se acercaron a ponerle al día sobre el estado de salud de sus mascotas.

—Eres muy popular. Ni siquiera tienes que alquilar un edificio. Puedes dirigir una clínica aquí en la playa —Fliss tomó la carta, divertida—. Y supongo que debemos dar gracias a que no seas médico. Al menos la gente no se quita la ropa y te pone al día sobre sus problemas íntimos.

—Tendría que haber elegido otro sitio.

—No. Este me gusta —musitó ella.

Seth la miró sorprendido.

—¿Sí?

—Sí —Fliss leyó un momento la carta, volvió a dejarla en la mesa y se subió las gafas de sol en la nariz—. Eso es lo que significa estar en este sitio, ¿no? Comunidad. Por eso elegiste trabajar aquí y no en un lugar como Manhattan. Solías hablar de ello. De que este era el tipo de clínica que querías.

—No recuerdo haber hablado nunca de eso contigo.

Hubo una pausa.

—Supongo que me lo contaría Fliss —comentó ella.

Seth optó por no presionarla.

Todavía no.

Pero pronto. Si no se lo decía ella, tendría que ser él quien diera el primer paso.

—Y vosotras habéis creado un negocio bueno en Manhattan.

—Crece deprisa —ella habló de cifras, de crecimiento, de estrategia y de planes de futuro.

Si hubiera sido Harriet, le habría hablado de los perros, no de las proyecciones de beneficios para el siguiente trimestre.

Comieron una fragante ensalada tailandesa, aliñada con citronela y lima, y él vio cómo jugaba el sol con el pelo de ella y le arrancaba reflejos plata y oro.

Hablaron de temas neutros. De los trabajos de ambos, de la vida en Manhattan y la vida en los Hamptons, de perros... De nada personal.

—¿Postre? —preguntó él.

Fliss miró la carta y suspiró.

—Mejor no. Hace unos días comí un montón de galletas de chocolate en casa de Matilda y todavía me siento culpable —dejó la carta en la mesa—. Y tú no eres goloso, así que, si quieres, tomamos simplemente café.

Aquello fue otro desliz por parte de ella.

Seth pensaba cómo aprovecharlo en beneficio propio cuando alguien se acercó a la mesa. Y esa vez, el objetivo no era él.

—¿Harriet? —la mujer abrazó a Fliss y Seth vio la cara de horror que ponía esta.

Era evidente que no tenía ni idea de quién la abrazaba.

Él acudió en su ayuda.

—Hola, Linda. ¿Cómo van los preparativos para la venta de repostería?

—Está todo listo para el sábado. Espero que vengas y te gastes una fortuna. Es todo por una buena causa, el albergue de animales —la mujer soltó a Fliss—. Me siento culpable por pedirte todavía más, teniendo en cuenta todo lo que ya haces.

Seth tuvo una idea de pronto.

Tal vez fuera injusto, pero... Si Fliss no tenía problema en recurrir a los subterfugios, él tampoco.

—Harriet prepara las mejores galletas de chocolate que has probado jamás. ¿Verdad, Harriet? —dijo. Sonrió a Fliss, quien lo miró con pánico.

«Sácate tú sola las castañas del fuego, preciosa», pensó él.

—Yo no diría que son las mejores... —comentó ella.

—Harriet es demasiado modesta —él miró a Linda, a la que conocía desde hacía años—. Deberías convencerla de que os haga unas pocas.

—Es una idea excelente —Linda sacó un cuadernito del bolso y apuntó algo—. Recuerdo las que hiciste el verano pasado y cómo presumía tu abuela de lo buena cocinera que eres. ¿Cómo he podido olvidarlo?

Fliss parecía horrorizada.

—Eres muy amable, pero en este momento estoy muy ocupada cuidando de mi abuela y paseando al perro de Matilda.

—¿Cómo está Eugenia? He oído que se había caído. Si necesita algo, contad conmigo.

—Eres muy generosa.

—Y como estoy segura de que le harás galletas, teniendo en cuenta que está enferma y todo eso, no me siento culpable de pedirte que hagas algunas más para vender. Tus galletas de chocolate son famosas por aquí. No sé por qué no se me había ocurrido a mí. Gracias, Seth.

Fliss dudó un poco y abrió los labios en lo que seguramente pretendía ser una sonrisa.

—Claro. Será un placer —dijo.

Seth sonrió interiormente.

Estaba seguro de que iba a ser de todo menos un placer.

Se preguntó cómo se las arreglaría ella.

¿Llamaría a Harriet? ¿Buscaría un vídeo en YouTube?

Quizá debería avisar a los bomberos para que tuvieran las mangueras preparadas.

Llegó el café y Linda los dejó solos.

—Has sido muy amable ofreciéndote —comentó él.

—No me he ofrecido yo, me has ofrecido tú —ella empujó la espuma de su capuchino con la cuchara y lo miró con furia—. ¿Por qué has hecho eso?

Él le sostuvo la mirada.

—Sé que te encanta cocinar y participar en la vida de la comunidad —contestó él.

Y porque antes o después, ella tendría que admitir quién era en realidad.

Y mejor antes que después.

Fliss se afanaba en la cocina. Estaba sudando. La mesa y el suelo estaban cubiertos de harina y la primera tanda de galletas se apilaba chamuscada en una bandeja. Al lado estaba el montón con la segunda tanda. No estaban quemadas, pero sí aplanadas y grasientas. Pensaba enterrar las pruebas más tarde, después del siguiente intento. Probablemente debería dar la alerta en el hospital antes de que alguien se comiera una. Era probable que hubiera víctimas.

Maldijo a Seth y su espíritu comunitario.

Le estaría bien empleado que se las diera a comer a él y apechugara con las consecuencias. Charlie gimió a su lado.

Fliss miró al perro.

—¿Estás de broma? Créeme, tú no quieres comer esto. Un mordisco y acabarás en la clínica veterinaria, y no seré yo quien te lleve, así que sugiero que tengas la boca cerrada.

Enfadada consigo misma y frustrada, fregó el bol y volvió a empezar.

¿Por qué la había ofrecido Seth voluntaria para aquello?

Porque creía que era Harriet.

¿Y quién tenía la culpa de eso?

Ella.

Jamás, bajo ningún concepto, volvería a hacerse pasar por Harriet. Ella no era Harriet y no lo sería nunca.

Volvió a leer la receta, intentando averiguar dónde había metido la pata.

Podía hacerlo. Era lista. Capaz. Tenía que poder hacer una bandeja de galletas sin envenenar a nadie ni prender fuego a la casa.

—¿Necesitas ayuda? —preguntó su abuela desde el umbral.

Fliss se sobresaltó. Se sintió culpable. Teniendo en cuenta que era imposible ocultar las pruebas de su incompetencia, no tenía más remedio que afrontar aquello con descaro.

—Se supone que estás descansando con el pie en alto —dijo. Y por eso había elegido aquel momento para hornear—. ¿Qué te ha despertado?

—No estoy segura. No sé si ha sido el ruido de cacharros, el de murmullos o el olor a quemado.

—Seth me ofreció voluntaria para hacer galletas para el rastrillo de recaudación de fondos —Fliss notó que se ruborizaba. Una cosa era engañar a Seth y otra muy distinta engañar a su abuela—. Perdona el ruido. Y el desastre. No sé qué me pasa hoy. No soy yo misma.

—No lo has sido desde que llegaste —comentó su abuela—. Has sido Harriet. Y comprendo que no debe de ser fácil, teniendo en cuenta que tú eres Fliss.

—¿Lo sabes? —Fliss la miró avergonzada—. ¿Desde cuándo lo sabes?

—¿Que eres Fliss? Desde el principio, por supuesto.

Ella se sintió más culpable todavía. La cuchara le resbaló de la mano y cayó en el bol de golpe.

—¿Cómo lo has sabido? ¿Porque no cocino?

—Lo supe desde que te vi en el aparcamiento del hospital.

—¿Por el coche rojo? Tendría que haber elegido uno menos llamativo.

—No fue el coche —su abuela se agachó a sacudirle unas motas de harina a Charlie—. Eres mi nieta. ¿Crees que no conozco a mi nieta?

Fliss se sentía muy tonta.

—Pero, si lo sabías, ¿por qué no has dicho nada?

—Asumía que tenías un buen motivo para hacerte pasar por tu hermana —la anciana se sentó en una silla—. Y asumo que ese buen motivo es alto, moreno y demasiado guapo para su bien.

Fliss retiró la cuchara.

—No era mi intención hacerme pasar por Harriet, ese no era el plan. La mañana que la llamaste hablaste conmigo, no con ella.

—Lo sé. Lo que no sé es por qué fingiste conmigo. ¿Por qué no me dijiste quién eras?

—Porque tenía que salir de Manhattan. Seth trabajaba en la clínica a la que vamos nosotras, prácticamente al lado nuestro. No quería verlo. Cuando llamaste, me pareció que esta podía ser la excusa que estaba buscando.

—¿Y por qué no me lo dijiste cuando llamé?

—Porque no me querías a mí. Querías a Harriet.

Su abuela la observó por encima de las gafas.

—¿Eso es lo que crees?

Fliss se encogió de hombros.

—Llamaste a Harriet.

—Marqué su número primero. Fácilmente podría haber sido el tuyo.

—Pero no lo fue. Tú no lo marcarías —Fliss apartó el bol—. Y no te culpo. Todo el mundo quiere a Harriet. Es amable, cuidadora... Yo soy la gemela mala.

Su abuela apretó los labios.

—Ahora es tu padre el que habla. La primera vez que le oí llamarte así quise echarlo de mi casa y cerrar la puerta tras él. Lo habría hecho, de no ser porque habría sido tu madre la que sufriera.

Fliss se quedó inmóvil. Se arrepentía profundamente de haber intentado hacer galletas. De no ser por eso, podrían haber mantenido el engaño en lugar de hablar del tema que menos le apetecía en el mundo.

La relación entre sus padres y el comportamiento de su progenitor nunca habían sido objeto de conversación, eran temas que esquivaban todos.

Fliss quería salir corriendo, pero sus pies no se movieron.

—Me llamaba eso porque era cierto —dijo.

—¿Lo crees de verdad?

Fliss miró la mesa, observando sus arañazos y recordando escenas durante las comidas. A su padre gritando hasta que su rostro adquiría un extraño color rojo, entre remolacha y tomate. En ocasiones parecía que le iba a dar un infarto y en algunos momentos, ella había deseado que ocurriera eso. Y después había ocurrido y no había cambiado nada. En los libros, a veces, algo así servía para unir a las familias. Había arrepentimientos y reconciliaciones. En la vida real no había ocurrido así. Al menos en su caso.

—Creo que debo terminar estas galletas. O también pudo rendirme y comprarlas hechas en Cookies and Cream. O confesar mis pecados.

—Nunca he creído que fueras de las que se rinden.

Fliss respiró hondo y miró a su abuela.

—No lo soy, pero la cocina no es lo mío. No consigo hacer una masa decente.

—No creo que el problema aquí sean las galletas. Y en cualquier caso, pueden esperar.

—No pueden. Gracias a mi naturaleza impulsiva, se supone que tengo que hacer una bandeja para venderlas este fin de semana. Y me va a llevar tiempo conseguirlo —repuso la joven.

Y de pronto, preparar galletas le resultaba apetecible. Cualquier cosa era más apetecible que hablar de su pasado.

—Tú no eres la gemela mala, Fliss.

La joven no quería hablar de eso. No lo deseaba en absoluto.

—¿Crees que pongo demasiada harina? Están pegajosas.

Hurgó en la masa con la cuchara, pero su abuela no estaba dispuesta a darse por vencida.

—Quizá pudiera parecerle eso a alguien que solo viera la superficie de las cosas. Pero yo veía cómo era la realidad. Era difícil para todos vosotros y también lo era para mí. Ella es mi hija. No me gustaba saber que el amor en ese matrimonio solo estaba en un miembro de la pareja.

Aquello era demasiado personal para Fliss. Era como si su abuela probara una llave al azar en una cerradura, con la esperanza de que abriera la puerta.

Y la joven no tenía intención de abrirla.

Hizo un intento desesperado por cambiar de tema.

—No pretendo ser una experta en amor. Se me dan bien los números y los perros difíciles. Los sentimientos… no son lo mío —declaró.

Pero debería esforzarse un poco más, ¿no? Sobre todo porque su abuela parecía claramente decidida a seguir con la conversación. Fliss estaba a punto de huir de eso una vez más cuando decidió que, teniendo en cuenta que su abuela parecía haberla perdonado por el engaño, lo menos que podía hacer era darle algo a cambio.

—Tienes razón. Mi padre no la quería lo suficiente. O, si la quería, tenía un modo muy extraño de demostrarlo —musitó.

Y para su madre también había sido duro. No era difícil imaginar hasta qué punto. Pensó en Seth, pero apartó aquel pensamiento de inmediato.

No quería pensar en él ni mucho menos en sus sentimientos por ella.

No lo haría.

Su abuela se quitó las gafas despacio. Su pelo blanco hacía que resultaran más visibles los moratones de su piel.

—¿Así era como lo veías tú?

—¿Y cómo lo iba a ver? —preguntó Fliss. Su madre tenía que haber querido a su padre. De no ser así, ¿por qué se habría esforzado tanto por agradarle?—. Siempre intentaba hacerlo feliz. Tenía un tono de voz que solo usaba con él, un cruce entre miel derretida y sirope de azúcar. Y eso le irritaba. Le decía que dejara de intentar aplacarlo y ella contestaba: «Solo quiero hacerte feliz, Robert». Pero hiciera lo que hiciera, él nunca estaba contento.

Y ella se había preguntado a menudo si él había sido siempre así. ¿Había sido un niño rabioso? ¿Difícil? Sus padres habían muerto cuando él era adolescente, así que no había nadie a quien preguntarle—. Tú pasaste tiempo con ellos. Seguro que también viste eso.

Su abuela tomó las gafas.

—Sí, vi eso —contestó.

Fliss asintió. En ese caso, no entendía por qué su abuela la miraba de un modo tan extraño.

—Sé que se casaron deprisa porque mamá estaba embarazada de Daniel —comentó. ¿Sería eso lo que quería insinuar su abuela? Su madre nunca había ocultado ese hecho—. Sé que fue todo rápido. Romántico y un poco loco.

Su abuela la miró un momento y después sonrió de un modo bastante tenso.

—Sí, fue todo muy rápido.

—Quizá mi padre pensó que ella lo había atrapado o algo así. Quizá por eso estaba tan rabioso con nosotros. Conmigo en particular. Siempre he asumido que no quería hijos.

—Ese no era el caso en absoluto.

Fliss se encogió de hombros.

—Pues era lo que parecía.

—Fliss...

—Pero ya no importa. Ni siquiera estamos en contacto. Dejó claro que no quería verme más —comentó la joven.

Lo que no dijo fue cómo lo había dejado claro. Nunca le había contado a nadie aquella conversación cuando había ido a verlo al hospital después del infarto.

Había ido sola, mintiendo a todo el mundo, incluso a su hermana gemela. Había tomado un tren, un autobús y llegado al hospital empapada porque llovía mucho. Daba la impresión de que el tiempo era un reflejo de su humor.

Había empujado la puerta de la habitación de su padre, visto las máquinas que pitaban y a su padre, frágil y vulnerable en la cama. Ella llevaba el abrigo pegado al cuerpo y la lluvia goteaba en el suelo a modo de lágrimas.

Él había vuelto la cabeza y los dos se habían mirado fijamente en silencio. Y después él había dicho una frase. No «te quiero, Fliss», ni «me alegro de verte». Había dicho: «¿Qué quieres?».

Solo eso.

«¿Qué quieres?».

Y ella no había podido decirle lo que quería porque no lo sabía. No entendía por qué había ido a ver a un hombre que siempre había dado la impresión de que consideraba su existencia casi intolerable. Y tampoco entendía por qué su indiferencia podía todavía destrozarla después de tanto tiempo.

¿Qué quería ella?

¿Había creído que él abriría los brazos y la estrecharía contra su pecho? ¿Cuándo había hecho eso?

Se había marchado de la habitación sin decir nada y había vuelto a casa, aliviada de no haberle dicho a nadie adónde iba. Su secreto le había ahorrado preguntas incómodas. Como las que hacía su abuela en aquel momento.

—Tengo que preparar las galletas —dijo—. Y no sé cómo lo voy a hacer.

Su abuela se levantó de la silla, apoyándose en el borde de la mesa.

—Siempre he notado que un problema compartido se reduce a la mitad.

¿Aquello era una indirecta? Si lo era, Fliss optó por pasarla por alto.

—Depende de con quién lo compartas y de cuál sea el problema —repuso—. Si intentas compartir un problema culinario conmigo, verás que se duplica, no que se reduce.

—En este caso, tú vas a compartir tu problema culinario conmigo. Lo haremos juntas.

—Se supone que tú tienes que descansar.

—¿Crees que unos pocos moratones me van a impedir hornear galletas?

—Si pensara eso, me habría golpeado la cabeza con una cuchara de madera más de doscientas veces.

Su abuela se echó a reír.

—No te vas a librar tan fácilmente. Muévete. Sabes seguir instrucciones, ¿no?

—Supongo que sí. Desgraciadamente, esta masa no. Le he dicho que se convirtiera en una galleta y mira lo que ha pasado —Fliss miró la masa, dudosa—. ¿Crees que podemos arreglarla?

Su abuela tomó el bol.

—No. No creo que podamos arreglarla. Es un desastre. Pero, cuando ocurre eso, la tiras y vuelves a empezar.

«Otra metáfora», pensó Fliss. El día parecía estar plagado de ellas.

Miró a su abuela, sabiendo que no se merecía su ayuda.

—No era mi intención cambiar mi identidad. Pensaba decírtelo enseguida, pero entonces se presentó Seth en el hospital.

—Y no querías hablar con él siendo tú misma.

—Porque soy una cobarde.

—Eres muchas cosas, pero no creo que cobarde sea una de ellas. Estoy segura de que tienes tus motivos. Si te apetece contarlos, creo que descubrirás que soy una buena oyente. Si prefieres hornear, vamos a hacerlo.

Fliss sintió un impulso súbito de contarle a su abuela cómo se sentía. Y ese impulso le sorprendió. Estaba acostumbrada a guardárselo todo dentro. Y era lo que prefería hacer.

Sintió una oleada de culpabilidad.

—Te he mentido.

—Lo comprendo —contestó su abuela—. Te pusiste nerviosa por lo de Seth y decidiste que era más fácil huir de tus problemas que afrontarlos. Supongo que casi todo el mundo ha hecho eso en algún momento de su vida —tomó de nuevo el bol—. Pensándolo mejor, creo que quizá se pueda rescatar esto. Tu masa es demasiado blanda, eso es todo. ¿Has pesado la harina?

—Vagamente. Una parte se ha caído al suelo. Y otra parte ha ido al perro.

—Dame la harina.

—Si Harriet estuviera aquí, no necesitaría ayuda. Es mejor cocinera. No, borra eso. Es mejor en todo. Cocinar, cuidar de la gente, cuidarse ella misma incluso… —Fliss miró el bol con tristeza—. De hecho, lo único que hago mejor yo son las matemáticas y crear desastres.

—¿Hay clases para crear desastres? La educación ha cambiado mucho desde mi época.

Fliss consiguió sonreír.

—Yo nunca he necesitado clases. Nací sabiendo. Si había que tomar una mala decisión, yo la tomaba.

Su abuela midió la harina y la añadió al bol.

—¿Crees que Seth fue una mala decisión? —preguntó.

Fliss sintió que le escocían los ojos. ¡Maldición! ¿Qué le ocurría? Y ni siquiera estaban cortando cebolla. No había nada a lo que echar la culpa.

—Por supuesto que fue una mala decisión —contestó.

—¿Por qué? ¿No lo amabas?

Fliss maldijo de nuevo interiormente. Esa vez por partida doble. ¿Cómo podía contestar a eso? Su abuela se merecía algo de sinceridad después de tantas mentiras.

—Lo amaba.

—¿Y por qué fue una mala decisión?

—Porque le arruiné la vida —repuso la joven. «Y además, le mentí».

—Si le arruinaste la vida, ¿por qué sigue viéndote?

—No sigue viéndome. Vive aquí. No puede evitarme. Y además, cree que soy Harriet. Ahora que lo pienso, le habría ido mejor con ella. Es mejor persona que yo.

Su abuela tendió la mano y le agarró el brazo.

—No, querida, en eso te equivocas. No es mejor. Solo es diferente, nada más.

—Diferente en un sentido mejor.

—Fue tu padre el que te hizo pensar así. Os enfrentaba continuamente. Os comía el cerebro. Tú eres una chica lista, nunca pude entender cómo no te dabas cuenta. Vamos, muévete, estas galletas no se van a hacer solas.

CAPÍTULO 9

—Y, si yo fuera un personaje de tu libro, ¿cómo me arreglarías? —preguntó Fliss.

Estaba tumbada en la arena al lado de Matilda, que cambiaba continuamente de postura en la manta.

—¿Necesitas que te arreglen?

—Hay días en los que me gustaría ser más como Harriet.

—Creo que es maravilloso que seas distinta. Te envidio que tengas una hermana gemela. Yo habría hecho lo que fuera por tener hermanos. Esa es parte de la razón por la que escribo historias, por compañía. Tú naciste con compañía.

—Sí, esa parte es genial —Fliss miró al mar. Notó que Matilda seguía moviéndose a su lado—. ¿Qué te pasa? ¿Tienes que hacer pis?

—Siempre tengo que hacer pis, pero no es eso. Tengo un dolor de espalda desde hace días y no puedo librarme de él —contestó Matilda. Sonó su teléfono y lo buscó en el bolso—. ¿Te importa que conteste? Será Chase diciéndome a qué hora llegará a casa.

Contestó la llamada y Fliss vio cómo cambiaba su expresión de la alegría a la decepción. Era como ver apagarse una luz.

—Pues claro que no me importa. No digas tonterías. Estoy bien aquí. Todavía falta un mes y eso si no se retrasa. Y todos dicen que el primero siempre se retrasa. No te preocupes por nada, pasaré una velada estupenda con Netflix. ¿Vas a cenar con tu padre? No dejes que te disguste. Nos vemos mañana y hablamos de todo entonces. Yo también te quiero.

Fliss sintió una punzada de envidia, pero la desechó enseguida.

Hablar de todo le parecía a ella un horror.

Esperó a que Matilda terminara la llamada.

—¿Chase no viene a casa? —preguntó.

—Tiene muchísimo trabajo y una reunión mañana a primera hora. Sería una locura que viniera. Así además cenará con su padre. Eso es más por deber que por placer.

—¿No tienen buena relación?

—Es complicado.

Fliss sabía mucho de eso.

—No deberías estar sola —dijo.

—Estaré bien —Matilda volvió a moverse—. Tomaré un baño.

—¿No sería mejor que te viera un médico? Puedo llevarte al hospital.

—Estoy embarazada, no enferma.

—Pues puedo llevarte al centro de maternidad.

—Estoy bien, de verdad —Matilda se movió una vez más—. Es solo otra de esas contracciones de Braxton Hicks. Me han hablado de ellas. Pueden parecer reales, pero no lo son.

—No quiero dejar a mi abuela sola toda la noche, por eso no me ofrezco a quedarme contigo —Fliss pensó un momento—. Puedes venirte con nosotras.

—Eres muy amable, pero eso no va a pasar —Matilda volvió a cambiar de postura y Fliss se puso de pie.

—Volvamos a la casa. Sea lo que sea lo que ocurre, estar sentada en la playa no te resulta cómodo.

—Me gusta el aire del mar y a Hero le gusta jugar con Charlie. Y estar contigo me impide pensar en que me siento como una ballena. Cuéntame más cosas de lo de ser hermana gemela.

—¿Qué quieres saber?

—¿La gente os trataba como a personas individuales? ¿Vestíais iguales?

—No, solo con el uniforme del colegio. Y yo le corté ocho centímetros al dobladillo del mío, así que entonces tampoco íbamos igual.

Matilda se echó a reír.

—Sigue hablando. Me estás dando ideas maravillosas para un libro.

Fliss vaciló.

—No quiero salir en un libro —dijo.

—No saldrás. Utilizo elementos que me convienen y me invento lo demás. La vida real nunca es tan interesante como mis historias.

—A menos que sea mi vida. Y ya hemos hablado suficiente de mí.

—No te gusta hablar de ti misma, ¿verdad?

—No mucho. Y ahora te toca a ti. ¿Cómo conociste a Chase?

—En un evento muy glamuroso en la terraza de un ático de Manhattan.

—¡Caray! —Fliss se agachó a recoger una caracola—. Sales con gente rica.

—No es cierto. Yo era camarera y no sabía quién era él. De hecho, ni siquiera lo vi en la fiesta. Derramé una botella de champán muy caro y me despidieron en el acto. Cuando me marchaba del edificio, un hombre muy sexy entró conmigo en el ascensor.

—¿Y os presentasteis?

—No exactamente. En aquel momento estaba algo desilusionada conmigo misma, así que me hice pasar por otra persona.

—¿Por quién? —preguntó Fliss con curiosidad.

—La protagonista del libro que estaba escribiendo. Le había dado todas las cualidades que me gustaría tener a mí. Era una chica segura de sí misma y nada torpe... —Matilda guardó silencio un momento y miró el mar—. Pasamos una noche maravillosa y después se entrometió la vida real. Él descubrió quién era yo y yo descubrí quién era él.

—Un momento —comentó Fliss—. ¿Me estás diciendo que te hiciste pasar por otra persona? Pensaba que yo era la única que hacía eso.

—Al menos tú te has hecho pasar por una persona real. La mía era ficticia. Eso fue peor. Antes de conocer a Chase, lo único que sabía de él era que coleccionaba libros raros y que tenía una biblioteca en una de sus casas. ¡Una biblioteca! Yo entonces guardaba mis libros debajo de la cama.

Fliss pensó en la casa de la playa de Matilda. En el espacio y el lujo. Y en que lo que le interesaba a ella era la biblioteca.

—¿O sea que te enamoraste de él por sus libros? —preguntó.

—No exactamente. Su hermano tenía una editorial y yo estaba deseando enviarle el manuscrito en el que estaba trabajando. Tenía un plan astuto, pero, como la mayoría de los planes astutos, no salió exactamente como tenía que salir.

Fliss miró el diamante que brillaba en el dedo de su amiga.

—A mí me parece que funcionó perfectamente. Un final de cuento de hadas —dijo.

—Cierto. Y lo más raro es que fue más romántico que nada de lo que yo haya escrito nunca —Matilda tomó un sorbo de agua de su botella—. Creo que debería volver a casa. Tengo que terminar las revisiones antes de que nazca el niño.

Fliss ignoró la punzada de envidia que sintió y la acompañó hasta la casa.

—Llámame si me necesitas —dijo.

—No te necesitaré. Hero ya ha dado dos paseos hoy. Estaremos bien los dos.

—Espero que tengas razón, porque ayudar a traer niños al mundo no es una de mis habilidades.

Seth paseaba por la suite dormitorio vacía de su casa nueva. Sin muebles que absorbieran el sonido, sus pasos resonaban en las tablas del suelo.

La habitación era luminosa, de techos altos y puertas de

cristal que daban a una terraza, y ya sabía dónde iba a poner la cama. Contra la pared, de frente a las vistas. Estaba al borde del mar, cerca de la reserva natural. Cuando abría las ventanas, solo oía los pájaros y el suave lamido del agua en la arena.

La casa estaba vacía, pero ya transmitía una sensación de hogar.

Chase lo había hecho bien.

Y había algo interesante en vivir en un lugar nuevo, sin historia ni recuerdos pegados a las paredes.

Se había hecho enviar sus muebles desde su casa de California y llevaban seis meses guardados en casa de sus padres.

Ya era hora de mudarse.

Sonó el teléfono y sonrió al ver el nombre de la persona que llamaba.

—¿Chase? ¡Qué coincidencia! Estoy admirando tu trabajo. La casa está fantástica. Me mudaré este fin de semana.

—Suena bien.

—Tengo que pensar en los muebles —comentó Seth. Había recorrido todas las habitación y decidido que muchas de las cosas que había llevado consigo de su casa de California no quedarían bien allí—. Necesito pensar cómo llenar el espacio.

—Llénalo con gente. Es una casa familiar. Quizá sea hora de que pienses en una familia.

—¿Has hablado con mi hermana?

—No, es que creo en el matrimonio.

—Eso lo dice un hombre que hasta el año pasado era un soltero empedernido.

—Estaba soltero por una razón. No había encontrado a la persona indicada. En cuanto ocurrió eso, cambié de idea. Soy un converso.

Seth se acercó a la ventana. El sol poniente lanzaba rayos de luz sobre el océano.

—¿Quieres venir a tomar una cerveza?

—Por eso te llamo. Estoy en Manhattan y esto preocupado por Matilda —contestó Chase.

Algo en su tono llamó la atención de Seth.

—¿Hay algún motivo para preocuparse? —preguntó.

—No estoy seguro. No contesta al teléfono. Probablemente lo habrá dejado olvidado en alguna parte o se le habrá caído en el baño, pero no puedo evitar preocuparme. Yo tenía que haber ido a casa hoy. No me gusta dejarla sola con el embarazo tan avanzado.

—¿Quieres que vaya a verla?

—¿Lo harías? Gracias —Chase parecía aliviado—. Te debo una.

—No me debes nada. Te llamaré en cuanto llegue allí —Seth tomó sus llaves, comprobó que las puertas de la terraza estaban cerradas y llamó a Lulu con un silbido.

Fliss estaba sentada en la playa, observando cómo derramaba el sol poniente luz dorada sobre la arena.

Había dejado a su abuela viendo un programa de televisión y había sacado a Charlie a dar su último paseo del día.

En un impulso, llamó a Harriet.

—La abuela sabe que soy yo y no tú —le dijo.

—Me alegro. ¿Va todo bien? Sabía que sería así.

Fliss envidiaba lo tranquila que era siempre su hermana. Nada parecía alterarla. Decía que trabajar con animales la tranquilizaba, pero Fliss sabía que su naturaleza era así. Era como si, después de haber vivido con su padre, nada pudiera volver a estresarla nunca más. Como si nada pudiera ser tan malo.

—Siento haber hecho eso.

—No te disculpes.

—No seas tan comprensiva.

—De acuerdo, no lo seré —Harriet rio. Fliss, por su parte, estaba un tanto emocionada. Pensó en lo que había dicho Matilda de ser hija única.

Harriet era su mejor amiga.

¿Cómo habría sido su vida sin su hermana?

—Todavía no he aclarado el tema con Seth y no sé cómo hacerlo, pero tengo que hacerlo antes de que me apunte a hacer más galletas. Por el bien del aparato digestivo de la gente.

Harriet se echó a reír de nuevo.

—Me alegro de que la abuela te ayudara con eso.

—Sí, eso estuvo muy bien. Es muy buena cocinera —Fliss frotó los dedos de los pies en la arena—. Me ha enseñado algunas cosas.

—¿Y tú odias cada minuto de eso? —preguntó Harriet.

—Eso es lo más raro. No.

—No es raro. A mí me encantaba cocinar con ella porque siempre me escuchaba. Por mucho que tardara en decir lo que quería decir, ella nunca perdía la paciencia. Después de vivir con papá, eso era un paraíso. ¿Has hablado con ella de Seth? ¿Le has contado lo que sientes?

Fliss no sabía lo que sentía por Seth. Y desde luego, no tenía intención de hablar de ello.

—No es necesario —contestó—. Estoy bien.

—Deberías hablar con ella. Es muy sabia.

—¿Alguna vez ha hablado de mamá contigo? —Fliss frunció el ceño—. El otro día dijo algo.

—¿Qué?

—Fue raro —Fliss miró a Charlie, que corría por la arena delante de ella. A esa hora estaba permitido que estuviera suelto y corría dando grandes saltos, como si le siguiera el rastro a algo—. Dijo que había sido duro ver a su hija enamorada del hombre equivocado.

—¿Y qué tiene eso de raro? Papá era el hombre equivocado para mamá. Ella era demasiado gentil para él. Demasiado sumisa. Se pasaba la vida haciendo lo imposible por intentar complacerlo. Y yo la entiendo. Él producía el mismo efecto en mí. Cuando se ponía a gritar, yo no podía decir ni una palabra. ¿Te acuerdas?

—Intento no hacerlo —repuso Fliss.

Recordaba a su hermana acurrucada debajo de la mesa con

los ojos cerrados y tapándose los oídos con las manos. Recordaba a su padre enfadándose cada vez más porque Harriet no podía hablar bien. «Un círculo vicioso», pensó. Con énfasis en lo de «vicioso».

Y recordaba las intervenciones de Daniel. Su hermano se colocaba con firmeza entre su padre y sus hermanas y eso lo situaba en el punto de mira de la ira de su padre. Y cuando Daniel se fue a la universidad, ella, Fliss, asumió aquel papel.

¿Estarían tan unidos los tres hermanos si no hubiera sido por su infancia?

Si hubieran crecido en una familia feliz, ¿habrían volado del nido para irse lejos o habrían seguido viviendo cerca y cuidándose unos a otros?

—Con mamá pasaba lo mismo —comentó Harriet—. Todos intentábamos pasar desapercibidos. Menos tú, claro. Tú lo pinchabas.

Fliss se tumbó en la arena y miró cómo se oscurecía el cielo.

—Sigo pensando que había algo más. La abuela me miró de un modo raro. Como si me perdiera algo.

—Serán imaginaciones tuyas.

—Creo que no. No soy yo la que se dedica a escarbar en busca de temas emocionales. Eres tú. Yo intento fingir que no existen.

—No es habitual oírte confesar eso.

—Sí, bueno, nada de lo que ocurre aquí es habitual. Y la abuela esconde algo, te lo aseguro. Y, por supuesto, yo tengo que saber lo que es. Porque la naturaleza humana es así. ¿Mamá nunca te habló de papá y ella?

—No mucho. Solo me dijo que se casaron deprisa.

—Porque estaba embarazada de Daniel. Pero eso ya lo sabíamos. Mamá me lo contó una vez en que me estaba sermoneando sobre anticonceptivos. Me dijo que no me casara nunca a menos que los dos sintiéramos lo mismo —contestó Fliss.

Y por supuesto, ella había ignorado el consejo. Igual que ignoraba todos los consejos.

De adolescente, había hecho lo contrario de lo que le sugerían todos.

—¡Pobre mamá! Bueno, al menos ahora es feliz. ¿Has visto las fotos que colgó de la Antártida?

—Sí —Fliss se sacudió la arena de las piernas. Quizá Harriet tuviera razón. Tal vez fuera cosa de su imaginación. Y, si había algo en el pasado de su madre, solo le incumbía a esta.

La gente tenía derecho a guardar secretos. Tenía derecho a no compartir sus pensamientos y sus sentimientos si no quería hacerlo.

Eso era exactamente lo que hacía ella.

—¿Y cuándo le vas a decir a Seth que eres tú? —preguntó su hermana.

—No lo sé. Puede que no haga falta. Por cierto, tú has almorzado con él en el café de la playa.

—Me gusta ese sitio. ¿Qué comí?

—La ensalada tailandesa.

—¿Me gustó?

Fliss sonrió.

—No estaba mal. Se acercó mucha gente a saludarte y decirte cómo se alegraban de verte. Eres muy querida, hermana.

—Espero que no hicieras nada por arruinar mi reputación. ¿Qué llevabas puesto?

—Nada. Comiste desnuda.

—Espero que sea una broma.

—Pensé que tu reputación necesitaba que la animaran un poco. Pero te pusiste crema solar.

—¿Me estás diciendo que almorcé en el café de la playa y lo único que llevaba era un factor veinte?

—Y una sonrisa. Una gran sonrisa.

—¡Fliss!

Esta sonrió.

—Cálmate. Llevabas un vestido. Era casi decente.

Harriet rio con ganas.

—Ese es tu castigo por burlarte de mí. No recuerdo cuándo fue la última vez que te vi con vestido.

—Sí, me sentí rara.

—¿Y que llevas puesto ahora?

—Teniendo en cuenta que la abuela sabe quién soy y que no es probable que esta noche me encuentre con nadie, llevo un pantalón vaquero corto viejo y un top pequeño. Enseño las abdominales.

—¡Qué vergüenza, Felicity!

Fliss se disponía a contestar cuando vio a otro perro que corría por la playa.

Parecía...

No, no podía ser. No podía estar solo en la playa.

Pero...

—¡Mierda! —se levantó de un salto, con el teléfono todavía en la mano. Oyó la voz de Harriet, preguntando qué ocurría—. Tengo que dejarte. Hero parece haberse escapado. Matilda habrá olvidado cerrar la puerta de la cocina. Te llamo luego —se guardó el teléfono en el bolsillo, se llevó los dedos a la boca y silbó con fuerza.

Hero se detuvo de golpe, lanzando arena en todas direcciones, y volvió la cabeza en dirección a ella.

Fliss se puso las manos en la boca a modo de bocina y gritó su nombre. Vio con alivio que el perro cambiaba de dirección y corría hacia ella.

—¡Hala! ¿Qué haces aquí solo? ¿Y a qué viene tanta prisa? —empezó a acariciarlo—. ¿Matilda sabe que te has escapado? Se supone que esta noche tienes que cuidarla.

Hero se dio la vuelta, pero ella lo agarró del collar.

—¡Oh, no! No vas a salir corriendo otra vez —el perro tiró con fuerza y ella casi perdió el equilibrio—. ¿Te has escapado y ahora de pronto quieres ir a casa? —sujetó el collar con fuerza y afianzó bien las piernas.

Hero gimió y le dio con el hocico en el muslo.

—No sé qué quieres que haga, pero tienes que calmarte.

Ya has dado dos paseos largos hoy. ¿Cómo es que tienes tanta energía? Tú eres la razón de que pueda llevar un top con el que enseñe los abdominales. Llamaré a Matilda para decirle que te he encontrado. Estará preocupada.

Mantuvo una mano en el collar de Hero y marcó el número de Matilda.

Saltó el buzón de voz.

—¡Qué raro! —musitó Fliss.

Frunció el ceño, pero luego recordó que se trataba de Matilda. Probablemente habría perdido el teléfono o se le habría caído en el baño. Quizá se había metido en la bañera sin darse cuenta de que había dejado la puerta de la casa abierta.

—Empiezo a entender por qué Chase quería ponerle seguridad. Supongo que tendré que llevarte a casa yo misma —dijo.

Silbó a Charlie y caminó a buen paso hasta la parte de la playa que era privada. Como la marea estaba baja, pudieron pasar directamente a la zona que estaba delante de la propiedad de los Adams.

Como sospechaba, las puertas de cristal que daban a la cocina, estaban abiertas. Entró por ellas y en el suelo de baldosas vio una taza hecha pedazos en medio de un charco de líquido. El teléfono de Matilda estaba al lado. También hecho pedazos.

Fliss se detuvo. ¿Por qué lo había tirado todo al suelo?

Entonces oyó ruido arriba, un golpe sordo, y se le erizó el vello de la nuca.

¿Intrusos?

Apretó los labios, agarró una pesada sartén de hierro que había en los fogones y apartó con el pie a Hero de la taza rota.

—¡Busca a Matilda, corre! ¡Vamos, rápido!

El perro salió disparado sin necesitar nada más y Fliss lo siguió con la sartén en una mano y el teléfono en la otra.

Se disponía a llamar al 911 cuando Hero ladró y ella oyó a Matilda lanzar un aullido de dolor.

Subió las escaleras de dos en dos, siguió la dirección del ruido y encontró a Matilda a cuatro patas en el dormitorio.

—¿Te han hecho algo? ¿Dónde están? ¿Siguen en la casa? —preguntó Fliss, atropelladamente.

Matilda la miró con ojos vidriosos por el dolor, incapaz de hablar.

Fliss se dejó caer de rodillas delante de ella.

—¿Qué ha pasado? ¿Qué te han hecho? Di algo.

Matilda negó con la cabeza, pero siguió sin decir nada.

Seguramente la habían atacado y la habían dejado sin respiración.

—¿Te han empujado? —preguntó Fliss—. Las puertas de abajo están abiertas. He visto la taza rota y tu teléfono. ¿Los intrusos siguen en la casa? —blandió la sartén a modo de arma—. Porque les arrancaré la piel a tiras. Se arrepentirán mucho de haber...

Matilda la agarró por la muñeca y musitó una palabra.

—Bebé.

—Sé que te preocupa el bebé, pero seguro que estará bien. Vamos a... —soltó un grito cuando Matilda le apretó el brazo con más fuerza.

—Ahora.

¿Ahora?

Fliss se quedó inmóvil, con todos los músculos del cuerpo paralizados. No podía mover los brazos ni las piernas. La boca tampoco. Con gran dificultad, obligó a las palabras salir entre los labios rígidos.

—¿Quieres decir que la razón de que estés así es que estás de parto? Pero todavía no te toca. No puedes parir ahora.

Matilda lanzó otro gemido de dolor y Fliss se movió y se puso en acción. Dejó la sartén en el suelo.

—¿A quién llamo? ¿Al hospital? ¿A Chase?

«A alguien. A quien sea», pensó. Tenía la mano sudorosa y le temblaba de tal modo que casi dejó caer el teléfono. Soltó una risa histérica. A ese paso, los suelos de la casa terminarían llenos de teléfonos rotos.

Matilda intentó hablar.

—No hay tiempo.
«¿No hay tiempo?». Fliss sintió primero calor y después frío.
—Eso no puede ser —dijo—. Aunque estés de parto, los bebés tardan siglos en nacer.
«Por favor, que tarde siglos en nacer», pidió interiormente.
No podía hacer aquello.
Imposible.
Era la persona equivocada en todos los sentidos.
Si el bebé estaba a punto de nacer de verdad, Matilda necesitaba a una persona habilidosa y responsable a su lado, alguien que hiciera las cosas bien.
Y ella no era ese alguien.
Ella hacía todas las cosas mal.
Sintió un dolor agudo en el brazo y se dio cuenta de que eran las uñas de Matilda.
«¡Mierda!».
Nunca había dudado de que un parto era una experiencia dolorosa, pero no sabía que el dolor se extendía también a los presentes.
—Eso es —apretó los dientes—. Aguanta ahí. Aráñame, haz todo lo que te ayude —dijo.
Con la mano libre llamó a Emergencias. Quizá tener un niño no fuera una emergencia, pero a ella le parecía que sí. Y sin duda ellos llamarían a quien tuvieran que llamar. Lo mejor que podía esperar era que llegaran los refuerzos antes que la niña.
—Estarán aquí en diez minutos —dijo con alivio. Diez minutos no era tanto tiempo. No tendría que hacer aquello sola. Solo tenía que aguantar allí firme y mantener a Matilda tranquila hasta que llegara ayuda.
Pero aquello era más fácil de pensar que de hacer. Lo que le estaba ocurriendo a Matilda debía de ser abrumador, pues sufría una oleada tras otra de dolor, sin espacio para respirar. Fliss le puso con cautela la mano en el abdomen. Fue como tocar una roca.

Tomó de nuevo el teléfono y escribió «tener un bebe» en la herramienta de búsqueda.

En el teléfono surgieron una lista de páginas web que ofrecían clases de preparación al parto y consejos sobre el embarazo.

Fliss miró la pantalla con frustración.

Mascullando entre dientes, añadió las palabras «ahora mismo» a la búsqueda y vio que aparecía algo sobre respiración.

Pensó en una serie de televisión que veía Harriet y que transcurría en una unidad de maternidad. Allí también hablaban mucho de la respiración.

Le frotó el hombro a Matilda, sintiéndose totalmente incompetente.

—Recuerda la respiración —eso era lo que decían en la serie, ¿no?—. Inspira por la nariz y suelta el aire por la boca. Todo irá bien. Puedes aguantar diez minutos, ¿verdad? —«por favor, di que sí».

Matilda no contestó. No podía respirar lo bastante para hablar.

Fliss vio que contenía el aliento y empujaba.

—¿Estás empujando? —preguntó con pánico—. No empujes. Hagas lo que hagas, no empujes.

—Tengo que hacerlo —jadeó Matilda. Y Fliss la miró horrorizada.

Aquello no podía estar pasando. Así no. En aquel momento no. Solo necesitaba diez minutos. ¿Era mucho pedir?

—Contén la respiración. Piensa en otras cosas —dijo.

—No puedo —gritó Matilda, cuyas uñas casi hicieron agujeros en el brazo de Fliss. A esta le dolió tanto, que casi gritó a su vez.

Sentía la piel bañada en un sudor frío. Diez minutos. Eso era todo lo que necesitaba para retrasar aquello.

—No empujes, no empujes. ¿Tengo tiempo de hacer una búsqueda rápida sobre lo que hay que hacer si el bebé llega muy deprisa?

Matilda la miró y Fliss vio pánico en sus ojos.

El suyo se evaporó en un instante.

Le pasó un brazo por los hombros y la estrechó contra sí.

—No importa. No necesitamos internet. Las mujeres llevan siglos haciendo esto sin la ayuda de Google. Es algo natural. Nacen bebés cada minuto, ¿verdad? No hay de qué preocuparse.

Esperaba que sus palabras sonaran más convincentes de lo que ella se sentía.

Empezaba a asimilar que iba a tener que ayudar a nacer a un bebé.

¿Por qué ella? ¿Por qué tenía que ser ella la que se encontrara en aquella situación?

Y entonces se dio cuenta de que era Matilda la que estaba en aquella posición y no ella y sintió vergüenza. Ella podía hacer mal muchas cosas, pero jamás abandonaría a una amiga en una crisis.

—Todo está bien, de verdad —confiaba en que Matilda no viera que le temblaban las manos—. Todo irá bien. Espera un segundo. No te voy a dejar, pero, si de verdad va a nacer ahora, tenemos que prepararnos.

Soltó su brazo de la presión de Matilda, corrió a la cama, tomó almohadas, cojines y la colcha. Lo dejó todo en el suelo al lado de su amiga.

¿Qué más?

No tenía ni idea.

Matilda la agarró luchando por respirar y Fliss intentó pensar con claridad. Lógica. La lógica se le daba bien.

—Acércate más al suelo. Ven, túmbate en estos cojines. Estarás más cómoda —y así, si el bebé salía deprisa, no empezaría su vida dándose con la cabeza en un suelo de roble.

Su mente volaba a toda velocidad. ¿Tenía que cortar el cordón? No. No lo tocaría bajo ningún concepto. Pero ¿y si el bebé no respiraba?

Seguramente debería lavarse las manos, por si tenía que hacer algo con ella.

Entró corriendo en el baño y se frotó las menos lo mejor que pudo. Sacó toallas limpias de un montón. Casi no le dio tiempo a darse cuenta de que el cuarto de baño de Matilda parecía un spa de lujo porque oyó gemir a su amiga y volvió corriendo a la habitación.

Hero estaba al lado de su dueña con aire preocupado.

Fliss se sintió identificada con él.

—Apártate, Hero. No soy una experta, pero no creo que permitan perros en la sala de partos.

Matilda la miró con pánico.

—Siento la cabeza.

Y de pronto Fliss se dio cuenta de que los servicios de emergencia no llegarían a tiempo. Matilda solo podía contar con ella.

Sintió que la invadía la calma.

—¡Qué emocionante! —exclamó.

—Tengo miedo.

—No lo tengas. Todo va bien —la animó Fliss.

Le apretó el hombro, se arrodilló y vio que era cierto que había una cabeza. ¿Tenía que comprobar si el bebé tenía el cordón alrededor del cuello o algo así? No quería arriesgarse a tocar nada que no debiera tocar. Antes de que pudiera decidirse, Matilda volvió a gemir y el bebé salió y aterrizó en las manos de Fliss.

Esta se dio tal susto que estuvo a punto de soltarla. Sujetó el cuerpo resbaladizo de la niña y la embargó la emoción. Nunca se había permitido pensar en esa parte. En lo que debía de ser tener una nueva vida en las manos. En comienzos.

Jamás en su vida había estado tan agradecida por su capacidad de encerrar sus emociones dentro de sí, pero hasta ella tuvo que esforzarse mucho por ocultar lo que sintió en ese instante.

De algún modo lo consiguió. Puso con cuidado a la niña en brazos de Matilda y envolvió a ambas con una toalla.

Luego colocó cojines alrededor de Matilda para que se apoyara.

—No llora —musitó Matilda.

Fliss sintió otra punzada de ansiedad. ¿Los bebés lloraban siempre? ¿No había ninguno que naciera contento?

Frotó a la niña con la toalla y la recién nacida empezó a aullar. En ese momento sonaron pasos en las escaleras.

Fliss se volvió, esperando ver a un paramédico o alguien del hospital, pero a quien vio fue a Seth.

Era la última persona a la que esperaba y sonrió débilmente, tremendamente aliviada de verlo. De ver a alguien.

—Típico. Llegas cuando ha terminado todo. Tu sentido de la oportunidad es terrible.

CAPÍTULO 10

Seth observó la situación que tenía ante sí.

Matilda, la niña y Fliss. No sabía cuál de las tres parecía más traumatizada.

La primera parecía agotada, pero el aspecto de Fliss era peor aún. Sus mejillas mostraban una palidez antinatural.

El hecho de que se mostrara aliviada de verlo expresaba bien lo estresada que estaba.

Decidió empezar por Matilda y se acuclilló a su lado.

—Esto no es lo que esperaba encontrar cuando Chase me ha pedido que viniera a verte. Supongo que esta niña tenía prisa. ¿Cómo estás, querida?

—Bien, creo —Matilda pudo por fin recuperar el aliento y hablar—. ¿Te ha pedido que vinieras a verme?

—No contestabas al teléfono. Chase estaba preocupado. Me ha llamado y me ha pedido que viniera.

La mirada de Matilda se suavizó.

—Es sobreprotector.

—Creo que no. Me parece que ha hecho bien —Seth vio la sartén y frunció el ceño—. ¿Qué hace eso ahí?

—No sé —Matilda miró a Fliss, quien estaba en medio de la habitación, sumida en sus pensamientos.

—¿Qué? ¿Perdón? ¡Oh! —miró la sartén como si se hubiera olvidado de ella—. La he traído yo de la cocina.

A Seth le habría gustado leerle el pensamiento.

—¿Qué pensabas hacer? ¿Prepararle el desayuno mientras estaba de parto? —preguntó.

—No sabía que estaba de parto —repuso Fliss, cortante—. Pensaba que había un intruso en la casa y esta era la única arma que tenía a mano. Estaba preparada para dejar a alguien inconsciente.

Matilda soltó una risa estrangulada.

—Me gustaría que me lo hubieras hecho a mí. Me habría venido bien un analgésico. Y todavía no me has dicho por qué has venido aquí.

—Hero me encontró en la playa —Fliss miró al perro, que movía la cola, expectante—. Lo he traído a casa, he visto la puerta abierta y una taza y tu teléfono rotos en pedazos en el suelo de la cocina. He asumido que habías dejado la puerta abierta y alguien se había aprovechado de eso. Entonces te he oído gritar y he agarrado la sartén.

A pesar de su agotamiento, Matilda le lanzó una mirada de admiración.

—Yo me habría encerrado en la alacena y llamado a la policía.

—La mayoría de la gente también —intervino Seth, que no quería pensar en lo que podría haber ocurrido si hubiera habido intrusos y Fliss se hubiera enfrentado a ellos armada solo con una sartén. Tomó nota mentalmente de que debía decirle a Chase que aumentara la seguridad.

—Te he oído gemir y creía que te estaban haciendo algo —comentó Fliss.

A Matilda se le llenaron los ojos de lágrimas.

—¿Estabas dispuesta a arriesgar tu vida por mí?

—¡Eh, no te pongas sensiblera! —Fliss parecía alarmada—. Lo que pasa es que disfruto con las peleas.

Seth se preguntó si sería un buen momento para señalar que Harriet no sería capaz de darle a nadie con una sartén aunque su vida dependiera de ello. Ella habría considerado la situación y medido los riesgos. Y habría llamado a la policía inmediatamente, antes de idear otro plan.

Fliss enseguida se ponía en acción y después pensaba las cosas.

Era uno de los rasgos suyos que más le gustaban de ella y la razón de que hubieran acabado juntos diez años atrás.

En aquel momento lo miraba de hito en hito. Al parecer, había olvidado que se hacía pasar por su hermana.

—¿Qué querías que hiciera? He oído un golpe arriba y luego ella ha gritado. Creía que la estaban atacando, y cuando he llegado arriba, ella no me decía nada.

—No podía. El dolor no me dejaba respirar. Era agotador. Muy intenso. No me esperaba algo así.

Seth le colocó otra almohada detrás y se preguntó si Matilda sabría que su rescatadora era Fliss y no Harriet.

—Un parto precipitado —comentó—. ¿No habías tenido ningún aviso?

—Llevo días con dolores, pero pensaba que eran dolores normales. Hoy estaba en la cocina y de pronto me ha dado un dolor tan fuerte, que he soltado la taza y el teléfono. Por suerte, el dolor ha remitido lo bastante para que subiera aquí. Quería llamar a Chase desde el dormitorio, pero luego ha vuelto el dolor y ya no se ha pasado. ¿La niña estará bien? ¿Le ha perjudicado nacer tan deprisa? —Matilda miró ansiosa a la niña y Seth le echó también un vistazo.

—A mí me parece contenta y feliz.

—Estaba preparada para ir al hospital. Tengo la bolsa lista y todo.

Seth oyó ruido de ruedas en la grava.

—Parece que ha llegado la caballería, así que harás ese viaje de todos modos.

—Ya casi no parece que valga la pena ir al hospital ahora.

—Sí la vale. Llamaré a Chase y se reunirá contigo allí —Seth se puso en pie—. ¿Tu hija tiene un nombre?

Matilda sostuvo a la niña más cerca. En ese momento era la viva imagen de una madre satisfecha.

—Rose. Rose Felicity Adams —dijo. Sonrió—. Felicity porque, de no ser por Fliss, no habría podido pasar por esto.

Hubo un silencio tenso.

Seth miró a Fliss a los ojos y ella apartó la vista rápidamente, como si supiera que ya había terminado todo.

—Gracias —dijo—. Estoy conmovida.

Matilda sonrió, ignorante de la bomba que acababa de soltar.

—Nunca te he visto tan emotiva. Ahora es a ti a la que le cuesta hablar —dijo. Extendió el brazo y tomó la mano de Fliss—. Gracias. ¿Cuidarás de Hero hasta que venga Chase aquí?

—Por supuesto. Puede venirse a casa conmigo. Hoy se ha ganado su nombre. De no ser por él, yo no habría venido en tu busca.

No hubo tiempo para hablar más, porque en ese momento llegó el equipo médico y se llevó a Matilda y a la niña a la ambulancia.

Seth esperó hasta que se perdieron de vista para ir en busca de Fliss.

La encontró arriba, en el dormitorio, limpiando. Estaba amontonando sábanas y toallas, aunque la imitad de las prendas no habían estado en ningún momento cerca de la niña.

Seguramente oyó los pasos de él, pero no se dignó mirarlo.

—Voy a dejar todo esto en el cuarto de la colada —dijo—. Mañana me ocuparé de ello. Tengo que volver con la abuela. Si me llevo a Hero, ¿tú cerrarás esta casa?

¿Eso era todo lo que pensaba decir?

Seth creyó ver un brillo en sus mejillas. ¿Estaba llorando?

Le tendió la mano, pero ella se escabulló. Cabía la posibilidad de que no hubiera visto la mano, pero lo más probable era que hubiera optado por ignorarla.

La observó salir deprisa del dormitorio, con Hero pegado a sus talones.

Sufrió por ella. Quería tomarla en sus brazos y obligarla

a que le dijera lo que sentía, pero sabía que tenía que hacer aquello a su ritmo, así que, en lugar de tenderle de nuevo una mano, se metió las dos en los bolsillos y se obligó a ir con calma.

Tenía que recordar que Fliss ocultaba todos sus sentimientos. Que nunca hablaba de esas cosas. Que libraba sus batallas sola y a su modo.

Apretó los labios y la siguió hasta el cuarto de la colada.

—Fliss...

—Estoy cansada, Seth. Ha sido una velada muy complicada —ella se mantenía de espaldas a él—. Cerraré yo la casa y me llevaré a Hero, así que puedes irte ya si quieres.

Y él estaba dispuesto a apostar a que eso era lo que ella esperaba que hiciera.

El hecho de que siguiera sin mirarlo le decía mucho de lo mal que se sentía. Eso y la emoción que temblaba en su voz.

—Habla conmigo —musitó él con gentileza, probando el mismo enfoque que usaría con un animal herido. Sin movimientos bruscos.

—No hay nada que hablar. La niña está bien y Matilda está bien. ¿Qué hay que hablar?

—Podríamos empezar por el hecho de que estás temblando —Seth miraba las delicadas líneas de su perfil. Veía que estaba nerviosa y comprendía la razón—. Podemos hablar de que, si yo no estuviera aquí, tú estarías llorando.

—Nunca he sido mujer de llorar —ella metía ropa en la lavadora—. Pero, si derramara alguna lágrima de emoción, sería comprensible, ¿no? No todos los días nace una niña delante de ti en menos tiempo del que sueles tardar en comerte una hamburguesa.

Seth observó su expresión, intentando averiguar el mejor modo de enfocar aquello. ¿Directamente? No. Ella saldría corriendo. Mejor de un modo oblicuo. Con cuidado.

—No ha debido de ser fácil.

—No lo ha sido, pero se ha portado como una campeona.

—Yo lo decía por ti.
—Yo era solo la espectadora.
—A mí no me ha parecido eso. Y le ha puesto tu nombre a su hija, así que es evidente que cree que has jugado un papel importante.
—Le ha puesto el nombre de Fliss. Yo soy Harriet.
Seth no sabía si enfadarse o compadecerla.
—¿De verdad vamos a hacer esto? —preguntó.
La joven hundió los hombros.
—Está bien, tú ganas. Soy Fliss. ¿Ya estás contento?
—¿Tengo pinta de estar contento?
—Estás enfadado porque me he hecho pasar por Harriet. Te sientes engañado.
—No me has engañado. He sabido que no eras Harriet casi desde el primer momento.
—¿En serio? —Fliss lo miró—. Solo por curiosidad, ¿qué fue lo que me traicionó?
—Que quería llevarte a la playa, desnudarte y hacer el amor contigo. Nunca he sentido eso con tu hermana.
Ella abrió la boca sorprendida.
—Seth...
—Hay una química entre nosotros que no puedo explicar, y me da igual los vestidos que lleves o las galletas que consigas hacer, yo siempre sé con cuál de las dos gemelas estoy hablando.
—Si lo sabías, ¿por qué no has dicho nada?
—Porque asumía que tenías buenas razones para esconderte de mí. Tengo una idea bastante aproximada de cuáles eran esas razones, pero quizá sea ya hora de que me las digas. Te he dicho la verdad, ahora estaría bien que tú me hicieras el mismo favor a mí —contestó él.
Vio que ella vacilaba y pensó por un momento que quizá se abriera y le contara lo que le pasaba por la mente.
Y luego ella negó brevemente con la cabeza.
—No hay nada que decir. Simplemente me pareció más

sencillo hacerme pasar por Harriet. Deberías estarme agradecido, nos estaba ahorrando a los dos un momento incómodo.

—¿Y por qué habría sido incómodo? ¿Porque no hemos hablado en diez años? ¿Porque la última vez que estuvimos juntos, tú te alejaste de mí? ¿Porque te marchaste sin decir cómo te sentías? Estoy acostumbrado a eso. Es tu instinto de supervivencia en acción. Es el modo en que funcionas. El único modo de evitar que huyas cuando las cosas se ponen difíciles es bloquear la salida. Esa es la razón por la que estoy en la puerta.

—Si sabes eso, haz el favor de apartarte —ella lo empujó en el pecho y él se hizo a un lado. No porque quisiera terminar la conversación, sino porque estaba preocupado por ella.

La había visto estresada otras veces, pero nunca la había visto así.

—Fliss...

—Has estado fantástico antes. Me alegro de que hayas llegado cuando lo has hecho. Ahora ve a abrir el champán, la cerveza o lo que sea —ella se volvió para alejarse y esa vez él le puso la mano en el hombro.

—Estás alterada.

—Y esto es lo que yo hago cuando estoy alterada.

—Ya sé lo que haces cuando estás alterada. Sé mejor que nadie cómo apartas a la gente. Habla conmigo.

—Tú sí que sabes elegir los momentos —repuso ella. Había una chispa de rabia en sus ojos. Rabia y algo más. ¿Pánico?—. Caray, Seth, como si no me costara ya bastante asimilar el presente, ¿y tú eliges este momento para sacar el pasado?

—Cuando tu pasado se está dando de cabezazos con tu presente, no se me ocurre un momento mejor para hablar de ello.

—Pues a mí sí —Fliss pasó a su lado y él la miró un momento, intentando imaginar a Harriet con unos vaqueros cortados y un top que dejaba al descubierto la tripa.

—¿De verdad creías que no te iba a conocer? —preguntó él.

Sus palabras actuaron a modo de freno. La joven se detuvo y hubo una quietud repentina en el aire.

Por un momento, él creyó que ella se iba a volver a mirarlo, pero no lo hizo.

—Tú nunca me has conocido de verdad, Seth.

¿Qué demonios significaba aquello?

Él la había conocido mejor que nadie.

Abrió la boca para exigir una explicación, pero ella salía ya de la casa, con Hero y Charlie pisándole los talones.

La observó alejarse sintiéndose impotente.

¡Maldición! ¿Qué narices le ocurría?

El corazón la latía con fuerza, la mente también y sus pensamientos y emociones eran una madeja muy enredada. Estaban Matilda, la niña y Seth. Siempre Seth.

Habían pasado más de diez años, pero él seguía metido en su cabeza. Nunca se lo había sacado de la cabeza.

Y él ya sabía quién era en realidad, así que no podía seguir fingiendo.

Pronto tendría que hablar con él, pero no tenía por qué ser en ese momento, cuando estaba en su punto más bajo. Si iban a tener la conversación que él parecía buscar, ella tenía que sentirse fuerte, y en ese momento no se sentía así.

Se sentía débil y vulnerable y lo odiaba.

Aunque había sido un alivio verlo llegar, en parte deseaba que no hubiera aparecido.

¿Por qué entonces? ¿Por qué esa noche? Ella podía lidiar con las cosas de una en una, pero no con todas juntas.

Le ardía el estómago. Se sentía enferma físicamente.

Tendría que haberse ido a casa, pero sabía que, en cuanto la viera su abuela, empezaría a hacer preguntas, así que fue directamente a la playa, seguida de cerca por Charlie y Hero.

Seth acertaba al decir que siempre huía de sus emociones. Desgraciadamente, ese día no le funcionaba. Ya fuera andando o corriendo, por la izquierda o por la derecha, sus emociones iban pegadas a ella.

Tenía una bola de fuego metida en la garganta y se dio cuenta con horror de que iba a llorar.

No recordaba cuándo había sido la última vez que había llorado.

Ella no lloraba nunca.

No tenía experiencia en contener las lágrimas porque nunca tenía que contenerlas.

Tenía miedo de que, si las dejaba salir, la ahogarían, pero no podía guardarlas dentro. Se iba a ahogar allí, en la playa, no por estar en aguas profundas en el mar, sino por estar hundida en la tristeza.

Se frotó los ojos con furia y se dijo que era la arena lo que la hacía llorar. La arena.

No podía volver así a la casa.

Tenía que controlarse.

Pero ¿cómo?

No había esperado sentirse así.

¿Qué le ocurría?

Si hubiera sido Harriet, le habría hecho monerías a la niña, habría admirado sus deditos y la sorpresa inesperada del cabello oscuro. Pero no era su hermana y no podía lidiar con ello. No podía lidiar con todas las emociones que había desatado en ella tener a la niña de Matilda en sus brazos. Había visto su boquita, sus largas pestañas y su pelo negro y había tenido la sensación de que le arrancaban el corazón.

Oyó un ruido extraño y se dio cuenta de que había brotado de su garganta.

Los sollozos llegaron sin su permiso y se hundió en la arena, resguardada por las dunas, y lloró con tanta fuerza, que sintió como si el pecho se le partiera en dos.

Sollozó por todo lo que podía haber sido y no había sido. Por el futuro que tanto había deseado y había perdido.

Ahogada en su pena, no notó que Hero la tocaba con el

hocico, preocupado. Pero sintió unas manos fuertes levantándola.

Seth.

La había seguido. Pero por supuesto. Nunca había sabido cuándo quedarse al margen.

La alzó como si no pesara nada y la sentó en su regazo.

Ella oía el ruido del mar y el murmullo profundo y tranquilizador de la voz de él mientras le acariciaba el pelo con gentileza y la dejaba llorar.

Fliss quería arrastrarse lejos y esconderse, pero los brazos de él eran muy fuertes. Y producían una buena sensación. Una sensación cálida, fuerte y reconfortante, así que permaneció allí y lloró hasta que no pudo más, con la mano cerrada en un puño delante de la camisa de él.

Había un dolor apagado en su cabeza y sentía los ojos hinchados. La aliviaba que estuvieran casi a oscuras.

—Lo siento —dijo.

Él se movió, pero no la soltó.

—¿Qué sientes?

—Llorar encima de ti.

—No lo sientas.

—Yo nunca lloro. No sé qué demonios me pasa.

—Sí lo sabes —repuso él. Ella no dijo nada y Seth le apartó el pelo de la cara—. Sé que escondes tus sentimientos al mundo, pero ¿también te los escondes a ti misma?

—Ha sido el estrés de todo esto. La niña de Matilda.

Hubo una pausa larga y luego ella sintió que la abrazaba con fuerza.

—Los dos sabemos que esto no es por el bebé de Matilda —la voz de él sonaba suave en la oscuridad—. Es por el nuestro. Nuestro bebé.

CAPÍTULO 11

Fliss se puso en pie de un salto, como si la hubieran escaldado.

Esa vez él no intentó detenerla, aunque podría acostumbrarse fácilmente a la sensación de ella en su regazo. Por un momento, al sentirla relajarse sobre él, había entrevisto un destello tentador de lo que podía ser, pero luego las barreras se habían levantado de nuevo. Ella colocaba un muro entre sí misma y el mundo.

—No puedo creer que saques ahora ese tema. No quiero hablar de eso.

—Lo sé. Nunca quieres, pero esta vez lo vas a hacer —él también se levantó, decidido a no dejarla ir en esa ocasión—. Me debes eso. Me debes una conversación —le puso las manos en los hombros y ella intentó escabullirse.

—Llevamos diez años divorciados, no te debo nada. ¡Maldita sea, Seth!, este es mi problema. Puedo lidiar con él como me dé la gana.

Él se preguntó si Fliss nunca se había dado cuenta de que ella no lidiaba con situaciones difíciles, ella las enterraba.

—¿Sabes cuál es el verdadero problema? —dijo—. El hecho de que creas que es «tu» problema. También era mi bebé. Que tú tuvieras un aborto era «nuestro» problema. Nuestro. Pero tú te negaste a compartirlo. Me dejaste fuera.

La joven se puso los dedos en las sienes.

—Fuera de quien fuera el problema, ya es pasado, así que no tiene sentido hablar de eso ahora. No puedo hacerlo. No me obligues.

Seth sabía que aquel era el momento ideal para presionarla. Si esperaba a que recuperara la compostura, la fuerza, ella haría lo que hacía siempre. Encerrarse dejándolo fuera, en un lugar frío y solitario en el que no tenía la menor intención de dejarse exiliar de nuevo.

—Si ya es pasado, ¿por qué llorabas tanto?

—Porque estoy cansada.

—Esta es solo la segunda vez en mi vida que te he visto llorar —comentó él.

No sabía si ella recordaría la primera, pero, por la mirada rápida que le lanzó, adivinó que sí.

—Tengo muchas cosas en la cabeza en este momento —dijo ella—. Necesito pensar y me ayudaría no tenerte tan cerca.

—¿Te molesta que esté tan cerca?

—Sí, me molesta.

—Eso me parece buena señal.

—¿Cómo va a ser buena señal? —ella negó con la cabeza—. Déjame en paz.

—Ya lo hice una vez. Fue un error. Todo el mundo los comete, pero yo generalmente intento evitar cometer el mismo dos veces —dijo Seth.

Con ella había cometido errores enormes. Había creído que era muy maduro, muy experimentado, pero no había tenido ni la experiencia ni la madurez para tratar con una mujer tan compleja como ella.

«Ahora ya sí», pensó.

Fliss se metió las manos en los bolsillos de los pantalones.

—No fue un error. Hiciste lo correcto —dijo.

Se había quitado los zapatos y estaba descalza, pero eso no le sorprendía, pues siempre pasaba la mitad de los veranos descalza, con los dedos de los pies llenos de arena.

Seth había tardado tiempo en entender que, cuando ella iba a los Hamptons, no se desprendía solo de los zapatos, sino también de su vida habitual.

—No, no es verdad. Hice lo que tú querías que hiciera. No es lo mismo. Y, cuando me di cuenta de mi error, ya no podía acercarme a ti. Entre tu hermana y el rottweiler que tienes por hermano me lo impidieron —dijo. Vio que ella lo miraba alarmada.

—Él no sabe lo del bebé. Nunca se lo dije.

—Hace mucho tiempo que comprendí eso. Lo que me costó más entender fue por qué no se lo dijiste.

—Porque ya estaba furioso contigo. Si llega a saber que estaba embarazada...

—Yo lo habría arreglado. Habría hablado con él.

Fliss negó con la cabeza.

—Daniel siempre ha sido muy protector, pero entonces...

—Comprendo. Es tu hermano mayor. Era su trabajo evitar que te hicieran daño, pero, una vez que empezamos a salir juntos, también era mi trabajo. Yo te habría protegido.

—Yo no quería eso. Te arruiné la vida, Seth. Deberías odiarme.

Él no podría haberse quedado más sorprendido.

—¿Esa es la razón por la que me has evitado? ¿Porque crees que me arruinaste la vida?

—En parte.

—¿Te doy la impresión de que mi vida esté arruinada?

Ella lo miró a los ojos.

—No.

—Porque no lo está. Soy más viejo y más sabio, espero. Pero mi vida no está arruinada —dijo él. Oyó que ella respiraba con fuerza.

—¿Alguna vez deseas que...? —preguntó Fliss.

Se interrumpió y su media frase quedó colgando en el aire entre ellos. Seth se preguntó cuál habría sido la otra mitad.

En los últimos diez años, él había deseado muchas cosas. Que su relación no hubiera sido tan intensa, que se hubieran encontrado más tarde, cuando ambos hubieran estado preparados para eso, que él hubiera pensado menos en su propio dolor y más en el de ella. Sobre todo, había deseado no haberle permitido que se fuera de su vida.

El arrepentimiento le producía un dolor sólido detrás de las costillas.

—¿Si deseo alguna vez qué? —quiso saber.

—Nada. Olvídalo. Tengo que irme. La abuela se estará preguntando dónde estoy.

Seth veía aún un débil rastro de lágrimas en sus mejillas y en el contorno de la boca.

Conocía la sensación de esa boca debajo de la suya. Su sabor.

Pero no intentaría besarla.

Todavía no.

La última vez lo habían hecho todo mal. La pasión lo había dominado todo. Y estaba decidido a que la próxima vez fuera diferente.

Porque habría una próxima vez.

—¿Tu abuela sabe que eres Fliss? —preguntó.

—¿Estás de broma? ¿Quién crees que hizo las galletas?

A Seth le alivió ver que ella recuperaba su sentido del humor. Sonrió en la oscuridad.

—Te llevaré a casa.

—Tengo un dóberman. No necesito escolta.

Él no hizo caso.

—Te llevaré a casa y no seguiré esta charla con una condición.

—¿Cuál?

—Que cenemos juntos mañana por la noche y hablemos como es debido.

—La última vez que comí contigo acabé aprendiendo a hacer galletas.

—No estoy hablando de cenar en un restaurante, quiero que inauguremos mi cocina nueva.

—¿Te vas a mudar ya?

Habían llegado al coche de él y ella subió al asiento del acompañante.

—Esta noche dormiré allí. En el suelo.

—Si no me falla la memoria, tienes unos diez dormitorios en casa de tus padres. No necesitas dormir en el suelo.

Seth estuvo a punto de decírselo entonces. De decirle cómo era estar en esa casa sabiendo que su padre no volvería a cruzar jamás la puerta.

Pero no se lo dijo. Se concentró en conducir por las calles oscurecidas que llevaban a la casa de su abuela.

Aparcó delante. Había luz en las ventanas de abajo y pensó en las veces que había merodeado por la verja de atrás de la casa, esperando a Fliss. Le parecía que había pasado una vida entera desde entonces.

—¿Te parece bien a las siete y media? —preguntó.

—No voy a cocinar para ti. Y, si valoras tu salud, no insistas.

—Cocinaré yo.

—Tengo que cuidar de la abuela —declaró ella, con un deje desesperado en la voz, como si supiera que se le acababan las excusas.

—Por eso he propuesto a las siete y media. Así tienes tiempo de dejarla acostada.

—Puede que me necesite.

—Tendrás el teléfono a mano.

Fliss se desabrochó el cinturón.

—Tú no te rindes, ¿verdad?

«Lo hice una vez, pero ya no más», pensó él.

Esa vez no se rendiría hasta que no tuviera lo que quería.

Y por fin, después de meses, quizá incluso de años, sabía lo que era eso.

—Siete y media. Cocinaré yo.

El teléfono la despertó y Fliss tanteó en su busca y tiró un libro al suelo.

Oyó un gemido en la cama y Charlie se puso de pie y le lamió la cara.

A su llegada a casa, la había seguido al dormitorio y se había quedado allí como si captara algo diferente en ella y tuviera miedo de dejarla sola.

Y ella había descubierto que no quería estar sola. Así que había subido a Charlie a la cama y había dormido abrazada a su cuerpo firme, reconfortada por su calor y su presencia. Solo conseguía relajar la guardia con los animales. Hero había dormido atravesado en la puerta, decidido al parecer a hacer honor a su nombre.

Fliss acarició la piel sedosa de Charlie con una mano y miró quién llamaba con la otra.

Harriet.

—¿Qué hora te crees que es?

—Las seis de la mañana. ¿Te he despertado? Normalmente ya estás despierta a esta hora.

—¿Ocurre algo? —Fliss se frotó los ojos, preocupada de pronto por su hermana—. ¿Hay algún problema? —le dolía la cabeza de llorar.

—Conmigo no. Me he enterado de la noticia. Me ha llamado Matilda. Eres una heroína.

—¿Te ha llamado? —Fliss buscó analgésicos en la mesilla. Si así era como se sentía una heroína, no quería repetir la experiencia en mucho tiempo—. ¿Cómo está?

—Bien, gracias a ti.

—Yo no hice nada.

—Eso no es lo que cuenta ella.

—Solo pasé por allí en el momento oportuno —o en el momento más inoportuno, dependiendo de cómo se mirara. Fliss se tragó dos pastillas con un vaso de agua.

—Me ha dicho que Seth también estaba allí. Y que ella desveló tu identidad. Se siente culpable y está preocupada por ti.

—No es necesario —Fliss dejó el vaso vacío en la mesilla—. Resulta que Seth lo sabía desde el principio.

—¿Ah, sí? ¿Y por qué no te dijo nada?
—Estaba esperando a que se lo dijera yo.
—¿Y hablasteis?
«No. Lloré como una Magdalena en su hombro».
—Intercambiamos algunas palabras.
—¿Nada más?
Fliss suspiró y se obligó a salir de la cama. Todavía con el teléfono en la mano, entró en el cuarto de baño y se miró en el espejo.
—No me puedo creer que tenga tan mala cara cuando ni siquiera bebí nada. No hay justicia en el mundo —musitó. Tenía manchas de rímel bajo los ojos y el pelo daba la impresión de que se hubiera tirado de cabeza en medio de un arbusto—. Estoy disfrazada para Halloween y ni siquiera estamos en julio.
—¿Estás esquivando mi pregunta?
Fliss se frotó las manchas de rímel bajo los ojos.
—Me siento tan mal que ni siquiera recuerdo tu pregunta —contestó.
—Quiero que me hables de Seth. Y quiero saber cómo estás. Debió de ser difícil para ti.
—No —repuso Fliss. Y quizá habría conseguido convencer a su hermana, si Charlie no hubiera elegido aquel momento para ladrar.
—¿Quién es ese?
—Es Charlie. ¿Quién va a ser?
—¿Qué hace en el dormitorio? Tú casi no aguantas a Charlie.
Fliss pensó en la noche anterior, recordó cómo había subido al perro a la cama y lo había abrazado.
—Me costaba mucho echarlo. Y estaba demasiado cansada para luchar con él.
—Eso no parece propio de ti. ¿Estás triste?
—Mientras no se ponga a aullar, estoy bien.
—No lo digo por Charlie, lo digo por la niña. Eso tuvo que ser duro. ¿Estás bien? Háblame.

—No hay nada que hablar. La niña está bien, yo también. Seth está bien. Todo el mundo está bien —Fliss miró el espejo, aliviada de que su hermana no pudiera verla. Todavía tenía la cara algo hinchada.

«Esta es la cara de una mentirosa», pensó.

—Sabes que estoy aquí si necesitas hablar con alguien.

—Gracias, pero no hay nada de lo que necesite hablar —contestó Fliss.

Lo último que quería era que Harriet se preocupara por ella. Por suerte, ocultar sus sentimientos era fácil, o lo había sido hasta la noche anterior.

Sintió una punzada de irritación.

¿Por qué había ido Seth en su busca? ¿Por qué no la había dejado en paz? Si había captado lo alterada que estaba, y era obvio que sí, ¿por qué no le había dejado que lidiara con sus sentimientos a su modo?

Con un poco más de tiempo, se habría recuperado y nadie se habría dado cuenta de nada.

—Solo tardaré dos minutos —le dijo a Charlie, y se metió en la ducha.

Dos minutos de agua muy caliente ayudaron un poco. No mucho, pero lo suficiente para ayudarla a afrontar el día.

Sacó a Charlie y a Hero a dar un paseo rápido y, cuando volvió, su abuela estaba ya sentada a la mesa, tomando café.

—Madrugas mucho, abuela —Fliss dio de comer a los perros.

—Tú también. Sobre todo teniendo en cuenta lo tarde que llegaste anoche.

—¿Me esperaste levantada? ¿No crees que soy un poco mayor para eso?

—Nunca se es demasiado mayor para disfrutar del hecho de que alguien se preocupe por ti.

—Buena respuesta —repuso la joven. La luz del sol entraba a raudales por las ventanas y oía el débil ruido de las olas por la ventana abierta. El aire fresco hizo más por su dolor de cabeza que todos los analgésicos del planeta—. Saqué a pasear a Charlie y me crucé con Hero en la playa, así que fui a investigar —puso una rebanada de pan en el tostador y se acercó al frigorífico—. Y resultó que Matilda estaba pariendo a la niña.

—Eso he oído. ¿No le faltaban todavía algunas semanas?

—Sí, pero la naturaleza opinaba de otro modo —Fliss sacó mantequilla y un frasco de la mermelada casera de ciruelas de su abuela.

Desde que podía recordar, siempre había habido mermelada de ciruelas casera en el armario de su abuela.

—La tostada se está quemando —comentó Eugenia.

Fliss corrió por la cocina lanzando una maldición.

—Es una tostada. ¿Cómo puedo quemar una tostada?

—Porque estabas pensando en otras cosas.

Fliss no podía discutir eso. Pensaba en Seth, en el bebé, en Matilda, en la niña. En Seth, en bebés, en Seth...

«Seth, Seth, Seth».

—¡Maldita sea! —sacó la tostada chamuscada—. Parece que acabe de salir despedida de un volcán.

—Ponle menos tiempo y vuelve a empezar. Cocinar exige que estés pendiente de lo que haces. Por eso es relajante. ¿La llevaste a la clínica? —preguntó su abuela.

—No hubo tiempo —en vez de tirar la tostada, Fliss raspó la capa superior y untó mantequilla y mermelada de ciruela—. La niña estaba naciendo ya. Muy buena la mermelada. Podrías ganar una fortuna vendiéndola —dijo.

Masticó, saboreando el dulzor. Era un sabor que la devolvía a los largos veranos en los que Harriet y ella llenaban cestas hasta arriba con ciruelas y manzanas. Fliss las comía allí mismo, con el sol cayendo de plano sobre ella y el zumo de la fruta resbalándole por la barbilla.

Harriet prefería guardar las suyas para hacer mermelada con su abuela.

Pasaban horas preparando la fruta, removiendo y probando

una y otra vez hasta que por fin vertían la mermelada en frascos y Harriet los etiquetaba con su cuidada caligrafía.

Era típico de Harriet querer conservar cada momento del tiempo pasado en familia, igual que hacían las ardillas con las nueces, para tener reservas en el invierno, cuando estuvieran de vuelta en Nueva York.

Fliss prefería pasar el tiempo al aire libre. Para ella la playa era sinónimo de libertad.

Pero, al hacer eso, había perdido la oportunidad de pasar más tiempo con su abuela.

La observó. Se fijó en lo azules que eran sus ojos y en cómo el pelo, ya blanco, le caía en ondas alrededor del rostro.

Había visto suficientes fotos de su abuela de joven para saber que había sido guapísima.

—¿Es mi imaginación o los moratones van un poco mejor? —preguntó.

—Van mejor —su abuela terminó su café—. Si te gusta la mermelada, te puedes llevar un par de frascos cuando te vayas. Y llévale también a Matilda. Cuéntame más de lo que pasó.

Fliss tragó el último pedazo de tostada y le contó a su abuela una versión reducida de lo ocurrido la noche anterior. O sea que incluyó casi todos los hechos y dejó fuera todas las emociones.

—¿Tú ayudaste a nacer a la niña?

—No. Nació sola y cayó en mis manos —repuso la joven. Y todavía podía sentirla allí. «Piel cálida, vulnerabilidad. ¡Tan pequeña!». Apartó el recuerdo y se encogió de hombros—. Por fin he utilizado para algo todos esos partidos de *softball* que jugué en la universidad.

—¿Y Chase no estaba allí?

—No. Se lo perdió todo. Típico de un hombre, ¿verdad?

—¿Y la matrona fue a su casa?

—La matrona y la ambulancia, pero Seth llegó antes —dijo la joven con naturalidad, como si no fuera nada del otro mundo.

Su abuela la miró atentamente.

—¿Seth? ¿Y sigue creyendo que eres Harriet?

—Ya no. Matilda llamó a la niña Rose Felicity —Fliss introdujo otra rebanada de pan en la tostadora y bajó el tiempo—. Ni siquiera yo podía explicarle eso. Y resultó que él lo sabía desde el principio —se quedó cerca de la tostadora, observándola. ¿Qué clase de persona no podía hacer una tostada?—. Probablemente no debería haber alquilado un coche rojo llameante. Harriet habría optado por un tono azul suave.

—¿Y qué pasará ahora?

Fliss optó por malinterpretar la pregunta.

—Tengo que ir a la tienda a comprar un regalo para la niña. Lo que significa que necesito ayuda, porque comprar regalos para bebés no es una de mis habilidades innatas —comentó.

Por desgracia, su intento de esquivar la pregunta no funcionó con su abuela.

—Me refería a qué va a pasar con Seth —aclaró.

Esa pregunta estaba en la mente de Fliss desde que se había despertado.

Había ido allí para huir de los sentimientos y se había encontrado con más de los que habría experimentado en Manhattan.

Sacó la tostada.

—Espero que le compre también un regalo —comentó. Vio la mirada de su abuela y suspiró—. ¿Qué quieres que diga? Con Seth no pasa nada. Está todo en el pasado. Se terminó. Es historia.

—Tesoro, si fuera historia, no habrías venido corriendo desde Manhattan y no te habrías hecho pasar por tu hermana. Quizá deberías dejar de huir y hablar con él.

—Ahora te empiezas a parecer a él —Fliss introdujo la cucharilla en la mermelada—. Quiere que vaya a cenar esta noche a su casa.

—Y vas a ir.

—Aún no lo he decidido.

—¿Por qué considerarías no ir?

—Porque estoy aquí para cuidarte a ti.

—Prometo no bailar desnuda por el jardín ni meterme en líos de ningún otro modo. No me uses a mí como excusa.

Fliss se quedó inmóvil con la tostada a medio camino de la boca.

—¿Tú has bailado desnuda en el jardín? ¿Eso ha ocurrido de verdad?

A su abuela le brillaron los ojos.

—Tal vez. Quizá tú no seas la única a quien le ha gustado bañarse desnuda.

Fliss dio un mordisco a la tostada.

—Estás llena de sorpresas. Cuéntame más.

—Solo si tú me hablas de Seth. La confianza es una calle de dos direcciones. Te cuento mis secretos si tú me cuentas los tuyos.

Fliss suspiró.

—¿Qué quieres saber? Seth fue un error. Todos los cometemos. Yo era joven. Ahora háblame de nadar desnuda. ¿Te retó el abuelo?

—No. Lo reté yo a él —contestó su abuela con brusquedad—. Él no sabía si estaba escandalizado o impresionado.

—Es evidente que el abuelo y tú tuvisteis un matrimonio interesante.

—Oh, en aquel momento no estábamos casados. Antes de esa noche nunca me había visto desnuda.

Fliss casi se atragantó con la risa.

—Eres mala. ¿Por qué no sabía eso de ti?

—No eres la única capaz de saltarse las normas, hija. Y además, las normas parecían inútiles en aquel momento. Había una guerra. Moría gente. Daba la impresión de que el mundo se había vuelto loco. Nadie sabíamos lo que iba a pasar en el futuro. Nos parecía bien agarrar la felicidad que pudiéramos encontrar. Hoy en día la gente está tan ocupada trabajando para el futuro y pensando en el mañana, que olvida lo valioso que es el presente.

—¡Vaya, abuela! Eso es muy profundo para las siete de la mañana —Fliss se sirvió otra taza de café mientras reajustaba la imagen que tenía de su abuela.

—Solo digo que deberías aprovechar la oportunidad de pasar tiempo con Seth.

Vivir el presente y pensar solo en el momento era la razón por la que Fliss había acabado embarazada con dieciocho años. Pero su abuela no sabía nada de eso.

—Es complicado —musitó.

—El amor siempre lo es. Lo cual no significa que debas renunciar a él.

¿Quién ha dicho nada de amor?

—Sexo, pues.

Fliss se atragantó con la tostada.

—¿Perdón?

—No te escandalices tanto. ¿Cómo crees que llegó tu madre a este mundo?

La joven intentó borrar aquella imagen de su mente. Ya era bastante malo pensar en sus padres haciendo el amor como para tener que imaginar también a sus abuelos.

—Está bien. Pero tampoco tengo intención de acostarme con Seth. Eso no va a pasar.

Su abuela se quitó las gafas.

—Te voy a hacer una pregunta —dijo—. Tratándose de ti, probablemente la esquivarás, pero la voy a hacer de todos modos.

Fliss se retorció en su silla. El corazón le dio un vuelco.

—¿Qué?

—¿Alguna vez has conocido a un hombre que te hiciera sentir lo que te hacía sentir Seth?

La joven tardó un momento en contestar porque la palabra parecía haberse quedado atascada en su garganta.

—No.

—¿Y eso no te dice nada?

—Sí, me dice que era una adolescente con la cabeza en las

nubes que veía las cosas como quería verlas. Interpretación creativa.

—Tal vez, o tal vez te diga otra cosa.

Fliss pensó en lo que sentía cuando estaba con Seth y lo descartó.

No volvería a pasar por eso. Ni siquiera con una razonable cantidad de química sexual incluida en el lote.

—Me dice que sea práctica en el tema de las relaciones. Realista. Yo no soy como Harriet.

—¿Tú crees que no es realista esperar encontrar a alguien que te quiera y a quien quieras? —preguntó su abuela.

—Creo que es difícil encontrar eso. Las relaciones a menudo son unilaterales, como decías tú el otro día. Uno de los miembros de la pareja siempre siente más que el otro. A mamá le pasó eso, y mira dónde acabó.

Su abuela guardó silencio un momento largo. Después tomó aire como si estuviera a punto de decir algo.

Pero no lo dijo.

En vez de eso, se levantó de la silla.

Fliss se dio cuenta de lo cansada que parecía y sintió una punzada en el corazón.

—¿Por qué madrugas tanto? Tendrías que estar durmiendo. ¿Qué puedo hacer por ti? En cuanto saque a pasear a Charlie y a Hero, empezaré a trabajar en el jardín. Voy a llamar a un jardinero para que se ocupe del manzano.

—Eso estaría muy bien.

—Y cambiaré las sábanas de tu cama.

—Gracias.

Fliss se mordió el labio inferior.

—¿Hay algo más que pueda hacer?

Su abuela se detuvo en el umbral de la puerta.

—Puedes ir a cenar con Seth. Escuchar lo que tenga que decir.

—¿Por qué? ¿Qué sentido tiene visitar el pasado? Allí no hay nada, abuela. Es historia.

—Tal vez, pero, si no vas, no lo sabrás. Ve a la cena. Aclarad las cosas. Tened esa conversación que tanto has evitado. Dile lo que sientes.

Fliss no tenía la menor intención de decirle lo que sentía. Y menos después de lo de la noche anterior.

Seth la había pillado en un momento vulnerable y ella no pensaba bajo ningún concepto volver a colocarse en esa posición.

Pero, si no accedía a tener la conversación que él quería, nunca la dejaría en paz.

Si lo hacía, podría contentar a la vez a su abuela y a Seth.

Y lo único que tenía que hacer era escuchar.

Le dejaría decir lo que quería decir y luego se marcharía.

—Está bien. Iré a cenar.

A cenar, no a la cama. No a una relación. Dos personas aclarando las cosas y dejando el pasado atrás.

Eso y solo eso.

CAPÍTULO 12

Fliss no era la única que no había dormido esa noche.
Seth tampoco.

Lo habían llamado para operar de madrugada a un perro que había sido atropellado por un coche. Los veraneantes conducían muy deprisa por carreteras que no conocían, alegres por el alcohol y por las vacaciones. Pero eso no era asunto suyo.

Su responsabilidad eran el perro y el dueño, porque, cuando había un animal herido, los pacientes siempre eran dos.

Esa era la parte más triste de su trabajo, pero también la mejor.

En aquel caso concreto, creía que el animal tenía muchas probabilidades de sobrevivir.

Cuando estuvo satisfecho de que había hecho todo lo que podía, amanecía ya y no creyó que mereciera la pena volver a su casa, así que se sentó en su despacho con una taza de café fuerte e intentó no pensar en Fliss. Para ello atacó una pila de papeles y pensó que, si se los quitaba de en medio entonces, tendría el fin de semana libre para dedicarlo a su nuevo hogar.

Hogar.

Todavía no lo sentía así, pero, con un poco de suerte, lo sería con el tiempo.

Miró un informe de laboratorio, pero, en vez de números,

veía la cara de Fliss, mojada por las lágrimas, y sentía sus dedos agarrando la camisa de él. Incluso en ese momento, ella había intentado ocultar sus sentimientos, pero él los había captado, y los había compartido.

Se abrió la puerta y su ayudante, Nancy, apareció en el umbral.

—Has tenido una noche ajetreada —dijo.

—Sí —Seth se puso de pie y se desperezó—. ¿Qué hora es?

—Faltan diez minutos para que se abra la clínica, y va a ser un día atareado.

—Gracias. Solo necesitaba café fuerte y buenas noticias.

—¡Eh! Pues ya las tienes. Y puedo hacerte el café si eso te ayuda.

—Gracias, pero también puedo hacerlo yo —repuso él.

Siempre se lo había hecho todo solo, quizá como reacción a una época en la que la primera respuesta de la gente hacia él era asumir que era rico y mimado.

La riqueza era un privilegio, eso lo sabía. También había sido una lente, un filtro a través del cual lo veía la gente.

Esa era una de las razones por las que había elegido estudiar Veterinaria. Allí se le juzgaba principalmente por su habilidad para tratar a los animales. A una pareja que le llevaba a la mascota familiar herida y sangrando no le importaba nada quién hubiera sido su padre.

Y, como veterinario, había aprendido que lo que enriquecía una vida eran las cosas pequeñas de todos los días que mucha gente daba por sentadas. Había visto el rostro de un niño deshecho por la emoción al recibir su primera mascota. Había visto a un millonario destrozado por la pérdida de un perro.

Había trabajado un tiempo con animales grandes, después con animales enfermos, y al final había acabado allí, dirigiendo una clínica pequeña. Siendo parte de la comunidad.

Era lo que quería.

—Rufus tiene buen aspecto, señora Terry —comentó. Inspeccionó una herida que había cosido una semana atrás—.

Está limpia y sana bien. No ha debido de ser fácil conseguir que no hiciera travesuras esta semana. Ha hecho usted un buen trabajo.

—Me siento muy aliviada. Está con nosotros desde que tenía pocas semanas. Billy lo encontró abandonado a un lado de la carretera. Los niños se han criado con él. No sé lo que haríamos sin él.

—Por suerte, no creo que tenga que preocuparse de eso hoy —Seth le pasó el perro a su dueña.

Perder una mascota era duro. Eso lo entendía. Para él también era duro. Era la parte del trabajo que odiaba.

Atendió a todos los pacientes que llegaron y después pasó por el supermercado de camino a su casa. Una barra de pan, tomates reliquia, champiñones... Compró bastante y añadió un par de filetes en el último momento.

Los filetes hicieron que Della, la dueña, lo miraba con curiosidad.

—O Lulu y usted están comiendo bien o esta noche tiene compañía.

—Siempre comemos bien, Della —él le tendió la tarjeta, confiando en que la conversación terminara allí. No le importaba ser tema de conversación, pero no estaba seguro de que Fliss pensara lo mismo.

—Usted cocina bien, doctor Carlyle, igual que su madre. Ella solía venir aquí y elegir personalmente cada producto. Tenía buen ojo para eso. La echamos de menos. Dele recuerdos cuando hable con ella y dígale que está en nuestros pensamientos —le devolvió la tarjeta y Seth tomó las bolsas.

—Lo haré —dijo.

La mujer le guiñó un ojo.

—Sea quien sea la invitada de esta noche, tendrá una sorpresa agradable.

Seth sonrió amablemente y salió de la tienda de Della, dejando atrás sus preguntas.

Preparar y compartir comidas había sido una parte importante de su educación. En su casa se esperaba que participaran todos, y la gran cocina familiar de Ocean View había sido el corazón de la casa. La comida era siempre fresca, sana y colorida. Pimientos rojos con la piel chamuscada por la parrilla se apilaban en montones, brillantes por el aceite de oliva. Aceitunas gruesas, que siempre le recordaban las vacaciones en las que habían ido a Italia, a buscar las raíces de la familia. Cada comida era una obra de arte. Las cualidades de su madre como decoradora de interiores quedaban patentes también en la cocina.

La conversación fluida en la mesa era lo que Seth más echaba de menos desde la muerte de su padre. Desde entonces las reuniones estaban llenas de tristeza y del hecho innegable de que faltaba algo.

Su madre había seguido adelante, intentando llenar un hueco que no se podía llenar con otras cosas. Imposible. Seth sabía que ese vacío siempre estaría allí. Lo mejor que podían esperar era que acabaran adaptándose a él.

Sacó la comida en su nueva cocina y llenó los estantes del frigorífico vacío. No sabía si Fliss iría a cenar, pero, si lo hacía, no quería verse obligado a tener que salir. No correría el riesgo de que alguien interrumpiera su conversación. Sabía que ella aprovecharía cualquier excusa para no hablar y estaba decidido a no permitírselo.

Cuando terminó de guardar la comida, sacó una cerveza del frigorífico.

La casa empezaba por fin a producir la sensación de que estaba habitada. No la sentía como un hogar, pero con suerte acabaría siéndolo.

Salió al porche con la cerveza. Lulu estaba a su lado.

Aquello era un privilegio. Tener una casa propia cerca del agua, con la naturaleza como vecina más próxima.

A pesar de estar cerca del mar, seguía el bochorno, con el aire negándose a soltar nada del calor que se había acumulado durante el día.

El porche recorría la parte de atrás de la casa. La luz bailaba sobre las tablas de madera, creando sombras, y él se apoyó en la barandilla y miró el mar más allá de las dunas. Los únicos sonidos eran el grito lastimero de una gaviota, el murmullo del viento y el débil ruido de las olas sobre la arena. Desde allí podía apreciar la belleza del atardecer sobre Bahía Peconic, con la única compañía de los cisnes y las águilas pescadoras.

Y Lulu.

Sus ladridos de felicidad anunciaron la llegada de Fliss antes incluso de que él oyera las ruedas sobre la grava y luego el golpe de la puerta del coche al cerrarse.

Un momento después, apareció ella por el lateral de la casa, con Lulu corriendo en círculos alrededor de sus pies.

Fliss se detuvo a acariciar a la perra, jugar con ella y susurrarle palabras que Seth no podía oír pero que hacían que Lulu moviera la cola con éxtasis.

La joven la acarició un momento más y después se enderezó y lo miró.

Todos los sonidos desaparecieron. Fue como si el mundo se hubiera encogido y solo existieran ellos dos.

Seth quería estrecharla en sus brazos, pero se obligó a dejar la mano libre en la barandilla.

Le había parecido buena idea invitarla a su casa, pero ahora se preguntaba si no habría sido más fácil verse en un restaurante lleno de gente. O quizá aquel encuentro no fuera fácil en ninguna parte.

La observó subir los escalones hasta el porche, donde la esperaba él.

El corazón le latió con fuerza, pero eso le ocurría siempre que la veía en pantalones cortos. Los de ese día le rozaban los muslos y mostraban las piernas largas y bronceadas.

Seth bajó la botella que sostenía, aunque sentía la boca seca como la arena.

—¿Has encontrado la casa sin problemas? —preguntó.

—Me he equivocado en un giro y casi meto el coche en

una zanja —contestó ella—. Estás muy escondido aquí. Has conseguido encontrar un trozo de tierra que no esté lleno de veraneantes.

—Esa era la idea. El terreno linda con la reserva natural. Esta casa era de un artista. Tenía un estudio increíble en la segunda planta. Luz del norte —miró cómo jugaba la luz del sol en el pelo de ella. Siempre había tenido un pelo precioso. Plateado bajo algunas luces y oro pálido con otras. Si el artista que había tenido antes esa casa siguiera todavía allí, habría sacado enseguida un lienzo y un pincel—. No estaba seguro de que vinieras.

—¿Por qué no iba a venir?

—Porque te has esforzado mucho por evitarme.

Ella se encogió de hombros con indiferencia.

—No es la primera vez que me he hecho pasar por mi hermana.

—Sé que para ti esconderte es todo un arte, pero ni siquiera tú puedes esperar que me crea que todo eso no tenía nada que ver con evitarme a mí.

—De verdad que yo no...

—Te vi, Fliss. El día que estabas fuera de la clínica en Manhattan, intentando decidir si entrar o no. Iba a salir a hablar contigo cuando te tumbaste en el suelo. Me disponía a llamar al teléfono de Emergencias cuando me di cuenta de que lo habías hecho para evitarme.

—Perdí el equilibrio.

Si Seth no hubiera estado tan exasperado, se habría echado a reír.

En vez de reír, se apretó el puente de la nariz con los dedos y se obligó a respirar despacio.

—Fliss...

—¡Está bien! No me entusiasmaba verte. Y sí, aproveché la oportunidad para salir de Manhattan y no tropezarme contigo y de todos modos tropecé contigo, lo que prueba que el karma es un bastardo insensible.

Él dejó caer la mano.

—¿Por qué era tan grave? Podías haber dicho: «Hola, Seth, ¿cómo te va?».

—Si pudiera retrasar el calendario, probablemente haría eso, pero en ese momento pensé que había matado a tu perra y luego oí tu voz y... —ella respiró hondo—. Y te vi y estabas... Me puse nerviosa.

Seth podía soportar que se pusiera nerviosa. Podía vivir con eso.

Ella lo miró a los ojos y él vio pasar algo por los de ella antes de que apartara la vista.

—Y decidiste hacerte pasar por Harriet.

—Si te soy sincera, no hubo mucha planificación detrás de aquella estrategia. Fue más bien un impulso. Una respuesta condicionada.

—¿La respuesta condicionada era para evitarme? —él esperó. Se negaba a permitir que ella lo eludiera. Fliss acabó frunciendo el ceño.

—O sea que no me sentía cómoda viéndote. Resulta que no tengo ni idea de cuál es la etiqueta en el caso de los ex.

—¿Hay una etiqueta sobre eso?

—No lo sé. Pero no sabía cómo lidiar con la situación.

—Y por eso fingiste que eras Harriet, lo cual llevaba a una conversación diferente.

—Esa era la idea. Una conversación diferente era exactamente lo que quería. Objetivo logrado.

—Pero ahora estás aquí. Y eres tú misma. Y esta vez vamos a tener la conversación que quiero.

—Sí. Pues tengámosla de una vez —la expresión de la cara de ella sugería que tenía la sensación de que la estuvieran arrastrando a una cámara de tortura—. Si hay cosas que necesitas decir, aunque no me imagino por qué después de tanto tiempo, pues tienes que decirlas. Adelante.

«Necesitas decir».

Lo que Seth quería era que ella hablara con él, pero sabía

que eso no ocurriría en ese momento. No se podían cambiar los hábitos de una vida de la noche a la mañana, y Fliss llevaba toda la vida ocultando sus sentimientos. Tenía que ser paciente y perseverante. La última vez se había rendido y se había alejado. Esa vez no haría eso. Al menos, no antes de explorar lo que podía haber sido. Perder a su padre le había enseñado que la vida era demasiado valiosa para desperdiciar un solo momento haciendo cosas que no importaban con personas que no importaban.

Fliss le importaba. Le había importado siempre.

Eso lo sabía. Lo que no sabía era por qué había tardado tanto en hacer algo al respecto. Había habido muchas razones para que pareciera que lo correcto era alejarse de ella. Eran muy jóvenes, todo había ocurrido muy deprisa... La lista era larga. Y encima de todo lo demás estaba el hecho de que ella jamás contestaba a sus llamadas. Pero ninguna de las razones de la lista explicaba por qué no había sido capaz de olvidarla.

Fliss se movía nerviosa, con el peso en los dedos de los pies. Le recordaba a un ciervo, atento al peligro, listo para salir corriendo en cualquier momento.

Y él no le iba a dar un motivo para huir.

—¿Quieres ver la casa? —preguntó.

—¿Ver tu casa? —ella se relajó un poco, como si eso supusiera un alivio temporal—. Me parece bien. Buena idea.

—Eres mi primera visita, aparte de Chase, y él no cuenta, teniendo en cuenta que ha visto la casa todas las semanas desde que empezó la reforma.

—¿Has hablado con él?

—Sí. Vino volando anoche en cuanto lo llamé.

—Ventajas de viajar en helicóptero.

—Está en el hospital con Matilda, pero creo que volverán a casa hoy.

—Me preguntaba cuándo vendrían. Le habría puesto un mensaje, pero su teléfono se rompió. Y no quería entrometerme pasando por el hospital.

Seth se preguntó si sería solo por eso. En su cerebro estaba grabada a fuego la imagen de la cara de ella cuando había entrado en la habitación y la había visto con la niña de Matilda.

—No creo que les hubiera importado —dijo. Tomó la botella de cerveza y se dirigió a la cocina—. Él te llamará. Decir que está agradecido sería quedarme muy corto.

—¿Por qué va a estar agradecido? Yo no hice nada.

—Hiciste mucho. De no ser por ti, Matilda habría estado sola.

—El mérito de eso es de Hero. Vino a buscarme en la playa. Ese perro es superlisto.

—Tú te quedaste con Matilda durante todo el proceso.

—Créeme, si hubiera habido alguien más cerca, me habría largado —ella hablaba como si fuera una broma, pero Seth sabía que no se reía.

—Pero te quedaste. Y tuvo que ser duro para ti —musitó. Probablemente era el único que tenía alguna idea de hasta qué punto le habría resultado duro. Podía imaginar cómo habría abierto eso heridas que ella había cerrado con cuidado y hecho aparecer sentimientos que ella había ocultado.

—No fue nada duro —contestó Fliss.

Seth pensó en el modo en que había llorado encima de él la noche anterior y suspiró con frustración.

—Fliss...

—Obviamente, no sé nada de partos, pero Matilda parecía arreglarse muy bien sola en ese aspecto. Yo fui poco más que una animadora. Solo tenía que decir: «Bien», «sí», «eso es», «sigue así», «¡guau, un bebé!». Esas cosas.

Para él era como intentar abrirse paso a través de una pared de acero reforzado. Fliss tenía defensas que habrían sido la envidia de cualquier cuerpo de seguridad del mundo.

El hecho de entender sus razones no hacía que fuera más fácil lidiar con ella.

—Y anoche, en la playa, cuando me empapabas la camisa como si se te fuera a partir el corazón, ¿qué parte de animación era esa? —preguntó.

—Ser testigo del comienzo de una nueva vida es algo muy emotivo.

La noche anterior él había entrevisto los sentimientos que ella guardaba encerrados dentro, y no había sido bonito.

Quería preguntarle si había dormido, si había llorado más... Pero la respuesta resultaba visible en las sombras moradas que había debajo de los ojos y sabía que los sucesos emotivos de la noche anterior le habían robado el sueño exactamente igual que a él.

Fliss caminaba por la cocina, admirando y tocando.

—Preciosa —murmuró con aprobación. Pasó la mano por la encimera y lo miró—. ¿Esto lo ha hecho Chase?

Parecía agotada, pero él decidió que no tenía sentido hacerle más preguntas para que las esquivara.

—No personalmente. Tiene un buen equipo —repuso. Abrió el frigorífico y se esforzó por ser paciente. La prisa había destruido la última vez las frágiles raíces de su relación. No permitiría que volviera a ocurrir lo mismo—. ¿Quieres beber algo?

—Sí, por favor. Algo fresco y no alcohólico. Tengo que conducir. Y quiero ir atenta a los perros que pueda haber tumbados en medio de la carretera —miró a Lulu—. ¿Cómo entrenas a un perro para hacerse el muerto? Quizá ese sea un modo de expandir mi negocio. Entrenar a perros.

—¿Estás buscando expandirte?

—Sí. Prácticamente hemos copado el mercado de pasear perros en el lado este de Manhattan. He decidido que necesitamos más. Estaba pensando en aseo de perros, o incluso en albergarlos.

—¿Tenéis instalaciones?

—No, esa es la parte negativa —ella se encogió de hombros—. Pero también la positiva, porque estoy harta de que nuestro apartamento esté lleno de papeles.

—¿Vives con Harriet?

—Por supuesto. Vivimos en Manhattan. Un apartamento

para ti sola allí es un sueño. Y tenemos poco espacio. Harriet odia el papeleo y todo lo que tenga que ver con contabilidad, así que lo esconde en un rincón y finge que no existe. Antes de hacerlo, tengo que encontrarlo.

—¿No puedes informatizar el negocio?

—Una gran parte está informatizada, pero sigue habiendo papeles.

—¿Tienes que ampliarlo? ¿Por qué no lo mantenéis como está?

—Ahora hablas como Harriet. Está contenta así. Yo me ocupo de las cuentas y los clientes y ella de los animales y los paseantes de perros. Quizá el entrenamiento de perros pueda ser el modo de avanzar. Dios sabe que tenemos bastantes clientes que podrían beneficiarse.

—¿Alguna vez os negáis a sacar a un perro?

—En teoría sí, pero en la práctica nunca he encontrado a un perro con el que Harriet no pueda lidiar. Tiene magia para todo lo relativo a los animales. Probablemente esa es otra razón para ampliar nuestra oferta e incluir entrenamiento.

—Pero Harriet no podría entrenar a todos los perros.

—¿Quieres pincharme mi burbuja?

—No, te presento un contraargumento fuerte. Si no puedes contrarrestarlo, quizá no sea una propuesta de negocio muy buena.

—El punto débil es que necesitamos instalaciones nuevas. Eso incrementa los costes fijos y el riesgo.

—A ti nunca te han dado miedo los riesgos.

—No, pero este negocio significa mucho para mí, y no es solo mío. También es de Harriet. Sé cuánto significa este trabajo para ella —Fliss lo miró—. Empezó a estudiar Veterinaria, igual que tú.

—Eso no lo sabía.

—Creo que se inspiró en ti. Pero odiaba el modo en que tratan algunos dueños a sus mascotas. Cuando un hombre le dijo que no tenía la menor intención de gastar dinero en que durmieran a su perro cuando podía morirse solo gratis, perdió los estribos.

—¿Harriet?

—¿No me crees? —a Fliss le brillaron los ojos—. ¿Quieres ver el lado duro de mi hermana? Métete con un animal.

Seth sacó una lata de cola del frigorífico.

—¿Y qué pasó?

—Lo dejó. Probablemente lo mejor que pudo pasarle, aunque entonces ella no lo vio así. Yo acababa de terminar Empresariales y decidí que debíamos hacer algo juntas. Yo me ocupaba de todo lo que ella odia: Papeleo, llamadas telefónicas, entrevistas con desconocidos... Ese tipo de cosas. Ella se encargaba de todo lo que se le da bien: Lidiar con animales difíciles, reclutar a paseantes de perros, convencer a los clientes de que a nadie le importan tanto sus animales como a nosotras. Y era verdad. Nos iba bastante bien y luego, hace cosa de un año, Daniel oyó hablar de una empresa nueva, Urban Genie. Tres mujeres que ofrecen servicios de conserjería. Resulta que hay mucha demanda para pasear perros y él nos recomendó. Desde entonces casi tenemos más trabajo del que podemos atender.

Seth comprendió que había montado su negocio para proteger a su hermana.

—Y ahora quieres tener más trabajo todavía —comentó.

—¿Qué quieres que diga? Ganar dinero, crecer, tener éxito... todo eso me apasiona. Mi chute de adrenalina es conseguir clientes nuevos —ella se detuvo al lado de la isla de la cocina y miró los montones de verduras picadas—. Cuando dijiste que te ocuparías de la cena, no me esperaba esto. ¿Qué habrías hecho si no hubiera venido?

—Comer solo. Guardar en el frigorífico para mañana. Quizá invitar a los vecinos —contestó él. «Lidiar con la decepción y la frustración»—. Soy un Carlyle, nos gusta tener invitados —le pasó la lata de cola—. ¿Quieres un vaso?

—No, así está bien, gracias —ella abrió la lata y bebió—.

¿Tienes vecinos? No he visto ninguno. La casa más próxima está calle arriba.

—La familia Collins. Él tiene un negocio de barcos, ella es profesora. Dos niños, Susan y Marcus. Y tienen dos ponis.

—¡Caray! Eres un pilar de la comunidad, doctor Carlyle.

—Esa es la idea de vivir en un lugar como este. No tienes que ser anónimo.

—Me gusta ser anónima.

—¿Por qué?

Seth tomó un trago de cerveza y siguió cocinando.

—Es más fácil cuando la gente no sabe tus cosas —repuso Fliss—. En Manhattan entro en una tienda y nadie sabe quién soy. Eso me gusta. Quizá sea cosa mía, pero prefiero que los desconocidos no estén al tanto de mi vida privada.

Seth sabía que ella prefería que nadie estuviera al tanto de su vida privada.

Incluido él.

—A veces es bueno tener conexiones —musitó—. Y todos los que no son familia son desconocidos hasta que los dejas entrar en tu mundo —cocinaba sin mirar recetas, lo bastante seguro en la cocina para poder mantener la atención fija en ella.

—Como los dos sabemos, no se me da bien dejar entrar a la gente en mi mundo. Con los perros no tengo problema, con los humanos... Ahí ya sí —repuso ella.

Era la primera vez que Seth le oía admitir aquello.

—No todo el mundo va a machacarte.

—Puede que no —Fliss observó la comida—. ¿Y todo esto es solo para nosotros dos? Porque parece que hayas invitado a todos los habitantes de los Hamptons.

—Puede que haya exagerado. Es un rasgo familiar.

La joven sonrió.

—Recuerdo haber estado en vuestra cocina con unas dieciocho personas más. Tu madre ni siquiera parpadeó. Tu casa siempre estaba llena de gente y no dejaba de salir comida.

—Eso es por la sangre italiana. En mi casa, la comida siempre ha sido el centro de la vida en familia.

Fliss miró la encimera.

—Y tú continúas esa tradición. No sabía que te gustara cocinar.

Había muchas cosas que ella no sabía de él y otras muchas que él desconocía de ella, pero esa vez Seth estaba decidido a que todo fuera distinto. La última vez habían pasado de largo por la mayor parte de esas cosas pequeñas y sutiles que alimentaban una relación y la hacían crecer y hacerse más profunda. Se habían saltado aspectos enteros en su prisa por satisfacer su atracción sexual.

Era como si hubieran llegado a un destino sin haberse tomado tiempo para disfrutar del viaje. Y ahora se daba cuenta de cuánto lo había echado de menos.

Si la hubiera comprendido más, ¿estarían todavía juntos?

—Mi madre siempre insistía en que nos sentáramos a la mesa al menos una vez al día. El desayuno se podía tomar sobre la marcha, pero la cena jamás. No importaba lo que estuviéramos haciendo, se esperaba que todos estuviéramos allí. Tomar esas cenas, hablando mientras comíamos, era lo que nos unía como familia. Si no hubiera sido por eso, quizá no habríamos pasado tiempo juntos —explicó Seth.

Y enseguida sintió una punzada de culpabilidad porque algo que sí sabía de ella era que las comidas en su casa habían sido un asunto complicado.

—Supongo que eso pasa mucho en familias con intereses diversos —continuó—. Si hubiera podido elegir, Bryony se habría pasado la vida en los establos con los caballos y Vanessa con sus amigas.

—¿Cómo están tus hermanas?

—Bryony da clases de primaria y le encanta y Vanessa está casada y decidida a ver a todo el mundo en el mismo estado de dicha.

Fliss sonrió.

—Vosotros dos peleabais continuamente.

—Seguimos haciéndolo —Seth optó por no extenderse sobre cuál era la causa principal de discordia entre su hermana y él—. No estamos tan unidos como Daniel, Harriet y tú.

—¿Y tu madre? —preguntó ella—. Perder a tu padre ha tenido que ser muy duro para ella.

—Sí. Han estado más de cuarenta años juntos. Ha perdido a su alma gemela. Pero ya está un poco mejor. La ayuda estar con los nietos —Seth vio la mirada interrogante de Fliss—. Vanessa tiene dos hijos. Un niño y una niña, de seis y ocho años. Trabaja media jornada como contable y mamá cuida de los niños cuando no están en el colegio. Creo que eso le viene tan bien a ella como a mi hermana.

—O sea que eres tío. Apuesto a que se te da muy bien —la joven se apoyó en la encimera—. Juegos en la playa, el escondite, seguro que eres un tío que se implica. Seis y ocho años. Mucho deporte, ¿no? ¿Ya los has llevado a surfear?

—Pues sí.

—Seguro que les ha encantado.

—A Tansy sí. Ella tiene ocho años. Cuesta trabajo sacarla del agua. Cole prefiere escarbar en la arena en busca de dinosaurios.

—¿Los cuales has enterrado tú antes?

—Eso es. ¿Y tu familia qué? ¿Cómo está Harriet? —preguntó él. Tuvo que esforzarse para hacerlo. No porque no le importara Harriet, sino porque le interesaba más descubrir todo lo que pudiera de Fliss—. ¿Sabe que te has hecho pasar por ella?

—Sí —la joven pasó un momento por la cocina con nerviosismo y luego se volvió a mirarlo—. Está bien. Creía que quería evitar esto, pero resulta que no puedo, así que, ¿podemos hacerlo de una vez?

—¿Qué parte? ¿La parte en la que nos ponemos al día sobre lo que nos hemos perdido de nuestras vidas o la parte en la que disfrutamos de la cena?

—La parte en la que dices lo que sea que creas que tienes que decir. Hazlo ya. Sé sincero. Odio el suspense y la tensión. Mejor dicho, me gusta en las películas y en los libros pero lo odio en la vida real, así que acabemos de una vez. Estás furioso conmigo. Diez años es mucho tiempo para guardar un enfado, así que suéltalo ya y podremos avanzar.

—Fliss...

—No te sientas mal por ello. ¿Crees que no lo sé? Metí la pata, Seth. A lo grande. Fue una metedura de pata muy fuerte y tú sufriste por ella. Te arruiné la vida y lo siento —ella se llevó los dedos a la frente y murmuró algo entre dientes—. No ha sonado mucho a disculpa, ¿verdad? Pero lo siento. Oye, esto se me da muy mal. ¿Vas a hablar tú?

—Has dicho lo mismo de anoche —musitó Seth. Y él casi no había pensado en nada más desde entonces—. ¿Por qué crees eso? ¿Por qué tendría que estar enfadado contigo?

—¿Quieres una lista?

¿Fliss tenía una lista?

—Sí, quiero oírla —respondió él. Quería acceso a todo lo que pasaba por la cabeza de ella. Y más aún después de haber empezado a entrever algo.

—Todo fue culpa mía.

—¿Que te quedaras embarazada? Yo también estaba allí —musitó Seth.

Y recordaba todos los detalles. Cosas pequeñas. La suavidad de la piel de ella. El choque de las olas. Las caricias y los sonidos. La sensación de su cuerpo y su sabor. Nada en su vida le había parecido nunca tan perfecto.

—¿Por qué iba a ser culpa tuya?

—Porque, de no ser por mí, no habríamos hecho el amor.

Seth no pudo evitar preguntarse si ella se creería aquello de verdad.

—Fliss...

—¿Podemos dejar de fingir y recordar cómo pasó todo? Tú intentaste evitar que te arrancara la ropa. Recuerdo perfectamente que me dijiste que no era buena idea y que no debíamos hacerlo.

—Porque estaba preocupado por ti. No por mí. Tú estabas alterada aquella noche. No hablabas de ello, pero yo sabía que estabas disgustada. Tu padre había llegado inesperadamente. Te había dicho algo que no quisiste contarme y te había hecho llorar.

—Él no me hizo llorar —repuso ella con fiereza—. Él nunca me hizo llorar.

—Querrás decir que nunca dejaste que te viera llorar. Pero yo lo vi, Fliss. Vi lo que te hizo. Cómo te hacían sentir sus palabras —comentó él.

Y había querido ir a casa de su abuela y enfrentarse a su padre. Y lo habría hecho si no hubiera estado seguro de que sería ella la que pagaría las consecuencias.

Hubo un largo silencio. Luego ella alzó la barbilla y lo miró.

—Tengo una confesión. Algo que probablemente debería haberte dicho hace mucho.

Seth oía el ruido de las olas a través de las puertas abiertas.

—Te escucho.

—Te dije que no había peligro, que tomaba la píldora —Fliss apartó la vista de él y miró la comida—. Era mentira. No la tomaba. Lo dije porque tenía miedo de que pararas. Y yo no quería que pararas bajo ningún concepto.

Seth esperó.

—¿Esa es tu gran confesión?

—Te mentí, Seth.

—Lo sé. Siempre lo he sabido.

La joven lo miró sorprendida.

—¿Cómo?

—Te quedaste embarazada. Fue bastante fácil descubrirlo. Y, si hubo alguna culpa, yo también la comparto. Tendría que haber usado un preservativo.

—Tú creías que no era necesario.

—Tendría que haberlo usado igualmente. La razón por la que no lo hice fue la misma por la que mentiste tú sobre la píldora. Ninguno de los dos pensó mucho en el peligro. Nuestra relación siempre fue un poco así, ¿verdad? Era como intentar parar una tormenta —y él sabía instintivamente que eso no había cambiado, que, si la tocaba, llegarían al punto de ebullición con la misma rapidez que la primera vez.

—Yo te atrapé.

—Esa no fue la sensación que tuve yo.

—¡Ah, venga! —Fliss paseó hasta la puerta y él pensó por un momento que se iba a ir, pero se detuvo en el umbral—. Un verano loco, eso fue todo. Sexo. Hormonas. Un momento de rebeldía adolescente.

—¿En serio? ¿Vas a fingir que fue rebeldía adolescente? —preguntó él.

Vio que ella se sonrojaba.

—No tenía que haber terminado como terminó. No tendríamos que habernos casado.

—Era lo que había que hacer.

—Para el señor Buenecito, sí.

Seth soltó una risa dura.

—De buenecito nada, te dejé embarazada.

—Eso no fue culpa tuya.

—¿Por qué siempre estás tan decidida a asumir la culpa de todo?

—Porque fue culpa mía. Te hice daño. Vanessa dijo… —Fliss se interrumpió y él se quedó inmóvil.

—¿Vanessa? ¿Mi hermana habló contigo? —¿por qué no se le había ocurrido esa posibilidad? ¿Dónde había tenido la cabeza?

Ella apartó la vista.

—Olvídalo.

—Dímelo.

—¿Para qué? Ya todo es historia. No ayudará nada.

—Quiero saber lo que te dijo —repuso él con firmeza. En ese caso, estaba dispuesto a mostrarse tan terco e inamovible como ella.

—Nada que yo no supiera ya. Que no era la persona apropiada para ti. Y algunas cosas más.

Conociendo a Vanessa, Seth podía imaginar cuáles habrían sido esas otras cosas. Reprimió la furia, pero tomó nota mentalmente de que la próxima vez que hablara con su hermana iba a dejar la sutileza en la puerta.

—Mis relaciones no son asunto de mi hermana.

—Ella solo quería lo mejor para ti.

—Tal vez, pero eso no lo convierte en asunto suyo.

—Te quiere y no quería verte sufrir. Y yo te hice daño.

—Tú también sufriste.

—Yo estaba bien —repuso ella.

Algo se rompió entonces dentro de él.

—¿Estabas bien? Porque yo no. Yo no estaba bien, Fliss. Y estoy dispuesto a apostar a que tú tampoco.

—Seth...

—Entiendo por qué escondes tus sentimientos. Porque no quieres sentirte vulnerable, porque tienes miedo de que te hagan daño. Sé cuánto daño te hizo tu padre. Prácticamente te entrenó para que te lo guardaras todo dentro. Eso lo entiendo. Lo que no entiendo es por qué tenías que esconder tus sentimientos conmigo. Por qué no querías hablar conmigo. Y por qué tampoco quieres hablar ahora.

Fliss había palidecido.

—Estoy hablando. ¿Qué más quieres que diga?

—Quiero que hablemos de lo que pasó. Hablar de verdad. No disimular los sentimientos. Anoche estuviste a punto de desmoronarte y jamás lo admitirás.

Y él quería que fuera sincera. Que retirara todas aquellas capas de protección que le impedían comprenderla.

—Te dije que había sido un día muy largo. No soy matrona y...

—¡Maldita sea, Fliss! —Seth cruzó la cocina en dos zancadas. Cuando ella intentó escabullirse, colocó un brazo a cada lado de ella para bloquearle el paso—. No huyas.

—No sé qué quieres de mí.
—La verdad. Empecemos por ahí y yo seré el primero. Perder a nuestro bebé me dolió. Me dolió más de lo que jamás podrías imaginar. La gente habla de los abortos espontáneos como si no fueran nada, como si un bebé fuera reemplazable. Pero a mí no me pareció que no fuera nada. A mí no, y creo que a ti tampoco. No le habíamos dicho a nadie que estabas embarazada, así que no había nadie con quien pudiera hablar de lo que sentía excepto tú. Y tú estabas decidida a no hablar. No podía acercarme a ti. Ni siquiera sé lo que pasó el día que perdiste al bebé. Me fui a dormir y estabas en mi cama y, cuando me desperté, te habías ido. Luego me llamó Harriet y me dijo que estabas en el hospital.

Fliss lo miró largo rato y después bajó los ojos y los fijó en su pecho.

—Me desperté temprano y fui a dar un paseo por la playa. Sentí un dolor horrible y supe que estaba sangrando. Me entró pánico y llamé a Harriet.

—¿Por qué no me llamaste a mí?
—Ella es mi hermana.
—Era nuestro bebé, Fliss. ¡Estábamos casados! Tendrías que haberme llamado inmediatamente.
—Confiaba en que no fuera necesario.
—¿Qué significa eso?
—Esperaba que pudieran hacer algo —a Fliss se le quebró la voz—. Esperaba que hicieran un milagro. Algo, lo que fuera, que hiciera que el bebé arraigara. Eso fue lo que me dijeron cuando querían consolarme. Que algunos bebés no arraigan y no siempre hay una razón clara para ello. Quizá sea verdad, pero a mí me dio la impresión de que era mi karma. Yo te había colocado en esa situación y estaba siendo castigada. Sentía que me lo merecía por arruinarte la vida.

—¿En serio? ¿Eso era lo que creías?
—Sí.
—¿Y no se te ocurrió preguntarme qué sentía yo?

—No era necesario. Sabía que, sin el bebé, no quedaba nada.

Aquello sorprendió de tal modo a Seth, que tardó un momento en procesar lo que acababa de oír.

—¿Pensabas que el bebé era el punto central de nuestra relación? ¿Que, al perderlo, habíamos perdido lo que teníamos?

—Sí —ella lo miró a los ojos—. Si quieres sinceridad, seamos sinceros. Si no hubiera sido por el bebé, no nos habríamos casado.

—Tal vez no en ese momento, pero...

—No nos habríamos casado —repitió ella con firmeza—. Lo que había entre nosotros habría terminado siendo una tórrida aventura de verano. Yo habría vuelto a Manhattan y tú a tu universidad. Eso habría sido todo. Y quizá más adelante nos hubiéramos encontrado otro verano en la playa y hubiéramos tenido otra aventura por los viejos tiempos, no sé, pero sé que no habría sido un final de felices para siempre.

Fuera, al otro lado del cristal, empezaba a ponerse el sol y arrojaba luz dorada por la cocina. Por una vez, a Seth no le importaba el atardecer.

—No tenía ni idea de que tú sentías eso, Fliss. Nuestro matrimonio fue real.

Ella soltó una risita estrangulada.

—Nos casamos en Las Vegas.

—Fue real.

—Seth...

—¿Fuiste feliz aquel día?

La joven pareció sobresaltarse con la pregunta.

—Yo... Esto no es...

—¿Lo fuiste?

—Sí —la voz de ella parecía un graznido—. Fui feliz. Fue divertido. Con aquel extravagante vestido que alquilamos y la multitud de turistas haciéndonos fotos. Harriet estaba aterrorizada de pensar que nuestro padre adivinara lo que estábamos haciendo y se presentara allí. En casi todas las fotos sale mirando por encima del hombro hacia la multitud.

Seth no le dijo que él había pensado lo mismo. No le habló de la empresa de seguridad a la que había contratado para que estuvieran presentes con discreción a poca distancia.

—Yo también era feliz. Y tenía miedo de que, si esperábamos a pedir permiso, tu padre encontrara el modo de impedirlo. Me preocupaba que adivinara que estabas embarazada.

Y que la hiciera sufrir.

—Te casaste conmigo para protegerme. Vanessa no dejaba de decirme que eras un caballero andante.

Si su hermana hubiera podido ver lo que pensaba Seth en aquel momento, se habría visto obligada a cambiar de opinión.

—Si me hubiera visto arrancarte la ropa detrás de las dunas, no habría dicho eso —Seth pensó en la noche que habían hecho el amor en la playa. Sabía que ella pensaba en lo mismo.

—Te hice sacar tu lado malo. Te atrapé —repitió Fliss.

Seth suspiró. ¿Ella creía de verdad lo que decía? Eso explicaba muchas cosas.

—Nunca pensé que me hubieras atrapado.

—Te casaste porque estaba embarazada. La verdad es esa. Y todavía me deja atónita que me llevaras a Las Vegas. Siempre te he imaginado más en hoteles elegantes.

—¡No me digas! —él enterró el rostro en las manos—. ¿De verdad tienes tan baja opinión de mí?

—¿Intentas convencerme de que siempre has soñado con casarte en Las Vegas?

—Lo hombres no solemos soñar con bodas. Me interesaba más la mujer que el entorno.

Y la mujer seguía interesándole. Le interesaba mucho.

—Tampoco todas las chicas sueñan con bodas. Después de ver el matrimonio de mis padres, te aseguro que no tenía prisa por casarme. Pero apuesto a que tú sí pensabas que lo harías algún día. Una chica guapa. Vestido blanco. Una gran boda familiar. Yo te privé de eso.

—La boda era para nosotros, no para mi familia. Solo importábamos nosotros. De hecho, incluso diría que tú me libraste de una gran boda familiar. Y eso te lo he agradecido siempre. La boda de Vanessa casi le costó un colapso nervioso a mi madre. No sabía que elegir un vestido y unas cuantas flores pudiera ser tan estresante. Siempre pensé que una boda tenía que ser un acontecimiento feliz —Seth vaciló—. La nuestra lo fue. Independientemente de lo que pasara después, aquel fue un día feliz.

—Sí. Y luego se lo dijimos a la gente y de pronto ya no parecía tan maravilloso —Fliss parecía cansada y derrotada—. Tu madre se quedó destrozada cuando le dijimos lo que habíamos hecho, aunque lo ocultó bien. Siempre fue muy amable conmigo.

—Le caes muy bien —él hizo una pausa, haciéndose preguntas que nunca se había hecho—. ¿Tú habrías querido eso? ¿El hotel Plaza en junio?

—No —la joven negó con la cabeza—. A mí no me importan esas cosas.

—Recuerdo que Harriet intentaba desesperadamente añadir toques románticos a nuestra boda. Fue la única que llevó flores…

—Lo hizo para satisfacer su idea de lo que debería ser una boda.

—¿Por qué no contaste conmigo? —los sentimientos de Seth eran demasiado abrumadores para contenerlos—. Cuando perdiste al bebé, ¿por qué no me dijiste lo que sentías?

Fliss guardó silencio mucho rato.

—No podía. ¡Me sentía tan mal! Como si me hubieran arrancado las entrañas. Era lo más terrorífico que me había ocurrido jamás. Por primera vez en mi vida, no sabía cómo encarar mis sentimientos y eso me hacía sentirme vulnerable. Hablar contigo me habría hecho más vulnerable todavía.

Seth sabía que ella creía eso. Y sabía que ahí estaba la raíz del problema.

—Me alegro de que al menos pudieras hablar con Harriet. Así no estuviste sola del todo.

Hubo una larga pausa.

—Tampoco hablé con Harriet. De eso no.

Era lo último que él esperaba oír, y en esa frase, ella reveló más de lo que había revelado nunca, y eso le hizo darse cuenta de que hasta él había subestimado el grado al que podía llegar ella protegiéndose.

—Pero Harriet te recogió en el hospital.

—Sabía lo que había pasado, pero no los detalles. Intentó hacerme hablar, pero yo no podía. Sencillamente no podía.

—Yo asumía... —Seth se interrumpió, procesando todavía lo que acababa de oír—. Creía que vosotras os lo contabais todo.

—Si le hubiera dejado ver lo mal que me sentía, ella también se habría sentido mal. No quería que sintiera ni una mínima parte de lo que sentía yo.

—¿Eso es una cosa de gemelas?

Fliss sonrió débilmente.

—No, no hablo de cosas raras como que sentimos una el dolor de la otra. Hablo de lo que sientes cuando ves sufrir a una persona querida.

—Perder un bebé es una experiencia emocional muy fuerte.

—No era solo el bebé. Cuando pasó, supe que también te había perdido a ti.

Y ella no había hablado con nadie. Harriet no había estado más cerca de ella de lo que había estado él. Seth no sabía si eso le hacía sentirse mejor o peor.

—¿Y nunca has hablado de ello con nadie?

—No. Superé todo eso a mi modo —contestó ella.

Y él sospechó que no lo había superado en absoluto.

Fliss miró en dirección a la puerta y Seth decidió que, si la presionaba un poco más, se largaría.

—Vamos a comer —dijo. Se apartó y tomó un par de bandejas.

Ella lo miró.

—¿Ya está? ¿Hemos terminado de hablar? ¿Ya se ha acabado? —la ansiedad de su voz hizo que a él le doliera el corazón.

—Hablas como si fuera un trabajo dental —comentó. Conocía a muchas mujeres a las que les gustaba hablar. A Vanessa, por ejemplo. Y a Naomi también le encantaba. Fliss se las arreglaba para que hablar pareciera tan atractivo como una visita al asesor fiscal.

—Hemos terminado —dijo él. «Por el momento». Había mucho más que quería y necesitaba decir, pero podía esperar.

—No tengo mucha hambre.

—La tendrás cuando pruebes lo que estoy cocinando. Es una receta italiana que está en la familia desde mi bisabuela. Una *caponata* siciliana.

—No tengo ni idea de lo que es eso, pero estoy segura de que estará delicioso —musitó ella.

Por fuera parecía frágil. Su rostro era delgado y sus rasgos finos y delicados. Por fuera no daba muestras de que era tan dura como el kevlar.

Él puso los bistecs en el grill y llevó el resto de la comida a la mesa del porche. La había colocado para aprovechar al máximo la puesta de sol y pensaba pasar todos los atardeceres que tuviera libres allí fuera, hasta que la temperatura cayera demasiado para hacerlo. Le habló de las obras, de las ideas y el trabajo que habían metido en la transformación de la casa.

—La vista es increíble.

—Me encanta. ¿Echas de menos Manhattan?

—Curiosamente, no. Es un cambio agradable despertar con el sonido del mar y las olas en vez de con ruidos de claxon y de los camiones de la basura.

—Siempre te gustó el mar. Nunca he sabido hasta qué punto se debía eso a que era la época que pasabas lejos de tu padre.

Fliss no parpadeó.

—Eso era una parte, pero había algo más. Me encantaba la sensación de estar justo en el borde de la tierra —dijo. Tomó un bocado de comida y soltó un gemido de placer—. Esto está delicioso. ¿Recuerdas aquella vez que jugamos al vóley playa? Éramos un montón y acabamos todos en tu casa y tu madre sacó un montón de comida. Era una de las cosas que más envidiaba de tu familia.

—¿La comida?

—La comida exactamente no. Más bien lo que la comida representaba. Las comidas en familia. Que eran momentos para estar juntos. Toda esa gente junta riendo, todos ayudando. «Pásame la sal». «Pasa el azúcar». «Bryony, ¿traes el jamón del frigorífico?». Era como una coreografía de la familia feliz. Yo solía pensar en eso cuando volvía a Nueva York —ella se sirvió más comida en su plato.

—¿Eso pensabas? ¿Que éramos la perfecta familia feliz? Me parece recordar a Vanessa y Bryony peleando en la mesa la mayoría de los días y exasperando cada día más a mi madre.

—Yo también lo recuerdo y esa era una de las cosas que me parecían más envidiablemente normales. Nosotros nunca peleábamos en la mesa —repuso ella—. Mejor dicho, nunca hablábamos nada.

Seth pensó que era la primera vez que ella revelaba algo de su vida familiar.

—¿Hablar se consideraba de mala educación? —preguntó.

—No —ella hizo una pausa, con el tenedor en la mano—. Hablar se consideraba arriesgado. Dijeras lo que dijeras, había una posibilidad de que hiciera saltar a mi padre. Como ninguno queríamos eso, guardábamos silencio. Exceptuando a mi madre. Ella emitía sin cesar una especie de parloteo feliz que volvía loco a mi padre. Yo podía ver literalmente cómo le hervía la sangre. Su rostro pasaba de pálido a morado en menos tiempo del que ella tardaba en servir un trozo de empanada. Yo quería decirle que se callara, que lo dejara hervir de rabia en silencio, pero yo estaba casi siempre en la línea de fuego y no me iba a colocar a propósito en ella. Nunca he podido entender por qué se esforzaba tanto mi madre. ¿Por qué no guardaba silencio como hacíamos los demás?

—Quizá quisiera seguir intentándolo.

—A esa conclusión llegué yo. Ella lo amaba. Y por muchas veces que él dejara claro que no sentía lo mismo, no estaba dispuesta a rendirse. Seguía aferrada a él, hiciera lo que hiciera. Empeñada en tranquilizarlo, en aplacarlo. Supongo que algunas personas pensarían que eso era bueno. Yo no. Me volvía loca ver eso. No podía entender por qué no tenía más orgullo. Era obvio que él no la quería, ¿por qué ella no lo aceptaba en lugar de esforzarse tanto por complacerlo?

Aquello era más de lo que Fliss le había contado nunca y Seth se preguntó si sería porque hablaba de los sentimientos de su madre y no de los propios. Del matrimonio de su madre y no de la corta relación entre ellos dos.

—¿Nunca pensó en dejarlo?

—De hecho, creo que sí —la joven vaciló, como si dudara si seguir o no—. Daniel me dijo que papá la amenazó con quedarse con nosotros. Lo cual me sorprende, francamente. Porque siempre se empeñaba en dejar claro que no nos quería cerca. Nuestras comidas familiares eran tan tensas, que era más fácil cortar la atmósfera que la comida.

Fliss terminó su bebida.

—No nos permitían levantarnos hasta que todo el mundo hubiera terminado de comer —prosiguió—. Los tres comíamos tan deprisa que a menudo teníamos indigestiones. Pero daba igual, porque, si mi padre no había terminado, no podíamos movernos. Mamá se ponía tan nerviosa que siempre tiraba algo. Eso lo ponía frenético. Ya está —lo miró—. Dices que nunca hablo de nada y seguro que ahora te gustaría que no te hubiera contado tanto.

Aquello no era cierto en absoluto.

—Nunca habías hablado de esto —dijo él.

—No quería que nadie lo supiera. Odiaba imaginar a la gente hablando de nosotros, sobre todo aquí, donde creábamos nuestro pequeño mundo todos los veranos.

—¿Habría importado eso?

—Cuando la gente conoce tus debilidades, te puede hacer daño, así que sí, importaba.

Seth quería decirle que no todo el mundo era como su padre. Que todavía quedaba mucha gente que los habría apoyado. Y quizá incluso restaurado un poco su fe en la naturaleza humana.

Fliss se echó hacia atrás en la silla.

—Eres buen cocinero. Tu madre estará orgullosa.

—La tuya también debe de estarlo. ¿Cómo está? ¿Siguen juntos?

—No. Se divorciaron el año que Harriet y yo nos fuimos de casa. Daniel la ayudó. Ella vino un tiempo aquí a vivir con la abuela. Al principio estaba preocupada por ella. Parecía apática. Supongo que había pasado tanto tiempo con mi padre, que le costaba mucho imaginar una vida sin él. Pero luego, de pronto, pareció florecer. Estaba llena de cosas que iba a hacer y lugares que iba a visitar. Se fue de voluntaria a África una temporada. A principios de este año se fue a Sudamérica con amigos a los que conoció en un grupo de apoyo al que asistía. Ahora está en la Antártida. Es como si intentara recuperar el tiempo perdido. ¿Y tu madre?

—Está algo mejor, teniendo en cuenta la situación, pero ha perdido mucho peso —Seth hizo una pausa—. Y sobre todo, ha perdido la sonrisa. Antes sonreía mucho y ahora se nota que le cuesta esfuerzo, que lo hace para no preocuparnos. Es un gran cambio. Y fue un shock. Inesperado. Le llevará tiempo acostumbrarse a una vida en la que no está mi padre. Para ella es duro.

—Y para ti también —comentó Fliss.

Extendió el brazo y le tomó la mano. Fue un gesto espontáneo y él sabía que, si lo hubiera pensado, probablemente no lo habría hecho, porque mostraba claramente que seguía sintiendo algo por él. El calor de sus ojos derretía lugares del interior de él que llevaban meses congelados.

—Ha sido muy duro —dijo.

—Eres el hombre de la casa.

—En cierto modo —Seth le apretó los dedos. No quería perder el contacto—. Y hablando de la casa, la vamos a vender.

—¡Oh! —los ojos de ella se oscurecieron, comprensivos—. Eso es duro. Sé que adoras esa casa.

—Sí. Pero es lo que quiere mi madre. Hay demasiados recuerdos allí.

—¿Y a ti te reconfortan pero a ella la afligen? —preguntó Fliss.

Seth se preguntó cómo podía ver aquello tan claramente, cuando personas que estaban cerca de él, como su hermana, no lograban entenderlo.

—Ella está intentando empezar a crear recuerdos buenos en los que no esté él. Es el único modo de no ver continuamente el mundo como si le faltara algo. Es la razón de que mi familia no venga aquí este verano. Han alquilado cabañas al lado de un lago en Vermont.

—Algo diferente —la joven asintió—. ¿Has hablado ya con algún agente inmobiliario para vender la casa?

—Todavía no. Pensaba hacerlo esta semana, pero Chase cree que conoce a un comprador privado al que puede interesarle. Al contado.

Fliss enarcó las cejas.

—Solo Chase tendría un círculo de amigos que incluya a alguien que puede comprar esa casa al contado.

—Tengo la impresión de que es un contacto de negocios más que un amigo.

La joven guardó silencio un momento.

—Lo siento, Seth. Y siento no haberme puesto en contacto cuando pasó. Si lo hubiera sabido…

—¿Qué? ¿Te habrías hecho pasar por Harriet y me habrías llamado?

—Tal vez sí. No sé. No sé lo que habría hecho, y fuera lo que fuera, probablemente también habría estropeado eso. Pero por lo que pueda servir, lo siento mucho. Tu padre era un buen hombre —ella apartó la mano y él resistió el impulso de volver a agarrarla.

—Y tengo suerte de haberlo tenido. Teniendo en cuenta lo que tuviste que pasar tú con el tuyo, no debería quejarme.

—Pues claro que deberías. Has perdido algo irreemplazable. Algo verdaderamente especial y valioso.

—¿Tú estás en contacto con tu padre?

Fliss bajó la vista. Su expresión era inescrutable.

—No.

—Entonces tú también has perdido algo.

—No puedes perder lo que nunca has tenido —ella se levantó rápidamente—. Voy a recoger y después me marcho.

—Espera... —Seth estiró el brazo y le agarró la muñeca antes de que pudiera quitar un plato—. Deja eso. Hace una noche preciosa. Vamos a dar un paseo.

—¿Ahora? Está oscuro.

—Eso antes nunca te detenía. De hecho, era cuando más te gustaba ir a la playa —comentó él.

La mirada que le dirigió ella estaba cargada de recuerdos.

—Eso era entonces y esto es ahora. Los dos somos un poco mayores para escabullirnos en la oscuridad, saltar por las ventanas y vernos en las dunas.

—Yo había pensado salir por la puerta y caminar hasta la playa. Hay luna llena y podemos llevarnos una linterna. ¿Y desde cuándo te preocupa a ti la oscuridad?

Fliss se echó a reír.

—No me preocupa.

—Pues, si no te preocupa la oscuridad, ¿qué es lo que te preocupa?

—Tú. Me preocupas tú, Seth.

—Prefiero preocuparte a resultarte indiferente. Eso significa que todavía sientes algo.

—Quizá signifique que eres irritante. ¿Siempre has sido tan terco?

—Siempre. Antes lo ocultaba mejor —él le tendió la mano—. Para que no tropieces en la oscuridad.

—Yo no soy Matilda —dijo ella. Dudó un momento y acabó por tomarle la mano.

Caminaron por la arena, con el perro pisándoles los talones.

Fliss se sentó en el límite de las dunas y se quitó los zapatos. Eso era algo de ella que no había cambiado. Lo hacía sin pensar, pero, en esa ocasión, él la detuvo.

—No lo hagas —dijo—. Puede haber cristales o basura en la arena.

—Más viejo y más sabio —comentó ella. Pero por una vez se dejó los zapatos puestos y siguió andando. Se detuvo al borde del agua y echó atrás la cabeza—. Había olvidado cuánto me gusta este sitio de noche. Mira las estrellas.

Seth miró las luces parpadeantes contra el cielo de terciopelo negro. Y luego la miró a ella.

Se sentía tentado a dejarse llevar y besarla, pero eso era lo que había hecho la última vez y no había sido fácil lidiar con las consecuencias.

Esa vez estaba decidido a seguir un camino distinto hasta el mismo destino.

Esa vez irían despacio.

—Te voy a hacer una pregunta y tú me vas a contestar —dijo.

—¿Ah, sí? ¿Y si no me gusta la pregunta?

—La contestarás de todos modos.

Fliss murmuró algo con irritación.

—Tú te finges tranquilo y civilizado, Carlyle, pero es una estratagema para ocultar un interrogatorio.

—Algunos lo llaman conversación.

—Cuando empiezas con una advertencia, se convierte en interrogatorio. Pensaba que habíamos terminado, que la parte difícil había pasado ya —la joven suspiró—. Adelante, pregunta.

—¿Qué crees que habría pasado si no hubiéramos perdido el bebé?

Fliss estaba de pie al lado del mar, con el pelo volando al viento.

—No sé.

—Yo sí. Que seguiríamos juntos.

—Eso no lo sabes —murmuró ella.

—Lo sé. Porque yo no me habría rendido.

—¿Y por qué te rendiste? —ella se sujetó mechones de pelo con los dedos—. Si tanto te importaba, ¿por qué no viniste a buscarme?

—Te llamé por teléfono. Dejé un millar de mensajes y tú elegiste no responder a ninguno.

Y eso, para él, había sido lo peor. No solo que ella no quisiera hablar con él, sino que no hubiera pensado, o no le hubiera importado, que él también estaba sufriendo.

—Eso no es verdad —ella negó con la cabeza, confusa—. No recibí ninguna llamada.

—Pues yo estoy seguro de que no marqué el número equivocado.

Fliss guardó silencio un momento, pensando.

—Las primeras semanas después de salir del hospital, no estuve muy bien.

Aquello no se le había ocurrido a Seth.

—¿Físicamente? —preguntó—. ¿Hubo complicaciones?

—Sí. Tuve una infección. Tenía mucha fiebre. Estuve un tiempo fuera de la circulación.

—¿Tuviste que decirle a tu familia que habías tenido un aborto?

—No se lo dije. El doctor que me trató guardó el secreto. Pero fue el punto más bajo de mi vida. Te había perdido a ti y al bebé. Y para colmo, papá aprovechó nuestra ruptura para recordarme que era una inútil y que ninguna persona en su sano juicio me iba a querer a mí. Decía que era obvio que por fin habías recuperado el sentido común.

Seth sintió rabia.

—Pero, cuando te recuperaste, ¿no miraste el teléfono?

—Sí, pero no había mensajes.
Él lanzó un juramento.
—Seguramente los borró tu padre —dijo.
¿Por qué no se le había ocurrido esa posibilidad? La respuesta, sencillamente, era que su propia experiencia era tan distinta, que siempre había ido un paso por detrás.
—Nadie me dijo que habías llamado y pensé que el hecho de que no lo hicieras confirmaba todo lo que yo ya creía. Que el matrimonio había sido un error —replicó ella.
Y su padre, entre bastidores, había contribuido a aquel pensamiento. Había una lógica horrible en todo eso.
—Y a mí me dolió que no hablaras conmigo, que te mantuvieras a distancia. La confianza, la intimidad... esas cosas son fundamentales en un matrimonio. El hecho de que no recurrieras a mí me indicó que no confiabas en mí. Que no sentías que estábamos lo bastante unidos para compartir tus malos momentos conmigo —musitó Seth.
Y había permitido que su terco orgullo y su pena le impidieran pensar con claridad. Había dejado que la gente lo convenciera de que lo mejor era pasar página. Había permitido que otras personas influyeran en sus decisiones.
—Aunque hubiéramos hablado, la verdad es que yo no sabía cómo abrirme. Y, si hubiera sabido, seguramente no me habría atrevido a hacerlo —musitó Fliss.
—Si no confiabas en mí, eso era culpa mía.
—No, la culpa era mía —ella se notaba cansada—. No sé tener la clase de relación que acabas de describir. No la reconozco. Tú aprendiste confianza y amor viendo a tus padres. ¿Quieres saber lo que aprendí yo viendo a los míos? A protegerme. A no exponerme. Aprendí que, si guardaba mis sentimientos para mí, nadie podría usarlos en mi contra. Aprendí que las emociones te hacen vulnerable y que expresarlas te hace más vulnerable todavía. No aprendí cómo evitar que me hicieran daño, pero aprendí a ocultar ese daño —hizo una pausa—. Tenías razón en lo de aquella noche en

la playa. La primera vez que hicimos el amor estaba disgustada.

—Porque tu padre había llegado inesperadamente.

—Dijo cosas horribles y yo me fui corriendo de casa.

—¿Estás insinuando que fui una tirita para ti? ¿Que no habríamos hecho el amor si no hubieras estado disgustada?

—No. Pero tú eres un hombre honorable, Seth. Siempre lo has sido. Y, cuando te dije lo del bebé y me dijiste que la única solución era casarnos, me aproveché de que eras honorable. Tendría que haber dicho que no.

—Tú asumes que lo dije porque era honorable. A lo mejor era egoísta. A lo mejor no quería perderte y aproveché la excusa del bebé.

La joven lo miró largo rato, como si esa posibilidad nunca se le hubiera ocurrido.

—Fuera lo que fuera, ahora todo es historia.

Para él no.

—¿Me has echado de menos? —preguntó—. ¿Has pensado en mí en estos últimos diez años?

La había puesto en un brete. La había arrinconado. Vio un leve destello de pánico en sus ojos y oyó que respiraba fuerte.

—Diez años es mucho tiempo. Apenas he pensado en ti —contestó ella.

—Te crees que eres una experta en ocultar tus sentimientos, pero no eres tan buena como crees, Felicity —o quizá él la conocía mejor de lo que los dos pensaban. E intuía que a ella le asustaría más eso que su pregunta.

—No veo que tenga sentido regodearse en el pasado.

—Estoy de acuerdo. Por eso nos vamos a centrar en el presente.

Fliss se relajó un poco.

—Buena idea —dijo.

Había pasado gran parte de su vida respetando su espacio y eso tenía que acabar. Seth la atrajo hacia sí y le tomó el rostro entre sus manos para poder mirarla a los ojos.

Había descubierto que los ojos eran su única posibilidad de comprender lo que ella pensaba, y en aquel momento estaban muy abiertos y sorprendidos.

—¿Qué haces? —preguntó ella.

—Centrarme en el presente —«paso a paso», se dijo. «Despacio y con calma»—. Ven a navegar conmigo mañana. Los dos solos. Como hacíamos antes.

—No puedo.

—¿Por qué?

—Porque... —ella se encogió de hombros con impotencia—. Primero quieres centrarte en el presente, ¿y ahora quieres echar para atrás el reloj?

—No. No quiero recrear lo que teníamos entonces, quiero descubrir lo que tenemos ahora —repuso él.

Y vio cómo la ansiedad se convertía en pánico en los ojos de ella.

—Ahora no tenemos nada. Lo que tuvimos es pasado.

—¿Lo es? ¿Has tenido alguna relación seria después de mí?

—¿Qué? —ella abrió los labios—. Bueno, yo no...

—Yo tampoco. No ha habido nadie.

—¿Me estás diciendo que no has salido con nadie en diez años? Porque no te voy a creer.

—He salido.

—Yo también. He tenido muchas citas desde que tú y yo rompimos. Vivo en Manhattan. Un barrio de la ciudad más emocionante del mundo. En Nueva York hay tíos buenos para aburrir —dijo ella. Había recuperado el descaro y él tuvo que reprimir una sonrisa.

Como cada vez le costaba más no besarla, bajó las manos a los hombros de ella, pero eso no ayudó nada, así que la soltó.

—Creo que estás confundiendo a los hombres con los perros. ¿Quieres decir que has salido con todos los hombres de Nueva York?

—Con todos no. Puede que haya un par de ellos en Brooklyn que no han tenido esa suerte.

—Y sin embargo, aquí estás... soltera.

Fliss frunció el ceño.

—¿Qué insinúas? ¿Crees que el hecho de que siga soltera tiene algo que ver contigo?

—¿Lo tiene? —preguntó Seth. Y tuvo la satisfacción de verla ruborizarse.

La joven abrió la boca, esa boca en la que él no podía dejar de pensar, y volvió a cerrarla.

—Definitivamente, no. El matrimonio no está en mi lista de deseos y tú estás dejando que tu ego se te suba a la cabeza.

—¿Quién ha dicho nada de matrimonio? Yo también estoy soltero.

—¿Y me echas la culpa de eso? ¿Estás diciendo que te dejé tocado de por vida?

—Tocado no. Pero, cuando has tenido algo muy bueno, puede ser difícil conformarse con menos.

El sonido de la respiración de ella se mezclaba con el ruido suave del mar.

—Lo que tuvimos fue dolor.

—Lo que tuvimos fue bueno. Y dejamos que las circunstancias y otras personas estropearan lo que teníamos. Tú hablas de culpa, pero yo me culpo a mí mismo de eso.

—Estás empezando a asustarme. Deja de mirarme así —ella se apartó con las manos en alto—. Yo soy un desastre, Seth —y sin más, se volvió y echó a andar por la playa en dirección a la casa.

«Yo soy un desastre».

Él se preguntó quién le había dicho eso. ¿El padre de ella o la hermana de él? ¿Era posible que Vanessa hubiera herido con su falta de tacto sentimientos que ya estaban en carne viva?

La alcanzó cuando llegaba al coche.

—Si tú eres un desastre, entonces eres el tipo de desastre que me gusta —Seth puso el brazo en la puerta para que ella no pudiera huir hasta que él se moviera—. Mañana tengo la tarde libre. Iré a buscarte. Haremos un pícnic.

—No seas ridículo. Yo...

—¿Te parece bien a las dos? Termino a esa hora. El viento y las olas serán perfectas.

—No importa. Yo no voy a...

—Ropa informal. Ya sabes lo que es eso.

—¡Maldita sea, Seth! No podemos ahora... Esto es ridículo —ella soltó un gruñido—. La abuela tiene amigas para almorzar.

—Mejor. Así no te necesita a ti.

—He prometido sacar a Charlie.

—Tengo clínica por la mañana, así que tendrás tiempo de hacer eso antes de que yo llegue —Seth le tendió la mano—. Dame tu teléfono.

La joven suspiró y se lo tendió.

Él guardó su número en los contactos de ella.

—Ponme un mensaje cuando termines de hacer lo que tengas que hacer para tu abuela. Yo trabajaré en la casa hasta que tenga noticias tuyas.

—Si viniera, y no creo que lo haga porque estaré ocupada, ¿adónde iríamos?

—A navegar por la Bahía Gardiner's, como hacíamos antes —repuso él.

Y estaba seguro de que ella iría. Le gustaba demasiado el agua para decir que no. La primera vez que las había llevado a su hermana y a ella en un velero era la única vez que había visto a Fliss sin habla.

Se había colocado en la proa, con el pelo ondeando al viento a modo de bandera y las piernas bien apoyadas contra el movimiento del barco.

Seth confiaba en que la tentara la idea de repetir eso.

Sin darle más tiempo a inventar excusas, silbó a Lulu y volvió a la casa.

No era su intención llevar la cuenta, pero, de haberlo hecho, estaba seguro de que había ganado aquel asalto.

CAPÍTULO 13

Rose Felicity Adams yacía dormida en brazos de Matilda. Hero estaba tumbado en el umbral de la puerta con la cabeza apoyada en las patas.

—No nos pierde de vista —dijo Matilda—. A Chase le preocupa que tropiece con él.

Fliss estaba en un extremo de la habitación observando a su amiga. Nunca había visto a nadie tan feliz. Costaba imaginar el drama que había tenido lugar unos días atrás. Parecía cansada, sí, pero había una luz en sus ojos y una sonrisa de éxtasis en su boca. A Fliss le habría gustado poder estar la mitad de relajada que ella, pero estaba nerviosa, inquieta.

Y no era por ver a la niña. Por alguna razón que no comprendía bien, la sensación de pérdida y de pena que la había embargado la noche del parto no había vuelto. Había disminuido, como si la oleada de emoción hubiera erosionado lo peor de ese sentimiento.

No, la causa de su nerviosismo no era Rose.

Era Seth.

«Quiero descubrir lo que tenemos ahora».

¿A qué se refería con eso? Ya no tenían nada, aparte de confusión y mucho estrés nuevo. Ella creía que una conversación pondría fin a todo y, en vez de eso, parecía que solo había sido el comienzo. Pero ¿el comienzo de qué?

La vida habría sido más sencilla si se hubiera quedado en Manhattan. O si se hubiera quedado él. O si fuera menos atractivo. En cuanto Fliss pensó eso, lo descartó. El problema no era su aspecto, sino su forma de ser. Insistente y muy testarudo. «Decente y cariñoso».

Y terco.

Las demás personas casi siempre respetaban sus límites. Seth parecía decidido a invadirlos. ¿Eso era legado de su infancia? Su familia siempre había sido abierta y comunicativa. Incluso cuando se ponían a gritar, se estaban comunicando. No era solo la comida lo que compartían en el hogar de los Carlyle, eran los sentimientos. Los sentimientos estaban presentes en la mesa junto con los tomates brillantes y el queso de cabra. Para ella, todo aquello era extraño y poco habitual. Cuando intentaban incluirla, respondía lo más escuetamente posible, con una sonrisa tensa y rígida. No había podido silenciar la parte de ella que se preguntaba constantemente: «¿Por qué quieren saber eso y cómo lo van a usar en mi contra?».

Quería desesperadamente ser parte de su grupo, encajar allí, pero nada en su pasado la había entrenado para ello. Su infancia le había enseñado a no involucrarse, a bloquear cualquier posible intromisión en sus sentimientos. Pero Seth no se había dejado amilanar por esas barreras en el pasado.

Y parecía que eso no había cambiado.

El hecho de que quisiera volver a verla la ponía nerviosa. Incómoda. Se sentía expuesta. Era como poner la alarma en tu casa sabiendo que la persona que miraba desde fuera tenía la llave y la clave y podía entrar en cualquier momento.

No había hecho bien en ir a cenar a su casa. Había sido una mala idea. Si hubieran tenido la bendita conversación el día de su llegada, al lado de la carretera, en lugar de haberse hecho pasar por Harriet, ahora no estaría en aquel lío. No había nada perturbador en una conversación mantenida con un calor ardiente y el tráfico pasando a tu lado levantando polvo. Habrían hablado y después seguido caminos separados. Y superado así el momento de incomodidad.

En vez de eso, habían hablado en la intimidad de su casa, los dos solos, con un millar de recuerdos intensos que no necesitaba, presentes con ella en la habitación. Y, por si eso no fuera suficiente tortura, había estado seguido del paseo por la playa, algo que habían hecho muchas veces antes.

La luz de la luna sobre el océano.

¿Por qué había accedido a eso?

Seth no la había tocado, pero ella había querido que lo hiciera. Una cosa más que no tenía sentido. Sus sentimientos por él tendrían que haberse apagado ya, pero no, seguían palpitando implacables.

Frustrada por todas las cosas que no podía controlar y no comprendía, miró por la ventana y se sobresaltó cuando Matilda carraspeó.

—¿Va todo bien?

—Claro. Todo está perfecto —repuso Fliss. Si ignoraba que no había dormido bien desde que Seth había vuelto a entrar en su vida. El estrés empezaba a envejecerla.

—Pareces tensa.

—¿Se nota? ¿Me están saliendo canas? —Fliss tomó un mechón de pelo y lo examinó—. Voy a estar vieja y demacrada antes de tiempo.

—Te falta mucho para llegar a eso. ¿Es por Seth? —Matilda parecía preocupada—. ¿Es culpa mía por haber revelado sin querer que no eras Harriet? Me siento muy mal por ello.

—No te sientas mal. Pensaba decírselo de todos modos —tal vez. O quizá se habría llevado el secreto con ella a Manhattan.

¿La habría seguido él si hubiera hecho eso? ¿Y habría querido ella que la siquiera? Sus pensamientos giraban al azar dentro de su cabeza, como hojas atrapadas en una racha de viento. Nunca sabía dónde iban a aterrizar.

—Y mola mucho que una niña lleve mi nombre.

—Te estropeé el engaño. Y ahora Seth ya lo sabe.

Otra persona le habría contestado que Seth ya lo sabía y seguramente se hubieran reído juntas, aunque la risa hubiera estado teñida de vergüenza. Pero Fliss no era esa persona.

—Tendría que haberlo hecho mucho antes, pero me enredé tanto en mis propias mentiras que no sabía cómo salir.

—¿Fue muy violento? Quiero detalles.

Fliss no era mujer de detalles.

—Hablamos —dijo.

Y mientras él hablaba, ella miraba absorta la forma de su boca y el espesor de sus pestañas.

¿Había derecho a que un hombre pudiera ser tan atractivo? No había justicia en el mundo. Si la hubiera, habría podido pasar una velada con Seth sin tener la sensación de que sus emociones habían caído en una coctelera, donde eran tratadas con una falta de misericordia absoluta.

No sabía si eran los ojos de él o su sonrisa, pero una de las dos cosas la afectaba profundamente.

O quizá fuera aquella seguridad en sí mismo. Fliss siempre había envidiado esa seguridad, lo a gusto que estaba consigo mismo. Asumía que se debía a tener unos padres que lo alentaban y creían en él. Unos padres que estaban orgullosos.

Ella, por otra parte, era una masa inquieta de incertidumbre. Y odiaba sentirse así. ¿No tendría que haber vencido ya eso?

¿Qué importaba que nadie de su familia hubiera estado nunca orgulloso de ella? Tenía un negocio y un apartamento, aunque pequeño y compartido con su hermana. Y todo eso lo había pagado sola. Su padre jamás le había dado ni un centavo. Estaba orgullosa de sí misma y eso era lo único que importaba.

—Necesito que me traduzcas algo —dijo. Y sus propias palabras la pillaron por sorpresa.

—Nunca se me han dado bien los idiomas —repuso Matilda. La brisa entraba por la ventana abierta, llevándose parte del calor.

—Hablo de hombres. Tú entiendes a los hombres.

Matilda soltó una carcajada.

—A los hombres inventados. Entiendo a mis personajes, pero es porque los he creado yo. Y espero comprender a Chase, al menos la mayor parte del tiempo.

Chase le había abierto la puerta a Fliss y se había quedado con Matilda y la niña hasta que su esposa lo había enviado con gentileza a trabajar. La mirada que habían compartido en ese momento indicaba que habían olvidado que Fliss estaba en la habitación.

Y esta había envidiado una vez más esa conexión tan cercana.

—¿Tú se lo cuentas todo a Chase? —preguntó.

—Sí. Es lo que hace que lo nuestro sea tan bueno. No tengo que esconderle quién soy, lo sabe y me quiere de todos modos —Matilda acomodó mejor a la niña en sus brazos—. ¿Qué es lo que quieres que te traduzca? ¿Lenguaje corporal o una situación?

—El otro día me dijiste que piensas en las razones que tiene la gente para hacer lo que hace. Y eso es lo que quiero saber. La razón —explicó Fliss.

Había pensado en eso toda la noche. Le había dado vueltas una y otra vez en su cabeza hasta que se había mareado de tanto pensar. Y todavía no lograba entenderlo. Había pasado una década pensando que las cosas eran de un modo y de pronto resultaba que eran tan distintas que no reconocía lo que tenía delante de los ojos.

—Necesito entender por qué Seth se comporta como lo hace.

—Voy a necesitar más información —comentó Matilda.

—Es la primera vez que lo veo en diez años.

—Como tú misma.

—¿Perdón?

—Lo has visto como Harriet.

Fliss la miró de frente.

—¿Vas a seguir interrumpiendo? —preguntó.

—Perdona.
—Me invitó a cenar. ¿Por qué? ¿Por qué tomarse la molestia de preparar una cena para lo que podía ser el encuentro más incómodo de la década?
—Por eso estás tan distraída —Matilda asintió como si Fliss acabara de contarle algo importante—. Supongo que fue porque no quería apresurarlo. La cena te deja tiempo para decir lo que necesitas decir. ¿Te llevó a un restaurante? ¿De qué tipo? ¿Romántico o territorio neutral?
—No fuimos a un restaurante. Me invitó a su casa y cocinó él.
—Me encantan los hombres que saben cocinar —Matilda envolvió la manta alrededor de la niña—. Y cocinar para ti en su casa es más personal que un restaurante. Íntimo.
—Eso no tiene sentido. ¿Por qué va a querer él algo íntimo y personal?
—Quizá pensara que era mejor para vuestra relación pasar tiempo juntos sin otras personas alrededor.
—¿Qué relación? Por eso estoy confusa. Nuestra relación terminó hace más de diez años y, cuando estábamos juntos, no hacíamos cenas —pero sí daban paseos románticos por la playa a la luz de la luna. Y también hacían otras cosas. Cosas en las que ella no podía dejar de pensar.
—¿Y qué hacíais hace diez años? ¿Cómo pasabais el tiempo? —preguntó Matilda.
Fliss miró a la niña.
—Es demasiado pequeña para oír eso.
—Claro —Matilda se echó a reír—. Me hago una idea. Había más hormonas que cabeza o corazón.
«Había corazón», pensó Fliss. Al menos por su parte. Había habido tanto corazón que después le había resultado difícil recuperarse. Pero eso no se lo había dicho a nadie.
—Anoche cocinó y después dimos un paseo por la playa y hablamos.
—Parece todo muy normal. ¿Qué parte de eso quieres descifrar?

—Las cosas que dijo no eran las que yo esperaba que dijera —explicó Fliss.

Matilda la miró.

—Si esperas que te dé mi opinión, vas a tener que darme algo más.

—Asumía que estaría enfadado conmigo. Tendría que estar furioso.

—¿Por qué? ¿Qué le hiciste?

Fliss miró por la ventana y dejó que su mente se deslizara hacia el pasado.

—Eso no importa. Lo que necesitas saber es que no estaba furioso y eso me sorprendió —y también se había sorprendido a sí misma con todo lo que le había dicho—. Pensaba que diría lo que quería decir y luego se marcharía. Pensaba que todo acabaría ahí. Y que, cuando lo viera después, lo saludaría y le diría: «Hola, Seth».

—¿Pero…?

—Quiere volver a verme —Fliss respiró hondo—. Eso no me lo esperaba. Debería alejarse de mí.

—Pues no parece que sea eso lo que quiere.

—Pero ¿qué significa eso? Dijo que quería pasar tiempo conmigo. ¿Tiempo como amigo o tiempo como más que amigo?

—¿Tú siempre piensas tanto en las relaciones?

—Sí, pero esa no es la cuestión. La cuestión es que yo no tengo una relación con Seth.

—Pero es obvio que él quiere una.

—¿Por qué? ¿Adónde vamos con esto?

—No lo sé. Quizá solo quiera amistad. O quizá él tampoco lo sepa. Quizá solo quiera pasar tiempo contigo y ver lo que pasa.

¿Y qué pasaría?

—Yo creía que el objetivo de tener la conversación que tuvimos anoche era quitárnosla de encima para poder seguir adelante. Y ahora él quiere volver atrás. Es confuso y no me gusta sentirme confusa. Es estresante.

Matilda sonrió.

—¿Tú siempre le das tantas vueltas a todo?

—A veces —contestó Fliss. Pero, cuando era algo que podía hacerle daño, siempre.

La niña parecía muy tranquila. Tenía los ojos cerrados.

Fliss envidiaba la simplicidad de su vida. En ese momento se habría cambiado por ella.

Matilda se movió en el sillón.

—¿La sostienes un momento mientras voy al baño?

Fliss recordó lo que había sentido al tener a la niña en sus brazos.

—¿No quieres dejarla en la cuna? Está dormida. Parece una lástima despertarla.

—Exactamente. En el momento en que la pongo en la cuna, se despierta, y no quiero que se despierte. Y, además, es una excusa para que abraces a tu tocaya.

Fliss había buscado excusas para no tener que abrazarla, pero confesar eso conllevaría dar explicaciones que no quería dar, así que tomó a la niña con cuidado, confiando en que su corazón herido resultara ser más fuerte que la última vez que la había tenido en brazos.

—Espero que no se despierte. No he tenido mucha experiencia con bebés —dijo.

En su interior sintió un dolor. ¿Pena? ¿Anhelo?

«Si no hubiéramos perdido al bebé, seguiríamos juntos».

¿Sería verdad?

Pensarlo la hacía sentirse enferma. Le recordaba todo lo que podía haber sido, y eso era algo en lo que intentaba no pensar nunca.

—Estarás bien —Matilda salió de la estancia tras pasar con cuidado por encima de Hero, quien no apartaba la vista de Fliss y de la niña. Obviamente, había decidido que Rose era ya su prioridad.

—¿Tú crees que es fácil? —Fliss estaba de pie sin moverse, desesperada por no despertar a la niña—. Prueba a poner la pata en un pincho y después apretar con fuerza. La sensación es esa.

Hero bostezó.

—Yo esperaba más comprensión, después de todos los paseos que te he dado. Me debes una.

Mirándola todavía, Hero apoyó el hocico en las patas, convertido en un guardaespaldas benigno.

Matilda regresó y tomó a la niña.

—¿Y adónde te va a llevar? —preguntó.

—A navegar.

—¡Oh, qué suerte! —Matilda se puso a la niña en el hombro con la misma naturalidad que si lo hubiera hecho toda la vida—. A Chase le encanta navegar con Seth.

A Fliss también le había gustado mucho.

—Es una locura, ¿verdad? —preguntó.

—No. Es un marinero muy hábil. Chase y él tuvieron problemas una vez en la bahía y fue Seth el que los sacó de apuros.

—No me refería a navegar, me refería a que es una locura hacer algo por segunda vez cuando salió tan mal la primera.

—¿Estás preocupada por él o por ti?

—Por los dos —respondió Fliss.

Aunque las cosas habían cambiado en las últimas veinticuatro horas.

El descubrimiento de que había intentado contactarla y que nadie se lo había dicho era otra pieza del puzle que explicaba algunos de los sucesos de aquella época.

—Quizá debería haberlo invitado a venir a almorzar con mi abuela y sus amigas. Eso lo habría espantado.

Matilda se cambió a la niña al otro hombro.

—Seth no me parece un hombre que se asuste fácilmente. Tú, sin embargo...

—¿Qué? ¿Yo qué?

Matilda vaciló.

—Que no hablas como si planearas una cita, solo eso. Hablas como si te prepararas a defenderte de un ataque. No estás explorando las posibilidades de una relación, estás formulando un plan de batalla.

¿Un plan de batalla?

Fliss pensó en ello mientras paseaba a Hero por la playa, delante de la casa de Matilda, y seguía pensándolo cuando volvió a casa de su abuela.

Esta estaba en la cocina con cuatro mujeres a las que Fliss conocía vagamente de los veranos que había pasado allí de niña.

—Siento molestar. Vengo a sacar a Charlie. ¿Va todo bien, abuela?

—Muy bien, gracias. ¿Recuerdas a Martha? Tiene la panadería de la Calle Principal, aunque ahora la dirige principalmente su hija. Y Dora, a la que recordarás de la consulta del doctor. Y Jane y Rita, que vivían calle abajo, pero ahora se han mudado a East Hampton. Ya conocéis todas a mi nieta —Eugenia miró a Fliss y esta sonrió.

Había renunciado al subterfugio.

—Soy Fliss —dijo—. Hola, señoras —murmuró un saludo genérico, con la esperanza de que Dora hubiera olvidado la vez que la visitó en la clínica por haberse rozado con las hojas de roble venenoso cuando iba al encuentro de Seth—. Parece que se divierten. ¿Las galletas son de Cookies and Cream?

—Por supuesto. Son las mejores. Después de las que hace tu hermana, claro. Y solo hacemos esto dos veces al mes, así que podemos permitirnos este capricho.

—¿Dos veces al mes? ¿O sea que son reuniones establecidas?

—Nos reunimos una vez a jugar al póquer y otra para el club de lectura. Preferimos quedar en la hora del almuerzo porque todas nos acostamos temprano.

Fliss miró las cartas que había en la mesa.

—¿Póquer?

—Somos las Princesas del Póquer. ¿No lo sabías?

Fliss abrió la boca, sorprendida.

—No. No lo sabía.
—¿Por qué te sorprendes tanto? —su abuela la miró por encima del borde de las gafas—. ¿Crees que el póquer es algo a lo que juegan hombres llenos de testosterona en una habitación llena de humo? ¿Es eso?
—No me extrañaría —murmuró Jane.
Fliss sonrió.
—Es cierto que no encajáis mucho con la visión que tengo en mi cabeza.
—Mantiene el cerebro ágil y es divertido, aunque casi siempre gana Rita.
Dora chasqueó la lengua.
—Porque ninguna de nosotras puede leer su expresión.
—Eso es por el Botox —comentó Rita, animosa—. Y me gusta eso de hombres rebosando testosterona. ¿Podemos invitar a algunos a la próxima sesión?
Fliss se echó a reír.
—¿Juegan por galletas? —preguntó.
—¡Dios santo, no! Por dinero —respondió su abuela con ojos brillantes—. ¿Qué sentido tendría, si no?
Fliss decidió que había muchas cosas que desconocía de su abuela.
—Me llevo a Charlie y las dejo con su juego.
—Gracias, querida —Eugenia puso las cartas boca abajo en la mesa—. Saca a pasear a Hero, el perro de Matilda, y a mi Charlie dos veces al día. Y Charlie está mucho mejor. Ha perdido algo de peso y está más tranquilo. Se porta mejor. Lo lleva a la playa y le deja correr.
Dora alzó la vista.
—Creía que era Harriet la que iba a venir a quedarse contigo hasta que te recuperaras.
—Al final vino Fliss —respondió Eugenia con calma—. Lo cual ha sido una suerte. Ha arreglado todos mis papeles y mis finanzas, que estaban hechas un lío. Y es estupenda con Charlie.
Rita parecía confusa.

—Creía que era Harriet la que tenía el don con los animales.

—Fliss también tiene un don. Y no es tan blanda como Harriet. Saben que no pueden reírse de ella, lo cual es algo bueno. Y tiene un cerebro muy ágil para los negocios. Ha construido uno de la nada y nada menos que en Nueva York, donde se hunden miles de negocios todos los días.

Fliss sintió una oleada de gratitud. No estaba acostumbrada a que la gente la defendiera. Normalmente era ella la que tenía que defender.

—Si vamos a empezar con ese tema, necesito más té —Jane se sirvió una taza—. Cuando empieza tu abuela, no hay quien la pare. Si la dejáramos, se pasaría toda la sesión de póquer presumiendo de ti.

Fliss sonrió.

—Creo que quiere decir Harriet.

—No, querida, me refiero a ti —Jane removió el té—. Habla de ti continuamente. Tanto que a veces tenemos que hacerle una advertencia. Todas presumimos de nuestros nietos, pero ella lo hace más tiempo y más alto.

Fliss estaba confusa.

—¿Habla de mí? —preguntó.

—Por supuesto. Está muy orgullosa de ti.

—«No hay ninguna mujer tan fuerte, tan valiente y tan decidida como mi Felicity» —entonaron Rita y Dora a coro. Y se echaron a reír.

Eugenia las miró con frialdad.

—¿Hay alguna razón por la que no deba presumir de mi nieta? —preguntó.

Fliss la miró.

¿Su abuela hablaba de ella con sus amigas? ¿Presumía de ella? ¿Estaba orgullosa? Horrorizada, se dio cuenta de que tenía un nudo en la garganta.

—Voy a sacar a Charlie —dijo—. Me está esperando en la puerta.

Dora tomó un sorbo de té.

—Tienes suerte, Eugenia. ¡Ojalá hubiera alguien que pudiera ayudarme con mi Darcy! Debido a mi artritis, ya solo damos paseos cortos. Echa mucho de menos la playa.

Fliss se sintió aliviada con el cambio de tema. El nudo que tenía en la garganta se disolvió sin causar más problemas.

—Puedo sacarlo yo —dijo.

Dora bajó su taza.

—¿Lo harías?

—¿Por qué no? Estoy aquí, tengo tiempo libre y ya saco a Charlie y a Hero.

—Si lo hace, le pagarás —intervino su abuela—. Y le pagarás bien.

—Empiezo a entender por qué no has vendido esta casa a nadie de todos los que han venido a pedírtelo —comentó Rita—. Eres dura negociando.

—Mi casa nunca ha estado a la venta. Ni mi amistad tampoco. Y podéis reíros todo lo que queráis, pero mi nieta no es una asociación benéfica. Dirige un negocio en Manhattan.

—Los Rangers Ladradores —dijeron las cuatro mujeres a coro.

Fliss sonrió.

—¿Nos conocen?

—Hasta el último detalle. Hemos celebrado cada nuevo logro igual que vosotras —repuso Dora—. Y te pagaré encantada. No esperaría otra cosa. ¿Lo harás, querida? Darcy es muy sociable y no sale lo suficiente.

Fliss tomó la correa de Charlie del armario que había al lado de la puerta.

—Por supuesto —dijo—. ¿Qué raza de perro es?

—Es un labrador. Un grandullón blandengue. Dos veces al día estaría bien, si puedes hacerlo. Y come todo lo que encuentra, así que ten cuidado con eso. Tu abuela tiene razón. Eres una buena chica.

«No», pensó Fliss. Ella no era una buena chica. Pero estaba encantada de pasear perros.

—No es problema. Le pasaré el cuestionario que usamos, luego veré a Darcy y forjaremos un plan. Puedo empezar mañana, si quiere.

—Gracias. Supongo que tienes tan buena figura por lo mucho que andas.

Fliss, que ya se sentía más cómoda con ellas, se inclinó hacia delante y tomó una galleta del plato que había en la mesa.

—¿Qué libro están leyendo en el club de libros?

—El último de Matilda —contestó su abuela.

Fliss recordó las páginas que había leído y enarcó las cejas.

—Son muy picantes.

—Por eso los leemos. En otro tiempo vivíamos la excitación entre las sábanas, pero ahora la vivimos en los libros. Y hablando de excitación —su abuela la observó por encima de las gafas—. No te oí llegar a casa anoche. ¿Qué tal tu cita?

—¿Tuvo una cita? —preguntó Jane.

Cinco pares de ojos la miraron con interés y Fliss se detuvo con la galleta a medio camino de la boca, arrepentida de no haberse marchado cuando había tenido ocasión.

—No fue una cita.

—La invitó a su casa y preparó la cena —su abuela miró a sus amigas—. En mis tiempos, eso se consideraba una cita.

—Abuela...

—Tuvo que ser un cita —intervino Dora—, porque no quiere hablar de eso. Cuando no quieres hablar de un hombre es una señal de que te interesa.

—¿Quién era el hombre? —preguntó Rita.

Fliss miró hacia la puerta con pánico. Se había sonrojado profundamente.

—No era nadie...

—Seth Carlyle —su abuela tomó sus cartas y las estudió—. Nuestro veterinario sexy.

—El soltero más cotizado de los Hamptons —dijo Dora—. Ya es hora de que alguien lo cace.

—Ella ya lo cazó una vez —murmuró Jane—. Te falla la memoria, Dora.

Fliss la miró avergonzada.

—No lo voy a cazar, Rita. No estoy haciendo nada con él.

—¡Qué lástima! ¿Y no vas a volver a verlo?

Fliss había pensado en eso todo el día y había decidido que era una estupidez volver a verlo. Había una diferencia entre un encuentro casual y salir a navegar. Había pensado ponerle un mensaje y decírselo.

—Fue algo casual, nada más —musitó. Intentó olvidar el modo en que la miraba él cuando estaban juntos en la playa.

Jane parecía interesada.

—¿Has visto su casa nueva?

Fliss abrió la boca, pero su abuela habló primero.

—Me alegro de que tenga una casa propia. Ocean View es hermosa, pero no debe de ser fácil estar en esa casa vieja y grande sin su padre.

—Estoy de acuerdo —asintió Dora—. El chico tiene que venderla.

Fliss pensó que él no quería vender. Vender la casa le partiría el corazón. Tendría la sensación de estar renunciando a sus recuerdos.

—¿Chico? —Martha enarcó una ceja—. Creo que veo mejor que tú, porque yo no veo ningún chico. Nuestro veterinario es muy hombre. ¡Qué hombros!

—Y los brazos.

—A mí me gustan sus pestañas oscuras y el principio de barba —murmuró Rita—. Ese hombre tiene tanto atractivo sexual que yo no sabría qué hacer con él.

Fliss abrió la boca y volvió a cerrarla. Ella sabía perfectamente qué hacer con él.

Y esa era otra razón para mantener las distancias.

—Es su sangre italiana. *Mama mia*. Es un hombre fuerte, pero muy gentil con los animales. A veces, si me subo a una silla con los prismáticos, puedo verlo correr por la playa —confesó Jane.

Dora sonrió con suficiencia.

—Yo lo veo regularmente desde que ha empeorado la artritis de Darcy.

Rita tosió discretamente.

—El otro día oí a la señora Ewell decir en la biblioteca que la mitad de las mujeres de esta zona le llevan a sus mascotas aunque no estén enfermas, solo para hablar con Seth. ¡Es tan tranquilizador! En una crisis, ese hombre es firme como una roca.

Fliss las miraba con la boca abierta.

—¿Están diciendo que la gente le lleva a sus animales aunque no estén enfermos? —preguntó.

Las mujeres se miraron entre ellas.

—No sería la primera vez —comentó Jane, limpiándose las gafas.

—Envidio a la mujer que se lo lleve —comentó Dora.

—Yo también —Jane volvió a colocarse las gafas y miró a Fliss—. ¿Besa bien, querida?

—¡Jane Richards! —exclamó Eugenia—. No lo ha besado desde que tenía dieciocho años. No recordará cómo besaba.

La joven sí lo recordaba. Recordaba la sensación de sus manos y de su boca. Y el calor líquido que encharcaba su vientre.

—No recuerdo —dijo con voz estrangulada—. No recuerdo nada.

—¡Oh! —Jane parecía decepcionada—. Cuando vuelva a besarte, tienes que contárnoslo. Y no me mires así. No hay nada de malo en disfrutar de una conversación sexual. Y menos cuando hoy en día ya lo único que hacemos es hablar. Libros, películas, conversación. Nada más.

—Cierto —corroboró Dora—. Pero estamos avergonzando a Fliss y creo que es hora de que nos ocupemos de nuestros asuntos.

—¿Cuándo te has ocupado tú de tus asuntos, Dora Sanders?

—Puede que no lo haga pero tengo miedo de que, si Fliss se enfada, no quiera pasear a Darcy.

—Estoy deseando sacar a Darcy —declaró la joven, que también estaba deseando salir de allí. Agarró a Charlie por el collar y se dirigió a la puerta—. Encantada de verlas a todas.

—Cuando vuelvas con Charlie, deberías unirte a nosotras. Después de la partida, vamos a pedir comida china al Jardín de Jade y ver *Sexo en Nueva York*.

—Puedes darnos el punto de vista de una joven.

Fliss parpadeó.

—Es muy amable, pero esta tarde estoy ocupada.

Cinco pares de ojos se posaron en su cara.

—¿Vas a ver a Seth? —preguntó Rita.

—Pues sí. Vamos a ir a navegar —repuso Fliss.

¿Qué daño podía hacer eso? Hacía una tarde perfecta para navegar y, si la alternativa era jugar al póquer y hablar de sexo, prefería largarse de allí.

En su opinión, Seth era el mal menor.

Hubo murmullos de aprobación entre las mujeres.

—Parece que no es tan casual —murmuró Jane.

—No tengas prisa en volver —intervino su abuela—. Cuando terminemos aquí, me acostaré temprano, así que no seré buena compañía.

¿Estaban sugiriendo que pasara la noche con Seth?

—No me...

—Vive mientras eres joven —la animó Dora.

Jane asintió.

—Antes de que te crujan las caderas.

—Ve a por él, querida —dijo Rita, golpeando el aire con el puño.

Fliss salió huyendo.

Dora esperó hasta que se cerró la puerta.

—Éxito total —musitó.

—¿Tú crees? —Martha parecía dudosa—. No quiero decirte cómo tienes que lidiar con tu nieta, Eugenia, pero creo que has exagerado un poco. Sobre todo en la parte en la que has intentado que pasara la noche con él.

Jane asintió.

—No te entrometas. Eso nunca sale bien.

Eugenia dejó las cartas sobre la mesa con fuerza.

—Con mi hija no me entrometí lo suficiente y tendría que haberlo hecho. Si de algo me arrepiento en esta vida, es de eso.

Dora dejó también sus cartas en la mesa.

—Eres muy dura contigo misma. ¿Qué podías hacer tú?

—No lo sé, pero tendría que haber hecho algo. Sabía que ese matrimonio no iría bien y me quedé quieta y dejé que ocurriera.

—Eso no es lo que yo recuerdo. Ella tomaba sus propias decisiones, Eugenia. Hacía lo que creía que era lo correcto para ella. ¿Y desde cuándo los hijos hacen caso a sus padres? Ni siquiera de adultos. Seguramente no te habría servido de nada.

—Tal vez no, pero me gustaría haberlo intentado —Eugenia miró la puerta por la que había desaparecido Fliss—. Cuando un matrimonio va mal, no afecta solo a una persona. Repercute en otras. Es como un terremoto. Destruye unas estructuras y debilita otras.

—Fliss no parece debilitada. Es una chica fuerte. En todo caso, su infancia le enseñó a protegerse.

—Eso es lo que me preocupa —Eugenia se quitó las gafas y se frotó los ojos. Desde su caída, estaba cansada. Más cansada de lo que había estado en mucho tiempo. Eso había alterado su sensación de seguridad, le hacía temer el momento en el que quizá necesitara depender de la ayuda de otros—. Se protege demasiado bien. Nadie puede acercarse a ella. Se guarda dentro todo lo que siente porque el cabrón con el que se casó mi hija la hizo sentirse inútil.

Jane dio un respingo.

—¡Eugenia! ¿No te basta con el póquer y con hablar de sexo? ¿Tienes que usar también ese vocabulario?

—Si se me ocurriera otra palabra para describirlo, la habría usado.
—Hiciste lo que pudiste. Lo echaste de tu casa.
—Pero ella volvió con él. Ella siempre volvía con él.
—El amor es un tema complicado.
—Sobre todo cuando es unilateral —Eugenia se frotó la frente con los dedos—. Tendría que haber vendido esta casa y haberle dado el dinero para que se divorciara.
—Se lo ofreciste. Ella no quería eso.
—Si la hubiera vendido sin decírselo, no habría tenido otra opción.
—Y habría perdido la casa que era su refugio. Y un refugio para los niños. Los traía aquí todos los veranos.
—Y, al terminar el verano, volvían a marcharse. De regreso al infierno.
—Él abandonó a su familia hace una década, Eugenia. ¿Por qué hablas de eso ahora?
—Porque su legado continúa. Lo veo en el modo en que vive Fliss su vida.
—Quizá nuestro veterinario sexy cambie eso.
—Quizá —Eugenia tomó entonces una decisión. Le parecía tan clara, tan obvia, que se preguntó por qué no lo había hecho antes. Se enderezó en la silla—. Y quizá necesite un poco de ayuda. Y yo le voy a dar esa ayuda aunque implique sacar algunos esqueletos del armario.
—¿Algunos? ¿Cuántos esqueletos tienes ahí? —preguntó Martha.
Jane frunció el ceño.
—Si estás diciendo lo que creo que estás diciendo, esos secretos son de tu hija, Eugenia, no tuyos. Si hay cosas que ha optado por no contarle a Fliss, no te toca a ti hacerlo. No es asunto tuyo.
—En eso no estamos de acuerdo. Cuando sus secretos afectan a su hija, mi nieta, se convierten en asunto mío. Hay cosas que Fliss cree que no son ciertas. Y en mi opinión, mi hija

tendría que haber aclarado eso hace tiempo. Hay cosas que tenía que haber dicho y nunca dijo. No es bueno que una niña crezca pensando que una cosa es verdad cuando no lo es.

—Tendría sus razones para guardar silencio —replicó Jane.

—Las tenía. Igual que yo tengo mis razones para hablar —Eugenia tomó sus cartas—. Venga, vamos a jugar. Hoy quiero ganar.

—Los días de póquer siempre son muy emocionantes —comentó Martha—. Aunque raramente terminemos la partida.

Jane alzó la vista.

—¿De verdad vamos a ver *Sexo en Nueva York*? —preguntó.

—Claro que no —repuso Eugenia.

—¿Y por qué le has dicho que lo íbamos a ver?

—Fue lo único que se me ocurrió que haría que le resultara más atractivo irse que quedarse.

—¿Habéis visto la cara que ha puesto? —quiso saber Dora—. ¿Por qué los jóvenes piensan que el sexo es solo para ellos? ¿Cómo creen que llegaron al mundo si se puede saber?

—Creo que deberíamos ver esa serie —dijo Jane, esperanzada—. Por si vuelve a casa y descubre que hemos mentido.

CAPÍTULO 14

—¿Póquer y charla sexual? ¿De verdad la han descrito así? —preguntó Seth. Iba conduciendo por las carreteras estrechas que llevaban al agua.

Le había sorprendido que ella le pusiera un mensaje preguntándole si podían verse antes.

La joven había entrado en el coche y murmurado:

—Conduce.

No había dado ninguna explicación hasta aquel momento. A Seth le divertía un tanto la ironía de la situación.

Ella lo había evitado durante años y ahora lo trataba como si fuera el coche de la fuga.

—Sí. Oí claramente esas palabras antes de entrar en shock. Sus edades sumadas deben de estar cerca de los cuatrocientos años.

—O sea que tienen muchas experiencia entre todas.

—Lo sé. Y no estoy segura de que quiera pensar mucho en eso —Fliss miró por encima de su hombro—. Seguro que en este momento están con la nariz pegada al cristal y mirándonos con prismáticos.

—¿Eso te molestaría? —preguntó Seth.

A él no le importaba que los residentes de la zona se interesaran por su vida, siempre que no intentaran influir en ella como hacía Vanessa.

La noche anterior había hablado con ella, inmediatamente después de la marcha de Fliss. Había sido la conversación más dura que había tenido nunca con su hermana. Pensándolo mejor, probablemente debería haber esperado hasta que se hubiera tranquilizado, pero la idea de que Vanessa hubiera podido tener algo que ver con la ruptura de su relación con Fliss le había impedido esperar.

Apretó el volante con fuerza, recordando la conversación. Fliss lo miró.

—¿Te pasa algo? Pareces enfadado.

—No estoy enfadado —él se obligó a relajarse.

—Me alegro. Por un momento me he preguntado si habrías oído su conversación. Hablan de ti con un lenguaje escabroso. ¿Eso no te asusta?

—Olvidas que llevo tiempo viviendo aquí. Estoy acostumbrado. Y, además, no me asusto fácilmente.

—En ese caso, eres más duro que yo. A mí me han aterrorizado. No estoy acostumbrada a hablar de temas personales, y menos con cinco mujeres que tienen todas bastante más de ochenta años —Fliss empujó las gafas de sol en la nariz—. ¿Sigues navegando mucho?

—Siempre que tengo ocasión —él miró en el espejo retrovisor y vio que Lulu le devolvía la mirada, fiel y entregada. Confió en que la perra interpretara bien su papel y ayudara a Fliss a soltarse.

Por suerte, en aquel momento parecía bastante relajada.

—Matilda me ha dicho que Chase y tú navegáis juntos.

—A veces. Y a veces navego con su hermano Brett. A veces solo con Lulu —Seth aparcó al lado del agua y oyó suspirar a la joven.

—Me encanta este sitio. Tienen los fuegos artificiales del Cuatro de Julio más espectaculares del país. La abuela solía traernos.

—Os vi algunas veces —repuso él.

En esas ocasiones la había observado y había visto iluminarse su rostro al observar cómo se encendía el cielo nocturno con una brillante explosión de estrellas.

—Nosotros también veníamos aquí. Mi padre era miembro del club de yates.

Fliss se volvió a mirarlo.

—Seguro que echas de menos navegar con él. Sé cuánto te gustaba eso. Yo me sentaba en la playa y os observaba a los dos.

Seth sintió un dolor repentino y agudo, como una patada en el vientre.

—Sí. Los dos nos relajábamos mucho navegando. Él fue quien me enseñó. Me llevaba al agua antes de que pudiera andar. Conocía muy bien las aguas en torno a la Bahía Gardiner's y la Isla Shelter.

—Y te traspasó esos conocimientos.

—A veces se llevaba a Vanessa y yo odiaba eso porque era algo que hacíamos él y yo juntos. Algo nuestro. No quería compartirlo con mi hermana. Era muy celoso en ese sentido —la miró—. Seguro que tú no puedes entender eso. Tú lo compartías todo con tu hermana.

—Y nada con mi padre. Supongo que cada familia es diferente.

—Supongo que sí —Seth apagó el motor y permaneció un minuto sentado combatiendo los recuerdos—. Todos los años participábamos en la carrera de yates. Mi padre era muy competitivo —sonrió al recordarlo—. A veces salíamos a navegar y pasábamos el fin de semana saltando de puerto en puerto.

—¿Es peor navegar sin él o navegar te ayuda con la pena?

—Me ayuda. Definitivamente, me ayuda.

—Pues vamos a navegar —Fliss le apretó una mano y abrió la puerta del coche.

Lulu salió de un salto, moviendo la cola con aprobación, preparada para todo.

Fliss también lo estaba. Eso era una de las cosas que siempre le habían gustado a Seth, que siempre decía que sí a lo que proponían los demás.

La observó jugar con Lulu. Hablaba con ella y le decía que era una perrita muy bonita y muy lista.

Agradecido por tener aquellos momentos para sí mismo, Seth se sacudió la nube oscura, salió del vehículo y sacó la nevera y una bolsa grande del maletero.

—Espero que tengas hambre —dijo.

—Pues sí. Y menos mal, puesto que parece que a ti te gusta exagerar con la comida. Has heredado el gen de la hospitalidad de tu madre —ella se enderezó—. No sabía que guardabas tu velero en el club de yates. ¿Qué pasa con tu muelle privado?

—Puede que lo mueva allí antes o después, pero en este momento me resulta cómodo tenerlo aquí.

Lulu corría en círculos, moviendo la cola.

—Está muy contenta —Fliss se agachó para acariciarla de nuevo—. ¿Cuánto tiempo lleva contigo?

—¿El barco o la perra?

Ella se echó a reír.

—Lulu.

—Seis años —Seth cerró la puerta del coche y transportó las cosas al barco—. Era la estrella de una serie de televisión que se emitió mucho tiempo. Resultó herida en un rodaje y la llevaron a mi clínica.

—¿Eso fue cuando trabajas en California?

—Sí. Empezamos a hablar de que tendría que retirarse y lo difícil que iba a ser buscarle una casa. Ella me miró con sus ojos grandes y afligidos y me conquistó al instante. Más tarde descubrí que una de sus habilidades es poner ojos tristes cuando quiere.

—O sea que te la quedaste tú. Tuvo suerte.

Seth miró a Lulu, que era capaz de alegrarle el día con solo mover la cola.

—La suerte la tuve yo. Es todo un personaje. Y como hizo tantas cosas cuando trabajaba en el cine, está dispuesta a todo. Es muy valiente —musitó él. Otra cosa que tenía en común con Fliss.

—¿No es labrador de pura raza?
—Es parte labrador y parte retriever.
Lulu se subió al barco con un salto alegre.
Fliss permaneció en el muelle, mirando el barquito desde la proa hasta la popa.
—Este no es el mismo que tenías antes.
—Este lo tengo desde hace diez años.
—Tenías un balandro pequeño. Un velero de madera clásico y tu padre se pasaba todos los fines de semana arreglándolo. Siempre andaba buscando ciertos tipos de madera o de lona. A mí siempre me sorprendía que un abogado supiera tanto de construcción de veleros.
—Era un hobby. Y era un artesano increíble. El barco era su modo de relajarse. De dejar atrás la ciudad y el trabajo.
—¿Y qué fue del balandro?
—Lo vendió. La vida se volvió más ajetreada y no teníamos tiempo para seguir manteniéndolo —contestó él. Echaba de menos aquellos días. Los fines de semana en que los únicos sonidos eran el tintineo de los mástiles y el suave lamido del agua en el casco del barco—. Este velero es más fácil de manejar. Y es rápido.
—¿Cómo de rápido? —a Fliss le brillaron los ojos—. ¿Nos van a multar por exceso de velocidad?
—Eso te gustaría.
—Sería una aventura. Hace mucho tiempo que no subo a un barco. ¿Importa eso? ¿Voy a necesitar ayuda?
—Puedo manejarlo yo solo si es preciso. Tiene un foque autovirante y un spinnaker autodesplegable.
—Ni idea de lo que es eso, lo que demuestra que he olvidado todo lo que me enseñaste.
—No tienes que saber nada. Yo te diré lo que hay que hacer. Tú solo cumple órdenes —Seth subió al barco y guardó la nevera—. ¿Crees que puedes hacer eso?
—Si la alternativa es acabar en el mar sin querer, sí. Tú sabes cómo motivar a una chica —ella lo miró y él vio una expresión de anhelo en sus ojos que le dio que pensar.

—¿Qué? ¿Ahora te da miedo ahogarte? —preguntó—. Que no te dé. Soy buen marinero y puedes usar un chaleco salvavidas.

—No es eso.

—¿Y qué es?

La joven se encogió de hombros.

—Esta era una de mis actividades favoritas —musitó.

Era lo más cerca que había estado de hablar de su relación y él dejó lo que estaba haciendo y escuchó.

El viento y la marea podían esperar. Si Fliss hablaba, él la dejaría hablar.

—¿Navegar? —preguntó.

—Las pocas veces que nos llevaste a todos contigo en el barco. Me encantó. Siempre deseaba que estuviéramos solos los dos —Fliss movió la cabeza—. ¿Esto es una cita o estamos compartiendo un deporte que amas?

—Llámalo como quieras. Es lo que quiera que consiga que subas a este barco —musitó él. Vio que ella sonreía. Le encantaba su sonrisa, el modo en que fruncía los labios y el modo en que sus ojos brillaban de anticipación—. Espero que subas antes de que se ponga el sol. Claro que, si prefieres no hacerlo, siempre puedes elegir sexo y póquer en casa de tu abuela. Tú eliges.

—Tengo que decidir entre el infierno y el mar azul profundo. No son la misma cosa.

—¿Y yo soy el diablo en ese escenario? ¿Te pongo nerviosa? —Seth percibía que era él y no navegar lo que la alteraba.

—Solo porque no conozco las reglas. No sé lo que es esto. Ni siquiera sé lo que hago aquí. ¡Ah, qué demonios! —Fliss sopló para apartarse un mechón de pelo de los ojos y saltó al barco, ágil como un gato—. Elijo el diablo y el mar azul profundo.

—Yo no soy el diablo, y asumo que estás aquí porque quieres estar —él le puso una mano en el hombro y vio que dejaba de sonreír—. Estamos haciendo algunas de las cosas que nunca hicimos antes, eso es todo. Y no hay reglas.

Ella lo miró a los ojos y recuperó la sonrisa.

—¿Me voy a marear? —preguntó.

—Sinceramente, espero que no, porque tengo comida en la nevera —él dejó caer la mano y ella se apartó el pelo de la cara y se acomodó las gafas de sol en la nariz.

—Por supuesto que sí. Te apellidas Carlyle. O sea que esto es solo dos personas que disfrutan de una tarde en el agua. Suena bien. Y desde luego, suena mejor que una tarde de póquer y ver *Sexo en Nueva York*.

Seth sacó el barco del puerto deportivo y salió a la bahía. Al oeste estaban las bifurcaciones gemelas de Long Island, a la derecha, el mar abierto y en la distancia se veía la sombra de la isla Gardiner.

Fliss estaba de pie a su lado, con los pies separados, preparándose para la subida y bajada suave del barco.

—Antes soñaba con la primera vez que me llevaste a mar abierto. No tienes ni idea de cuánto te envidiaba —dijo—. Te envidiaba tu amorosa familia, por supuesto, pero el barco también. Estar en mar abierto me parecía la libertad. Podrías haber seguido navegando y no haber vuelto nunca.

A Seth jamás se le había ocurrido aquel pensamiento, pero evidentemente, a ella sí.

Para él el verano había sido una huida de la vida en la ciudad. Para ella había sido una huida de la vida con su padre.

—Te veía mirándome. Siempre te sentabas en el mismo sitio. En la arena, acurrucada entre las dunas.

Fliss se volvió hacia él.

—¿Tú me veías?

—Sí. Tenías unas piernas magníficas. Soy muy superficial en eso.

—¿Y eso era todo?

—Tu trasero también estaba bien.

La joven le dio un puñetazo en el brazo.

—¿Cómo sabes que no mirabas a Harriet? A esa distancia no podías notar la diferencia.

—Sí la notaba. Tú nunca llevabas zapatos. Fueras donde fueras, siempre ibas descalza.

—Me gustaba. Y me sigue gustando. Me da una sensación de libertad. Me recuerda la playa. En casa también lo hago. Harriet se enfada porque siempre está tropezando con mis zapatos —Fliss hizo una pausa—. No sabía que te fijabas en mí. Pensaba que era una entre muchas. La hermana de Daniel. Siempre estabas rodeado de chicas mayores que yo. Ellas tenían más seguridad en sí mismas, con el pelo cuidado y ni una sola cicatriz en su personalidad.

—Sabía que existías —él mantuvo la vista fija en el horizonte, con la esperanza de que ella siguiera hablando si se mostraba discreto—. ¿De verdad creías que la primera vez que me fijé en ti fue el día de tu decimoctavo cumpleaños?

—Hasta ese día, siempre habíamos estado en grupo.

—A veces hay una persona que sobresale en los grupos. Para mí, tú eras esa persona.

—¿Por mis piernas y mi trasero?

—No. No por eso.

Fliss guardó silencio y Seth deseó de pronto no haberla llevado a navegar, porque eso exigía concentración y él quería concentrarse en ella. No quería tener las manos en el barco, sino en ella.

Pero eso sería un gran error. Si ocurría algo demasiado rápido y demasiado intenso, se arriesgarían a estropear de nuevo lo poco que tenían.

—No lo sabía —comentó ella.

—Tu hermano sí. Me advirtió que te dejara en paz. Me dijo que ya te habían hecho bastante daño.

—¿Daniel habló de nuestra vida hogareña? —ella parecía atónita, como si no se le hubiera ocurrido esa posibilidad.

—Un par de veces. Había tomado unas cervezas y había habido un incidente en tu casa. Por lo que me dijo, tu padre prefería machacarte a ti antes que comer —explicó Seth.

Y él había escuchado, sintiendo la frustración de su amigo

y apretando los puños. Preguntándose qué clase de hombre podía considerar un deporte atormentar a su hija.

—Daniel intentaba que yo guardara silencio, pero no podía. Si me hubiera callado, probablemente habría sufrido menos, pero no podía tener la boca cerrada. Harriet se escondía debajo de la mesa tapándose los oídos con las manos y yo discutía con él. Cuanto más discutía, más se enfadaba él. Mi padre siempre tenía que ganar todas las peleas. Tenía que tener la última palabra. Quería verme llorar y yo me negaba a hacerlo —ella soltó una risita—. Algunos días pensaba que iba a explotar por guardármelo todo dentro, pero prefería explotar que dejarle ver que me afectaba. Era muy terca.

—Sabía que lo tenías difícil, pero desconocía los detalles —dijo él.

No le gustaba oírlos, pero le gustaba todavía menos no oírlos. Quería saber. En cierto modo, lidiar con Fliss era como tratar con un animal enfermo. Ellos no le decían lo que les pasaba, tenía que buscar pistas. Aquello era un puzle y hasta ese día le habían faltado muchas piezas.

—Así eran las cosas. Yo lo sentía por mi madre. Ella lo quería mucho. Se esforzaba muchísimo por complacerlo y él jamás le mostraba ni una pizca de afecto. Para mí eso era lo peor. Eso me hizo entender que no bastaba con querer a alguien. Ellos tienen que quererte también, y tú no puedes lograr que eso ocurra. No basta con desearlo. Pero no sabía que Daniel te había dicho eso.

—¿Por qué no iba a hacerlo? Éramos buenos amigos.

—Antes de que llegara yo y estropeara eso.

—Era protector contigo. No lo culpo por eso. Y le preocupaba que te hiciera daño —repuso Seth.

Y se lo había hecho.

No había sido intencionado, pero le había hecho daño de todos modos.

El viento empezó a soplar con más fuerza y mantuvo la vista fija en el horizonte. Había más veleros en el agua, dos o tres bastante cerca, surcando también las olas. Yates elegantes, los purasangres de la navegación, que desaparecerían cuando terminara el verano. A medida que se enfriaba el día y el viento azotaba el agua, esos barcos se irían viendo reemplazados por barcos de pesca cargados de redes y cajones de hielo.

Fliss lanzó un gruñido de irritación.

—Yo no necesitaba que vigilara mis relaciones. Pero me sentí mal por haber arruinado vuestra amistad.

—Yo fui el responsable de eso —dijo Seth. Se deslizaban entre las olas con apenas un susurro, con el barco acelerando bajo su mano—. Y también él, por no escuchar cuando intenté que habláramos. Fue inútil. En lo referente a ti tenía una vena protectora más grande que el Atlántico.

—Lo sé. La sigue teniendo. ¿Sabes que se va a casar? Todavía no tienen fecha, pero van en serio.

—¿Una mujer llamada Molly? La conocí porque llevaron el dálmata de ella a la clínica veterinaria.

—La misma. Le va bien a Daniel. Nunca lo había visto así. Ella saca lo mejor de él.

—Supongo que eso es lo que tiene que ocurrir —Seth llevó el barco a la isla, lo giró para quedar de frente al viento y echó el ancla—. Trae la nevera. He ido a la charcutería de camino a casa desde el trabajo. Hay pollo frío, ensalada y una hogaza de pan de masa madre.

—¿Vamos a desembarcar?

—No. Comeremos en el barco.

—¿Y a nadar? —a ella le brillaron los ojos—. ¿Vamos a nadar?

—¿Has traído bikini?

—Casualmente llevo uno puesto. Le prometí a Harriet que no nadaría desnuda.

—¡Maldición! —él le pasó un plato—. Si lo llego a saber, habría invitado a otra mujer. Tú no eres divertida.

—Así soy yo. Seria y formal —ella miró en la nevera—. Tiene una pinta deliciosa.

—¿Qué va a cenar tu abuela hoy?

—Nada que haya preparado yo, así que relájate. Sus amigas han llevado comida. Dora ha hecho un guiso con el que podría alimentar a todos los habitantes de los Hamptons. He decidido que yo quiero eso cuando tenga noventa años —Fliss se sentó, estiró las piernas y volvió la cara al sol—. Un grupo de buenas amigas que hablen de todo, sexo incluido, y me traigan comida. Antes me preguntaba por qué no se había movido la abuela de aquí, pero estoy empezando a entenderlo.

—¿Dora? —Seth repartió la comida en dos platos—. ¿Tiene un labrador de color chocolate llamado Darcy?

—¿La conoces? —Fliss tomó un bocado de pollo y ronroneó como una gata satisfecha—. Esto está delicioso.

—Soy el veterinario. Conozco a todo el mundo. Darcy es mi paciente. Tiene un buen temperamento.

—Me alegra saberlo, porque desde mañana lo voy a sacar a pasear.

—¿Ah, sí? Ya tienes tres perros. Quizá deberías ampliar tu negocio y cubrir los Hamptons.

Fliss tragó saliva y lo miró fijamente.

—Aquí hay ya muchos negocios de pasear perros.

—Pijos, de los que llevan a tu caniche al spa o te lo trasladan en helicóptero a Manhattan. Estoy seguro de que hay muchas personas que usarían una empresa fiable y de calidad como los Rangers Ladradores. Y ofreceríais continuidad a las personas de Manhattan que vienen a menudo por aquí.

La joven se sirvió más pollo.

—Es una idea interesante. No se me había ocurrido. Por supuesto, me pagan, pero no lo había considerado como un arreglo permanente —se lamió los dedos y frunció el ceño—. No puede ser. No sé cuánto tiempo me quedaré, pero no serán más de unas semanas.

—En Manhattan no sacas personalmente a todos los perros, ¿verdad? Puedes contratar gente.

—Sí, y esa parte es mucho trabajo, porque necesitamos paseadores de perros de confianza. ¿Conoces a alguien que pueda estar interesado?

—Estoy casi seguro de que a mi ayudante le interesaría. Le encantan los perros y seguramente le vendría bien el dinero. Y tiene un par de amigas que trabajan media jornada. Puedo preguntar si quieres.

—Gracias. He pensado en ampliar el negocio, pero esta opción no se me había ocurrido —la joven terminó el pollo y arrancó un trozo de pan—. ¿Crees que puedo reclutar suficientes paseadores como para dirigir el negocio desde Manhattan?

—¿Por qué no? Tú no lo haces todo personalmente en Manhattan, ¿verdad?

—No. Pero me ha llevado mucho tiempo formar un equipo fiable.

—Pues empieza poco a poco. Ve despacio y a ver lo que pasa. Si no funciona, no funciona.

Siguieron hablando del tema mientras terminaban el pícnic.

—Tengo que hacer números —ella se limpió los dedos, sacó su teléfono móvil del bolso y tomó algunas notas—. Tengo que saber cuántos dueños de perros hay y cuántos es probable que utilicen los servicios de un paseador de perros de fiar.

—Hay muchos perros. Si te pasas por la clínica mañana, te daré una cifra. No somos la única clínica veterinaria, pero podemos darte una idea.

—¿Y puedo anunciarlo en vuestro tablón de anuncios?

—Claro —contestó él.

—Podría ampliar el negocio solo con sacar a los perros de las amigas de mi abuela.

—Si vas a sacar a Darcy, tendrás que registrarlo en busca de micrófonos.

Fliss sonrió.

—¿Crees que sería capaz de ponerle un micrófono al perro para espiar mi vida amorosa? Es una idea interesante.

—Nunca subestimes hasta dónde puede llegar la gente de

aquí para averiguar lo que quiere saber. ¿Me vas a decir que Dora no te ha interrogado?

—Claro que sí. A conciencia. Querían saberlo todo sobre ti.

Conociéndola como la conocía, Seth dudaba de que hubieran conseguido sacarle información.

—¿Y qué les has dicho?

—Que no hay nada entre nosotros. Porque es la verdad —Fliss lo miró a los ojos, pero apartó la vista enseguida—. Por cierto, creen que eres muy sexy.

Seth casi se cayó por el lateral del barco.

—¿Cómo dices?

—Según ellas, eres el soltero más cotizado de los Hamptons, y eso es decir mucho —la joven lo miró—. Martha cree que tienes unos hombros magníficos, a Dora le gustan tus brazos y a Rita tus pestañas.

—¿Mis pestañas?

—A mí no me pidas que te lo aclare. No entiendo lo que ven en ti. Personalmente no me resultas nada atractivo —ella se metió un mechón de pelo detrás de la oreja—. Nunca me lo has parecido.

A Seth le encantaba su sentido del humor. El hecho de que emergiera en ese momento le indicaba que se estaba relajando con él.

—Claro. Y todo aquel sexo entre nosotros...

—No recuerdo nada de sexo contigo. Creo que me confundes con otra persona.

—Tal vez. Era una rubia guapa que se escapaba por la ventana de la cocina de su casa porque la puerta de atrás crujía.

—¿Sí? Parece una chica gamberra. No deberías haberte acercado a ella.

—No se nos daba bien alejarnos el uno del otro —repuso Seth.

Y después, más tarde, cuando todo había acabado mal, se había mantenido alejado cuando debería haberse acercado.

Lo había hecho todo mal.

Se levantó y recogió los restos del pícnic con la ayuda de ella.

—Yo culpo a las hormonas —comentó ella.

—¿Hormonas? —repitió él. Guardó el resto de la comida en la nevera—. ¿Me estás diciendo que habrías hecho todo aquello con cualquiera?

—Más o menos. A las chicas malas no nos importa mucho con quién somos malas.

—O sea que estuviste conmigo porque yo pasaba por allí.

—Por eso y por experimentación adolescente. Fui una mala influencia para ti.

Seth decidió que no era el momento apropiado para llevarle la contraria. En vez de eso, se levantó y movió la cuerda para que ella no tropezara.

—Tenemos que movernos antes de que sea más tarde —dijo.

—Si voy a casa ahora, estarán todavía allí y tendré que afrontar su inquisición. No sé si tengo fuerzas para eso —comentó la joven.

Él izó el ancla.

—Después de lo que me has dicho, yo tampoco sé si podré volver a mirarlas a los ojos.

—No se darán cuenta. No estarán mirándote los ojos. Aparte de Rita, que está obsesionada con tus pestañas.

—Calla. Me estás poniendo nervioso —Seth procuró concentrarse en llevar el barco hasta el puerto deportivo.

—Ahora sabes cómo me siento yo —replicó ella. Se bajó la gorra sobre la frente—. Y están leyendo uno de los libros de Matilda en su grupo de lectura.

—Eso está bien. Así la apoyan.

—¿Has leído los libros de Matilda?

—La verdad es que no —repuso él. El velero cruzaba la bahía con las olas lamiendo gentilmente sus costados. Hacía una tarde ideal y había muchos otros barcos en el agua—.

Me van más las novelas de crímenes y suspense que las románticas.

—Son muy picantes.

—Me parece que hoy has descubierto algo nuevo sobre tu abuela.

—He aprendido un par de cosas, y una de ellas es que no la conozco tan bien como creía.

—¿Y qué te ha sorprendido más? ¿Que lean los libros de Matilda o que jueguen al póquer por dinero?

Fliss guardó silencio un momento.

—La mayor sorpresa ha sido que está orgullosa de mí —respondió. Se apoyó en la barandilla del barco, mirando el agua—. Eso no lo sabía.

Él la miró, pero solo podía ver su perfil.

—¿No sabías que tu abuela estaba orgullosa de ti? —preguntó.

—No. No se me había ocurrido ni por un momento. ¿Por qué iba a estarlo?

A Seth le extrañó la pregunta.

—Es tu abuela. Suele ocurrir —repuso.

Entonces vio la expresión de ella y recordó que la familia de ella no había sido como la de él. Y que eso había sido parte del problema. Estar con Fliss había sido como aterrizar en un país diferente sin mapa y sin diccionario de frases elementales.

—Perdona. Soy un bocazas.

—No. No te andes con rodeos conmigo. No quiero eso. La verdad es que no le he dado motivos para estar orgullosa —musitó ella.

Seth sintió una opresión en el pecho. ¿Fliss creía de verdad lo que decía?

—Estoy seguro de que le has dado muchos motivos.

—No. Siempre he sido la que se metía en líos.

Él se preguntó cuánto podía decir, hasta dónde podía llegar.

—Y lo hacías para apartar la atención de tu hermana —comentó.

Fliss volvió la cabeza y sus ojos se encontraron.

—¿Cómo dices? —preguntó ella.

—Llamabas la atención de tu padre para que no se metiera con Harriet.

—¿Eso te lo dijo Daniel?

—Es posible que lo mencionara, pero no era muy difícil verlo. Tú siempre te colocabas delante de Harriet. Físicamente también, cuando era necesario, pero imagino que tu padre usaría una táctica distinta. Tú eras el equivalente de una bengala que saca de su rumbo al misil que busca señales de calor —explicó él. Esperaba que ella lo negara. Que le dijera que se callara y se cerrara en banda, como hacía siempre.

En vez de eso, la joven soltó una risita.

—Tienes razón. Eso hacía. Y funcionaba.

—Ahora que hemos aclarado eso, ¿podríamos llegar al punto en el que dejes de llamarte la gemela mala? Lo odio. Tú no eres eso. Y desde luego, yo no te veo así.

—Esas eran las palabras de mi padre, no las mías.

Seth mantenía las manos firmes en el timón y los ojos fijos en el horizonte.

—Él no sabía lo que decía.

—Sí lo sabía. Sabía cómo herir. Y una vez que te había herido, sabía cómo hacer que esa herida doliera mucho. Yo crecí aceptando que no podía complacerlo y llegó un punto en el que dejé de intentarlo. Mientras dejara en paz a Harriet, yo estaba satisfecha.

—¿Y te preguntas por qué tu abuela está orgullosa de ti? ¿Qué es lo que ha dicho exactamente? ¿Te lo ha dicho con esas palabras?

—No. En realidad han sido sus amigas. Han empezado a reírse de ella y repetir sus palabras. A coro. Como si le hubieran oído muchas veces lo mismo. Yo pensaba que se referían a Harriet. Siempre que oíamos elogios, solían ser para Harriet. Y eso no me molestaba —se apresuró a añadir Fliss—, porque se los merecía.

—Tú también, por un millón de razones, y desde luego, por ponerte siempre delante de ella.

—No lo hacía por elogios. Lo hacía porque quería a mi hermana y odiaba verla sufrir. De niña tartamudeaba mucho. Cuanto más gritaba mi padre, más tartamudeaba ella y más se hundía su confianza en sí misma. Era un círculo vicioso —musitó Fliss.

Era evidente que le dolía recordar aquello.

—¿Y ahora? —preguntó él.

—Hace un par de años que no tartamudea —repuso ella, y había afecto en su voz—. Tenemos un círculo de amigos estupendo, un apartamento fantástico aunque algo pequeño, y adora su trabajo.

—Y ese trabajo lo tiene gracias a ti —comentó Seth. Y sospechaba que el apartamento también—. Tú eres la fuerza impulsora.

—Formamos un buen equipo. Harriet es más fuerte de lo que parece. Y quizá no habría hecho eso ella sola, pero es una parte tan esencial del negocio como yo. Es muy feliz trabajando con los animales, y los clientes, tanto humanos como caninos, la adoran.

Seth se preguntó si Fliss se daba cuenta de hasta qué punto ponía a su hermana por delante. A la primera señal de amenaza o peligro, se colocaba delante sin dudarlo. Daba la impresión de que lo hacía instintivamente, sin pensarlo y quizá incluso sin darse cuenta.

—¿Alguna vez te preguntas cómo habría sido la relación con tu padre si no hubieras protegido siempre a Harriet?

—Habría sido la misma —repuso ella. Hizo una pausa—. Llegué a la conclusión de que no éramos nosotros, era él. Había algo dentro de él que lo hacía enfurecerse. No esperaba que estuviera orgulloso de mí. Nunca he esperado eso de nadie. Por eso hoy, cuando mi abuela ha dicho que lo estaba, me he sentido como si me hubieran metido una pelota de tenis en la garganta. No podía respirar ni tragar —frunció el ceño—. En esta visita empiezo a darme cuenta de que hay muchas cosas de mi abuela que no sé. Y cosas que me gustaría preguntarle.

Seth se apoyó en la barandilla, observando los últimos rayos del sol titilar por el pelo y la cara de ella.

—¿Como cuáles?

—Me gustaría preguntarle cosas sobre mi madre. Quiero intentar comprender por qué se esforzaba tanto en un matrimonio que no funcionaba. Quiero entender por qué mi padre, que no la quería nada, no la dejaba marchar. La chantajeaba con nosotros para que no se fuera, pero ¿por qué quería eso? ¿Por qué no dejarla ir para que los dos pudieran hacer su vida? Él podría haber tenido otra pareja. Y ella también.

—¿Nunca has hablado de eso con tu madre?

—Harriet lo intentó un par de veces. Ella no quería hablar de eso. Decía que quería pensar en el futuro, no en el pasado. Y probablemente tenga razón. Es mejor centrarse en el presente —Fliss sonrió—. Y hablando de presente, ¿cómo me enfrento a la inquisición cuando llegue a casa?

—Quizá no quieran saber detalles.

—¿Bromeas? Querían saber qué tal besas.

Seth no sabía si reír o escandalizarse.

—¿Y qué les has dicho?

—Que no me acordaba.

Él extendió el brazo y la atrajo hacia sí, pillándola por sorpresa. La joven aterrizó contra su pecho y soltó un respingo. Por un momento, él pudo oler la fragancia de su pelo y de su piel. Su último pensamiento coherente fue que, si su plan había sido mantener las distancias, ese era el acto más estúpido de su vida. Luego la besó, o quizá lo besó ella, y aquello se convirtió en una nube de manos, labios y deseo, el de ella y el de él, tan bien conjuntados como siempre. Todo parecía urgente. Una oleada de ansia, de deseo, y en medio de todo eso, la excitación maravillosa de volver a besarla. Solo con ella había sentido aquello. Todo se exageraba, todo era más intenso que nunca. Sentía la leve curva del pecho de ella y el golpeteo de su corazón bajo la mano. No era suficiente. Quería más, así que tiró de su top y notó que las manos de ella tiraban de la camisa de él. El cuerpo de ella estaba hecho de líneas esbeltas y curvas suaves, su piel era lisa y cálida. Seth saboreó dulzura y desesperación en sus labios y el deseo lo atravesó como un fuego un bosque seco hasta que lo único que quería hacer era desnudarla y poseerla allí mismo y al diablo con las consecuencias.

Pero eso era lo que habían hecho la última vez y había pasado una década lamentándolo. Si seguía así, volverían adonde habían empezado, haciendo lo mismo de antes. Y lo que habían tenido antes no era suficiente para él. Esa vez sí le importaban las consecuencias.

Separó la boca de la de ella, le bajó el top, la apartó de sí y volvió su atención a la navegación.

Tardó un momento en recuperar el equilibrio y recordar cómo demonios maniobrar con el barco.

Obviamente, a ella le pasaba lo mismo porque se agarró al timón para sujetarse y luego lo miró con ojos vidriosos y mechones de pelo cayendo sobre ellos.

—¿Qué haces? ¿Por qué demonios has hecho eso?

Buena pregunta.

Seth tuvo que esforzarse mucho para encontrar una respuesta que no la espantara para siempre.

—He pensado recordarte cómo beso para que puedas contestar la próxima vez que te pregunten —repuso.

—No hacía falta que hicieras eso. No ha sido justo por tu parte —ella se llevó un dedo a la boca como si sintiera todavía el beso.

Él también lo sentía aún. Lo sentía en los labios, en los huesos y en el corazón.

—A lo mejor no siempre soy justo —la miró un momento a los ojos y volvió su atención al puerto, que seguía aún lejos—. A lo mejor no soy el chico buenecito que siempre has creído.

—¿Qué quieres decir? ¿Que quieres otra aventura salvaje? ¿Otro verano caliente en los Hamptons? ¿Es eso? ¿Vivir el presente?

Él ajustó el rumbo del barco.

—No. Eso no es lo que quiero —dijo. Esa vez quería más que el presente. Quería un futuro—. El sexo lo cambia todo. Fue lo que hicimos la última vez. No quiero que esto sea como la última vez.

—¿Esto? No hay ningún «esto», Seth. No hay ningún «esto».

—¿No? —él dejó una mano en el timón y con la otra la atrajo hacia sí. La sujetó un momento allí, muy cerca—. Vamos a dejar una cosa clara. No he parado porque tenga miedo de volver a sufrir. He parado porque esta vez no quiero que el sexo sea el centro.

La soltó rápidamente y volvió su atención al barco, atento a permanecer dentro del canal de aguas profundas cuando pasaban al oeste de Cedar Point.

Sag Harbor estaba atestado y necesitaba toda su concentración para conseguir llegar al club de yates.

Deseó no haber empezado una conversación que no podía terminar.

Como siempre, su sentido de la oportunidad no era el ideal.

O quizá con Fliss no hubiera nunca un momento perfecto. Y, si esperaba ese momento, tal vez lo perdiera todo.

La había perdido una vez y no tenía intención de volver a perderla.

Prestando atención al viento y a las olas, llevó el velero hasta el club de yates, preparó las cuerdas para el atraque y deslizó el barco en su lugar.

Fliss seguía sin decir palabra.

Lulu saltó al pontón moviendo la cola y esperó expectante.

Fliss no se movió.

—¿Qué quieres decir con que no quieres que el sexo sea el centro? —preguntó. Su voz sonaba tomada, como si se estuviera recuperando de la gripe.

—Todavía siento algo por ti, Fliss. Quiero averiguar cuáles son esos sentimientos —repuso él.

No había sido su intención decírselo. En el club de yates había mucha gente y no solo estaban en público, sino que además era pronto, demasiado pronto, para decir lo que quería. Pero ya no podía retirar sus palabras.

La joven abrió la boca y volvió a cerrarla, así que él pensó que debía seguir hablando.

—El sexo siempre fue la parte buena, pero nubló todo lo demás. Nos impidió intimar.

—Pero éramos...

—No me refiero a intimar en ese sentido. Me refiero a intimar de otros modos. Modos que unen a las parejas y las sostienen cuando algo intenta separarlas. Una parte importante de eso es hablar. Hacerse confidencias. Tú nunca las hiciste. Un día de suerte me permitías acceder quizá a un diez por ciento de lo que te pasaba por la cabeza. Esta vez quiero que sea un noventa y tú te puedes reservar el diez.

Vio que la garganta de ella se movía al tragar saliva.

—Esto es una locura. ¿Volver a estar juntos después de todo lo que pasó? De locos.

Y no estar juntos lo estaba volviendo loco a él.

—¿Por qué es una locura?

—Porque... —ella movió la cabeza—. Es demasiado tarde, Seth.

—Demasiado tarde para lo que teníamos entonces, pero yo no quiero aquello —repuso él.

Vio un brillo de pánico en los ojos de ella.

—¿Qué es lo que quieres? —preguntó.

«Más». «Todo».

—Quiero pasar tiempo contigo, y esta vez nos dejaremos la ropa puesta.

—Yo no soy la que era hace diez años.

—Ni yo tampoco. Para empezar, soy más viejo y más sabio.

Fliss se pasó la lengua por los labios.

—Tú no me conoces.

—He aprendido más de ti en la última semana que en todos aquellos largos veranos.

—La mitad del tiempo de esta semana me he hecho pasar por Harriet.

—Y eso me ha dicho algo. Me ha dicho que te sigues escondiendo cuando tienes miedo —Seth hizo una pausa—. Y me ha dicho que no soy el único que tiene sentimientos. Tú también los tienes.

—¡Pues claro que tengo sentimientos! Estoy irritada, confusa...

—Por mí. Tienes sentimientos por mí —aquello la hizo callar—. Si no los tuvieras, no te habrías esforzado tanto por esconderte.

—Me sentía culpable. No sabía si querrías verme. En cierto sentido, te protegía a ti.

—Y también te protegías a ti misma.

Ella respiró hondo.

—¿Y por qué no? Nos hicimos daño mutuamente, Seth. Y quizá en parte fuera por malentendidos, porque no era el momento... No lo sé, pero fue duro.

En aquel instante, él tuvo un vistazo de hasta qué punto había sido duro.

—Pues ahora ya lo sabemos para no repetirlo la próxima vez —comentó.

—No habrá próxima vez. Ni presente ni futuro. Solo pasado —ella tomó sus cosas, tropezando casi con sus pies en su prisa por bajar del barco.

—Fliss...

—No pienso repetir eso. No puedo.

Salió corriendo, golpeando las tablas de madera con las zapatillas deportivas.

«Mira atrás», pensó él viéndola correr. «Vuélvete».

Pero ella no lo hizo. Siguió corriendo, tropezando con la gente en su prisa por alejarse de él.

Lulu lo miró y ladró.

—Lo sé. Se ha ido, lo que significa que no puedo hacerle la pregunta siguiente, que tenía que ver con compartir una botella de champán en la playa y ver la puesta de sol. Todo esto no ha ido como había planeado.

No había sido su intención besarla. Todavía no.

Probablemente ella volvería a esconderse por las esquinas cuando lo viera acercarse. Quizá incluso regresara a Manhattan.

Seth saltó fuera del barco con un suspiro.

Lulu le lamió la mano, comprensiva.

Él alzó la vista una vez más y vio a Fliss detenerse en la entrada del puerto. Y entonces volvió la cabeza y miró por encima del hombro.

Ambos se sostuvieron la mirada un momento.

Después ella giró la cabeza con un movimiento de su pelo rubio y desapareció de la vista.

—O quizá no lo haya estropeado todo —murmuró Seth.

Tal vez aquel solo fuera el primer paso necesario.

CAPÍTULO 15

La había besado. ¿Por qué la había besado?

La furia hervía dentro de ella con un calor rabioso. Estaba muy enfadada con él. Y bajo aquella rabia había confusión y bastante miedo.

¿Él quería que volvieran a estar juntos? ¿Después de lo de la última vez? ¿No tenía ni idea de lo que había sido aquello para ella? ¿Creía de verdad que volvería a pasar por eso de nuevo?

«Inútil, estúpida».

Tendría que ser ambas cosas para volver a colocarse en el camino de un tren que ya la había aplastado una vez.

Frunció el ceño mientras corría.

Debería haber llamado a un taxi, pero estaba demasiado furiosa.

¿Una relación? ¿Él quería una relación? ¿Quería volver a empezar? Como si lo ocurrido diez años atrás hubiera sido una despedida amigable tras haberse puesto de acuerdo para tomarse un tiempo. Como si a ella no le hubiera dolido el corazón cada segundo de cada minuto de cada día durante años.

La idea de arriesgarse a pasar de nuevo por eso…

En aquel momento no quería una relación.

Quería empujarlo al agua y ahogarlo.

¿Lo había hecho adrede? Sí, desde luego. Sabía que siempre que la besaba le turbaba la mente. Era como un robo con fuga. La besaba y luego la dejaba hirviendo en el caldo de sus embravecidas hormonas.

Era un truco muy bajo.

Abrió la puerta de la casa de su abuela murmurando con furia.

¿Se habrían ido ya las Princesas del Póquer? Confiaba en que sí, porque no estaba de humor para hacerles un informe de su cinta con Seth.

Y no estaba segura de no llevar escrito en la cara que la había besado.

Oyó ruido en la cocina, pero no voces, así que se acercó y encontró a su abuela con la cabeza entre las manos.

—¿Abuela? —Fliss olvidó sus problemas, dejó el bolso y corrió hacia ella—. ¿Qué ha pasado? ¿Dónde están todas?

Su abuela levantó la cabeza.

—Se fueron hace un rato. Nos hemos divertido mucho, pero no tenía energía para llegar sola a la sala de estar. No te preocupes por mí.

—Sí estoy preocupada por ti.

—Me dijeron que es normal estar cansada después de un golpe en la cabeza.

—También te dijeron que tenías que descansar. ¿Te ayudo a llegar a la cama?

—No quiero irme a la cama. No soy una inválida.

—Pues te prepararé el sofá. Puedes mirar un rato el mar o podemos hablar —musitó Fliss. Y le sorprendió lo mucho que la atrajo la segunda posibilidad—. Puedes enseñarme fotos de mamá cuando era pequeña —ayudó a levantarse a Eugenia y caminaron juntas hasta la sala—. Pon los pies en alto. Voy a recoger la cocina y te traigo un té. ¿Quieres algo de comer?

—No, querida, he comido un plato entero del guiso de Dora. Estoy llena.

—Está bien. Pues vuelvo en cuanto haya recogido.

—Tú no tienes que limpiar lo que ensucio yo.

—Se me da bien limpiar la suciedad de los demás. La que me cuesta trabajo es la mía —repuso Fliss.

Dejó a su abuela con el mando de la televisión y regresó a la cocina.

La limpieza sirvió para quemar la furia que le quedaba y aclarar la mente.

Limpió sartenes, cargó el lavavajillas y tiró la basura sin dejar de pensar en Seth.

Fregó los fogones hasta que brillaron y después le llevó té frío a su abuela.

—He limpiado la cocina —dijo.

—Gracias por la aclaración, porque por un momento he creído que la estaban demoliendo —su abuela tomó el vaso que le ofrecía—. Sales de casa sonriendo a una cita con Seth y luego vuelves y empiezas a romper cosas. ¿Hay algo de lo que quieras hablar?

—No he roto nada —contestó la joven. Solo su corazón, si hacía caso a Seth y se permitía enamorarse como la primera vez—. Y no hay nada de lo que hablar.

Se sentó enfrente de su abuela, pero su estado emocional no le permitía estarse quieta, por lo que volvió a levantarse y empezó a ordenar revistas. Su abuela estaba suscrita a dos revistas de manualidades y una de jardinería, así que tenía material para mantenerse ocupada.

—Algo que te ha dicho o te ha hecho te ha alterado y te ha puesto furiosa —comentó su abuela. Tomó un sorbo de té—. Y está el hecho de que Seth ha venido a recogerte pero no te ha traído a casa después de haber pasado el día juntos. Es demasiado caballero para dejarte sola, así que has sido tú la que ha optado por venir sola.

—Ese hombre no es tan caballero.

—Puede que sea vieja, pero ya descubrirás que la edad a menudo conlleva sabiduría, y eso puede ser una ventaja. Y, además, a mí no tienes que protegerme y, desde luego, puedes confiar en mí. Espero que lo sepas.

Fliss descubrió que sí lo sabía.

—Quiere que volvamos a salir. Pero, si no funcionó la primera vez, ¿por qué va a funcionar ahora?

Su abuela dejó la taza despacio sobre la mesa.

—O sea que no es que no te interesa, es que tienes miedo.

—¿Tan sorprendente es eso?

—No. El amor puede asustar. Entregamos nuestro corazón a otra persona. Eso requiere confianza. Pero la alternativa es ir por la vida sin amor, y esa tampoco es una buena opción.

—Lo sé. Vi a mi madre vivir así. Vi lo que es amar a un hombre que no te corresponde. Para ella no había otro hombre que no fuera mi padre. Supongo que por eso no dejaba de intentarlo —comentó Fliss. El modo en que la miraba su abuela la hacía sentirse incómoda—. ¿Qué he dicho? Se encontró en la misma situación que yo. Estaba enamorada de mi padre, se quedó embarazada…

Las últimas palabras se le escaparon sin que se diera cuenta. Mortificada, miró a su abuela y se preguntó si podría recuperarlas.

—Es decir, esa parte no era igual, claro…

—¿Crees que no sabía que estabas embarazada? —su abuela la observó por encima del borde de la taza—. Nunca me creí que os casasteis porque estabais locos de amor. Ni por un momento.

Fliss la miró fijamente, paralizada por el shock.

Había guardado aquel secreto muchos años. En su momento le había preocupado que algunas personas lo hubieran adivinado, o al menos sospechado, pero después había perdido al bebé y eso había dejado de importar.

El hecho de que su abuela lo supiera le causaba miedo. La hacía sentirse al descubierto.

—¡Ah!

—No te pongas a pensar qué es lo que me vas a decir. No nos debes una explicación ni a mí ni a nadie. Estabas embarazada pero también enamorada. ¿Por qué no te ibas a casar?

Su abuela hacía que aquello sonara muy sencillo. Muy lógico.

La sensación de pánico remitió un tanto.

—Tenía sentimientos, es cierto —dijo. La profundidad de esos sentimientos era algo que se guardaba para sí—. Y Seth Carlyle es un hombre bueno y decente.

—¿Crees que se casó contigo porque es un hombre decente?

—No se habría casado de no ser por eso.

—Pareces muy segura —Eugenia tomó otro sorbo de té—. ¿No se te ocurrió pensar que quizá se casara por otra razón?

—No había otra razón. Era exactamente igual que la situación de mi madre —contestó Fliss.

Y debido a eso, nunca había tenido la oportunidad de averiguar si Seth se hubiera enamorado de ella con el tiempo.

Su abuela le tendió la taza vacía.

—Llévala a la cocina, querida. Y después ve a mi habitación. Debajo de la cama encontrarás una caja. Tráemela.

—¿Qué hay en la caja?

—Ya lo verás.

—Tú deberías descansar.

—Estoy descansando. Vete. En esa caja hay algo que quiero mostrarte.

Fliss sentía suficiente curiosidad para no hacer más preguntas, y estaba contenta de tener una excusa para salir de allí. No podía creer que hubiera hablado con su abuela de su embarazo. Las dos únicas personas que lo sabían antes eran Harriet y Seth.

Encontró la caja debajo de la cama, junto con un montón de pelusas. Sonrió. Su abuela siempre había dado prioridad a vivir su vida por encima de la limpieza. Había nadado todos los días en el mar hasta los setenta años. Y algunos de esos baños habían sido desnuda. Fliss jamás lo habría imaginado.

Limpió el polvo de la caja y bajó a la sala.

—Estaba envuelta en un montón de telarañas. Les he estropeado la cena a unas cinco arañas. ¿Cuánto tiempo lleva esto allí?

—Mucho —Eugenia tomó la caja y la colocó delante de ella—. Tu madre me dijo que no quería volver a verla nunca. Le hacía pensar en cosas en las que no quería pensar.

La curiosidad de Fliss subió varios grados. ¿En qué no quería pensar su madre? Debía de ser importante para que hubiera guardado esos recuerdos en una caja.

—¿Pero tú la conservaste?

—Entendía por qué quería que me librara de ella. Tenía miedo de que la encontrara tu padre. Pero algunas cosas son demasiado importantes para librarse de ellas. Por suerte, ni siquiera tu padre habría tenido agallas para entrar en mi dormitorio en las raras ocasiones en las que venía aquí. Lleva allí más de tres décadas. Nunca la he abierto, pero asumo que el contenido estará intacto.

—¿Mi madre sabe que la has guardado?

—Se lo dije cuando por fin dejó a tu padre. No la quiso. Por lo que a ella se refiere, el pasado era pasado. Solo le interesaba hacerse un futuro.

Fliss no sabía si quería ver algo que su madre no quería ver, pero su abuela estaba abriendo ya la caja, donde había un montón de cartas y de fotos.

—¿Qué es eso? —preguntó. Tomó la carta que estaba encima de todas.

—Son cartas a tu madre, del hombre del que estaba enamorada.

La joven examinó la letra. Era hermosa y curvada.

—Jamás habría adivinado que mi padre fuera un hombre que escribía cartas.

—Esas cartas no son de tu padre.

—¿De quién son? —Fliss, confusa, tomó una de las fotos y la miró sin comprender.

Estaba algo desteñida y un poco arrugada en las esquinas, pero la imagen seguía siendo muy clara.

En la foto estaba su madre riendo con un hombre. Por el modo en que se miraban, resultaba evidente que estaban enamorados. Fliss pensó confusa que eso no tenía nada de malo. Lo único raro de esa fotografía era que el hombre al que sonreía su madre no era su padre.

Cuando Seth estaba con su último paciente, Nancy, su ayudante, entró en la estancia.

—Preguntan por ti —dijo.

—Ya casi he terminado —repuso él.

Volvió su atención al paciente, un bulldog francés con problemas para respirar.

—La forma de su cabeza y la cara plana no son naturales. El término técnico es braquicefalia. Es un aspecto que se desarrolla mediante cría selectiva y que a menudo causa problemas de salud en los perros.

—No lo sabía —Mary Danton parecía disgustada—. Son unos perros muy elegantes y Maximus me pareció adorable. ¿Por eso hace tanto ruido al respirar y se cansa tanto en los paseos?

—Sí. Tiene el paladar alargado y agujeros más pequeños en la nariz. Le cuesta trabajo respirar.

—Creía que esos ruidos que hace son normales en su raza.

—Muchos dueños creen lo mismo. Y algunos veterinarios también —añadió Seth, pensando en colegas con los que había trabajado en California.

—¿Y hay algo que usted pueda hacer por él?

—Puedo retirar parte de los tejidos que obstruyen las vías respiratorias y ensanchar los orificios nasales —Seth tomó lápiz y papel e hizo un dibujo para mostrarle a Mary lo que quería decir.

La mujer estudió el dibujo.

—¿Quiere decir una operación? ¿Eso ayudaría?

Seth tardó diez minutos más en explicar la operación y después acompañó a Mary y a Maximus a la zona de recepción para darles una cita.

Fliss estaba sentada allí con Hero.

Él había confiado en que ella fuera a verlo. Se había obligado a esperar, pero, si hubiera tardado un día más, habría ido él a buscarla.

Miró a Mary.

—Tráigalo mañana. Lo haremos inmediatamente —se acuclilló para acariciar al perro—. Muy bien, amigo—. Le frotó la cabeza y tocó los pliegues de piel en torno a su cara—. Te vamos a arreglar esto, te lo prometo.

Dejó a Mary y a Maximus en manos de la competente recepcionista e hizo una seña a Fliss.

—Adelante.

Ella lo siguió a la consulta.

—Maximus es un encanto. Y te adora.

—Es un gran perro. Odio verlo sufrir.

—¿Problemas respiratorios? —ella se detuvo delante de un cartel que alentaba a la gente a vacunar a sus mascotas—. Se da mucho entre nuestros clientes que tienen perros braquicéfalos. Tenemos que planear los paseos teniendo en cuenta eso, porque se cansan tanto respirando que no pueden ir lejos. ¿Lo vas a operar?

Seth comentó la operación con ella y le sorprendió ver lo mucho que sabía. Todavía le sorprendió más ser capaz de concentrarse lo suficiente para hablar con coherencia.

Fliss llevaba de nuevo los vaqueros cortados que hacían que sus piernas parecieran interminables y los brazos desnudos.

—Estás ocupado —dijo—. He venido en un mal momento.

A él no le habría importado nada que llegara en un mal momento siempre que llegara.

—No es cierto —aclaró—. Maximus era el último paciente de la mañana.

—Y, a juzgar por tu cara, ha sido una mañana ajetreada.

—He empezado el día sacando un metro de cuerda del

intestino de un gato y todo ha ido cuesta abajo a partir de ahí —contestó él. Le interesaba más hablar de ella. Percibía que le ocurría algo—. ¿Qué puedo hacer por ti? Me parece que no necesitas los servicios de un veterinario —se puso de cuclillas y acarició a Hero.

—He estado pensando en lo que dijiste.

Seth se enderezó lentamente.

—¿Ah, sí?

—Sí. Voy a explorar la posibilidad de ampliar nuestro negocio para cubrir los Hamptons.

¿El negocio?

Seth se preguntó si ella había pensado en otras cosas que él había dicho.

—Pensaba que tu estancia aquí iba a ser solo temporal.

—Creo que puedo quedarme un poco más y ver si es factible. Y así estaría pendiente de la abuela una temporada.

—¿Te vas a quedar para estar pendiente de tu abuela?

Fliss volvió su atención al cartel.

—Es lo que debo hacer. No porque ella me necesite. La casa está llena de gente la mayor parte del tiempo.

—Tu abuela tiene muchos amigos. ¿Y no te quedas por ninguna otra razón? —preguntó él.

—¿Qué otra razón podría haber? —preguntó ella. Pero miró por encima del hombro y sonrió con picardía—. Puede que tú tengas algo que ver con eso. Pero solo eres una pequeñísima parte del motivo, así que no te hagas ilusiones.

Seth ya se las había hecho.

—Solo por curiosidad, ¿qué te ha hecho cambiar de idea? ¿Mi forma de cocinar, mi barco, mis hombros o mis pestañas?

La sonrisa de ella se hizo más amplia.

—Todo eso, pero sobre todo tu perra. Estoy loca por Lulu.

—¿Harriet no te necesita en Manhattan?

—Esta época es tranquila. Mucha gente se ha ido de la ciudad huyendo del calor y de los turistas. Y la parte de papeleo y de facturas del negocio la puedo hacer desde aquí. Me he instalado en nuestro antiguo dormitorio. Quiero anunciar mis servicios. ¿Dijiste que puedo usar el tablón de anuncios que tenéis en la sala de espera?

—Claro que sí. ¿Quieres un bolígrafo y papel?

—No es necesario, ya he imprimido un anuncio —repuso ella. Sacó unas tarjetas del bolso y le tendió una.

Seth miró el anuncio. Era breve y profesional.

Los Rangers Ladradores. Paseadores de perros profesionales, servicio de cuidados a medida.

—Esto lo has hecho después de que saliéramos a navegar. Solo hace unos días.

—El diseño ya lo tenía, solo tenía que alterarlo un poco. Me lo han imprimido en Ocean Road. Son buenos. Y me han dado galletas de chocolate mientras esperaba, así que ha sido una buena idea.

—¿Dónde más piensas ponerlos?

—He puesto uno en el supermercado Country y colocaré algunos más cuando deje a Hero con Matilda.

Seth la observaba pasear de un lado a otro de la clínica, llena de energía nerviosa.

Algo le pasaba.

—Déjame un par más a mí y los pongo cuando salga.

—¿Tienes tiempo para almorzar? He pensado que podíamos comprar algo y comer en la playa. Lulu también puede venir. Y podríamos hablar —repuso ella.

¿Fliss quería hablar?

—¿De algo en particular? —preguntó él.

—No exactamente —ella apartó la mirada—. Es solo que estoy practicando a decir más a menudo lo que me pasa por la cabeza.

—¿Y qué te pasa por la cabeza?

—Nada en concreto.

Seth no la creyó ni por un momento.

—No estoy muy ocupado. Y comer en la playa me parece buena idea —dijo. Tomó sus llaves antes de que ella cambiara de idea, charló un momento con la recepcionista y se dirigió a su coche—. ¿Has visto a Matilda?

Fliss se instaló a su lado en el coche.

—Sí. Parece que se ha adaptado fácilmente a la maternidad.

Él la miró, preguntándose si ese sería el problema.

—¿Te duele ver a la niña? —preguntó.

—No, la verdad es que no. Creo que cuando lloré en la playa la noche en que nació saqué de mí el dolor que me quedaba por eso. Adoro a la pequeña Rose. Es maravillosa.

—Entonces, ¿qué te ocurre? Y no me digas que nada porque sé que pasa algo.

—No es nada importante. Todo va muy bien.

Si Seth hubiera tenido un dólar por cada vez que Fliss le había dicho que todo iba bien o genial, habría podido comprar todas las mansiones de los Hamptons.

Puso el motor en marcha.

—Tienes razón, necesitas practicar más. Generalmente, cuando la gente habla de sus problemas, describe cuáles son. Ese es el primer paso.

La joven se frotó los muslos con las manos.

—Mi abuela me contó algunas cosas, eso es todo. No es nada del otro mundo.

Seth pensó que era lo bastante importante para llevarla a la clínica en plena jornada laboral.

—¿Va todo bien con Eugenia? —preguntó.

—Sí. Ayer fuimos al doctor y está contento con sus progresos. Los moratones ya casi no se notan. Se cansa mucho, pero dicen que eso es normal. Y parece que ha recuperado parte de la seguridad en sí misma. Hemos hecho mucha repostería.

—¿Hemos? ¿Tú también? —él encontró un hueco en la Calle Principal, entre un coche lleno de veraneantes y una camioneta atestada de aperos de pesca—. ¿Tú cocinas?

—Te alegrará saber que estoy mejorando.

—Espera aquí. Vuelvo en un minuto con comida para la playa —él entró en el edificio antiguo que albergaba la charcutería Ocean y volvió en menos de cinco minutos. Una de las ventajas de ser el veterinario de la zona era que le dejaban pasar delante en las colas.

Fliss estaba sentada donde la había dejado, con la mirada fija al frente.

Fuera lo que fuera lo que le había dicho su abuela, era indudable que había tenido un impacto en ella.

—¿Fliss?

—¿Qué? ¡Oh! —la joven parpadeó, tomó la bolsa de comida que llevaba él y la dejó en su regazo—. Perdona, estaba muy lejos de aquí.

Seth llevó el coche hasta su casa, aparcó allí y luego fueron con la comida a la playa detrás de su casa.

Se sentaron en los escalones que llevaban a la arena y él le pasó un sándwich.

—Pavo, lechuga, tomate y beicon. Y ahora cuéntame.

Fliss tardó un poco en contestar.

—Quizá debería...

—Dímelo o te desnudo y te tiro al agua. Y por cierto, está muy fría —él dio un mordisco a su sándwich—. Sea lo que sea lo que tienes en mente, dilo. Puede que no sea tan difícil como crees.

—Mi abuela me contó algunas cosas, eso es todo.

—¿Cosas?

—De mi madre. Cosas que no sabía. Siempre había asumido...

Seth esperó, esforzándose por ser paciente, recordándose que para algunas personas hablar era como patinar sobre hielo. Algo que había que aprender. Y era normal tener algunas caídas en el proceso.

—¿Qué habías asumido?

—Estaba embarazada cuando se casó. Eso siempre lo he sabido. Asumí que se había casado con él porque estaba enamorada y había confiado en que bastara con eso. Confiado en que él la correspondiera algún día. Todo bastante normal —

Fliss todavía no había tocado su sándwich—. Y resulta que no fue eso lo que pasó.

—¿No estaba embarazada cuando se casó?

—Sí lo estaba. Pero no era a mi padre a quien quería. El problema era que ella no lo amaba —la joven miró el agua con el sándwich todavía intacto—. Mi madre nunca estuvo enamorada de mi padre.

—¿Estás segura?

—Sí. Cuando mi padre conoció a mi madre, ella estaba enamorada de otro. Y no podían estar juntos porque él tenía esposa e hijos —dijo Fliss—. La abuela me dijo que quedó destrozada cuando él se fue. Y entonces conoció a mi padre.

—En un momento en el que era vulnerable.

—Sí. Y mi padre estaba loco por ella. Era él el que estaba enamorado. Jamás lo habría sospechado. Ni por un momento. ¿Cómo pude equivocarme tanto?

—Bueno, yo no pasé mucho tiempo con ellos, pero tu padre no se comportaba como un hombre enamorado —contestó Seth.

Pensó en la relación de sus padres. En las sonrisas compartidas, la risa... Hasta las peleas estaban teñidas de amor y respeto. Por lo que había sabido a través de Daniel, nada de eso existía en la casa de los Knight.

—Cuando llegué aquí, la abuela hizo un comentario. Me dijo que era duro ver a tu hija enamorada del hombre equivocado y yo creí que se refería a mi padre, pero no era así. Seguramente no debería contarte esto. Ni siquiera debería saberlo yo.

—¿Por qué no deberías saberlo tú?

—Porque es un secreto de mi madre.

—¿Ella nunca lo ha hablado contigo?

—No. Y me gustaría que lo hubiera hecho. Me habría ayudado a entender algunas cosas. La abuela dice que se enamoró a los dieciocho años —comentó.

La misma edad que tenía ella cuando se había enrollado con él.

—¿Tu abuela te ha contado algo de él?

—Era un artista. Vino aquí seis meses a pintar. Estaba casado, aunque mamá al principio no lo sabía. Comía en el café en el que trabajaba mi madre. A ella le gustaba mucho pintar y él la ayudó. Le daba consejos e incluso le compró uno de sus cuadros.

—No sabía que tu madre pintaba.

—Yo sí, pero no sabía que se lo había tomado tan en serio. En cualquier caso, él se quedó hasta enero y entonces le dijo que su esposa y sus hijos estaban en Connecticut. Le dijo que estaban en proceso de separación, pero al parecer era evidente que seguían juntos. La abuela dice que creyó que mi madre se iba a derrumbar. Él fue su primer amor. En su corazón había pintado un cuadro de su futuro juntos.

Seth no dijo nada.

Sabía mucho de pintar cuadros del futuro.

Se inclinó hacia delante y le quitó el sándwich antes de que lo dejara caer.

—O sea que él se fue, ¿y luego qué?

—Mi madre se quedó destrozada. Dejó de pintar. La abuela estaba muy preocupada por ella. Y luego un día entró mi padre en el café. Había venido a los Hamptons con unos amigos a pasar el fin de semana. Vio a mi madre y la persiguió sin tregua. Ella lo rechazó. No se había recuperado de la relación anterior. Era vulnerable. Mi padre era triunfador, carismático y perseverante. Mayor que ella. Se negó a rendirse. Eso era propio de él. Nunca se rendía.

Fliss frotó las manos en las pantorrillas en un gesto de ansiedad.

—Recuerdo comidas en nuestra casa de Manhattan. Empezaba a atacarme verbalmente y no paraba hasta que terminaba la comida. Nos peleábamos de tal modo, que había veces en las que quería esconderme debajo de la mesa con Harriet.

—Pero no lo hacías —repuso él. Sabía que ella en esos momentos se obligaba a seguir en la silla y aguantar lo que le echaran para apartar la atención de su hermana, más vulnerable—. ¿O sea que tu padre convenció a tu madre de que saliera con él?

—La invitaba a vino y a cenar y, en un momento de debilidad, se acostó con él y se quedó embarazada. Mi padre estaba encantado. No porque quisiera hijos, sino porque la amaba tanto, que estaba dispuesto a hacer lo que fuera con tal de retenerla a su lado —la voz de Fliss sonaba triste—. Siempre he sabido que ella ha tenido una vida difícil, pero había malinterpretado muchos detalles.

—¿Tu abuela intentó intervenir?

—Sí. Intentó disuadirla. Le dijo que mi padre podía formar parte de la vida del niño sin necesidad de que se casaran, pero mi madre no quería eso. Sentía que le debía al bebé, a Daniel, darle una familia. La abuela le preguntaba si quería a mi padre y ella solo le decía que era un buen hombre —Fliss frunció el ceño—. Y eso me resultó muy raro. Le pregunté cómo era él entonces. ¿Era igual de impaciente, de rabioso? La abuela dice que ya había señales que no le gustaban. El modo en que la persiguió. Que no pensaba en lo que quería ella, sino en lo que quería él. La abuela piensa que él creía de verdad que con el tiempo se enamoraría de él.

—Pero eso no pasó.

—No. Y él se volvió más frustrado. Más amargado.

—¿Por qué no se divorciaron antes? ¿Te dijo algo de eso?

—Él se negaba. Sabía que ella se había casado con él por Daniel y luego llegamos Harriet y yo y nos utilizó como arma. Le decía que, si se divorciaba, nos separaría de ella. Yo eso ya lo sabía, pero ahora entiendo que era otro modo de retenerla. No podía conseguir que lo amara, así que estaba dispuesto a utilizar cualquier otro medio que tuviera. Daniel siempre ha dicho que era porque ella no podía pagar un abogado, pero la abuela me dijo que, si hubiera sido una cuestión de dinero, ella habría vendido su casa sin vacilar. Al final, mi madre esperó hasta que nos fuimos a la universidad.

—Y Daniel la ayudó a buscar un abogado.
—Después. Bastante después —Fliss miró el océano—. Quizá por eso estaba siempre tan enfadado. Sabía que mi madre no lo quería. No es que quiera disculparlo, porque no tiene perdón, pero me ayuda a entenderlo un poco. No puedo creer que diga esto, pero casi me da pena. Y hasta ahora creo que solo pensaba en mis padres en relación conmigo. Los veía como mis padres, no como individuos con sus esperanzas y sus sueños.
—Yo diría que eso es bastante corriente. Y, de todos modos, los padres a menudo esconden cosas a sus hijos.
—Y a veces les esconden las cosas equivocadas. Me gustaría que ella me lo hubiera dicho.
—¿Por qué crees que tu abuela te ha contado esto ahora?
—Porque yo estaba comparando lo que pasó con nosotros con lo que le pasó a mi madre. Pensaba que se había quedado embarazada y se había casado con un hombre que no la quería —confesó Fliss.
Seth tardó un momento en asimilar sus palabras y, cuando lo hizo, sintió un nudo en el estómago.
—¿Tú crees que yo no te quería? —preguntó.
La joven se levantó de un salto.
—No he debido decir eso. No sé por qué lo he dicho. Olvídalo.
Bajó corriendo los escalones de la playa y cuando la alcanzó él, estaba ya a mitad de camino del agua.
—¡Espera! —Seth la agarró por el hombro—. Me da la impresión de que no solo interpretaste mal la relación de tus padres, sino también la nuestra.
—Seth...
—Me toca hablar a mí. Y, si sales corriendo, te seguiré, así que no desperdicies energía. No me casé contigo porque estabas embarazada. En lo único que influyó el embarazo fue en el momento y en el lugar.
—Pero...

—La verdad es que nunca te he olvidado. Lo he intentado. Créeme que lo he intentado. En estos años ha habido más mujeres, eso no lo niego, pero no he llegado a nada con ninguna, ¿y sabes por qué? Porque ellas no eran tú. No me casé contigo porque estuvieras embarazada, Fliss, me casé porque te quería —le apretó los hombros y la obligó a mirarlo—. Te amaba.

CAPÍTULO 16

Fliss lo miraba en silencio. ¿La había querido?

No, no era posible.

Recordaba algo que él había dicho la noche que la había invitado a cenar en su casa.

«A lo mejor no quería perderte y aproveché la excusa del bebé».

—Eso no es verdad. No puede serlo —dijo ella.

—Te lo dije. Te dije esas mismas palabras —contestó él con frustración—. Sabes que te lo dije.

—Las dijiste cuando sabías que estaba embarazada, no antes.

Seth maldijo entre dientes.

—En ese caso, no calculé bien el momento, pero eso no hace que las palabras fueran menos ciertas.

—Pero ¿puedes entender lo que me pareció a mí? ¿Te digo que estoy embarazada y tú me contestas que me quieres y que deberíamos casarnos?

Seth guardó silencio.

—Sí —dijo al fin—. Puedo entenderlo.

—Creí que me lo decías para que no tuviera la sensación de haberte atrapado.

Él apretó los labios.

—Me parece que la comunicación no fue el mejor rasgo de nuestra relación, pero eso lo vamos a cambiar.

Fliss sintió una opresión en la garganta y le picaron los ojos.

¿La había querido? ¿Había dicho aquellas palabras en serio?

Si eso era cierto, ella había desperdiciado aquello. Había tenido en sus manos lo que más deseaba y lo había aplastado sin saber siquiera que podía haber sido suyo.

Resopló y le dio un pequeño empujón.

—Fuiste de los más inoportuno.

—Cierto. Eso es verdad. Pero he mejorado mucho con la madurez.

—Es demasiado tarde. Cualquiera que fuera la verdad entonces, ya es historia. No se me dan bien las relaciones. Todo eso de abrirse y confiar... Eso no es para mí. Quiero hacerlo pero no puedo —repuso ella.

—Sí puedes. Lo único que tienes que hacer es confiar en mí. Y esta vez te voy a demostrar que puedes. Te probaré que no soy tu padre. No pasé tiempo suficiente analizando todo esto. No entendía hasta qué punto te había afectado lo que te decía tu padre. Juzgaba tus actos basándome en mis propias experiencias familiares, no en las tuyas.

Fliss sintió el calor de la mano de él acariciándole la espalda.

—Tú haces que parezca muy fácil, pero no lo es —dijo. Su voz sonaba apagada por la camisa de él—. No se me da bien decir lo que siento.

—Porque tienes miedo de que pisoteen tus sentimientos —él le acarició el pelo—. Eso lo entiendo. Y trabajaremos en ello.

—¿Cómo?

Seth la apartó un poco.

—Igual que todo lo demás. Con práctica.

—¿Quieres que practique contarte cosas de mí? Mido un metro sesenta y cinco, soy cinturón negro de kárate y levanto cincuenta y cinco kilos en pesas.

—Eso son hechos. Yo quiero sentimientos. Dime cómo te sientes en este momento.

—¿Con náuseas? ¿Aterrorizada?

—Porque tienes miedo de acabar sufriendo como la última vez, pero no va a ser así.

—Eso no lo sabes.

—Te he dicho lo que sentía yo entonces. Quizá sea hora de que me digas lo que sentías tú.

Hasta hacía poco, ella jamás le había contado sus sentimientos a nadie.

Su abuela probablemente los sospechaba. Pero eso no significaba que estuviera dispuesta a contarle lo que sentía a nadie más. Y menos a Seth.

Él la atrajo hacia sí.

—Está bien. Vamos a probar de otro modo. En los diez años desde que rompimos, ¿has salido en serio con otra persona?

—¿Qué importa eso? Ahí no hay nada, Seth. Lo que había entre nosotros ya no está —repuso ella.

El aleteo de su corazón y el dolor detrás de las costillas le decían que mentía, pero no estaba dispuesta a reconocerlo. Y quizá no lo estaría nunca.

Una cosa era contar algo y otra exponerse. Había una diferencia.

Confesarle que todavía tenía sentimientos fuertes sería exponerse. Y el instinto de protegerse era más poderoso que el deseo de compartir lo que sentía.

—Ya me has dicho más que nunca antes. Por ejemplo, no sabía que tu madre estaba embarazada cuando se casó. Eso explica algunas cosas sobre tu modo de actuar de entonces. Por qué sacaste las conclusiones que sacaste. Me demuestra que había mucho que no entendía. Esta vez eso será distinto.

«¿Esta vez?», pensó ella.

Se apartó de mala gana.

—¿Por qué quieres volver a colocarte en esa posición? Yo causo problemas, Seth.

—Lo sé —él soltó una risita—. Es una de las cosas que más me gustan de ti.

—Mi padre diría…

—No —él le tapó los labios con sus dedos. Sus ojos se habían oscurecido—. Lo que pueda pensar tu padre de algo carece de importancia para nosotros. No tiene ninguna.

—No es solo mi padre. Tu hermana te advirtió contra mí.

—Pues menos mal que nunca le hago caso a mi hermana —él tomó el rostro de ella entre sus manos y la obligó a mirarlo—. Las dos únicas personas que importan son las dos de esta relación. Nosotros. Puedo ser paciente. Puedo esperar mientras aprendes a confiar en que seré cuidadoso con tus sentimientos, pero jamás permitas que otra persona influya en lo que sientes sobre lo nuestro. No hay nadie más.

Nadie más.

Seth hablaba en serio. Lo decía de verdad.

Y a ella le resultaba tentador. Muy tentador.

¿Cuántas veces había yacido en la cama, protegida por la oscuridad, preguntándose lo que habría pasado si no se hubiera quedado embarazada aquella noche? ¿Cuántas veces había deseado tener la ocasión de descubrirlo?

Seth le daba esa oportunidad.

Pensó en lo mucho que había sufrido la última vez. Si volvía a salir mal, ¿podría sobrevivir de nuevo a eso?

—Tengo algo que decirte —Fliss estaba tumbada en la cama del ático, escuchando los sonidos del mar a través de la ventana abierta mientras hablaba con Harriet por teléfono.

—Ahora estoy nerviosa. Casi no he sabido nada de ti en dos semanas y, cuando no tengo noticias tuyas, tengo un mal presentimiento. Normalmente significa que me ocultas algo. ¿La abuela está bien?

—Sí, está bien. Sus amigas vienen continuamente por aquí. Esto está más concurrido que Times Square en julio.

—Ella dice que tú también estás ocupada.

—Sacando a perros —contestó Fliss. «Saliendo con Seth».

El día anterior habían ido a surfear en la playa. Y el anterior a ese, habían pasado la velada en el café de la playa, comiendo langosta con mantequilla.

Los dos solos. Sin nadie más. Ella oscilaba entre el miedo y una deliciosa excitación.

—¿Y qué es lo que quieres decirme?

—¿Recuerdas que quería ampliar el negocio? ¿Qué te parece si lo extendemos a los Hamptons? La mitad de nuestros clientes se escapan aquí los meses de verano.

—Pero allí hay ya servicios de perros que utilizan.

—No todos. Recuerdo que Claudia Richards dijo que le gustaría que hubiera una empresa como la nuestra aquí.

—Eso es una persona.

—Yo ya estoy sacando a cinco perros.

Uno de ellos es Charlie. No me digas que le cobras a la abuela por sacarle al perro.

—Ella insistió en pagar.

—¡Fliss! No puedes aceptar dinero de nuestra abuela.

—Prueba a decírselo a ella. Es más testaruda que yo. Cuando toma una decisión, no la cambia por nada —Fliss casi no podía creer lo mucho que había intimado con su abuela en las últimas semanas—. Dice que pierdo trabajo por estar aquí con ella y que lo mínimo que puede hacer es pagarme por sacar al perro. Y sus amigas también me pagan. A este paso, acabaré sacando a pasear a la mitad de los perros del South Fork.

—No te imagino con caniches mimados. ¿Estás cobrando el doble?

Para Fliss era un alivio oír reír a su hermana.

—No. Y no paseo a ningún caniche mimado. Todos son perros corrientes.

—¿Y estás pensando en hacerlo permanente?

—¿Por qué no? He hecho números y creo que sería un buen negocio. Si tú estás de acuerdo, podemos hacerlo oficial.

—Pero ¿cómo vamos a funcionar? —Harriet parecía ansiosa—. Tú volverás pronto a casa. ¿Cómo lo dirigirás entonces?

Fliss tardó un momento en contestar. Había pasado horas pensando en el mejor modo de decir aquello.

—Estoy pensando en quedarme más tiempo.

—Has dicho que la abuela está bien.

—Lo está.

—¿Y por qué te quedas? Si te quedas, te encontrarás con Seth.

Fliss miró la pared.

—La verdad es que me he encontrado ya unas cuantas veces.

—¡Ah! Eso debe de resultarte incómodo.

—No tanto. De hecho, la mayoría de las veces me lo encuentro a propósito.

Hubo un silencio al otro lado del teléfono.

—¿Quieres decir que os veis mucho? —preguntó Harriet.

—Yo no diría exactamente... —Fliss se cambió el teléfono a la otra mano—. Sí, nos vemos.

—¿Mucho?

—Bueno, hasta ahora ha estado siempre vestido, así que no he visto mucho.

—Me refería a con qué frecuencia —aclaró Harriet.

—Lo que demuestra que, aunque por fuera somos idénticas, nuestras mentes son muy diferentes. Creía que me preguntabas si he visto muchas partes físicas de él —y la respuesta era que no las suficientes. Aparte del breve momento en el barco, ni siquiera la había besado, y eso empezaba a volverla loca—. Lo veo todos los días. Algunos días dos veces.

Hubo otro silencio largo y Fliss frunció el ceño y miró el teléfono para comprobar que la llamada seguía activa.

—¿Estás ahí? —preguntó.

—Sí —la voz de su hermana sonaba rara—. ¿Por qué no me lo has dicho?

—No hay nada que decir. Fui a cenar a su casa la noche siguiente a la del parto de Matilda. Dijo que quería que aclaráramos algunas cosas. Después me llevó a navegar y hablamos

—Fliss pensó en decirle a su hermana lo que le había contado su abuela de su madre, pero decidió que era mejor esperar a hacerlo en persona—. Desde entonces lo he visto unas cuantas veces. Almuerzo. Cena. Una vez hicimos piragüismo. Eso fue divertido.

—¿Estás saliendo con él? ¿Es algo serio?

¿Serio? Fliss sintió un aleteo de alarma.

—¡No! Solo somos amigos. Nos vemos.

—Amigos con derechos.

—Sin derechos. Al menos, no de los que hablas tú. Seth tiene la idea de que debemos centrarnos en otras cosas por un tiempo —y Fliss había empezado a preguntarse cuánto tiempo era «un tiempo».

—¿Estás segura de que es una buena idea? Estoy preocupada.

—No lo estés.

—Te hizo sufrir. No quiero ver eso otra vez.

—Oye, han pasado diez años. Todo eso quedó atrás.

—Pues, si quedó atrás, ¿por qué te hiciste pasar por mí y huiste de Manhattan?

—Porque soy muy melodramática.

—¿Has hablado de eso con él? No, claro que no. Tú nunca te abres, ni siquiera conmigo.

Fliss frunció el ceño. Si Harriet supiera de cuántos sentimientos la había protegido, se sentiría aliviada.

—Le he contado algo. La parte mala de guardártelo todo para ti es que ocurren fácilmente malentendidos.

Si no se lo hubiera guardado todo dentro, quizá habría creído que él la amaba.

Si su madre no hubiera ocultado su secreto, quizá todos habrían entendido mejor por qué era tan difícil su matrimonio.

¿Había mentido su madre para protegerlos a ellos o a sí misma? Fliss había pensado mucho en eso.

—¿O sea que has hablado con él? —la voz de Harriet tenía algo que Fliss no recordaba haberle oído nunca.

—Un poco. Estoy trabajando en ello.

—Eso es genial —comentó Harriet. Su voz sugería otra cosa y Fliss se preguntó si a su hermana le preocuparía que le contara demasiado a Seth.

A ella también le preocupaba un poco eso. Hablar libremente era algo nuevo para ella. Por una parte quería contárselo a Harriet, pero, por otra parte, no quería preocuparla más de lo que ya estaba.

—Dime lo que has hecho tú —pidió.

—Primero háblame más de Seth.

—No hay nada más que decir —repuso Fliss. Y sintió que la mentira se le quedaba pegada en la garganta.

Seth se había propuesto pasar todo el tiempo posible con ella. Incluso los días en los que había mucho trabajo en la clínica la veía, aunque fuera solo un par de horas. Había pensado en ello y decidido que la confianza llegaba con la familiaridad y esta con el contacto. Mucho contacto. A él eso le venía bien. Incluso había ido a verla a casa de su abuela y las había encontrado trabajando codo con codo en una cocina que olía de maravilla.

Había aceptado un café y se había sentado a la mesa a observar a Fliss mezclar harina con mantequilla con una expresión de concentración absoluta.

Después de sacar una bandeja de galletas del horno, la concentración había dado paso al orgullo.

Su abuela había partido una por la mitad para examinar la textura y había declarado que eran perfectas.

Seth se había comido cuatro. Le daba igual que ella supiera cocinar o no, pero le gustaba que estuviera intimando más con su abuela. Desde su punto de vista, abrirse requería práctica y, mientras practicara con personas en las que pudiera confiar, eso solo podía ser bueno.

—Hoy te he visto otra vez en la playa con Fliss —dijo Jed

Black. Sacó la gatita de su hija de su caja y la dejó en la camilla para que la examinara—. Es una chica guapa.

—Sí que lo es —repuso Seth.

Si estar con Fliss implicaba aguantar algunas bromas de la gente de allí, estaba dispuesto a aceptarlo. De hecho, habría dicho que eso iba unido a vivir en una comunidad pequeña. Le gustaba ver a las mismas familias, cuidar a los mismos animales a lo largo de sus vidas. Disfrutaba de su trabajo en el albergue de animales de la zona y valoraba lo dispuestos que estaban los habitantes de allí a acoger animales abandonados.

—Esos grandes ojos azules y esas largas piernas pueden hacer que un hombre pierda la concentración.

—A mi concentración no le pasa nada, Jed. ¿Cuál es el problema con la gata? Parece sana —dijo Seth.

Acarició al animal y la sintió temblar bajo sus dedos. Si Fliss supiera lo mucho que se interesaba la gente por su relación, ¿se iría corriendo a Manhattan?

Seth confiaba en que no.

Fijó su atención en la gatita de la familia Black y fue poco a poco examinando a los animales de la sala de espera. Tuvo que examinar a varios gatos, un perro con cojera y un conejo con problemas dentales.

Su último paciente de ese día fue otro gato, que empezó a bufar y escupir cuando su dueña intentó ponerlo en la camilla.

Nancy entró a ayudarle y utilizó una toalla para evitar que el gato se hiciera daño a sí mismo.

—Lo he sacado del albergue de animales —dijo Betsy Miller—. Me han dicho que nadie se fija en él porque es feo y tiene mal genio.

—¿Y tú buscabas esas características? —Seth le examinó al gato la garganta, los oídos y la tripa mientras el animal se retorcía y lo golpeaba con las patas—. Lo sé, amiguito. No te gusta estar aquí. Lo entiendo, de verdad que sí. Yo siento lo mismo algunos días.

—Yo buscaba un animal que me necesitara y parece que

este me necesitaba mucho. Necesitaba a alguien que pasara por alto su comportamiento y viera lo que hay más allá.

—Si todo el mundo fuera tan astuto como tú, el mundo sería un lugar mejor —Seth le tomó el pulso al gato—. Va a cien por hora, lo cual no tiene nada de sorprendente —dijo.

Por alguna razón, el animal le recordaba a Fliss. Arañando cuando algo le asustaba. Bufando para mantener a la gente a distancia.

El gato se fue relajando poco a poco y Seth pudo terminar su examen.

—Le gustas —dijo Betsy. Y Nancy asintió.

—Gusta a todos los animales. Porque es muy paciente y se mueve despacio, sin movimientos bruscos. Eso es bueno.

Seth pensó que no siempre.

Con Fliss se había movido demasiado despacio. Había esperado demasiado tiempo.

Pero estaba a punto de arreglar eso.

CAPÍTULO 17

—Una cosa —dijo Seth.

Estaban los dos tumbados de espaldas sobre la arena. Esa vez habían echado el ancla cerca de la isla y nadado hasta la playa, con Fliss dando respingos por lo fría que estaba el agua.

Ella rodó boca abajo y sonrió.

«Una cosa».

Era un juego de ellos, en el que se decían mutuamente una cosa que el otro no supiera todavía.

Gracias a ese juego, había descubierto que Seth se había ido a California para intentar distanciarse de todo, pero solo se había quedado dos años. Se había enterado de que no quería vender Ocean View todavía y que había estado aún más unido a su padre de lo que ella pensaba.

Su corazón sufría por él.

—A los ocho años quería saber lo que era un beso y arrinconé a Ricky Carter detrás del cobertizo de las bicicletas —dijo.

—Eso no cuenta. No es lo bastante personal —repuso él.

—Tú no viste el beso.

Seth la agarró y la hizo rodar para que quedara tumbada sobre la espalda.

—¿Quién es ese Ricky Carter? Quiero su dirección y su número de teléfono.

—Lo último que oí de él fue que estaba en algún lugar de Florida.

—Mejor. Ahora dime algo personal. Algo que cuente.

—Cuando me besas tú, no se parece nada al beso de Ricky Carter.

—¿Quieres decir cuando te beso así? —Seth bajó la cabeza y a ella le brincó el estómago y le aleteó el corazón.

La besaba a menudo y cada vez era más excitante que la anterior. Era como si él fuera aumentando lentamente la tensión, incrementándola centímetro a centímetro hasta que ella se notaba tan tensa que estaba a punto de explotar.

Había dejado de pensar que debía combatir sus sentimientos, había dejado de escuchar todas las razones por las que aquello que hacían era probablemente un error.

Él levantó la cabeza lentamente.

—Espero que Ricky no te besara así o ya se puede ir escondiendo —la voz de Seth sonaba lenta y perezosa y la expresión de sus ojos hizo que Fliss se retorciera de expectación.

Sabía que él se contenía y no podía evitar preguntarse cuánto tiempo iba a durar. Él decía que el sexo lo nublaba todo, pero ella no podía evitar pensar que no tener sexo también nublaba las cosas. La dejaba incapaz de pensar con claridad. Cortaba todos los hilos que ataban sus defensas.

—Fue como yo imaginaba que sería ahogarse. Necesitaba un chaleco salvavidas.

Seth sonrió.

—Parece que tengo una competencia fuerte.

Fliss pensó que él nunca había tenido competencia. Ese era el problema.

Gimió cuando sintió los labios de él en el cuello y el ligero roce de la barba en la piel.

—Ahora tú —dijo.

Seth alzó la cabeza solo lo bastante para hablar.

—Odio los champiñones en la pizza.

—Eso no cuenta.

—Si soy yo el que come la pizza, sí cuenta. Puedo comer champiñones en cualquier otro plato, pero no pueden estar cerca de una pizza.

—Mensaje recibido —ella sentía la presión del cuerpo de él contra el suyo—. Pizza sin champiñones. Ahora dime algo personal.

Él bajó la cabeza y continuó su exploración hasta la clavícula.

—Soy perseverante —dijo con los labios en la piel de ella—. Cuando quiero algo, no me rindo hasta que lo consigo.

Fliss pensó si se referiría a su relación o a otra cosa. Con las caricias de sus labios, le resultaba difícil concentrarse.

—Querías ser veterinario y ya lo eres —comentó.

Él alzó la cabeza y la miró por debajo de aquellas pestañas largas que lo convertían en la comidilla de algunas mujeres del lugar.

—Ese es un ejemplo. Hay otros.

La joven quería conocerlos. Quería saberlo todo.

En las últimas semanas había descubierto mucho sobre él, como que contaba con el respeto de la comunidad. Dondequiera que iban, todos lo saludaban con afecto. Y en algunos sectores, el respeto se parecía mucho a la adoración. Los detalles de los que no se enteraba haciendo la compra en los supermercados Country, se los contaban las amigas de su abuela.

Por ellas se había enterado de que él dirigía un programa para ayudar al albergue de animales de la zona y que alentaba activamente a la gente a adoptar mascotas rescatadas en vez de acudir a los criadores.

Por ellas había sabido que él se había jugado la vida para rescatar a cuatro caballos de un establo en llamas y que en una ocasión había ido dos veces a una casa a ver a una adolescente cuyo gato había muerto.

Seth no le había contado nada de todo eso, ni siquiera en sus conversaciones sobre asuntos personales, pero eso no le sorprendía. Era un hombre que hacía lo que había que hacer porque creía en ello, no porque quisiera impresionar.

Amaba a los animales y, si podía hacer algo para mejorar sus vidas, lo hacía.

—¿Cuántos años tenías cuando decidiste que querías ser veterinario? —preguntó Fliss.

—Ocho. Estaba haciendo una marcha con mi padre y encontramos un perro atado a una estaca en un patio. Los dueños se habían mudado y no se lo habían llevado. Estaba en los huesos. No mostraba ningún interés por ser rescatado, pero mi padre lo rescató de todos modos y lo llevó al albergue de animales. Yo iba todos los días a visitarlo y vi el gran trabajo que hacían allí. Cómo persuadieron a ese animal aterrorizado para que confiara en ellos. Aquello me pareció mágico y yo quería aprender a hacerlo —contó Seth. Le apartó el pelo de la cara—. Nunca he olvidado a aquel perro, porque me enseñó algo importante.

—¿El qué?

—Que merece la pena mirar más allá de la superficie de las cosas. Que la mayor parte de los comportamientos obedecen a una razón.

Esa vez ella supo que no hablaba solo del perro.

El corazón le latió con más fuerza.

—¿Cuál era su razón?

—Aquel perro era fiero y rabioso, pero, cuando se dio cuenta de que nadie quería hacerle daño, dejó de estar rabioso y se convirtió en el perro más dócil y adorable que he conocido.

—¿Al final encontró una buena casa?

—Sí, me gusta pensar que sí —Seth se tumbó en la arena y se protegió los ojos del sol con el brazo—. Vivió con nosotros catorce años. Es el mejor perro que hemos tenido. Todavía lo echo de menos.

Fliss lo miró y pensó que ningún otro hombre le había producido el efecto que le causaba Seth. Él le anulaba la fuerza de voluntad con su rostro atractivo y su sonrisa sexy, y se abría paso entre las defensas de ella con su amabilidad y paciencia.

La fuerza, para él, no era gritar más alto ni ser más cruel.

No eran puños ni peleas, aunque ella no dudaba de que sabría defenderse de ser necesario.

No, la fuerza era hacer lo correcto fuera cual fuera el precio.

Se preguntaba a veces si una parte del encanto que había visto en él, al menos al principio, no sería lo muy distinto que era de su padre.

La conversación fluyó libremente entre ambos. Él le habló de su madre, de Vanessa, de la vez que Bryony se había caído del caballo y se había roto el brazo. Y ella le habló de sus años universitarios, de las aventuras que vivía su madre desde su separación y de la relación de Daniel con Molly. Estuvo a punto de contarle la visita que había hecho a su padre aquella noche de lluvia, pero todavía no estaba preparada para hablarle de eso a nadie, ni siquiera a un oyente tan bueno como Seth.

Porque era un buen oyente. Prestaba atención no solo a lo que ella decía, sino también a lo que no decía y, bajo aquella conversación aparentemente cómoda, estaba siempre presente la intensa química y la tensión sexual que hervía entre ellos.

Era más fácil hablar con él que diez años atrás, y ella no sabía por qué.

Consciente de que se hacía tarde, se sentó y se sacudió la arena de los brazos.

—Una cosa —dijo—. La última vez. Empiezas tú.

—Eh, yo acabo de contarte cincuenta cosas. Te toca a ti.

—De eso nada. Estás confundido.

—Será por ese top que llevas —repuso él—. Ver pechos semidesnudos produce un efecto extraño en mi cerebro —se inclinó hacia ella y Fliss le dio un pequeño empujón.

—Una cosa. Te toca.

Seth le miró la boca.

—Me alegro de que decidieras esconderte de mí en los Hamptons —dijo.

—No se me dio muy bien esconderme.

—También me alegro de eso.

Fliss descubrió que ella sentía lo mismo y suspiró.

No sabía adónde iba aquello. Y tampoco sabía lo que haría cuando llegara allí.

Pero, por el momento, disfrutaba del viaje.

Seth pasó el día siguiente operando y luego se dirigió a su casa a ducharse y cambiarse antes de cumplir con una obligación que no le apetecía nada. Casi habría deseado que hubiera una urgencia que le diera una excusa para no ir.

Había procurado no pensar en ello mientras operaba, pero cuando terminó, descubrió que ya no tenía autodisciplina suficiente para contener sus pensamientos. Conocía todos los estadios de la pena y había experimentado cada uno de ellos. Shock, negación, rabia... Tras la muerte de su padre, había pasado por la montaña rusa de emociones distintas que provoca una pérdida.

Y, para colmo, tenía que vender Ocean View, que para él era el último vínculo con su padre.

Aparcó fuera de su casa y le sorprendió ver el coche de Fliss.

Verlo lo animó. Hasta que se dio cuenta, con un sobresalto, que no iba a poder hacer lo que ella hubiera planeado.

Él tenía que hacer aquello que tanto le costaba y después se sentaría en el porche a compartir su pena con la puesta de sol y quizá una cerveza.

Salió del vehículo lamentando no poder arrastrarla hasta el dormitorio y no salir de allí en una semana por lo menos. Pero no la utilizaría como distracción. Ni como cura.

—No te esperaba —dijo.

—Una cosa —ella levantó un dedo, jugando al juego que se había convertido en una rutina entre ellos—. Me encanta hacer cosas inesperadas. Se me ha ocurrido sorprenderte. Te toca. Y procura que sea algo bueno. Algo muy sucio y oscuro.

Se apoyó en su coche con los ojos brillantes de humor e invitación, hasta que vio algo en la expresión de él y el buen humor dio paso rápidamente a la preocupación.

—¿Qué te pasa? ¿Has perdido un paciente? Me han dicho que al perro de los Jenkins lo ha atropellado un coche.

—El perro se pondrá bien, aunque lo he estado operando dos horas —repuso él. Había pasado casi la misma cantidad de tiempo tranquilizando a Lily y Doug Jenkins, quienes estaban muy alterados ante la perspectiva de perder a una mascota muy querida.

Quizá fuera esa tensión lo que le había dado dolor de cabeza y no la perspectiva de vender recuerdos de su padre al mejor postor.

—Eres todo un héroe, doctor Carlyle. Deberías estar celebrándolo.

Seth nunca había tenido menos ganas de celebraciones.

—Esta noche no. Tengo que ir a un sitio —dijo. Y ella no tenía por qué pasar por eso.

Fliss se apartó del coche y se acercó a él.

—Soy nueva en este juego, pero estoy bastante segura de que ahora es cuando me cuentas lo que te preocupa.

—He quedado con Chase en casa de mis padres. ¿Recuerdas que te dije que tenía un amigo al que podía interesarle comprarla? Quiere ir a verla.

—¡Oh, Seth! —ella lo abrazó—. No sabía que habías tomado ya la decisión. Y no tenía ni idea de que sería tan pronto.

Él inhaló el aroma del pelo de ella y el contacto de su cuerpo con el de él le hizo desear entrar con ella en la casa, desconectar el teléfono y dejar fuera el mundo.

—No importa —dijo.

Fliss soltó una risita y se apartó lo suficiente para mirarlo.

—Se supone que soy yo la que oculta sus sentimientos, no tú.

—Cierto. En ese caso, sí. Admito que es espantoso.

—¿Por qué no esperas un poco? ¿A qué viene tanta prisa?

—Es lo que quiere mi madre. Hablé con ella anoche. Parece que soy el único que no tiene prisa por vender —Seth suspiró—. Mi padre adoraba esa casa. Ya sé que parece una locura, pero tengo la sensación de que vuelvo a perder una parte de él de nuevo.

Le había hablado a Fliss de la noche en la que había muerto su padre. Le había contado la llamada frenética de su madre a las dos de la mañana y la carrera loca hasta el hospital. Sus sentimientos cuando se había dado cuenta de que llegaba demasiado tarde y ni siquiera iba a poder despedirse. Sus remordimientos por cosas que le habría gustado decir y no había dicho. Sobre el tiempo que habría querido pasar con él y no lo había hecho. Le había contado cómo se había dado cuenta de que la sensación de control era una ilusión. La tragedia elegía a sus víctimas al azar y sin merced. Una vida perfecta podía cambiar en un instante.

Todos ellos pensamientos inútiles y que provocaban dolor.

—¿No podrías retrasarlo hasta que hayas tenido tiempo de acostumbrarte a la idea? —preguntó ella.

—Si lo vamos a hacer, es mejor hacerlo cuanto antes. Tenemos que vender antes de que empiece a necesitar mucho mantenimiento. Y, si Chase tiene un cliente potencial, no puedo permitirme ignorarlo.

—En ese caso, iré contigo.

—No quiero que vengas. No va a ser agradable.

—Somos amigos. Los amigos están también para las duras, no solo para las maduras —ella cerró su automóvil y se guardó las llaves en el bolsillo.

—Vámonos.

Seth descubrió que no quería discutir.

—Con suerte, tendré la venta más fácil de la historia de los bienes inmobiliarios. Mamá no tendrá que preocuparse por dinero nunca.

—Pero a ti no te importa el dinero —murmuró ella—. No te ha importado nunca. Contigo nunca es cuestión de dinero.

—He tenido la suerte de no tener que pensar en ello.

—Mucha gente no tiene que pensar en ello, pero piensa todo el tiempo. Lo domina todo, influencia todas sus decisiones. ¿Hacen lo correcto? ¿Se comportan como deben? ¿Llevan la ropa apropiada? ¿Se dejan ver en los lugares indicados, se mezclan con las personas apropiadas? A ti nunca te ha importado nada de eso. Y te da igual cómo esté el mercado o si Chase te ha encontrado un buen comprador. Te importa que vas a vender la casa familiar, un lugar donde has pasado más veranos y puentes de Acción de Gracias de los que puedes recordar.

Seth los recordaba. Los recordaba todos.

—Esa casa está llena de recuerdos. Para mamá eso es duro, pero para mí... —vaciló y ella asintió.

—Comprendo. Es un lugar en el que te sigues sintiendo cerca de él. Venderlo es como entregarle esos recuerdos a otra persona.

—Hay que tener en cuenta lo que quiere mi madre, no yo. Yo no soy el que importa aquí.

—A mí me importas tú —Fliss le tomó la mano y él le pasó el dorso de los dedos por la mejilla.

El sol había llenado de pecas la nariz de Fliss y le había aclarado el pelo. Sus ojos parecían más azules que nunca.

Seth se preguntó cómo era posible que pudiera pensar que ella era la «gemela mala».

Era una de las personas más leales que había conocido. Y muy directa. Por alguna razón, se sorprendió pensando en Naomi y en sus complicadas manipulaciones.

Fliss era franca. No se andaba con evasivas y juegos.

Si a Chase Adams le sorprendió ver a Fliss, no lo demostró. La abrazó, volvió a darle las gracias por lo que había hecho por Matilda, le aseguró que tenía una gran deuda con ella y se volvió para presentarles a su amigo.

Todd Wheeler era un banquero de inversiones que trabajaba en Wall Street. Su teléfono sonaba constantemente. Seth se habría vuelto loco, pero Todd parecía considerarlo como algo normal.

—Wheeler —contestó con un tono brusco y directo—. No... Eso es... Esas acciones están por las nubes.

A Seth no le importaba lo que pasara con las acciones siempre que Todd tuviera dinero para comprar la casa, pero este no parecía interesado.

¿Era posible que una persona invirtiera una parte importante de su capital en un lugar que apenas había visto?

Todd terminó la llamada y Seth se las arregló para sonreír con educación.

—¿Un día ajetreado? —preguntó.

—Un día normal —Todd miró su reloj—. Vamos allá.

Seth se contuvo para no preguntarle si estaba seguro de que tenía tiempo. Le mostró las distintas habitaciones. El vacío de la casa lo impregnaba todo.

Probablemente debería haber intentado venderla, haber llenado el silencio con palabras sobre por qué era la casa perfecta, pero no tenía energía para eso.

En la biblioteca, Todd respondió tres llamadas más en rápida sucesión y Fliss miró a Seth y puso los ojos en blanco.

La cara que puso logró que él se sintiera mejor.

Decidió que más tarde volverían a su casa y pasearían por la playa.

Cuando Todd se metió el teléfono al bolsillo por quinta vez, Seth le mostró el resto de la planta baja. Se entretuvo un poco más en el comedor formal, donde su madre había presidido más cenas ruidosas de las que podía recordar, y después entraron en la amplia cocina que había sido el corazón de la casa y tenía vistas espléndidas al mar.

Cuando Todd contestó al teléfono una vez más, Seth se arrepintió de no haber dejado que Chase le enseñara la casa sin él. Sentía la presencia de su padre en todas las habitaciones.

Recordaba el último día de Acción de Gracias que habían pasado juntos en familia. Naomi había estado presente y, desde el momento de su llegada, había resultado evidente que había cometido un error al invitarla. A ella la invitación le había hecho concebir ilusiones y la había oído conversar y reír con

Vanessa. Era obvio que conspiraban juntas y que él era el objeto de la conspiración.

Esperaba que él se declarara.

Al ver que no lo hacía, había empezado a lanzar indirectas. Y, cuando él las había ignorado, se había ido exasperando cada vez más. Y luego se había vuelto malhumorada.

Seth la había dejado con Vanessa y había salido a navegar con su padre. A esas alturas del año, el agua alrededor de la Bahía Gardiner's estaba picada, y habían tenido que hacer uso de toda su habilidad para mantener el rumbo del barco. Había sido una experiencia terrorífica y estimulante a la vez, y juntos habían vivido uno de los mejores días de navegación que Seth podía recordar.

Y también recordaba otra cosa. Recordaba a su padre diciendo que elegir una compañera era una de las decisiones más importantes que un hombre tomaba en su vida. Que había que elegir a una que quisiera correr contigo, no frenarte.

Seth sabía que su padre creía que Naomi no era la mujer indicada para él, y él estaba de acuerdo.

Esa fue una de las últimas conversaciones serias que tuvo con su padre, y había sido el principio del fin de su relación con Naomi. Fue también el día en que él dejó de buscar a alguien que le hiciera sentir lo que había sentido con Fliss y había decidido buscar a Fliss.

La muerte de su padre poco después le recordó que la vida era demasiado corta para pasarla con la persona equivocada.

Subieron arriba, a las suites dormitorio, y oyó que Todd preguntaba a Chase cuál era el rendimiento del alquiler allí.

¿El rendimiento del alquiler?

Para Seth, una propiedad no se juzgaba por lo que aportaba económicamente, sino por lo que aportaba emocionalmente. Él no medía las propiedades inmobiliarias en términos de metros cuadrados, sino de estilo de vida.

Esa era la razón por la que había elegido un lugar en el límite de una reserva natural.

Había visto su potencial, no como chollo económico, sino para un buen futuro. Un lugar donde podía echar raíces. Un lugar donde construir recuerdos. Y sí, también un lugar donde tener una familia un día. Seguía queriendo eso. Quizá a cierto nivel siempre lo había querido.

Todd estaba otra vez al teléfono, así que Seth abrió las puertas de cristal y salió a la terraza. La casa estaba enfrente de las dunas que iban bajando hacia una playa ancha de arena. Él había jugado allí con sus hermanas, había hecho de árbitro cuando peleaban y discutían por cosas tan insignificantes que no conseguía recordarlas.

Ese día solo se oía el siseo gentil de las olas lamiendo la arena.

Oyó pasos detrás de él y notó la mano de Fliss en el brazo.

—Este hombre me vuelve loca. ¿De verdad es tu único comprador? Porque, si a ti no te importa, quiero matarlo. Prometo procurar que haya un mínimo de sangre. He pensado empujarlo por la terraza o ahogarlo en la piscina, junto con ese maldito teléfono.

Seth creía que ese día no sería capaz de sonreír, pero se sorprendió haciéndolo.

—Supongo que tiene trabajo —comentó.

—Su trabajo en este momento es mirar esta casa.

—No va a comprar la casa, Fliss —comentó Seth.

Y solo entonces, cuando era evidente que eso no iba a pasar, se dio cuenta de lo mucho que había querido acabar con aquello. Si Todd no la compraba, le esperarían meses interminables de lidiar con un agente inmobiliario.

Se pasearían extraños por la casa, dejando huellas en sus recuerdos.

Fliss golpeó el suelo con el pie.

—Si deja el teléfono cinco minutos, quizá pueda concentrarse lo suficiente para enamorarse y decidir comprarla.

—Los hombres como Todd Wheeler no se enamoran de casas. Él piensa solo en términos de recuperación de la inversión. No ve un hogar en potencia, ve setecientos cincuenta metros cuadrados de propiedad enfrente del mar con acceso fácil para un helicóptero.

Fliss entrecerró los ojos.

—Umm. Eso ya lo veremos —dijo. Volvió a la casa y a él no le quedó más remedio que seguirla.

No porque temiera que ella pudiera ahogar a Todd Wheeler en la piscina, sino porque no descartaba que quisiera hacerle algo.

Ella cruzó dos de los dormitorios de arriba antes de localizar a Todd y a Chase en un cuarto de invitados con vistas a los jardines.

—Disculpad —la joven se plantó delante de Todd y le dedicó una sonrisa amistosa—. ¿Podemos hablar un momento?

Seth se detuvo en el umbral y vio que Todd fruncía el ceño. Chase se alejó entonces y los dejó solos.

—Claro —contestó Todd. Sonó el teléfono y lo miró—. Tengo que contestar. Si me disculpas…

—No, no te disculpo —Fliss le quitó el teléfono sin perder la sonrisa—. Mi consejo es que esperen. Así estarán más interesados.

Seth, que pensó que el posible comprador no se iba a tomar muy bien que se echara a reír, se retiró para no ser visto.

A él no se le ocurriría reñir a Todd, pero parecía que eso era lo que Fliss pensaba hacer.

—Deberías concentrarte en la tarea que tienes entre manos —dijo—, que es decidir si te interesa esta casa o no te interesa. Porque, cuando salgas por esa puerta, todo habrá terminado, y déjame decirte que, si pierdes esta casa, te darás de tortas. Y, si yo fuera tu esposa, y francamente, me alegro de no serlo porque jamás querría un trío con un teléfono móvil, también te daría de tortas. Nunca más tendrás la oportunidad de comprar una propiedad con tanto potencial como esta.

—Para valorar eso, tengo que traer a un arquitecto.

—Yo no hablo de su potencial como proyecto de construcción. Hablo de su potencial para añadir calidad a tu vida familiar. Te estoy ayudando a ver algo que no pareces capaz de ver por ti mismo.

—Oye, la propiedad es fantástica, pero no es la única que hay en el mercado. Hay varias casas más grandes en la playa que tengo que ver.

Seth sintió una punzada de decepción. Era justo lo que sospechaba.

—¿Más grandes? —Fliss, claramente, no estaba dispuesta a rendirse aún—. ¿Cuántos hijos tienes, Todd? ¿Diez? ¿Once?

—Dos.

—¿Y piensas vivir con más familia? ¿Con tu suegra, quizá? ¿O con un montón de primos?

—Solo nosotros cuatro —Todd hablaba con cautela—. No entiendo lo que...

—Intento comprender para qué quieres más espacio que este. Si sois cuatro, podéis instalaros aquí y dormir en un dormitorio distinto cada día de la semana. Puedes tener invitados. Hay incluso una casita de invitados. Cuando tus hijos sean adolescentes, hay espacio suficiente para darle un ala a cada uno si se vuelven malhumorados. Sí, claro, puedes comprar más espacio, pero ¿por qué?

—Se llama inversión.

—O sea que no buscas un hogar, buscas beneficios.

—Ese es un factor más —él la observó un momento—. Chase me ha dicho que esta casa ni siquiera está todavía en el mercado.

—Una casa tan especial no necesita salir al mercado libre. Lo que te ha hecho venir aquí en un día tan ajetreado es lo mismo que hace que otros compradores llamen a la puerta. Seth solo ha accedido a enseñártela antes porque eres amigo de Chase. Así que todo se reduce a una pregunta básica. ¿Te has enamorado de la casa?

—¿Enamorado? —Todd la miró divertido—. Comprar una casa es una decisión económica, no sentimental.

—Esto no es una casa, es un hogar. Solo por curiosidad, ¿qué le vas a decir a tu esposa? «Hola, querida, eh comprado una casa, pero no te molestes en desempaquetar ni en ponerte muy cómoda porque, si su valor aumenta lo suficiente, la venderé». ¿Es eso lo que planeas? Porque, si lo es, lo siento por ella. Y por tus hijos. ¿Cómo se llaman? ¿Cuántos años tienen?

—Grant tiene seis y Katy tiene ocho.

—Un niño y una niña. Y compras esta casa porque queréis pasar los veranos en los Hamptons. Apuesto a que les encantará la playa —la voz de Fliss adquirió un tono más cálido—. Jugarán al escondite entre esas dunas que hay justo detrás de la casa. Los pies llenos de arena, el sol en la cara... Niños felices. Niños afortunados.

Seth frunció el ceño.

Ella había pintado una imagen tan clara, que podía saborear el aire salado y oír las risas de sus hermanas. También oír a su madre advirtiéndoles que se limpiaran los pies para que no metieran arena en la casa.

Todd no dijo nada.

—Quizá te lleves a navegar a Grant, como hacía el padre de Seth.

La voz de Fliss sonaba desesperada y Seth se preguntó por qué no se rendía ya. ¿De verdad creía que podía convertir a Todd Wheeler de hombre de negocios en hombre de familia en una conversación?

—Fliss... —dijo.

—¿Te ha dicho que pasaban muchas horas preparando el barco? —continuó ella—. No en el puerto marítimo, sino aquí, en el muelle enfrente de la casa. O quizá sea Katy la que adore estar en el agua. Y, cuando paséis tiempo preparando el barco, ya sea en tierra seca o en el agua, no será por el barco, Todd. Será por pasar tiempo juntos, por las conversaciones que tendréis mientras barnizáis tablas o navegáis con la vela al viento. Hagas lo que hagas en esta hermosa casa, esas serán las cosas que valorarán tus hijos sobre vuestra relación. Esos serán los momentos que Grant y Katy recordarán, no cuánto dinero ganó su padre con una propiedad cuando la vendió. Esta casa no es solo ladrillos y madera, tiene alma y corazón.

Un silencio siguió a sus palabras.

Esa vez sí parecía que Todd no tenía nada que decir.

Seth tampoco.

Se dio cuenta de que ella no intentaba convertir a Todd ni reformarlo en ningún sentido. Estaba vendiendo su casa, y lo hacía con la misma pasión y convicción que si fuera de ella.

Había pintado un cuadro como un artista, tejiendo habilidosamente visiones de una vida idílica, de tal modo que Seth habría comprado él mismo la casa si no fuera ya suya.

Todd frunció el ceño.

—No creo que…

—Considéralo de este modo —ella no le dio tiempo a hablar—. Cuando inviertes dinero, esperas un beneficio, pero ¿quién dice que ese beneficio tenga que ser económico? Esta casa es una inversión en tiempo familiar. En momentos felices que se convertirán en recuerdos felices y durarán para siempre. Nada te puede quitar eso, ni siquiera que se hunda el mercado. Sal a navegar con tu hijo, enseña a surfear a tu hija y ellos recordarán esas cosas de adultos. Y, cuando se vayan de casa, se llevarán esos recuerdos con ellos. Si eso no es una inversión, no sé qué lo es.

«Se llevarán esos recuerdos con ellos».

Seth sintió una presión en el pecho.

Había creído que los recuerdos pertenecían a la casa, pero Fliss tenía razón. Le pertenecían a él. Estaban dentro de él y siempre estarían allí dondequiera que fuera e independientemente de lo que hiciera. Vender una casa no iba a cambiar eso.

Tragó saliva para reprimir la emoción y entró en ese momento en la estancia. Chase reapareció en el mismo instante, disculpándose.

—Tenía que hablar con Matilda —se disculpó—. Quiere que compre algunas cosas de camino a casa. ¿Habéis terminado? ¿Hay algo más que quieras ver, Todd?

—No. Tengo que volver al despacho —saludó a Fliss y a Seth con una inclinación de cabeza—. Gracias.

Seth no dijo nada. No podía dejar de pensar en lo que había dicho Fliss.

—Voy a llevar a Todd al aeropuerto —Chase le dio una palmada a Seth en el hombro—. Ya sé que dijiste que trabajabas el puente de las fiestas, pero ¿estás libre por la noche? Matilda y yo tenemos algunos invitados. No mucha gente, puesto que Rose es muy pequeña y Matilda está cansada. Vendrá mi hermano, Brett, si puede, y un par de amigos más.

Seth se esforzó por concentrarse.

—Estoy de guardia durante el día, pero Tanya cubre la noche.

Todd enarcó las cejas.

—¿Crees que la gente necesitará un veterinario el Cuatro de Julio?

—Siempre es un fin de semana ajetreado. Para empezar, está el calor. La gente deja a sus mascotas en el coche y se olvida de ellas mientras hace barbacoas en la playa. Les dan los restos de comida y hay tanta gente en las casas que se olvidan de cerrar las puertas y las verjas y los animales se escapan. Por no hablar de la pesadilla de los fuegos artificiales. Y no se acaba ahí. Al día siguiente, cuando el patio está lleno de restos, los perros se los comen.

Chase parecía sorprendido.

—No tenía ni idea.

—Ni tú ni la mitad de la población, Y por eso estamos tan ocupados esos días.

—Puedes traerte el teléfono a casa. ¿Fliss?

—La abuela y yo vamos a cocinar un almuerzo para sus amigas. Estaré libre sobre las cinco, creo, y la abuela se acuesta temprano.

—Estupendo. Entonces podréis venir los dos.

«Los dos».

Seth notó que Chase hablaba de ellos como si fueran pareja. Típico de Chase. Otros amigos le habrían advertido. Le habrían recordado que aquello no había funcionado la primera vez y que se arriesgaba a sufrir por segunda vez.

Chase entendía que algunas cosas eran tan importantes que valían todos los riesgos.

Seth sonrió a su amigo.

—¿Vas a cocinar tú?

Chase se mostró ofendido.

—¡Eh!, yo domino la barbacoa. Pero la verdad es que no. He contratado a una cocinera. ¿Conocéis a Eva?

Fliss asintió.

—Es parte de Urban Genie, la empresa de servicios de Nueva York responsable del gran crecimiento de nuestro negocio. ¿Cocina ella? Porque, si es así, iré seguro.

Unos minutos después el coche de Chase se alejaba y Seth lo observaba desaparecer en la distancia.

Todo parecía distinto. Todo había cambiado. El cielo parecía más azul, el aire resultaba más fresco y la cabeza, que había estado envuelta por una nube desde la muerte de su padre, la sentía más clara por primera vez en meses.

Cuando miró a su alrededor en la cocina, la niebla oscura de los recuerdos había desaparecido.

Y él sabía quién era la causante.

Miró a Fliss.

—Has vendido mi casa —dijo.

Ella se acercó y le puso una mano en el brazo.

—¿Estás disgustado? Ni siquiera estabas seguro de querer venderla.

—Antes no, pero ahora ya sí. Todo lo que le has dicho a Todd tiene mucho sentido para mí. Pensaba que los recuerdos eran parte de la casa y oírte me ha hecho comprender que son parte de mí. Y, aunque he perdido a mi padre, no he perdido los recuerdos ni lo que él me dio. Eso siempre lo tendré. Gracias por hacerme verlo —dijo él.

Notó que ella lo abrazaba y se preguntó por qué no captaba todo el mundo inmediatamente su calor y su generosidad.

Había visto sus ojos brillar con fiera determinación cuando se ponía delante de su hermana para defenderla. La había visto colocarse también delante de su hermano, sin importarle lo grande que fuera el contrincante. Pero hasta ese día, nunca se había puesto delante de él.

—Has estado fantástica. Osada, temeraria, sincera y con mucha razón en todo lo que has dicho —comentó. Se volvió hacia ella, pensando cómo decirlo. ¿Sería demasiado pronto?—. ¿Y sabes qué es lo mejor de todo?

—¿Que, a pesar de una provocación extrema, no estoy detenida acusada de asesinato?

Seth sonrió.

—Lo mejor es que lo has hecho por mí.

—Dijiste que querías venderla. Bueno, no, que necesitabas venderla. Eso lo comprendo y solo he intentado hacer todo lo que pudiera para que ocurriera.

—Me has defendido. Has luchado por mí. Te has colocado delante —él le pasó los dedos por la línea de la mandíbula—. Eso lo haces con gente que te importa. Te he visto hacerlo con Daniel y con Harriet.

Hubo un silencio largo, alterado solo por el grito de una gaviota y el ruido del mar.

—Tú me importas —dijo ella con suavidad—. Siempre me has importado.

Seth quería decir muchas cosas en ese momento, pero sabía que debía ir despacio.

—Tú también me has importado siempre. Desde el primer día que te vi cuidando de Harriet en la playa. Una chica se burlaba de su tartamudeo.

—Eso pasaba mucho. Y las burlas hacían que la pobre Harriet tartamudeara más. No tengo paciencia con los abusones.

—Ni con los hombres adictos a los teléfonos móviles, creo.

—Todd es un imbécil. Quería quitarle el maldito teléfono y metérselo por el...

—Creo que ya me imagino por dónde —Seth la atrajo

hacia sí—. Vamos a mi casa. Quiero pagarte tu comisión con una cena.

—¿Y si Todd no la compra?

—Me deberás una cena. Y pienso cobrármela.

Fliss lo miró por debajo de las pestañas.

—Se me ocurre otro modo con el que puedes pagarme.

—Felicity Knight, ¿estás haciendo una proposición indecente?

—Puede. Me gusta meterme en líos, ¿sabes?

—Creo que he oído eso de ti. ¿Por qué crees que estoy aquí? —él le puso una mano en el cuello y bajó la cabeza.

Sus bocas se encontraron y él gimió y hundió los dedos en el pelo de ella. El cabello le cubrió las manos y acarició con los pulgares las líneas suaves de la mandíbula de ella. Quería explorar cada delicado centímetro de su cuerpo. Quería quitarle los pantalones cortos y el provocativo top y descubrir todas las cosas que habían cambiado desde la última vez que la había tocado.

Sintió las manos de ella en su camisa, tirando de la prenda, y después esas mismas manos subiendo por su columna.

Lo embargó el calor. Saboreó la excitación en los labios de ella y la sintió apretarse contra él.

Un minuto más y estarían los dos desnudos.

Seth se apartó, preguntándose si estaba loco.

Obviamente, ella se preguntaba lo mismo porque se enderezó y lo miró confusa.

—¿Paras esto? —preguntó.

—Así es.

—¿Por qué? —ella retiró lentamente las manos, tiró de la camisa hacia abajo y retrocedió—. ¿Te sigue preocupando que mi cerebro deje de funcionar cuando estemos desnudos?

—Eso también —repuso él, aunque en realidad le preocupaba más su cerebro que el de ella.

—Tienes demasiada fuerza de voluntad. ¿Cómo conseguí corromperte la primera vez?

—Porque entonces pensaba poco —contestó él.

En ese momento, en cambio, pensaba mucho. La deseaba, quería poseerla allí mismo, en esa casa que albergaba recuerdos de toda una vida, pero sabía que ese era solo el principio de lo que quería. Y se dio cuenta de que lo que no entendía Vanessa era que él no podía volver a enamorarse de Fliss porque nunca había dejado de estar enamorado.

Le había entregado su corazón a los veintidós años y nunca lo había recuperado.

CAPÍTULO 18

Fliss no habló durante el trayecto de vuelta hasta la casa de él. En el silencio, registraba desesperadamente todos los movimientos que hacía Seth. Sus manos en el volante, la longitud musculosa de su muslo cerca del de ella... Era grande y apuesto, y privarse de tocarlo le resultaba tan difícil como cuando era adolescente.

Empezaba a arrepentirse de haber aceptado la cena, pues no iba a poder comer nada. La tensión le había formado un nudo apretado en el estómago.

Se sentía como una adolescente, con el corazón galopante y las manos sudorosas.

Aquello era una locura, ¿no?

Intentaba mantener la vista fija al frente, pero se sorprendía girando la cabeza para mirarlo. Llevaba la camisa abierta en el cuello, lo que le permitía ver su cuello bronceado.

—Estás callada.

—Estoy bien.

—Fliss...

—De acuerdo, no estoy bien. No sé si la frustración sexual cuenta como enfermedad, pero, si es así, tengo un caso bastante avanzado. Tú no quieres que nos concentremos en el sexo y eso está muy bien en teoría, y lo entiendo, de verdad que sí. Entiendo el principio, pero la ausencia total de sexo...

—Creo... —empezó a decir él.

—¡Déjame terminar! Me estoy esforzando por hablar. Lo único que digo es que he alcanzado un nivel en el que el sexo se interpone con lo demás, porque no puedo pensar en otra cosa. Y eso me está volviendo loca —Fliss cerró los ojos—. Olvídate de la cena y llévame a mi casa. Tomaré una ducha fría y veré un documental de naturaleza en la tele.

—¿Quieres ver un documental de naturaleza?

—No, pero no creo que sea seguro estar cerca de ti. Siento que se acerca un momento de maldad de Fliss y tú no quieres estar cerca cuando eso ocurra.

—A lo mejor sí quiero —contestó Seth.

Entró en el camino de su casa lanzando grava por los aires. Segundos después, apagó el motor, la agarró y la atrajo hacia sí.

La expresión de sus ojos hizo que a ella le latiera con fuerza el corazón.

—Pensaba que no querías esto —dijo.

—Sí lo quiero. Estaba mostrando autocontrol.

—El autocontrol está muy sobrevalorado —ella tiró de su camisa—. Deseo mucho...

—Yo también, así que calla y vamos a entrar. Independientemente de los pecados que cometiéramos en el pasado o que podamos cometer en el futuro, no quiero que uno de ellos sea hacer el amor en el porche delante de mis vecinos.

Salieron del coche y Seth abrió la puerta de la casa. Entraron deprisa y él empezó a besarla y abrirle la boca con sus labios. Ella sintió la lengua de él contra la suya y la sensación fue tan buena, que se preguntó cómo había podido sobrevivir tanto tiempo sin eso.

¿Por qué nunca había sido así con ningún otro?

¿Por qué ningún otro hombre le había hecho sentir aquello?

Seth, besándola todavía, la empujó contra la pared y cerró la puerta con el pie. La sujetó allí, atrapando sus piernas entre las de él y enjaulándola con los brazos, y ella tembló de excitación porque era obvio que él pensaba terminar lo que había empezado ella.

Se abrazó a su cuello y él bajó las manos a la cintura de ella y luego a sus muslos, aprisionándola todavía con su cuerpo contra la pared. Fliss captó músculos duros y fuerza y susurró su nombre, incitándolo a seguir. Bajó la lengua desde los labios de él hasta la barbilla. Su respiración era tan inestable como la de Seth y el corazón le latió con una fuerza casi brutal cuando él deslizó las manos en su tanga y ella sintió las extremidades pesadas y flojas. Lo deseaba tanto que era indecente y gimió cuando sintió la invasión lenta y habilidosa de los dedos de él. La boca de él la silenció con un beso profundo y deliberado. Ella quería hablar, decirle lo bien que se sentía y cuánto lo había echado de menos, pero sus pensamientos eran confusos y no podía formar las palabras. Nunca había sentido algo así. Nada había sido nunca así. Lo deseaba tanto, que cuando él apartó la mano, ella casi sollozó... hasta que se dio cuenta de que solo quería retirar la ropa que había en medio.

El tanga de ella cayó al suelo, seguido por el sujetador.

Fliss luchó con los botones de la camisa de él y consiguió abrirla.

Lo había visto en la playa, en pantalones cortos de surfear y en bañador, pero no se cansaba de mirarlo.

Recordaba la sensación y el sabor de su cuerpo. Conocía cada centímetro de él, pero reconocía los cambios. Tenía los hombros más anchos, los músculos más definidos. Era fuerte, firme y seguro de sí mismo.

Los años de separación alimentaban la desesperación de ambos. Se arrancaron mutuamente la ropa, aunque él se detuvo el tiempo suficiente para sacar algo del bolsillo de los vaqueros. La prisa los hacía torpes y Fliss murmuró una protesta y luego él la levantó en vilo con las manos en los muslos de ella y le apretó la espalda. El deseo era tan intenso que casi resultaba sofocante. Fliss lo abrazó con las piernas y gritó cuando la penetró. El grito fue una mezcla de shock y placer al sentir su cuerpo cediendo a la presión de él. Estaba inmersa en una tormenta de sensaciones y cada embestida causaba un torbellino en sus sentidos. Se sentía sin control, mareada, y se agarraba a los músculos de los brazos de él, intentando sujetarse a algo mientras su cuerpo cedía a las exigencias de él. Pero, si él tomaba algo, lo devolvía multiplicado por mil hasta que ella quedó temblorosa e indefensa.

Nunca había conocido una excitación así y se preguntó si llegaría un momento en el que la química entre ellos se calmaría hasta un punto más suave y gentil. En ese momento la excitación era salvaje y urgente, una cascada de sensaciones eróticas que aumentaban y aumentaban hasta que ella se sentía caer por el borde. Su cuerpo se estremeció contra él y Seth atrapó su grito de placer con la boca en el momento en el que llegaba también a la misma cima.

Pasó mucho rato antes de que alguno se moviera. Fliss permanecía en el mismo sitio, con la frente apoyada en el hombro de él.

Al fin él la bajó al suelo. Sujetándola todavía con una mano, le puso los dedos de la otra debajo de la barbilla y le alzó la cara. Ella lo miró, mareada, preguntándose cómo era posible que una mirada resultara aún más íntima que lo que ya habían compartido.

Él le puso la mano en el cuello, sosteniéndole la cabeza, y le acarició gentilmente la mejilla con el pulgar.

—¿Estás bien? —preguntó. Su voz era suave y su mirada intensamente personal.

—No estoy segura. Mejor no me sueltes todavía.

—Yo me estaba refrenando.

—¿Ah, sí? No lo he notado —repuso ella.

Se alegraba de estar atrapada entre él y la pared porque no estaba segura de que la sostuvieran las piernas sin ayuda.

—Quiero decir que intentaba posponer esto.

—Lo sé. Y este puede ser un buen momento para decirte que no estoy de acuerdo con tu lógica.

—Tenía un plan maestro. Primero saldríamos juntos. Conseguiría que hablaras conmigo, te convencería para que compartieras tus sentimientos.

—Hemos salido. Hemos hablado. He compartido —repuso ella.

Más que con ninguna otra persona. Pensar en ello resultaba un poco terrorífico.

—¿Y luego qué? —quiso saber.

—Luego pasaríamos a la siguiente fase. Y, antes de que lo preguntes, esa no la había calculado muy bien, pero sería una fase romántica. No sería hacer el amor contra la pared después de cruzar la puerta corriendo.

—A mí me ha parecido bien —comentó ella. Podría pasarse todo el día y toda la noche mirándolo. Las Princesas del Póquer tenían razón. Tenía unas pestañas increíbles—. Cuéntame más de tus planes románticos.

—No había llegado a hacer planes firmes, pero, desde luego, incluían una cama cómoda.

—La pared ha funcionado perfectamente —repuso ella, aunque empezaba a darse cuenta de que había partes del cuerpo que le dolían—. Quizá la próxima vez podamos elegir algo más cómodo, sí.

Seth le retiró el pelo de la cara.

—¿Te he hecho daño? Porque juro que he oído crujir algo cuando hemos chocado con la pared.

—Era mi fuerza de voluntad —Fliss levantó la cabeza y lo miró entre mechones de pelo—. Ahora quizá pueda dejar de pensar en sexo y concentrarme en todas las demás cosas en las que quieres que nos concentremos.

—¿Crees que eso va a funcionar?

—Claro. Con el tiempo. Cuando se enfríe un poco la pasión. Aunque eso puede llevar tiempo —Fliss probó las piernas y descubrió sorprendida que ya podían sostenerla—. Has usado un preservativo. Parece que al menos uno de los dos ha aprendido la lección de la última vez. ¿Siempre llevas eso encima? —preguntó con curiosidad.

Seth tiró de ella hacia sí.

—¿Crees que voy preparado para acostarme con todas las mujeres que conozca?

—No lo sé. Parece que todas las mujeres que conoces piensan que eres atractivo, así que supongo que es bueno ir preparado —contestó ella. Después de lo que acababa de pasar, no podía culparlo y se odiaba por hacer la pregunta y también por la inseguridad que denotaba—. Perdona, no es asunto mío.

—Definitivamente, sí es asunto tuyo —a él se le oscurecieron los ojos—. Y la respuesta es que voy preparado solo desde que llegaste aquí. Antes de eso, generalmente conseguía hacer una jornada laboral sin echarme encima de las mujeres.

A Fliss le gustaba lo que acababa de oír.

—¿Quieres decir que soy la única que tiene ese efecto en ti?

—Eso parece.

La joven le acarició los hombros y notó los músculos tensos bajo los dedos.

—Podemos probarlo de nuevo. A tu modo —dijo.

Él la miró de soslayo.

—Lulu lleva tu sujetador.

—¿Crees que la hemos escandalizado?

—Lulu no se escandaliza de nada —él volvió su atención a Fliss, la besó despacio y concienzudamente y luego se apartó—. Vamos arriba.

—Creo que puedo haber dejado el top en la puerta.

—Así desalentará a las visitas —él la tomó en brazos y ella lanzó un respingo.

—¿Qué haces?

—No quiero que hagamos el amor en las escaleras, y eso será lo que pasará si las subes delante de mí.

Subieron al segundo piso, tropezando y riendo, y cayeron en la cama con la luz de la luna iluminando sus cuerpos.

Seth la tocaba con manos habilidosas y experimentadas, con movimientos lentos y prolongados, diseñados para extraer el máximo placer del momento. Era algo increíblemente íntimo y muy distinto a lo que habían compartido antes.

La oscuridad estaba llena de sonidos suaves y murmullos bajos. Él lo quería y lo exigía todo, y ella le daba eso y más y, cuando por fin llegó a la cima, tuvo miedo de romperse.

Después quedaron tumbados juntos, mirándose a los ojos y con las piernas de ella atrapadas en las de él.

Seth pasó el pulgar por la frente de ella.

—Había olvidado tu cicatriz. Nunca me dijiste cómo te la hiciste.

Ella se encogió de hombros.

—Choqué con un árbol.

—¿Sí? Porque a mí me parece que eres bastante competente andando. Y últimamente te observo mucho.

—Estaba peleando.

—¿Por qué peleabas?

—Era más divertido que hacer los deberes de Lengua —contestó Fliss. Lo miró a los ojos y suspiró. Era propio de él saber que tenía que haber habido una razón—. Se habían metido con Harriet.

—Y tú saltaste a defender a tu hermana.

—Él se llamaba Johnny Hill. Era el capitán del equipo de fútbol americano y un auténtico abusón. La hizo llorar. No consiento que hagan llorar a mi hermana.

—O sea que tú saltaste a defenderla, igual que has hecho esta tarde conmigo —dijo él.

Era cierto y eso hizo que Fliss se diera cuenta de hasta qué punto estaba pillada. Sintió un nudo en el estómago. Si hubiera habido un salvavidas cerca, lo habría agarrado.

—¿Y qué si lo he hecho? —preguntó.

Seth le puso una mano en la nuca y la besó en la boca.

—Que te importo.

—Puede que sí —admitió ella.

Le asustaba confesarlo. Implicaba desprenderse de una armadura y quedarse vulnerable.

—Y también te importa tu hermana. Te importa lo suficiente para protegerla —él le acarició la cicatriz con gentileza—. Creo que eso te convierte en una buena chica.

—En el instituto no pensaron lo mismo. Me expulsaron una temporada, lo que implicaba que no podía cuidar de Harriet. Después de eso, tuve más cuidado.

—¿No hubo más peleas?

—Tenían lugar fuera del instituto —ella se colocó de lado y le puso las manos en el pecho—. Ahora te toca a ti. Muéstrame tus cicatrices.

—No tengo ninguna. Al menos por fuera.

—¿Y por dentro? —preguntó ella.

Sintió la mano de él acariciándole el pelo.

—Nunca he dejado de pensar en ti, Fliss. Siempre has tenido un pedazo de mi corazón.

La joven se quedó sin aliento. Esas palabras le llegaron al alma y le hicieron pensar en todo el tiempo que habían perdido y en lo que podía haber sido.

—Siento haberte hecho daño —dijo ella.

—Yo también te lo hice a ti. Los dos cometimos errores. Creo que eso se llama ser humanos.

—Tendría que haberte dicho más cosas. Haberme abierto más.

—Cuando una persona se ha pasado toda la vida erigiendo barreras, es difícil que confíe lo suficiente en la gente para retirarlas —comentó él.

Y de pronto a ella le pareció que era importante lograr que Seth lo entendiera.

—Mi padre sabía perfectamente cómo controlar a la gente —explicó—. Comprendía nuestras debilidades y las utilizaba. Quería hacer daño. Yo me di cuenta de eso muy pronto y estaba decidida a que nunca viera el daño que me hacía. Cuanto más indiferente me mostraba yo, más se enfurecía él —movió la cabeza—. Quizá debería haberme derrumbado al primer insulto, pero no tenía ninguna intención de hacerlo. Él se cebaba con la debilidad, con la vulnerabilidad. El único modo de sobrevivir a él era no permitirme ser vulnerable. Así que me escondía. No como Harriet, que se escondía debajo de la mesa o en su dormitorio, yo me escondía dentro de mí misma. Construí estos muros. Incluso solía imaginar que estaba en un castillo y venía el enemigo. Levantaba el puente levadizo y todos se quedaban fuera. Así era como me imaginaba a mi padre.

Seth se sentó en la cama y tapó a ambos con la sábana.

—¿Como el enemigo? —preguntó.

—Había días en los que lo sentía así. Me decía que no era buena y que no servía para nada, así que me he pasado la vida adulta demostrando que se equivocaba. ¿No es una locura? En cierto modo, lo dejé controlarme. Quería demostrarle que podía ser independiente económicamente y tener éxito. Y me esforcé tanto por ocultar mis sentimientos que llegué a dominar el tema. Creo que tenía miedo de que, si bajaba el puente levadizo y te dejaba entrar a ti, caerían mis defensas. No podía dejar que ocurriera eso. Necesitaba protegerme. Veía a mi madre vulnerable. Y a Harriet. Y no quería serlo yo también.

—¿Y ahora? Has empezado a abrirte. Has bajado ese puente y me has dejado entrar. Me has dicho cosas que no me habías dicho nunca. ¿Y los muros de ese castillo se han hundido?

Fliss sonrió un poco.

—Siguen en pie.

Seth asintió, pensativo.

—Mira, a veces la persona que cruza ese puente no es el enemigo. Tú tenías miedo de bajar el puente levadizo porque pensabas que la persona del otro lado te atacaría, pero yo no te ataco, cariño. Estoy de tu lado. Considérame un refuerzo.

—Mi padre me decía que jamás haría nada con mi vida —Fliss respiró hondo—. Nunca le he contado esto a nadie. Tenía miedo de que, si lo decía en voz alta, alguien se mostrara de acuerdo.

—Fliss...

—He trabajado duro porque quería la libertad y la independencia que suponen tener y dirigir un negocio próspero, y porque quería que Harriet también tuviera eso. Y he trabajado duro porque en el fondo quería que él estuviera orgulloso. Quería que me dijera que estaba orgulloso y que se había equivocado conmigo. Nunca lo hizo. Nunca lo ha hecho.

—Tú no necesitas que él te diga eso —Seth la atrajo al círculo de sus brazos—. Sabes que estaba equivocado.

—Quería oírselo decir a él. Fui a verlo en el hospital, esperando una reconciliación melodramática. Eso pasa siempre en las películas —dijo ella. Su voz sonaba apagada por el pecho de él y sintió que la mano de él le alisaba el pelo con gentileza.

—Y adivino que, en este caso, la vida no fue como en el cine.

—Algunas personas habrían aprovechado eso para volver a conectar con la gente. Mi padre no —Fliss hizo una pausa—. No se ablandó ni le hizo arrepentirse en ningún sentido. Me presenté en el hospital y me preguntó qué quería. Fue una buena pregunta y entonces me di cuenta de que lo único que de verdad quería era su aprobación y jamás la iba a tener. Para él siempre fui una inútil, un desastre.

Sintió que Seth la estrechaba en sus brazos.

—Me apartó y eso me hizo más daño que nada de lo que había pasado antes. Nunca le he contado esto a nadie. Nadie más sabe que fui a verlo, ni siquiera Harriet.

—Si te apartó, él se lo perdió.

—Yo también perdí, pero es una pérdida con la que he aprendido a vivir —ella alzó la cabeza—. Me alegro de habértelo dicho.

—Yo también.

—Hablar, abrirse, sienta bien. Mejor de lo que esperaba. Creo que podría llegar a gustarme —comentó ella.

—Me alegro. Porque a mí ya me gusta —Seth la besó en el cuello—. Y también me gustan otras cosas.

A Fliss también. Y cuando él volvió a situarse encima, se dio cuenta de que todos los años que había pasado intentando encontrar a otra persona había perdido el tiempo. No quería a otra persona. Nunca la había querido. Siempre lo había querido solo a él.

A Seth.

CAPÍTULO 19

El tiempo pasaba en una nube.

Fliss encontró más clientes, sacaba a pasear a más perros, el negocio iba creciendo. En ese caso, el boca a boca de una comunidad como aquella fue una ventaja para ella. Estaba todo lo ocupada que quería estar, pero también sacaba tiempo para pasarlo con Seth.

Fueron a Montauk, a ver a los surfistas en Ditch Plains, y le costó trabajo recordar que estaba a solo unas horas de Nueva York. Todos los días pasaba una parte del día descalza, sintiendo la arena entre los dedos y respirando el olor del mar.

Comieron en el restaurante del puerto deportivo, donde la orden del día eran los especiales de marisco, y visitaron un par de veces el bar del puerto que servía cócteles.

Un día tomaron el ferry hasta la isla Shelter para explorar sus bosques y marismas. Alquilaron kayaks y observaron a las tortugas acuáticas, las ucas, las garzas azuladas y las garcetas. Más tarde, con los músculos doloridos, buscaron un restaurante en la playa y comieron crema de marisco y tacos de pescado asado contemplando el atardecer. Allí, lejos del imán para los famosos que era South Fork, había una naturaleza en estado puro que ella adoraba.

Pero sus momentos favoritos eran las horas que pasaban sentados en el porche de la casa de Seth, viendo ponerse el sol sobre el agua.

Cuando llegó el Cuatro de Julio, Fliss estaba plenamente adaptada a esa vida.

El día amaneció soleado, así que se puso pantalones cortos y una camiseta y encontró a su abuela en la cocina midiendo nueces pecanas en un bol. Del horno salía un olor magnífico y en medio de la mesa había una montañita de manzanas esperando que las pelaran.

—Ya casi no se notan los moratones —la joven besó a su abuela en la mejilla—. ¿Cómo te sientes?

—Menos rígida. Puede que todavía te dé la lata unos cuantos años más.

—Cuento con ello. Y tus amigas también. Todavía os quedan varias temporadas de *Sexo en Nueva York* por ver. No querrás perderte eso —Fliss se sirvió una taza de café y reprimió un bostezo.

Su abuela la miró.

—Veo que estás de buen humor. ¿Quieres hablarme de ello?

La joven rodeó la taza con las manos.

—Decididamente, no. Tu corazón no lo soportaría.

—Mi corazón es tan fuerte como el tuyo —Eugenia midió harina en un tazón grande—. Me alegra verte sonreír.

—¿Por qué no voy a sonreír? Brilla el sol, tengo ocho clientes en los Hamptons y dos llamadas más que responder. Me gusta pasar tiempo contigo y resulta que no soy tan mala cocinera después de todo. La vida es hermosa.

—¿O sea que no piensas volver a Manhattan en un futuro próximo? —Eugenia hizo un pozo en el centro de la harina—. Creía que solo venías para una semana.

—No hace tanto tiempo que vine —protestó Fliss.

Hizo mentalmente el cálculo y se quedó sorprendida al darse cuenta del tiempo que había transcurrido. ¿Cómo había ocurrido eso? Un día de sol había dado paso a otro hasta que solo recordaba un borrón de amaneceres y atardeceres.

—Me gusta vivir contigo. Eres buena compañía —dijo.

Su abuela la observó por encima del borde de las gafas.

—¿Pretendes convencerme de que estás aquí por mí? Porque, por muy entretenidas que seamos las Princesas del Póquer, tengo la sensación de que el motivo de tu presencia continuada aquí es cierto hombre sexy al que se le dan muy bien los animales.

«No solo los animales», pensó Fliss.

—Él es parte de la razón —contestó—. Y fuiste tú la que me empujó hacia él, así que no puedes juzgar.

—¿Tengo pinta de juzgarlo? Me alegro por ti. Ahora deja de hablar y empieza a pelar. Hay un cuchillo en la mesa. Pela las manzanas y córtalas. Y quiero rodajas finas, no busques atajos.

—¿A qué hora llegan las Princesas del Póquer? —Fliss robó una nuez pecana del bol que había en la encimera—. Tengo que prepararme para la inquisición.

—Vendrán a mediodía. Y, si dejas de picotear, puede que les quede algo de comer.

—Eres una chef muy dura. Me gusta cocinar contigo —comentó la joven. Y a nadie le sorprendía eso más que a ella. Pensó que no era tanto por cocinar como por hacer una actividad compartida—. Harriet se va a quedar de piedra cuando le haga tortitas. En casa es ella la que cocina. Daniel y yo solo comemos.

—Tu hermana es una auténtica ama de casa. Ahora que Daniel tiene a Molly, la única que queda sola es Harriet. Me gustaría verla con alguien especial. ¿Sale con algún chico?

—Un momento. ¿Cómo que es la única que queda sola? ¿Y yo qué?

—Las dos sabemos que para ti siempre ha existido solo Seth —Eugenia levantó la receta para comprobar algo y Fliss la miró con el corazón galopante.

—¿Ah, sí? —preguntó—. Yo nunca he dicho eso. Y no hemos hablado del futuro ni nada por el estilo. Salimos juntos y pasamos tiempo juntos, nada más.

Su abuela dejó la cuchara en la encimera.

—¿Y él sabe eso?

—No sé. Me asusta un poco —confesó Fliss—. Lo pasó mal por mi culpa. Y yo también sufrí. Me aterroriza que volvamos a hacernos daño. No podría hacerle pasar por eso. Ni tampoco yo podría volver a pasar por lo mismo. Me parece un riesgo enorme.

—Las cosas maravillosas casi siempre exigen que corras un riesgo. Y el amor es algo maravilloso. Es lo que da riqueza a nuestras vidas. No todo el mundo tiene la suerte de encontrarlo, o a veces lo encuentran pero no pueden hacer nada al respecto. Yo diría que, si te pasa cerca, deberías agarrarlo con ambas manos. Sospecho que Harriet haría lo que fuera por tener lo que tú tienes.

«¿Un miedo horrible? ¿Una tensión enfermiza?», pensó Fliss.

Nunca había pensado que el amor fuera tan sencillo como parecía creer Harriet. Su hermana pensaba que solo se necesitaban sentimientos y lo demás era fácil. Para Fliss, todo era difícil. Los sentimientos y lo que esos sentimientos implicaban.

Pero hasta ella tenía que admitir que lo que tenía con Seth era especial.

—Estoy pensando en convencer a Harriet de que pruebe las páginas de citas de Internet —comentó—. No está muy predispuesta.

Su abuela hizo una mueca.

—No me extraña. No me imagino yendo a una cita con una persona a la que no has visto cara a cara.

—Así es como se hacen las cosas ahora. No es lo ideal, pero es difícil conocer a alguien cuando estás muy ocupada.

—¿Ella sigue tartamudeando con desconocidos?

—Hace ya años que no. Está más segura de sí misma. Siempre que no salga de su zona de confort, claro.

Su abuela guardó el azúcar y la harina en el armario.

—¿Y qué pasa cuando sale? ¿Cómo se las arregla?

Fliss frunció el ceño.

—Eso no ocurre. Yo llevo las cuentas y todos los contactos de negocios nuevos, todo lo que puede resultarle estresante. Ella se ocupa de los animales y dirige a los paseantes de perros. Las dos hacemos lo que se nos da bien.

—Si solo hacéis las partes que se os dan bien, ¿cómo vais a crecer y mejorar? Mira la cocina, por ejemplo. Tus tortitas son perfectas —dijo su abuela—. Lo que prueba que, con paciencia y práctica, podemos llegar a hacer bien otras cosas.

—¿Estás sugiriendo que le diga a Harriet que lleve la contabilidad y llame a cien desconocidos? Le dará un ataque.

—Sugiero que somos capaces de hacer más cosas de las que pensamos.

Fliss tuvo la sensación de que su abuela no hablaba solo de Harriet.

—Eso puede ser cierto. Hace una semana que no he quemado nada. ¿Lo has notado? —preguntó.

—He notado muchas cosas. Por ejemplo, que nunca has dejado de proteger a tu hermana —su abuela apartó el tazón de las nueces antes de que Fliss pudiera comer más—. También he notado que estás ocupada y que tienes la mesa de la cocina llena de papeles. Quizá quieras retirarlos antes de que los llenemos de pieles de manzana.

Fliss recogió los papeles y los cambió de la mesa a la encimera.

—Pues claro que la protejo —dijo—. Soy su hermana.

Su abuela no dijo nada. Miró de nuevo la receta.

—Necesito seis huevos. ¿Te importa echarlos en un bol?

—Claro que no —Fliss sacó los huevos mientras su abuela echaba un trozo de mantequilla en el bol—. Para eso están las hermanas, ¿verdad?

—¿Estás diciendo que ella también te protege a ti?

—No, yo soy la mayor —Fliss rompió los huevos, los echó en el bol y observó el resultado con satisfacción—. ¿Lo ves? Hace un mes habría pasado una hora recogiendo pedacitos de cáscara. Ahora no hay ninguno. ¿Estás orgullosa de mí?

—Sabes que sí. Siempre lo he estado.

—Eso no lo sabía hasta el otro día.

—Tendría que habértelo dicho antes. Recuerdo estar aquí sentada mordiéndome la lengua mientras tu padre te decía que eras una inútil y que jamás harías nada de provecho.

Fliss tiró las cáscaras de los huevos a la basura.

—Yo también lo recuerdo. Recuerdo que mamá le decía que debería estar orgulloso de mí y él contestaba que, cuando hiciera algo para que estuviera orgulloso, lo estaría.

—Y tú has intentado que esté orgulloso desde entonces. Montando el negocio. Haciendo que prosperara. Parte de eso era por ti y parte también por tu hermana, pero estoy segura de que una gran parte de la motivación procedía de las ganas de probar que tu padre se equivocaba.

Fliss pensó en su visita al hospital.

—Y él ni siquiera lo sabe. Y, desde luego, no le importa.

—No hablo de demostrárselo a tu padre. Hablo de demostrártelo a ti misma. Si echas ácido suficiente en la piscina, al final acabas por envenenar el agua.

Fliss la miró. La sangre le atronaba en los oídos.

—¿Qué quieres decir? —preguntó.

—Esas cosas que te decía tu padre... Algunas de ellas arraigaron, ¿verdad? Como una infección que no se cura nunca. Esas palabras se te quedaron clavadas y tú llevas desde entonces intentando probar que se equivocaba. Piénsalo bien. Y de paso, deja también de escuchar esa voz en tu cabeza que te dice que no eres lo bastante buena, que Seth se merece algo mejor, porque te aseguro que no podría encontrar a nadie mejor que tú. Empieza a ver la persona que eres, no lo que tu padre te hizo creer que eras.

Fliss tragó saliva.

¿Tenía razón su abuela? ¿Era así como se veía a sí misma?

Durante años se había dicho que todas las decisiones que había tomado, todos los caminos que había seguido, lo había hecho motivada por el deseo de convencer a su padre de que se equivocaba con ella.

La verdad era que había intentado convencerse a sí misma.

Había sido un día más tranquilo de lo que temía. Seth podría haberse quedado en casa y haber contestado las llamadas desde allí, pero había optado por ponerse al día con el papeleo de la clínica. Tuvo una llamada urgente para tratar a un gato al que había golpeado la rueda de una bicicleta, y después otra sobre un perro que se había tragado un botón. Aparte de eso, había sido un día tranquilo.

Tanya, su socia, llegó temprano.

—Pasas demasiado tiempo en este sitio —le dijo.

—Tú también estás aquí.

—Eso es distinto. Ya tengo hijos mayores —la mujer le quitó el estetoscopio del cuello—. Vete, vamos. Diviértete. ¡Fiesta!

—Si me necesitas...

—Te llamaré. Tranquilo. Pásalo bien.

Seth fue a su casa, se duchó, se cambió de ropa y fue a recoger a Fliss en casa de su abuela.

La joven se sentó en el coche y la falda corta que llevaba se le subió en los muslos, mostrando largas piernas doradas por los lentos días veraniegos. Estaba mil veces más relajada que la persona a la que había encontrado en la carretera el día de su llegada allí.

Fueron a casa de Chase y Matilda y caminaron juntos por la hierba hasta la parte de atrás de la casa, que daba a las dunas.

Seth vio una tira de mar, un espacio de arena dorada, oyó el sonido de las olas y el ruido de risas y decidió que era afortunado.

Un trabajo que amaba, buenos amigos y una vida al lado del agua. ¿Qué más podía querer un hombre?

«A Fliss», pensó. Eso era lo que quería.

Chase, a pesar de su riqueza y de sus éxitos, era igual. Esa era una de las razones de que hubieran sido amigos tanto tiempo.

Caminó por la hierba y observó a Fliss tomar a Rose de brazos de Matilda, quien parecía cansada.

—Hubo un tiempo en el que las noches en vela se debían a cosas más excitantes —Chase le pasó una cerveza—. Mi madre dice que la dejemos llorar, pero nunca se me ha dado bien oír llorar a una mujer. Unas cuantas noches más así y seré yo el que llore.

Seth sonrió.

—Solo tiene un par de semanas y ya hace contigo lo que quiere.

—Eso es verdad —Chase señaló una mesa—. He asumido que preferirías cerveza a un margarita muy frío.

—Has asumido bien.

—¡Chase! —llamó Matilda a través del jardín.

Chase le quitó a Seth la botella de cerveza vacía de la mano.

—Me necesitan. Eva está haciendo las ensaladas y los postres, pero yo estoy al cargo de la parrilla —dijo.

Cruzó hasta donde estaba Matilda y Seth vio a Fliss de pie en el porche, con un vaso en la mano. Reía de algo que había dicho su anfitriona. Mirándola, resultaba difícil creer que fuera una persona de ciudad. Desde luego, no parecía echar de menos Nueva York.

Lo único de lo que no habían hablado las últimas semanas era de cuándo pensaba volver a Manhattan.

Seth confiaba en que su amor por el mar la convenciera de quedarse. O mejor aún, su amor por él.

Le sorprendía ver que todavía llevaba los zapatos puestos, aunque no eran zapatos exactamente, sino chanclas enjoyadas que realzaban su piel ligeramente bronceada y sus uñas pintadas. Estaba dispuesto a apostar dinero a que, en cuanto los invitados se relajaran un poco más, ella abandonaría las chanclas y se quedaría descalza.

—¡Seth! —lo llamó ella—. ¿Conoces a Eva? Dirige Urban

Genie, una empresa de servicios de Manhattan, con Paige y Frankie. Están allí, al lado del cenador. La mitad de nuestros clientes nos han llegado a través de ellos.

Seth intercambió unas palabras con Eva, pensando solo en Fliss.

Quería preguntarle cuáles eran sus planes. Si pensaba en volver a casa.

Más tarde, cuando todos hubieron comido gambas a la plancha, bistecs y maíz empapado en mantequilla derretida, Matilda desapareció para intentar dormir a Rose.

El sol se hundía ya por el horizonte, con un tono rojo intenso, y la tarde adquiría una vibración dulce.

Seth ayudó a Chase a recoger y después tomó dos botellas de cerveza y fue en busca de Fliss.

No había ni rastro de ella, pero vio las chanclas abandonadas al borde de las dunas y siguió las huellas de sus pies hasta la playa. Huellas pequeñas. Delicadas. Las de él eran el doble.

Pequeña sí. Y delicada. Pero también fiera. Y él se alegraba de eso. Era difícil enfrentarse a la vida sin tener al menos un toque de fiereza en medio de la armonía.

La vio sentada en la arena, solo lo bastante lejos del mar para mantener secos los dedos de los pies.

En la distancia explotaban fuegos artificiales, que iluminaban el cielo nocturno.

Seth se sentó a su lado, le pasó un brazo por los hombros y vieron los fuegos juntos.

Cuando la última lluvia de estrellas caía en cascada hacia el agua, la abrazó y la besó en la boca.

—¿A qué viene eso? —preguntó ella, sin aliento.

—Es el Cuatro de Julio. Hoy me está permitido besarte.

—¿Quieres crear otro tipo de fuegos artificiales?

—Tal vez.

—¿Has llamado a tu familia? —preguntó ella.

—Sí, he hablado con mi madre. Parece que les gusta Vermont.

—Es una lástima que tengas trabajo y no hayas podido ir tú también. Mala suerte lo del trabajo.

Seth observó cómo morían los últimos fuegos artificiales, dejando un cielo de terciopelo negro cuajado de estrellas.

—No ha sido mala suerte. No tenía que trabajar, lo pedí yo.

Seth volvió la cabeza.

—¿No querías una reunión familiar?

—Me he prometido que pasaré Acción de Gracias con ellos, pero en este momento, no, no quería una reunión familiar el Cuatro de Julio sin mi padre y no quería herir sus sentimientos diciéndoles eso, así que pedí tener trabajo. Eso probablemente indica que soy un egoísta.

—Yo creo que eres humano —ella apoyó la cabeza en su hombro—. Y tus dos hermanas están allí, así que tu madre no está sola. No tienes que sentirte culpable por pensar en tus necesidades o por llevar la pena como mejor te parezca.

Seth pensó que ella nunca lo juzgaba. No le hacía sentir que tuviera que estar a la altura de alguna imagen perfecta e irreal que tenía de él.

—La siguiente tarea es sacar los objetos personales de mi padre de la casa. Los muebles se pueden quedar hasta que se venda, pero las demás cosas, los libros, los papeles, los útiles de navegar... No va a ser divertido sortear todo eso.

—Lo haremos juntos.

«Juntos».

Seth quería preguntarle cuánto tiempo pensaba quedarse. Si tenían un futuro.

Guardó silencio, esperanzado, pero ella no dijo nada. Miraba al frente, sumida en sus pensamientos.

—Me encanta esto —dijo.

—A mí también —contestó él.

¿Qué le encantaba exactamente? ¿La playa o él? ¿La playa y él?

—¿Podrías vivir aquí? —preguntó.

La joven se quedó inmóvil.

—Tal vez.

Seth la miró.

Si le decía lo que sentía, ¿saldría corriendo o le diría que ella sentía lo mismo?

No estaba dispuesto a correr el riesgo de que ocurriera lo primero.

Había esperado tanto tiempo para oírle decir las palabras que quería oír, que decidió que podía esperar un poco más.

CAPÍTULO 20

Fliss recorría la mansión de los Carlyle habitación por habitación, guardando con cuidado artículos personales en cajas. De vez en cuando interrumpía lo que estaba haciendo para ir a ver a Seth, que estaba vaciando otra habitación.

Sabía lo duro que era aquello para él y quería que supiera que lo entendía.

Había notado un giro en su relación. Contarse lo que pensaban y lo que sentían había creado una intimidad que había estado ausente la primera vez. Todo era más profundo y más intenso.

—¿Quieres esto? —preguntó. Levantó un jarrón que le parecía feo y se sintió aliviada cuando él negó con la cabeza.

—Es odioso. Ponlo en la caja de las donaciones —él lo miró con más atención—. Pensándolo mejor, creo que puede ser algo que Bryony hizo en el colegio. Ponlo en la caja de mi madre por si quiere conservarlo.

Fliss pensó una vez más lo difícil que debía de ser aquello para él, empaquetar su historia familiar y decidir qué guardar y qué donar.

Pero el amor no era un objeto. El amor era un sentimiento, y ella empezaba a saber mucho sobre sentimientos.

Tomó otro libro y una fotografía cayó de las páginas al suelo.

Se agachó a recogerla y vio que era una fotografía de Seth y ella el día de su boda.

Le tembló la mano. Recordó el inclemente sol y la locura de todo aquello. Ella lucía una sonrisa tan amplia que era un milagro que cupiera en la foto, y Seth se reía, y estaba tan atractivo que ella recordaba que la gente que estaba cerca se había vuelto a mirarlo.

Recordaba que ella tenía la sensación de ir flotando. Ese día la realidad de sus circunstancias se había visto atenuada por una ilusión de futuro casi insoportable.

Más que ninguna otra cosa, recordaba que sentía esperanza, y que al perder al bebé, había perdido la esperanza.

Nunca se le había ocurrido que tendría una segunda oportunidad.

O quizá la verdad era que nunca había pensado que mereciera tenerla.

Miró la fotografía y vio que su cara mostraba claramente el amor que sentía.

Amaba a Seth entonces y lo seguía amando todavía. Quizá nunca había dejado de quererlo. No lo sabía, y eso ya no parecía importar.

La embargó una emoción que no reconocía del todo. ¿Ilusión? ¿Terror?

—¿Fliss?

La joven ni siquiera se había dado cuenta de que él estaba en el umbral.

—Seth...

—¿Estás bien? —él miró la fotografía y sonrió—. ¿Dónde la has encontrado?

—Dentro de uno de los libros de tu padre —ella todavía no estaba lista para hablar con él. No había asimilado lo que sentía.

—Eso explica por qué no pude encontrarla cuando la busqué hace años. No la pierdas. Me encanta esa foto.

—A mí también —Fliss tenía la boca tan seca, que casi no podía hablar. Le habría gustado tener más tiempo para decir lo que tenía que decir, pero quizá fuera mejor así—. Seth, hay algo que tengo que... —se interrumpió porque sonó el teléfono de él. No sabía si sentía frustración o alivio—. Contesta.

Él contestó la llamada y ella vio que su expresión cambiaba.

—Voy enseguida —terminó la llamada—. Al perro de los Christies le ha coceado un ciervo.

Fliss frunció el ceño.

—Los cascos de los ciervos son muy afilados. Vete.

Seth tomó sus llaves.

—¿Qué era lo que ibas a decir? —preguntó.

—Puede esperar —repuso ella. Y eso implicaba que tenía más tiempo para pensarlo mejor—. Espero que el perro se ponga bien. Estaré aquí cuando hayas terminado.

Eso le daba tiempo para planear. Para que resultara romántico.

No quería pronunciar aquellas palabras rodeada por libros polvorientos y recuerdos del padre de él.

Se lo diría más tarde, cuando estuvieran los dos solos. Compraría una botella de champán y la metería en el frigorífico.

Podrían llevársela a la playa.

Cuando se cerró la puerta detrás de él, volvió de nuevo su atención a los libros, que guardaba cuidadosamente en cajas que después etiquetaba.

Sentía el corazón más ligero que en mucho tiempo.

Estaba enamorada. Y esa vez no tenía miedo de decírselo.

De hecho, se moría de ganas de hacerlo.

Se enderezó, se frotó la espalda dolorida y fue a la cocina a por un vaso de agua.

Se lo bebió de un trago y tenía todavía el vaso vacío en la mano, cuando sonó el teléfono.

Era la línea fija.

Frunció el ceño. ¿Debía contestar?

«Sí. Puede ser importante. Podría ser alguien que intenta localizar a Set», pensó.

Contestó y oyó una voz de mujer.

333

—¿Hola?

Fliss reconoció la voz y sintió tentaciones de colgar. Pero sabía que antes o después tendría que hablar con ella.

—Hola, Vanessa —musitó—. Soy Fliss.

Hubo una pausa.

—¡Cuánto tiempo! —dijo Vanessa.

—Estoy ayudando a Seth a empaquetar algunas cosas. Él no está. Ha tenido que irse a operar a un perro al que ha coceado un ciervo.

—¡Oh! Bueno, de todos modos, quería hablar contigo.

Fliss se sentó con fuerza en la silla más próxima.

—¿Ah, sí? —preguntó.

Estaba segura de que aquello no le iba a gustar.

No le iba a gustar nada.

—Te debo una disculpa —dijo Vanessa.

—¿Perdón? —Fliss asumió que había oído mal—. No te he entendido.

—Una disculpa. La última vez… Aquella llamada que te hice. Todo aquello… —la voz de Vanessa sonaba extraña, bastante espesa—. No fue… muy amable.

Fliss estaba totalmente de acuerdo.

—Yo no te caía bien —dijo.

—Eso no es cierto. Seth es mi hermano. Es verdad que a veces nos peleamos y nos irritamos mutuamente, pero yo lo quiero. Y después de que lo dejaras plantado la última vez…

Fliss tenía la boca tan seca, que casi no podía hablar.

—¿Qué?

—Estaba preocupada por él, eso es todo. Tardó mucho tiempo en superarlo. No estaba nada bien. Le hiciste mucho daño.

Fliss sintió un dolor agudo detrás de las costillas.

—No era mi intención.

—Te creo, pero él sufrió. Creo que el hecho de no poder hablarlo contigo lo volvía loco. No sabía qué hacer, así que se sumergió en los estudios. Probablemente tú seas la causa de que se graduara como número uno de su clase. Pasaron dos años hasta que tuvo otra cita.

Fliss sintió una punzada en el pecho.

—¿Dos años?

—Sí. Y luego se mudó a California. Lejos de todos y de todo lo que conocía. Dijo que era un nuevo comienzo, pero yo creo que no podía soportar estar en los lugares donde habíais estado juntos.

Fliss miraba fijamente al frente.

¿Seth no había salido con nadie en dos años?

¿Se había ido a California por su causa?

No tenía ni idea de que ella hubiera sido el motivo. Él no se lo había dicho.

Le había dicho que había sufrido, pero no había dicho hasta qué punto y ella no había pensado mucho en eso. Porque estaba tan segura de que solo se había casado con ella por el bebé, que había asumido que no tardaría mucho tiempo en olvidarla.

—¿Estás segura? —preguntó con voz ronca—. ¿No salió con nadie en dos años?

—Quizá fuera más tiempo. Bryony y yo le poníamos delante a todas las chicas que conocíamos, pero no le interesaban. Para empezar, creo que ni las veía porque todavía pensaba solo en ti, y más tarde creo que le daba miedo volver a ir en serio.

Fliss sintió como si acabara de hundirse en agua helada.

Él había dejado de salir con chicas. Se había ido al otro extremo del país por su causa.

Ella le había roto el corazón.

—Pero luego conoció a Naomi —dijo—. Así que al final se recuperó.

—No creas. Se llevaban bien y ella estaba loca por él. Yo asumía que todavía lo ponía nervioso volver a entregar su corazón. Daba la impresión de que eso podía salir bien. Yo pensaba que había alguna posibilidad, pero luego murió papá y todo se acabó.

—Seth y él estaban muy unidos.

—Lo sé. Y, después de eso, Seth cambió. Rompió con Naomi y volvió a Nueva York. Aceptó aquel puesto temporal en Manhattan para verte.

—No solo por esa razón.

—Sí, por esa razón. Piénsalo bien, Fliss. Seth no es una persona de ciudad. Lo hizo para volver a verte y quería verte porque nunca ha dejado de pensar en ti. Creo que después de la muerte de mi padre necesitaba encontrarte y averiguar si todavía quedaba algo entre vosotros. El hecho de que ahora estés en casa me dice que lo hay. Y eso me da muchísimo miedo. No porque no me caigas bien. ¿Quieres la verdad? Te admiro mucho y estoy segura de que en otras circunstancias seríamos amigas, pero estoy preocupada —hubo una pausa—. Sé que creciste con problemas en casa...

Fliss se puso tensa.

—Vanessa...

—No, por favor, déjame terminar. No encuentro un modo fácil de decir esto, así que lo diré y espero que me perdones por ser tan directa. Sé que no hablas fácilmente con la gente y eso lo entiendo. De verdad que sí. Pero Seth es la clase de persona que necesita eso. Es el hombre más franco que conozco. No se anda con rodeos. La última vez no sabía lo que sentías y eso lo volvía loco. Le dolía muchísimo que no quisieras hablar con él. Y me preocupa que ahora todo vaya bien, pero luego, si hay algún problema en el futuro, te alejes de nuevo. No sé si podría superarlo una segunda vez. Y no quiero verlo pasar por eso de nuevo.

Fliss tragó saliva.

Seth ponía toda su fe en ella, y a ella eso no se le daba muy bien, ¿verdad?

Habían metido la pata antes. ¿Qué les impedía meterla otra vez?

¿Y si ella no podía ser lo que él quería que fuera?

¿Y si no podía abrirse a él cuando las cosas se pusieran difíciles?

¿Y si le hacía daño?

La duda erosionaba ya la certeza que había tenido solo unos momentos atrás.

—¿Fliss? ¿Sigues ahí?

—Estoy aquí —contestó la interpelada.

Miró fijamente al frente. Últimamente se había abierto mucho, ¿no?

Pero no había pensado en serio en lo que había en juego. En lo que ocurriría si aquello iba mal.

—Probablemente pensarás que esto no es asunto mío, pero él es mi hermano. Te he visto defender a Harriet, así que espero que entiendas por qué yo haría lo mismo por Seth.

—Lo comprendo —contestó Fliss.

Si alguien le hiciera a Harriet tanto daño como parecía que le había hecho ella a Seth, lo partiría en dos.

—¿Estás enfadada conmigo? —preguntó Vanessa.

Fliss se puso de pie.

—No. Tú lo quieres y lo proteges. Y tienes razón, yo haría lo mismo en tu lugar.

—Lo único que quiero es verlo feliz. Seth es como mi padre. Quiere una casa y una familia. Quiere asentarse con una mujer a la que ame. Para él, esa mujer eres tú. Si tú no sientes lo mismo, si no puedes darle lo que necesita, tienes que decírselo. Y tienes que decírselo pronto.

Fliss colgó el teléfono y caminó hasta la biblioteca como una autómata. Pensar que le había hecho tanto daño la vez anterior hacía que se sintiera como si la hubieran despellejado.

La felicidad de antes había desaparecido. Solo quedaba un pánico enfermizo. La duda se introducía por todos los rincones de su mente. La voz interior que tanto se había esforzado por silenciar gritaba de pronto con tanta fuerza, que no podía oír nada más.

¿Y si ella no podía ser lo que él necesitaba que fuera?

Se dejó caer al suelo entre el montón de cajas que eran

parte del pasado de Seth. Él lo estaba despejando, preparándose para entrar en el futuro.

Quería que ella formara parte de ese futuro.

Seth volvió a la casa y dejó las llaves del coche en la encimera.

—¿Fliss?

No obtuvo respuesta. ¿Se habría marchado ella? Después de diez horas de empaquetar y cargar cajas, no tendría nada de raro.

Oyó ruido en la biblioteca y fue allí. Vio a Fliss amontonando libros. Algo en la rigidez de sus hombros no le pareció del todo bien.

—¿Fliss?

Ella se detuvo y se giró. Había una mancha en su mejilla y parecía agotada.

—Hola. ¿Cómo ha ido la operación? —preguntó—. ¿El perro está bien?

—El perro está bien —contestó él—. Tú, sin embargo, no pareces estarlo. Tienes que parar ya, estás cansada —pero algo le decía que la expresión de su rostro tenía poco que ver con empaquetar cajas.

La joven cerró la caja que estaba llenando y se limpió las palmas de las manos en los pantalones cortos.

—Tienes razón. Creo que debería irme. Necesito una ducha —musitó.

—Mientras tú haces eso, yo prepararé la cena.

—Esta noche no. Creo que voy a cenar con la abuela.

Seth la miró. Antes había estado bien. Sonriente, riendo, distrayéndolo en la tarea de guardar las cosas.

¿El cambio se debía a que estaba cansada o había ocurrido algo?

Tomó las cajas que ella había llenado y las amontonó en el pasillo.

—¿Qué ocurre? —preguntó. Apiló una caja encima de otra en el pasillo mientras repasaba mentalmente las distintas posibilidades. El cambio no podía tener nada que ver con él—. ¿Harriet está bien?

—Sí, está bien —ella sacó otra caja de la biblioteca sin mirarlo.

—Fliss...

—En realidad no está bien —ella se enderezó y se giró hacia él—. Me necesita. Mañana vuelvo a Manhattan.

—¿Qué le ocurre?

—No puede lidiar con todo. Ha sido injusto por mi parte pensar que podría dirigir el negocio sola.

Seth tardó un momento en asimilar lo que oía.

—Espera. ¿Estás hablando de volver permanentemente?

—Así es.

Él se quedó atónito. No se esperaba aquello.

—Pero ayer decías lo mucho que te gustaba esto. Que podías vivir aquí.

—Échale la culpa al sol y a la sangría.

—No bebimos sangría.

—Es una forma de hablar —ella se apartó el pelo de la cara y se dejó otra mancha de polvo en la piel—. No lo había pensado bien.

«¿Se va a marchar?», pensó Seth.

Seguía intentando averiguar qué era lo que ella no le decía cuando Fliss pasó a su lado con las llaves en la mano.

—Espera —él la siguió y puso la mano en la puerta para impedir que se fuera—. ¿Qué es lo que me ocultas? ¿Qué ocurre?

—Estoy bien.

—¡Ya estás otra vez cerrándote en banda! Imaginando que eres un castillo y levantando el puente levadizo. Pero conmigo no tienes que hacer eso. No soy una amenaza para ti —dijo él.

A menos... Y de pronto supo lo que ocurría y se preguntó cómo había tardado tanto en verlo cuando la conocía tan bien.

—Tienes miedo.
—¿Por qué voy a tener miedo? No hay nada que temer.
—¿No lo hay? —él se acercó más—. ¿Y qué tal porque me quieres? Eso es una razón que da mucho miedo.
Ella abrió mucho los ojos.
—Yo no he dicho...
—No, no lo has dicho —y Seth había esperado mucho oír esas palabras. Había esperado que se abriera y le contara lo que sentía y había intentado que no le importara que ella no lo hiciera—. El hecho de que no hayas encontrado valor para decirlo no significa que no lo sientas. Tú me quieres. En algún momento de las últimas semanas te has dado cuenta de eso y ahora tienes miedo y buscas un modo de protegerte. Por eso vuelves corriendo a Manhattan.
—Eso no es verdad.
—¿Seguro? —a él le parecía bastante claro—. Estaba esperando que me dijeras lo que sientes por mí, pero no lo has hecho. Y, si hablaras de eso, si me dijeras que tienes miedo, podríamos lidiar con ello. Pero tú no compartes eso conmigo. Yo te quiero. Te quiero de verdad, pero, si tú no compartes tus sentimientos, si arrojas continuamente una cortina de humo sobre lo que pasa dentro de ti, que es lo que haces ahora, no lo conseguiremos. No podrá salir bien, Fliss.
Esperaba que ella dijera algo, que le contara lo que sentía, pero ella no dijo nada y al final su silencio resultó más doloroso de lo que habrían sido las palabras.
Seth pensó en las últimas semanas, en los días pasados juntos. Ella había empezado a hablar. A abrirse. Él sabía que estaba enamorado de ella y estaba seguro de que ella sentía lo mismo. Pero, en aquel momento, Fliss había vuelto a su antigua costumbre de guardárselo todo para sí.
Y él intentó una vez más llegar hasta ella.
—Sé que tienes miedo...
—No tengo miedo.
En Seth, la exasperación dio paso al cansancio. ¿Qué más

tenía que decir para probarle que podía confiar en él? ¿Qué más le quedaba por hacer? Nada. El resto dependía de ella. Y ella no podía hacerlo. Parecía que él se había equivocado en eso.

—¿Entonces esto es todo? —preguntó.

Hubo una pausa agonizante.

—Supongo que sí.

Él quería discutirlo. Quería sujetarla allí hasta que le dijera la verdad, pero en su corazón roto y dolorido sabía que, si ella no confiaba en él para contarle sus sentimientos y sus miedos, entonces no tenían nada.

—Conduce con cuidado. Hay mucho tráfico en las carreteras —dijo.

—Lo haré —repuso ella. Hubo otra pausa dolorosa—. Ha sido un verano divertido.

«¿Un verano divertido?».

Seth no tenía intención de decir nada más, pero no pudo evitarlo.

—Los dos sabemos que ha sido más que un verano divertido, pero tú fingirás que no ha significado nada porque ese es el modo en el que tú eliges lidiar con las cosas difíciles —la frustración pinchaba agujeros en su paciencia—. Tú no admitirás que estás sufriendo por dentro y yo sé que estás sufriendo. Esta relación no se termina porque yo no te quiera o tú no me quieras. Se termina porque tú no quieres contarme tus miedos, no quieres permitirte ser vulnerable. Y por mucho que nos queramos, si no hablas conmigo, esto no puede salir bien. Y yo no puedo volver a pasar por esto de nuevo. No lo haré —él apartó la mano de la puerta y se la abrió con un dolor en el pecho que resultaba casi insoportable—. Adiós, Fliss.

CAPÍTULO 21

Fliss entró la casa sintiéndose como un animal atropellado. Se miró al espejo y vio que tenía un aspecto horrible. Por dentro se sentía aún peor. Se sentía como si estuviera desgarrada y sangrando, con el corazón y las esperanzas hechos pedazos. Dado que parecía haber perdido la habilidad de ocultar sus sentimientos, confiaba en que su abuela estuviera durmiendo la siesta. O mejor todavía, hubiera salido con alguna de sus amigas.

Esa esperanza se desvaneció en cuanto abrió la puerta de la cocina y se encontró con que allí no estaba su abuela. Estaba su hermana.

—¿Harriet? —«¡No!». No podía ser. No en ese momento. Se obligó a sonreír, intentando recordar todo lo que sabía en otro tiempo de esconder sentimientos—. No te esperaba.

—Visita espontánea —su hermana la miró atentamente—. ¿Qué te pasa?

—No me pasa nada. Estoy bien. Dime por qué estás aquí.

—Estaba preocupada por ti.

—¿Por mí? Estoy mejor que nunca. ¿Por qué no me has llamado o puesto un mensaje? Podría haberte ahorrado el viaje —comentó Fliss. Y haberse ahorrado a sí misma el agotamiento de tener que actuar. No podía hacerlo en ese momento, no le quedaban reservas.

—Me ha traído Chase en su helicóptero.

—O sea que te has unido a la jet set —Fliss dejó el bolso, consciente de su mal aspecto. Había confiado en poder encerrarse en el baño y dejar fluir las lágrimas en la ducha, pero parecía que tendría que posponerlo—. ¿Dónde está la abuela? —preguntó.

Quizá su abuela pudiera distraer a Harriet mientras ella se iba al cuarto de baño e recuperarse.

Solo necesitaba unos minutos para recordarse cómo subir el puente levadizo.

—Está arriba. ¿Qué has estado haciendo? Estás llena de polvo.

—He estado ayudando a Seth a vaciar la casa de sus padres —Fliss entró en la cocina y se preparó café con la esperanza de que la cafeína restaurara su nivel de energía—. Ahora dime por qué has venido. Te conozco. Tú no vuelas desde Manhattan sin una buena razón. Por cierto, me encanta esa camisa. El verde te queda genial.

—Estoy preocupada —Harriet la miró a los ojos—. Vuelves a salir con Seth.

Fliss se sentó.

—Somos amigos, eso es todo —dijo. Y probablemente ya no eran ni siquiera eso. Al pensarlo, tuvo la sensación de que acababa de recibir una patada en el pecho.

—Pero la abuela dice...

—Ya conoces a la abuela. Es una romántica. Quiere un final feliz.

Harriet la miró fijamente.

—¿Qué es lo que me ocultas?

—Nada. Te lo estoy diciendo todo. Noventa/diez, esa soy yo.

—¿Cómo dices?

—Nada —Fliss se levantó, casi tirando la silla en el proceso—. Necesito una ducha.

—Espera —pidió Harriet.

Tendió una mano hacia ella, pero Fliss la apartó. Estaba tan cerca del límite que, si su hermana la tocaba, se derrumbaría.

—Estoy asquerosa. Tengo que quitarme este polvo.

—Estás disgustada.

—Te aseguro que no —repuso Fliss. Entonces vio la caja abierta en la encimera—, Veo que la abuela te ha hablado de mamá. Una gran sorpresa, ¿eh? Siempre pensé que era ella la que quería a papá, no al contrario. ¡Pobre mamá! —y pobre ella. ¿Qué iba a hacer con todos aquellos sentimientos? ¿Meterlos en una caja y guardarlos debajo de la cama como había hecho su madre? ¡Ojalá fuera tan fácil!—. Me sorprende que guardara un secreto tan grande.

Harriet le sostuvo la mirada.

—¿Por qué te sorprende? Guardar secretos es un rasgo de familia.

—¿Qué quieres decir con eso?

—Tú me escondes cosas a mí.

—Eso no es verdad —repuso Fliss.

Le latía con fuerza el corazón. Raramente discutía con su hermana. Incluso de niñas, solo se habían peleado cuando nadie más las atacaba.

—Me escondes algo ahora mismo —insistió Harriet—. He venido porque estaba muy preocupada porque vuelves a salir con Seth y pensaba que quizá necesitaras a alguien con quien hablar.

—No hay nada que hablar —musitó su hermana.

Allí estaba de nuevo. La habilidad de esconderse. Empezaba a recordar cómo se hacía. Negación. Ocultación. Sonrisas. Negar y repetir. Eso podía hacerlo.

Harriet se inclinó hacia delante.

—Ha ocurrido algo. ¿Por qué no hablas conmigo? ¿Por qué no me lo cuentas? —preguntó.

Porque Fliss no quería, bajo ningún concepto, que su hermana supiera lo mal que se sentía.

—No ha pasado nada.

—Claro —Harriet dejó con un golpe su taza en la mesa y se puso de pie—. Ve a tomar esa ducha. Yo voy a dar un paseo.

—¿Qué? ¿Por qué? ¡No! —Fliss dio un par de pasos. ¿Qué demonios acababa de pasar?—. No te vayas. ¿Qué pasa? No pareces tú misma.

Harriet tomó el picaporte de la puerta de atrás.

—Y tú eres exactamente tú misma.

—¿Cómo dices? —preguntó Fliss.

Su hermana se volvió con expresión muy dolida.

—¿Sabes por qué he venido? —preguntó—. Porque estaba preocupada. Hace diez años sufriste tanto que llegué a tener miedo. Sí, así es. Tuve miedo —le temblaba la voz—. Creía que ibas a explotar, que te ibas a romper.

—Estaba...

—¡No me digas que estabas bien! Las dos sabemos que no es verdad. Sufrías, pero no hablaste conmigo y yo lo acepté porque sé que tú prefieres lidiar con tus problemas así —Harriet respiró hondo—. Pero hace unos meses, cuando Daniel nos dijo que Seth estaba en Manhattan, sé cómo te afectó eso. No dormías, no comías bien. Fingías que te daba igual, porque es lo que haces siempre, pero no te daba igual. Saber que podías tropezarte con él en cualquier momento volvió a empujarte al límite. ¿Y sabes qué es lo peor de todo? Saber que no hablabas conmigo. Incluso ahora, cuando es evidente que te ha pasado algo, no confías en mí. ¿Por qué no puedes admitir lo que sientes por una vez en tu vida?

Fliss había hecho eso. ¿Y adónde la había llevado?

—No tienes que preocuparte por mí, Harriet —dijo.

—Pues me preocupo —contestó su hermana. Se le quebró la voz—. ¿Crees que no sé cuándo sufres? Que no confíes en mí lo bastante para decírmelo no significa que no lo sepa.

—Confío en ti —Fliss tenía la boca seca y le temblaban las manos—. Eres la persona en la que más confío en el mundo.

—En ese caso, ¿por qué no me dices lo que te pasa?

—Porque no lo necesito.

—¡Oh, por todos...! —Harriet se mordió el labio inferior, giró sobre sus talones y salió de la estancia.
—¡Espera! Pero ¿qué haces? Intento protegerte —dijo Fliss.
Pero ya estaba hablando sola.
—A lo mejor no quiere que la protejan —intervino su abuela desde el umbral—. A lo mejor a veces le gustaría ser ella la que protegiera. Eso es lo que hacen las hermanas, ¿no? O eso fue lo que me dijiste.
Fliss sintió un nudo en la garganta.
—No quiero que se preocupe. No quiero que sufra. ¿Tan malo es eso?
—Una persona no puede ir por la vida sin sufrir. Sufrir es parte del ser humano. Sentir dolor es parte del ser humano. Aprendemos a lidiar con el dolor, como hace Seth con la pérdida de su padre. Lo que hace soportable el dolor es tener cerca personas a quienes les importemos. Gente que nos quiera.
—A mí me importa Harriet. La quiero.
—Y a ella le importas tú y te quiere. Pero ¿le dejas tú que lo haga?
Fliss tragó saliva.
—Intento ser fuerte.
—Tal vez ella quiera que le cuentes lo que te pasa, no que seas fuerte.
«Tú escondes el noventa por ciento y muestras el diez».
Fliss pensó que no era lo mismo. Con Seth lo había hecho para protegerse ella. Con Harriet lo hacía para proteger a su hermana.
Parecía que todo el mundo quería que contara sus sentimientos.
Su abuela sirvió café en una taza y se la tendió.
—Date una ducha. Lávate la cara. Estás horrible.
—Me siento fatal. Lo he estropeado todo. He disgustado a Harriet y he perdido a Seth —gimió Fliss. Las palabras le salieron sin pensar y al instante siguiente estaba abrazada a su abuela—. Quería hablarlo contigo, pero he entrado aquí y me

he encontrado a Harriet. Y he intentado fingir que todo iba bien...

—Puedes hablar conmigo —la tranquilizó su abuela—, pero creo que sería aún mejor que hablaras con tu hermana.

—Ella no quiere hablar conmigo —gruñó Fliss. Pero sabía que tenía que intentarlo.

Le palpitaba la cabeza, pero se duchó, como había sugerido su abuela, se puso unos pantalones cortos limpios y bajó a la playa.

Harriet estaba sentada en las dunas, con Charlie a su lado.

Por primera vez en su vida, Fliss estaba nerviosa con su hermana.

—¿Harriet?

Esta se volvió y Fliss vio que tenía los ojos rojos de llorar.

—Lo siento —Harriet estrechó a Charlie contra sí—. No era mi intención irme así, pero a veces me vuelves loca. Crees que soy débil y patética y que me romperé con el más ligero roce.

—¡Yo no creo eso! —Fliss se sentó en la arena a su lado—. Te quiero y no quiero que sufras. No puedo soportar verte sufrir. Quiero protegerte de eso.

—¿Y cómo crees que me hace sentir eso? Deja que te diga que ya es bastante malo verte sufrir a ti, mi hermana gemela, la persona a la que más unida estoy en el mundo. Pero es peor saber que no quieres compartirlo conmigo.

Los ojos de Fliss se llenaron de lágrimas.

—Yo no quería que te sintieras mal.

—Y, en vez de eso, me dejas que imagine cómo debes de sentirte tú, lo cual es peor. No soy frágil, Fliss. He sobrevivido a la misma infancia que tú. Y sé que tú me protegías y Daniel también, y os estoy agradecida por eso, pero no necesito que me protejas de tus sentimientos. Eso es completamente distinto. Y sé que también te proteges a ti misma, pero no es fantástico saber que no confías en que yo tenga cuidado con tus sentimientos. Estoy dolida, Fliss, porque aunque somos hermanas gemelas, no confías en mí lo bastante para dejar que te vea vulnerable.

Fliss vio las lágrimas de su hermana y sintió una opresión en la garganta. Ya era bastante malo haber estropeado su relación con Seth, pero también había disgustado a Harriet. Había hecho llorar a su hermana. A la hermana a la que siempre había intentado proteger.

Eso era la última gota.

—Lo siento —dijo—. Nunca se me ha ocurrido pensar que te hacía daño al no decirte lo que sentía. Creía que hacía lo correcto. Y confío en ti, sí que confío, pero... —se atragantó con las palabras—. Me duele. Duele mucho.

Sintió que su hermana la rodeaba con sus brazos y la estrechaba con fuerza, mientras ella sollozaba y contaba a Harriet entre hipidos todo lo que había pasado. Se lo dijo todo, incluidas cosas que no le había dicho nunca sobre Seth y sobre el bebé.

Al fin sollozó entrecortadamente y se apartó.

—Seguro que ahora te gustaría no haberme pedido que te contara lo que me pasa —gimió. Se secó las mejillas con el dorso de la mano.

—Yo no deseo eso —contestó Harriet—. ¿Odio verte sufrir? Sí. Pero no quiero que sufras sola. Eres mi hermana. Siempre has estado pendiente de mí.

Fliss resopló.

—Soy mayor que tú.

—Por tres minutos.

—Esos tres minutos conllevan una responsabilidad. Siento que no volveré a sonreír nunca más. Estas últimas semanas... —Fliss apoyó la cabeza en el hombro de su hermana—. Han sido mágicas. Mágicas. Y lo he estropeado todo. Lo quiero muchísimo y eso me aterroriza.

Estaban sentadas hombro con hombro, mirando el mar.

—Vanessa no debería haberte dicho eso.

—Habría hecho lo mismo. Todo lo que ha dicho era verdad

—Fliss se frotó la mejilla con la mano—. Quiere a su hermano. Eso lo respeto.

—¿Él sabe que lo quieres?

—Yo no se lo he dicho, pero lo sabe. Me ha dicho que, si me iba a cerrar en banda cuando las cosas se pusieran difíciles, lo nuestro jamás funcionaría por mucho que nos queramos los dos.

—Y probablemente tiene razón en eso —repuso Harriet.

Fliss hizo un gesto de dolor.

—Tú eres la romántica. Se supone que tienes que decirme que todo irá bien y que viviremos felices para siempre. Se supone que tú crees eso.

—Creo eso, pero pienso que tú tienes que querer que eso ocurra. Y hacer que ocurra. Nunca he dicho que fuera fácil.

Fliss resopló.

—¿No se supone que él debe llegar montado en su caballo blanco y llevarme galopando hacia la puesta de sol?

—Te entraría arena en los ojos. Y seguramente discutirías quién tenía que ir delante y quién detrás. El caballo se aburriría y te cocearía.

—¿Y qué piensas? ¿Que vaya yo a buscarlo montada en un caballo blanco?

—Creo que lo que digo es que es hora de que tomes una decisión. ¿Cuánto vale el amor para ti? ¿Qué precio estás dispuesta a pagar? —Harriet estiró las piernas—. Mucha gente va por la vida sin encontrar nunca lo que tú tienes. Mamá. Yo. Tú lo has encontrado.

—Y lo he estropeado.

—No —Harriet se puso de pie—. Tienes que dejar de compadecerte, ir allí y decirle lo que sientes. Tú nunca le has dicho esas palabras. Díselas. Tienes que averiguar si lo vuestro puede funcionar.

—Él ya me ha dicho que no funcionaría.

—Porque estaba dolido. Te vio escabullirte de nuevo a tu fortaleza. Sé que da miedo, pero tú eres valiente. Te he visto enfrentarte a gente que te doblaba en tamaño. Mira lo que hacías con papá. Eres valiente a la hora de defender a otros, así que, por una vez en la vida, sé valiente para ti misma.

—¿Qué ha sido de la empatía?

—Eso vendrá después, si lo intentas y fracasas. Pero primero tienes que intentarlo. Lo que tienes es demasiado raro y especial para perderlo sin luchar.

—Tienes razón, tengo miedo —Fliss inhaló con fuerza—. Miedo de decirle lo que siento. Me cuesta mucho cambiar el hábito de toda una vida. Creo que no soy nada valiente.

—Eres la persona más valiente que conozco —Harriet estiró el brazo y la ayudó a incorporarse—. Y es natural que quieras protegerte. Probablemente siempre lo querrás. Pero no te protejas de mí. Ni de Seth. Ve a hablar con él.

—Me siento como si caminara por un alambre alto sin ninguna red de seguridad.

—Yo soy tu red de seguridad —Harriet la abrazó—. Yo te agarraré si caes.

Seth estaba pintando uno de los dormitorios cuando oyó que había alguien en la puerta. La actividad vigorosa no había conseguido mejorar su humor.

Lo dejó todo y fue a abrir la puerta.

Ella estaba allí, más recatada que de costumbre con un vestido estampado de tirantes.

—Fliss...

—No, soy Harriet, así que no me beses ni hagas nada que nos vaya a avergonzar a los dos —la joven entró sin invitación, lo que hizo que él se preguntara si de verdad era Harriet o era Fliss con otro de sus juegos.

Harriet no entraría en una casa sin ser invitada. ¿O sí? Seth la miró más detenidamente y se dio cuenta de que de verdad era ella.

—¿Qué ha pasado? —preguntó—. ¿Fliss está bien?

—Eso es difícil saberlo, ¿verdad? Estamos hablando de Fliss. No lleva sus sentimientos impresos en la camiseta. A los dos nos ayudaría mucho que fuera así. Estoy aquí porque asumo que todavía te importa.

—¿Qué quieres decir con eso? Por supuesto que me importa.

—Si te importa, ¿por qué la has apartado?

—Porque encierra sus sentimientos bajo siete llaves y yo nunca tengo acceso a ellos.

—De acuerdo, se ha asustado —comentó Harriet—, pero, antes de esa llamada, se había abierto contigo, ¿no es así? Se había abierto como no lo había hecho nunca con nadie. Incluida yo. ¿Sabes lo difícil que fue eso para ella? ¿Sabes cuánto tiempo llevo intentando convencerla de que hable conmigo? Tengo la sensación de que la mayor parte de mi vida. Y, cuando por fin lo hace, termina así.

Seth sintió que acabaran de echarle un jarro de agua fría.

—¿Qué llamada? —preguntó—. No sé nada de ninguna llamada.

Harriet lo miró fijamente.

—Da igual. Eso no importa ahora. Lo que importa es que este verano la has convencido de que baje la guardia. Y, cuando ha vacilado un poco y en el momento en el que más vulnerable se sentía, en vez de ser paciente y alentarla, le has hecho daño.

Seth frunció el ceño.

—Yo no he...

—No te terminado —Harriet se adelantó con ojos llameantes y él se preguntó cómo podía haber pensado alguna vez que era tranquila y apacible.

Era casi como estar viendo a Fliss.

—Es asombroso —dijo.

—¿El qué?

—Olvídalo. Me ibas a explicar todos los modos en los que he metido la pata.

—Así es. Ella se abrió y el resultado fue que le han hecho daño. En lugar de entender eso, en vez de ver que había caído y necesitaba tiempo para levantarse, tú la has vuelto a empujar al suelo. Le has mostrado que no puede confiar en que estés ahí para ella, lo cual le va a enseñar a no volver a abrirse nunca más. Y yo tengo mucho miedo de lo que eso pueda influir en su futuro Si tú no puedes lograr que se abra, nadie podrá.

—Dime quién hizo esa llamada.

—Vanessa. Pero, antes de que te pongas furioso, fue una buena llamada.

Harriet se colocó delante de Seth y este se dio cuenta de lo mucho que había cambiado.

Habían cambiado todos, incluido él.

—Tendría que haber sabido que había pasado algo. Y tienes razón. No debería haberla apartado. Hice mal, pero parece que me he equivocado en muchas cosas. Contigo también. No sabía que tenías una faceta de acero.

—Pues ahora lo sabes y, puesto que ninguno de los dos sabemos hasta dónde llega ni lo lejos que estoy dispuesta a ir para defender a mi hermana, harás bien en no hacerle daño.

Seth sonrió débilmente.

—A partir de ahora, dormiré con las puertas cerradas con llave.

—Si le haces daño a mi hermana, esa será una buena idea.

Fliss había necesitado dos horas de pasear por la playa para reunir el valor necesario para ir a casa de Seth. Dos horas de indagar en su mente y en su corazón y de medir los riesgos.

Porque había riesgos.

Cuando por fin volvió a la casa de su abuela, encontró a esta cocinando con Harriet.

Las dos alzaron la vista al oírla entrar.

Fliss miró a su hermana.

—¿Estás bien? Te veo muy sonrojada. Como si hubieras corrido.

—Es el calor del horno —Harriet se limpió los dedos de harina—. ¿Qué tal el paseo?

—Bien. Me ha ayudado a pensar —Fliss se abrazó el estómago, intentando hacer acopio de valor—. Tengo que salir un rato.

—Ningún problema —Harriet colocó con cuidado rodajas de manzana en un plato y añadió canela y azúcar marrón. Cuando oyó que se cerraba la puerta principal, se dejó caer en la silla más próxima y miró a su abuela—. ¿Y si he cometido un error?

—Has hecho lo correcto, querida. Y ha sido muy valiente por tu parte. No puedo creer que hayas ido allí a hablar con él.

—Yo tampoco me lo creo. No he dejado de temblar en ningún momento.

—¿No has tartamudeado?

—En absoluto. Y me ha sentado bien. Ha sido una buena sensación protegerla yo a ella, para variar. Ahora solo tenemos que ver si puede dejar de protegerse lo bastante para decirle lo que siente.

Fliss tardó diez minutos en llegar a casa de Seth, y tuvo que contenerse durante todo el camino para no volverse atrás.

¿Y si no le abría la puerta? O peor, ¿y si se la abría pero no quería hablar con ella? Le había dicho que lo suyo se había acabado y que no tenían futuro.

¿Y si lo había dicho en serio?

Llamó con fuerza a la puerta para no darse tiempo a cambiar de idea, con la esperanza de que él hubiera salido a dar un paseo, porque no estaba segura de poder pasar por aquello una segunda vez.

Él abrió la puerta y cuando lo vio, tan atractivo con vaqueros oscuros y una camisa abierta en el cuello, las palabras se le quedaron pegadas al paladar. Estaban allí, pero no podía sacarlas.

¡Maldición! ¿Por qué no podía tener él pintura en el pelo o polvo en los vaqueros? Pero Fliss sabía que habría dado igual, porque no era el exterior de él lo que amaba, sino su interior.

—He venido a decir algunas cosas.

Él abrió más la puerta.

—Me alegro, porque yo también tengo que decir algo.

—Yo primero —ella entró en la cocina y se volvió, dejando la isla entre ellos—. Cuando me enteré de que estabas en Manhattan, sentí terror. Temía encontrarme contigo. Pensaba que te había arruinado la vida, lo creía de verdad.

Vio que él abría la boca para hablar y levantó una mano.

—No, déjame terminar. Déjame hablar. Si no lo hago ahora, quizá no sea capaz de hacerlo. Te digo lo que sentí, nada más. Me sentía culpable y llevaba esa carga conmigo y también los pensamientos sobre lo que podría haber pasado si no hubiera perdido al bebé. Entonces no pude contarte lo que sentía. Estaba tan mal que me resultaba imposible compartirlo con nadie. Y vivía todavía en mi casa, bajo el escrutinio de mi padre, y aquel no era un buen lugar. No sabía cómo abrirme a nadie. Ni siquiera a ti, o quizá debería decir especialmente a ti, porque sabía que tú podías hacerme más daño que nadie. No te vi ni supe nada de ti en diez años y de pronto apareciste allí.

—Frena un poco. Hablas muy deprisa.

—Es el único modo que conozco de sacarlo fuera. No sabía cómo lidiar con el hecho de que estabas en Manhattan, así que hice lo más cobarde, tomé la salida más fácil y me vine aquí. Y resultó que tú también estabas aquí. Eso me descolocó.

Fliss se interrumpió y acarició a Lulu porque necesitaba consuelo.

—Y me descolocó más todavía lo insistente que eras y oír por ti lo que habías sentido hace diez años. Y entonces comprendí cuánto había perdido por no hablar contigo, por no ser sincera.

Seth dio un par de pasos.

—Yo también cometí errores. Tendría que haber pensado en lo que tú podías sentir, en lo que podías pensar, pero, aunque sabía algo de lo de tu padre, lo medía todo por mi familia y mi educación. En nuestra familia hablábamos y compartíamos, aunque fuera a gritos. Nadie necesitaba esconder lo que sentía. Sabía que a ti te costaba mucho expresar tus sentimientos, pero no sabía hasta qué punto.Y no tenía ni idea de lo que pasaba por tu cabeza. Si lo hubiera sabido...

—No entremos en lo que podría haber sido —pidió ella—. Admitamos que cometimos errores.Y lo importante, la razón por la que estoy aquí... —tragó saliva— es que no quiero repetir el mismo error. Esta vez quiero expresarlo, que lo sepamos los dos para que no haya malentendidos. Tú quieres el noventa por ciento, yo te doy el cien. Te digo lo que siento para que no haya errores.

Hizo una pausa.

—Pues dímelo —pidió él.

—Me siento muy mal, Seth. Hemos pasado unas semanas increíbles, nos hemos reído y, sí, me has hecho enamorarme de ti, maldita sea. O quizá siempre he estado enamorada de ti, no sé...

Notó que Lulu se apartaba de ella y cruzaba la cocina. No le extrañó que la perra quisiera alejarse de todos esos sentimientos. Ella también quería. Estaba confusa y mareada de amor, pero la emoción predominante era el terror.

—Pensaba que todo iba a ir bien. Expuse mi corazón.

—No lo hiciste. No expusiste tu corazón. Lo protegiste.

—Expuse mi corazón. Quizá no lo dijera con palabras, pero te lo mostré.Tú lo sabías. Lo viste.Y, cuando te lo iba a decir, te llamaron y tuviste que irte.Y no me importó. Pero luego llamó Vanessa y me dijo cuánto daño te había hecho...

—Ella no tenía que...

—No —Fliss alzó una mano—. Hizo bien en llamarme. Quería protegerte y entiendo por qué lo hacía. Pero hasta ese momento no había pensado realmente en cómo te había afectado a ti lo que pasó. Pensaba que te habías casado conmigo por el bebé y no se me ocurrió que pudieras estar pasando la misma agonía que yo. Y, cuando Vanessa me contó cómo fue aquello, me sentí fatal. Muy culpable. Horrorizada de lo que te había hecho. Tuve una pequeña crisis emocional.

Paseó hacia Lulu y la perra se metió debajo de la cocina. Sabía identificar el peligro.

—Y pensé que no quería volver a hacerte daño jamás y en ese momento perdí mi habilidad de ser la persona que necesitas que sea.

—Fliss…

—No solo me abría y te contaba cosas que me hacían vulnerable, me abría y te amaba. Eso era lo que me asustaba. Era un cangrejo sin su caparazón, un armadillo sin su armadura. Y me asustó tanto, que por un momento no estaba segura de poder controlarlo. Y sabía que, si no podía, tú sufrirías. Y pensé que quizá estarías mejor con una mujer como Naomi, la amiga de Vanessa.

Hubo una pausa. Un silencio que por fin rompió él.

—¿Puedo hablar ya?

Una parte de ella quería marcharse ya, pero recordó lo que le había dicho Harriet de escucharlo, de saber… Así que se sentaría, lo escucharía y así sabría. Y luego se iría y se derrumbaría.

Podría soportar media hora más, si eso era lo que se necesitaba, aunque quizá se hiciera agujeros en las palmas de tanto clavarse las uñas en la carne.

—En primer lugar, no me interesa Naomi. Es cierto que, a lo largo de los años, ha pasado mucho tiempo en nuestra casa, es la mejor amiga de Vanessa y sí, salimos un tiempo. Es una buena persona, no es difícil apreciarla.

Fliss se levantó de un salto.

—¿Lo ves? Es perfecta para ti.

—¡Siéntate!

—Parece una mujer dulce.

—¿Y cuándo me has visto a mí comer postre?

La joven pensó en ello.

—Supongo que quizá te volvería loco después de un tiempo. Probablemente no se pelearía contigo. Y pelear te mantiene joven.

Seth sonrió un poco.

—Cuando perdí a mi padre, comprendí que no quería más relaciones en las que no sentía suficiente. Relaciones que parecían acuerdos mutuos. Asentarme —la miró a los ojos—. En cuanto me di cuenta de eso, rompí con Naomi. Fui sincero. Sabía lo que quería. A quién quería —le sostuvo la mirada y Fliss notó que le temblaban las rodillas.

—¡Maldita sea! Sigue así y harás que sienta lástima de ella —dijo. Se levantó y volvió a abrazar a Lulu. Su cuerpo cálido resultaba reconfortante—. Vanessa me dijo que buscabas la misma relación que tenían tus padres y que nunca la habías encontrado.

—La había encontrado —la voz de él era suave—. La encontré hace años, pero fui lo bastante estúpido para dejarla marchar. Nunca ha habido nadie excepto tú y, cuando murió mi padre, lo supe, supe que tenía que encontrarte y averiguar si quedaba algo. La vida es demasiado corta y valiosa para llenar un solo momento de ella con dudas. Y por eso acepté el empleo en Manhattan.

—¿Por qué no viniste a llamar a mi puerta?

—Porque sabía que eso no funcionaría. He tenido diez años para pensar en lo que pasó. Diez años para recordar todos los modos en los que metí la pata.

—Fui yo la que...

—Metimos la pata los dos. Pero no volveremos a hacerlo. Ahí va mi cien por cien. Te quiero. Tienes que creer que te quiero. Tienes que confiar en mí en eso.

Fliss sentía el corazón tan henchido que casi no podía hablar.

—Te creo. Confío en ti. Te quiero. El ciento por ciento. Te quiero. Y me asusta mucho más perderte que decírtelo.

Por primera vez desde que ella entrara en la casa, él sonrió ampliamente.

—Y, entonces, ¿por qué no sueltas a mi perra y me lo demuestras? —preguntó.

Fliss mantuvo los brazos en torno a Lulu.

—Quiero a tu perra.

—Yo también la quiero. Siempre será parte de nuestra familia, pero ahora mismo prefiero que ocupe un segundo puesto. Este no es su momento.

—¿Nuestra familia?

—Sí. Eso es lo que somos. Es lo que vamos a ser —declaró Seth.

A Fliss le daba vueltas la cabeza. Dio un beso a Lulu y la dejó en el suelo.

Al momento siguiente estaba en brazos de Seth y este la besaba.

—Siempre te he querido —dijo.

—Fue sexo...

—Y después fue amor. Mucho amor. No me detuve a pensar si iba demasiado deprisa —comentó él—. Si lo que teníamos era lo bastante fuerte para resistir lo que fuera. Cuando te perdí, no supe cómo vivir con el dolor. Dices que te sentías culpable, pero yo me lo sentía más. Te dejé embarazada, perdimos al bebé... Sufría y sabía que tú también sufrías, pero no sabía cómo llegar hasta ti.

—Si hubiera sido más valiente y te hubiera contado más lo que sentía, quizá no habríamos roto. Pero sí que sentí que, sin el bebé, no había nada que nos mantuviera unidos.

—Un bebé no es pegamento, Fliss. Muchas parejas tienen un bebé pensando que eso arreglará un matrimonio que hace aguas y luego les extraña que no sea así. Eso invariablemente empeora las cosas. El pegamento es el amor. El amor es lo que mantiene las relaciones unidas en los buenos momentos y en los malos.

—He pasado toda mi vida protegiéndome y nunca pensé en la otra cara de la moneda de eso. En que, al no dejar entrar a la gente, bloqueaba el amor tanto como el odio —ella se apartó un poco—. Antes he tenido una discusión con Harriet. La primera que recuerdo desde que éramos niñas. En realidad, más que una discusión, era ella la que me gritaba a mí. Me ha dicho todo lo que pensaba. Cómo le dolía que no me confiara a ella, que la protegiera. Casi no la reconocía, pero me ha hecho pensar y me he dado cuenta de que tiene razón.

—¿Te ha contado que ha venido aquí?
—¿Harriet? ¿Qué? No. ¿Cuándo?
—Antes. Me ha amenazado y te aseguro que tu hermana da miedo cuando se enfada.
—¿Enfadarse? Debes de estar equivocado. Aparte de la discusión que hemos tenido antes, Harriet es la persona más amable y gentil del mundo.
—Eso era lo que yo pensaba, y seguro que es así, excepto en ciertas circunstancias.
—¿Qué circunstancias?
—Cuando cree que su hermana está en apuros —Seth la estrechó con más fuerza—. Se ha colocado delante de ti. Ha entrado aquí y no tenía intención de moverse hasta que me hiciera prometer que no te iba a hacer llorar. He pensado que debía decírtelo en aras de la sinceridad y del ciento por ciento del que hablamos. Pero probablemente no quiera que sepas que ha venido, así que no se lo digas.
—Y Vanessa seguramente no querrá que sepas que ha llamado, así que tú tampoco se lo digas —Fliss apoyó la cabeza en su pecho—. Quiero saber lo que piensas. Quiero saber lo que te pasa por la cabeza. Todo.
—Te quiero. Eso es lo que se me pasa por la cabeza. Y por el corazón —Seth le acarició la barbilla y los ojos de ella se llenaron de lágrimas.
—Yo también te quiero —dijo. Las lágrimas rodaron por sus mejillas y él las secó con el pulgar.
—No llores. Por lo que más quieras, no llores. Harriet me matará.

—Son lágrimas de felicidad.

—No quiero lágrimas de ningún tipo. No quiero verte llorar nunca. Y definitivamente, no quiero hacerte llorar.

—¿Ni siquiera cuando sea por algo bueno?

—Nunca. Solo quiero verte feliz. Me mudaré a Manhattan si eso es lo que quieres.

—¿Tú harías eso por mí, aunque adoras esto?

—Quiero estar contigo. Haré lo que funcione mejor para ti.

—¿Y si me funciona estar aquí? Levantar el negocio aquí. Esto no está lejos de Manhattan. Puedo pedir a Chase que me lleve en su helicóptero cuando necesite dar una vuelta por allí.

—O a Todd.

Fliss dio un respingo.

—¿Va a comprar la casa?

—Eso parece. Ha llamado antes. Este fin de semana traerá a su familia a verla. Quiere que cenemos con ellos.

—Vaya, míranos, relacionándonos con los ricos. Voy a tener que cambiarme los pantalones cortos —Fliss le sonrió—. Podría acostumbrarme a vivir aquí, en tu casa al lado del agua, con Lulu.

—¿Estás segura? Pero, si te quedas aquí, ¿qué pasará con Harriet?

—No quiere que la proteja —Fliss respiró hondo—. Creo que eso va a ser duro. Quizá sea más fácil si no estoy encima de ella todo el tiempo.

—¿Y no te volverás loca viviendo aquí? Las Princesas del Póquer querrán saber todos los detalles.

—He pensado que puedo distribuir un boletín informativo mensual para ahorrarles la molestia de preguntar o de hacer caso a los rumores. Tú puedes ponerlo en el tablón de anuncios de la clínica. Lo titularemos *Directamente desde la fuente*.

Seth se echó a reír.

—Si vas a vivir aquí, tendrás que hornear galletas.

—Soy una experta, aunque no le diré a nadie cuántas bandejas he tenido que tirar hasta alcanzar ese estatus.

Seth bajó la frente a la de ella.

—¿Estarías dispuesta a quedarte? ¿A vivir aquí conmigo?

—Siempre.

Él alzó la cabeza y miró a su alrededor con una sonrisa.

—Hasta ahora esto era una casa, ahora ya es un hogar.

—Porque has vendido Ocean View. Porque por fin te has mudado del todo.

—No —Seth negó con la cabeza—. Porque tú estás aquí. Tú haces que parezca un hogar. Te quiero.

—Yo también te quiero. Pensaba que era la mujer equivocada para ti, pero eso es porque durante mucho tiempo, vi a la mujer que veía mi padre. En el fondo creía todas las cosas que decía de mí. Era como mirarse en uno de esos espejos que lo distorsionan todo. Y esa es parte de la razón por la que nunca lo habríamos conseguido la primera vez. Porque creía de verdad que no era lo bastante buena, que era Fliss la mala, que te había arruinado la vida.

—¿Y ahora? ¿Ahora crees eso?

Ella negó con la cabeza.

—No. He pasado la mayor parte de mi vida probándole que no era esa persona y, en algún momento del camino, también me lo he probado a mí misma. Simplemente no me había dado cuenta hasta hace poco.

—Quiero casarme contigo. Otra vez. Lo antes posible —musitó él.

La mirada que le lanzó hizo que a ella le temblara todo por dentro.

Sentía excitación y deseo, pero, sobre todo, amor.

—Yo también lo quiero.

—Esta vez no iremos a Las Vegas.

—Me da igual dónde sea, siempre que tú estés allí —Fliss lo besó, llena de felicidad—. Pero, por favor, no me digas que estás pensando en el Plaza en junio porque puedo pegarte.

—Estaba pensando en una boda en la playa. Langosta. Baile a la luz de la luna. Matilda probablemente derramará el champán y tú seguramente irás descalza. ¿Qué tal suena eso?

Fliss le echó los brazos al cuello.

—Suena perfecto.

AGRADECIMIENTOS

Gracias en primer lugar a Flo Nicoll, mi editora, por soportar mis interminables preguntas sobre la vida de los gemelos durante un corto viaje a Berlín. Probablemente se alegraría de que no voláramos a Australia.

Quiero dar las gracias a mi equipo de publicación tanto en Reino Unido como en Estados Unidos, que tanto hacen por llevar mis libros a mis lectoras, y a mi agente, Susan Ginsburg, de Writers House, por sus sabios consejos.

Gracias también a todas mis maravillosa lectoras, en particular a las de Facebook, que siempre están dispuestas a ayudarme con detalles como nombres de perros. Si no fuera por ellas, todos los perros de mis libros se llamarían Rover.

Y, por último, pero no menos importante, a mi familia, por soportar vivir con una escritora con paciencia y humor.

www.ingramcontent.com/pod-product-compliance
Lightning Source LLC
LaVergne TN
LVHW091619070526
838199LV00044B/861